MELISSA DA COSTA

Apfeltage

Roman

Aus dem Französischen
von Nathalie Lemmens

 PENGUIN VERLAG

Penguin Random House Verlagsgruppe FSC® N001967

2. Auflage
Copyright der Originalausgabe © Editions Albin Michel, Paris 2020
Copyright © 2022 Penguin Verlag
in der Penguin Random House Verlagsgruppe GmbH,
Neumarkter Str. 28, 81673 München
produktsicherheit@penguinrandomhouse.de
(Vorstehende Angaben sind zugleich
Pflichtinformationen nach GPSR)

Umschlaggestaltung: Favoritbuero
Umschlagabbildungen: Florilegius/Bridgeman Images
Redaktion: Sabine Wiermann
Satz: satz-bau Leingärtner, Nabburg
Druck und Bindung: GGP Media GmbH, Pößneck
Printed in Germany
ISBN 978-3-328-11168-9

www.penguin-verlag.de

Für Florence, Mehdi und ihren heiligen Ölbaum,
der sie für immer miteinander verbindet

1

DAS ROSTIGE SCHLOSS KLEMMT. Dem Mann bleibt nichts anderes übrig, als zu rütteln, den Schlüssel wieder herauszuziehen und es noch einmal zu versuchen. Auch hier ist es schrecklich heiß. Nicht so heiß wie in der Stadt oder unten in der Ebene, aber trotzdem. Fast dreißig Grad. Der Mann schnauft, scheint eine Sekunde nachzudenken, dann versetzt er dem hölzernen Türblatt einen leichten Stoß mit der Schulter und dreht gleichzeitig den Schlüssel. Ein Klicken. Die schwere Tür mit der abblätternden Farbe gibt nach und schwingt nach innen auf, hin zu Dunkelheit und Kühle.

Das Haus muss seit Monaten verschlossen gewesen sein. Ein schwacher ranziger Geruch hängt in der Luft, doch die Kühle macht den unangenehmen Eindruck wieder wett. Ich habe genügend Zeit, die Innentemperatur zu schätzen: zweiundzwanzig Grad, mehr nicht. Perfekt. Ich höre, wie sich der Mann neben mir bewegt, seine kunstlederne Aktentasche auf den Boden stellt. Schlüssel klirren. Er steckt sie in die Hosentasche.

»Ich suche den Lichtschalter«, erklärt er.

Folgsam stehe ich im dunklen Flur und warte. Ich habe nichts Besseres zu tun. Seit dem Abend des 21. Juni ist mir Warten zur zweiten Natur geworden. Zu meiner einzigen Beschäftigung. Er atmet schwer. Die Hitze? Das mühsame Vorwärtstasten? Ich helfe ihm nicht. Es kommt mir gar nicht in den Sinn. Ich warte.

Die Zeit verstreicht zwischen den dicken Mauern des alten

Hauses. Mir fällt auf, wie still es ist, es gibt keine direkten Nachbarn. Auch das ist gut.

»So, da haben wir's. Entschuldigen Sie.«

Unvermittelt geht im Flur das Licht an. Der Makler wischt sich über die Stirn, lächelt mich traurig an. Er zweifelt nicht daran, dass ich schreiend weglaufen werde. Die schummrige Glühbirne, der ranzige Geruch, eine Tür, die sich kaum öffnen lässt – wahrscheinlich hat sich das Holz verzogen ... Aber ich laufe nicht schreiend weg. Ich betrachte den Flur, in dem ich stehe. Ein dunkler, fensterloser Flur. Kupferbrauner Fliesenboden. Weiße Wände. Fußleisten aus dunklem Holz. Ein Gemälde mit einer steinernen Kirche.

Ich höre, wie Papier hervorgezogen wird. Er liest seine Notizen durch. Er ist nicht auf dem Laufenden. Wieder trocknet er sich die feuchte Stirn. Ich rühre mich nicht. Stelle keine Fragen. Er wird von sich aus zu sprechen beginnen. Oder auch nicht. Mir ist es gleich.

»Das Haus stammt aus dem Jahr 1940. Die Fassade wurde vor zehn Jahren neu verputzt, das Dach im letzten Winter isoliert.«

Ich meine, ein zufriedenes Funkeln in seinem Blick zu erkennen. Bestimmt ein sensationelles Argument. Ich starre auf das Bild mit der Kirche, ohne es wirklich zu sehen.

»Sechzig Quadratmeter Wohnfläche. Die Tür rechts von Ihnen führt ins Schlafzimmer und die zu Ihrer Linken ins Bad.«

Er streckt eine Hand aus, sieht mich erwartungsvoll an. Es dauert ein paar Sekunden, bis mir klar wird, dass er mich auffordert, ein paar Schritte nach rechts zu gehen und die Tür aufzumachen. Mein Verstand funktioniert nur langsam. Schließlich geht der Mann mit einem weiteren traurigen Lächeln voran.

Diese Tür lässt sich leichter öffnen. Nichts Auffälliges, abgesehen von einem leisen Quietschen. Seine Schritte verklingen, das Geräusch wird verschluckt. Ich schließe auf einen Teppichboden.

»Einen Moment, ich öffne die Fensterläden.«

Ich warte. Höre, wie ein Griff gedreht wird. Ein dumpfes Quietschen. Ein schwacher Lichtstrahl. Ein kräftigerer Stoß, gefolgt von einem lauteren Quietschen. Eine Sekunde später fällt Licht in den Raum. Ein Sonnenstrahl, erfüllt von gemächlich schwebenden Staubkörnchen. Ich erkenne tatsächlich einen Teppichboden, er hat die gleiche kupferbraune Farbe wie die Fliesen im Flur. Und ein Bett. Groß. Das Kopfende aus schwerem, dunklem Massivholz. Ein altmodischer Schrank, unbehandeltes Holz, hoch. Mehr nicht. Das Wichtigste. Mir genügt es. Ich brauche nichts. Stille, Kühle und weniger Sonne.

»Das Fenster geht nach Osten hinaus. Wenn Sie Frühaufsteherin sind, können Sie den Sonnenaufgang über dem Wald beobachten.«

Er weiß nicht, dass ich nicht vorhabe, die Fensterläden zu öffnen. Dass ich im Dunkeln bleiben will.

»Haben Sie irgendwelche Fragen?«

»Nein.«

Überrascht, nicht überrascht? Ich achte nicht weiter auf seine Miene. Warte nur. Auf das Ende der Besichtigung. Die Schlüssel. Darauf, mich einzuschließen.

Wir gehen zurück in den Flur. Jetzt die linke Tür. Dasselbe Spiel. Quietschende Fensterläden. Hereinfallendes Licht. Eine altmodische Badewanne in einem scheußlichen Lachston. Ein Bidet. Wer benutzt denn heutzutage noch so etwas? Ein Becken. Etwas Stauraum.

»Sie müssten das Wasser erst ein wenig laufen lassen … Es war eine ganze Weile abgestellt. Ich könnte mir vorstellen, dass es zu Beginn etwas gelb sein wird.«

Gelbes Wasser. Klares Wasser. Wasser ist Wasser.

Als wir in den Flur zurückkommen, flackert das Licht. Die Glühbirne muss ausgetauscht werden. Er öffnet die letzte Tür, hustet leise. Vermutlich ist das Zimmer staubig. Er drückt auf den Schalter, aber es dauert ein paar Sekunden, bevor ein fahles Licht aufscheint. Das Zimmer ist im gleichen Stil eingerichtet wie die vorherigen: dunkle Fliesen, eine Küchenzeile mit dunklen Holzfronten, lachsfarbene Tapete mit weißem Bambusmotiv. Ein Fenster schwingt auf, die Läden folgen, um frischere Luft hereinzulassen. Es ist so hell, dass ich die Augen zukneifen muss. Diese Sonne ist nicht zu ertragen. Dieser blaue Himmel ist der reinste Hohn. Der Mann redet, und ich wende mich vom Fenster ab. Ich sehne mich zurück nach Kühle und Dunkelheit.

»Wie Sie sehen, hatte die frühere Besitzerin einen Garten. In letzter Zeit hat sich niemand darum gekümmert, aber wenn Sie mögen, können Sie ihn mit ein wenig Aufwand wiederherrichten.«

Er verstummt. Ich glaube, er sieht mich an.

»Sie schauen ja gar nicht hin. Ist alles in Ordnung, Madame? Ist Ihnen das Licht unangenehm?«

»Ich habe Migräne.«

»Verzeihen Sie. Dann mache ich die Läden wieder zu.«

Ich bin ihm dankbar dafür.

»Die ehemalige Besitzerin war eine alte Dame«, fährt er fort, davon überzeugt, all dies sei notwendig, um heute den Mietvertrag unterschreiben zu können. »Sie ist vor drei Jahren verstorben. Seitdem ist das Haus unbewohnt ... Nicht, dass es in einem schlechten Zustand wäre, ganz im Gegenteil, ihre Tochter hat es hervorragend instand gehalten. Sie wohnt am anderen Ende des Landes, aber einmal im Jahr kommt sie her und erledigt alles, was anfällt. Wie etwa die Isolierung des Dachs im letzten Jahr.«

Ich höre kaum hin. Er merkt es nicht.

»Nein, das Problem ist, dass die Leute aus dem ländlichen Raum wegziehen. Es ist überall das Gleiche. Von einem Leben in der Auvergne träumt kaum noch jemand.«

»Bleiben die Möbel im Haus?«

Er nickt, kein bisschen verärgert, weil ich ihn unterbrochen habe.

»Selbstverständlich. Alles bleibt so, wie es ist. Die Tochter von Madame Hugues, der früheren Besitzerin, möchte die Einrichtung und den persönlichen Besitz ihrer Mutter behalten. Sie denkt darüber nach, irgendwann selbst hier einzuziehen … Vielleicht, wenn sie in Rente geht. Die persönlichen Sachen befinden sich oben auf dem Speicher. Sie sind alle ordentlich in Kartons verstaut, aber wenn sie Sie stören, könnte ich die Tochter eventuell kontaktieren.«

»Nein, das stört mich nicht.«

Zufrieden reibt er sich die Hände.

»Wollen Sie sich dann noch einmal in Ruhe umsehen?«

»Nein. Schon in Ordnung.«

»Der Garten vielleicht …«

»Ich habe es eilig, wissen Sie.«

»Aha …«

»Könnten wir den Vertrag jetzt gleich unterschreiben?«

Ich sehe ihm an, dass er aus allen Wolken fällt. Mit einem so leichten Sieg hat er nicht gerechnet. Ein Haus, das er seit drei Jahren am Hals hat. Nur eine Besichtigung, und die Sache ist geritzt.

»Sind Sie sicher?«

Sein Gesichtsausdruck verrät mir, dass er selbst überrascht ist von seiner Frage.

»Ja.«

»Wie Sie meinen … Ja, ich habe die Unterlagen im Auto, aber ich brauche von Ihnen noch einige Nachweise.«

Noch bevor er den Satz beendet hat, beginne ich schon, in meiner Handtasche zu kramen. Ich habe alles vorbereitet, sämtliche erforderlichen Dokumente säuberlich in Klarsichthüllen gesteckt. Den Steuerbescheid, meine letzten Gehaltsabrechnungen, die Bescheinigung vom Notar bezüglich des Testaments und der Summe, die ich erben werde, meinen Ausweis.

»Oh … Sie haben alles dabei? Perfekt!«

Wir setzen uns an den Küchentisch, um den Mietvertrag auszufüllen und die notwendigen Formalitäten zu erledigen.

»Sie machen mich neugierig.«

Es dauert ein paar Sekunden, ehe mir auffällt, dass er mit mir redet. Ich sehe, dass er meine Unterlagen wieder zusammengeschoben hat und mich, beide Hände flach auf den Tisch gelegt, aufmerksam mustert.

»Verzeihung?«

»Stammen Sie hier aus der Gegend?«

»Nein. Ich habe im Großraum Lyon gewohnt.«

»Keine Verwandten in der Nähe?«

Ich schüttele den Kopf. Ein Schnalzen gibt seiner Verwunderung Ausdruck.

»Es ist ungewöhnlich, dass eine alleinstehende Frau in eine derart abgeschiedene Gegend zieht.«

Ich antworte nicht, und damit ist unser Gespräch beendet. Ich gebe ihm die beiden unterschriebenen Vertragsexemplare und den blauen Kuli zurück.

»Gut, dann kommen wir jetzt zum Übernahmeprotokoll.«

Ich warte, bis das Auto des Maklers das Ende der Auffahrt erreicht und in dem dichten Wald verschwindet, der die umliegenden Hügel bedeckt. Dann schließe ich die schwere Tür hinter mir. Dunkelheit, Stille, Kühle. Etliche Sekunden lang verharre ich mit dem Rücken an das Holz gelehnt, vergewissere mich, dass er nicht zurückkommt, dass ich endlich allein bin.

Ich habe nicht viel mitgebracht. Ein einzelner Koffer liegt im Kofferraum meines Wagens, und der kann warten. Alles andere, die Fotos vor allem, habe ich zurückgelassen. Ich will nichts hier haben, was mich an mein früheres Leben erinnert. Mein Leben vor dem 21. Juni und der Nacht, die darauf folgte.

Wie schaffen die Leute das? Wie können sie ihr Leben unverändert wiederaufnehmen, nachdem ihr gesamtes Universum zusammengebrochen ist? Nach ein paar Tagen wieder zur Arbeit gehen, in derselben Wohnung, demselben Viertel weiterleben … Das übersteigt meine Kräfte. In einer einzigen Nacht wurden sie beide aus meiner Welt gerissen, und von dem Moment an hat diese Welt, in der ich mich seit neunundzwanzig Jahren bewegte, die Welt, in der ich atmete und aufwachte, aufgehört zu existieren.

Die Schlüssel habe ich bei Anne gelassen. Sie soll damit machen, was sie für das Beste hält. Ich habe die Wohnung nicht ausgeräumt. Dazu hatte ich weder die Zeit noch den Mut. Ich wollte so schnell wie möglich weg. Alles ist so geblieben, wie es war. Bestimmt steht der Tee, von dem ich gerade getrunken hatte, als es an der Gegensprechanlage läutete, noch auf der Anrichte. Bestimmt liegt der Katalog, in dem ich gerade blätterte, noch aufgeschlagen neben der Tasse, und Benjamins Hausschuhe warten im Flur.

Als ich aus dem Krankenhaus kam, wollte ich nur noch fliehen, vor dem Sommer, seinem glühenden Sonnenschein und den fröhlichen Menschen, die sich am Ufer der Rhône versammelten. Es wäre mir lieber gewesen, sie wären im Winter gestorben, an einem Abend mit sintflutartigem Regen, unter einem schwarzgrauen Himmel. Nicht zum Klang von Orchestern, Böllern und Gelächter, nicht an jenem ersten Sommertag.

Nachdem die Sonne verschwunden ist, öffne ich die Tür erneut. Zuvor habe ich mehrmals zwischen den geschlossenen Läden hindurchgespäht, um auch ganz sicher zu sein. Der Tag hat noch eine Zugabe gegeben, und es ist schon spät, wahrscheinlich zehn Uhr. Der letzte rote Schimmer der untergegangenen Sonne erlischt und verschmilzt mit dem Blaugrau der anbrechenden Nacht. Ich hole meine Sachen aus dem Kofferraum. Mit einem dumpfen Laut fällt der Rollkoffer auf den Kies. Meine Schritte erscheinen mir lauter als sonst. Zum ersten Mal höre ich eine derart undurchdringliche, lastende Stille. Es kommt mir vor, als sei ich von dem Wald um mich herum verschluckt worden.

Ich stelle den Koffer vor die Schlafzimmertür und gehe zurück zum Wagen. Dort liegt noch eine große Plastiktüte, viel schwerer als der Koffer. Mein Überlebenspaket. Darin etwa fünfzig Konserven, Reis, Nudeln und alle möglichen Frühstücksflocken. So bald werde ich das Haus nicht mehr verlassen.

Ich würde gern schlafen. Mir scheint, ich sei müde, aber auch das gehört zu den Dingen, die sich nur schwer bestimmen lassen, da die Schlaflosigkeit meine biologische Uhr vollkommen durcheinandergebracht hat. Mir ist ein wenig kalt. Ich erschauere. Ich lege mir eine Decke um die Schultern und nehme mein Handy aus der Handtasche. Zwei SMS von meiner Mutter. Eine E-Mail des Notars bezüglich der Testamentsformalitäten. Ein verpasster Anruf von Anne. Ich kontrolliere, ob ich Empfang habe – gar nicht mal so schlecht –, und beschließe, sie zurückzurufen. Sie ist die Einzige, deren Stimme ich noch ertrage. Denn sie ist seine Mutter. Sie teilt meinen Schmerz mehr als jeder andere.

Ich fürchte, sie könnte nicht rangehen, für sie ist es sicher schon spät, aber sie meldet sich gleich nach dem zweiten Klingeln.

»Amande, ich habe auf deinen Anruf gewartet.«

»Ich habe meine Sachen eingeräumt.«

Ich lüge. Sie ahnt es, aber sie ist mir deswegen nicht böse.

»Bist du heute Nachmittag angekommen?«

»Ja.«

»Wie ist das Haus?«

»Ich werde bleiben. Ich habe den Vertrag unterschrieben.«

Und auch jetzt kein Kommentar zu der irrwitzigen Entscheidung, die ich vor wenigen Tagen erst getroffen habe. Meine eigene Mutter hätte dahingehend keine Hemmungen gehabt.

»Fühlst du dich dort wohl?«, fragt sie lediglich.

Nein, ich fühle mich hier nicht wohl. Ich fühle mich nirgends wohl. Hier ist es vielleicht weniger schlimm als anderswo, also bejahe ich ihre Frage.

»Bist du in der Wohnung gewesen?«, erkundige ich mich anschließend.

»Noch nicht.«

Ich spüre, dass sie sich genauso sehr davor fürchtet, die Räume zu betreten, wie ich. Und ich verstehe sie. Es ist noch so frisch.

»Ich gehe mit Richard zusammen hin.«

»Ja, das ist besser.«

Das Schweigen dehnt sich aus. Ich weiß nicht, was ich noch sagen soll, und sie auch nicht. Sie fängt sich als Erste wieder.

»Soll ich ein wenig sauber machen und aufräumen, bevor du zurückkommst?«

»Das ist nicht nötig.«

»Wirklich?«

»Ich glaube nicht, dass ich noch einmal dorthin zurückgehe.«

Ich höre sie schlucken.

»Soll ich sie dann untervermieten … Vorerst?«

Sie ist immer noch davon überzeugt, dass ich früher oder später in unser gemeinsames Zuhause zurückkehren werde. Aber ich weiß, dass ich nie wieder dort leben kann.

»Dann verlierst du wenigstens nicht jeden Monat Geld ... Jetzt, wo du zusätzlich noch die Miete in der Auvergne zahlst.«

»Ja, du hast recht ... So können wir es machen.«

Ich vertraue Anne. Sie bewahrt trotz ihres Schmerzes einen kühlen Kopf und kann noch klar denken.

»Ich kann mich diese Woche darum kümmern.«

»Einverstanden.«

»Richard geht am Mittwoch zum Notar. Dann brauchst du nicht eigens herzukommen.«

»Danke.«

Ich dränge zurück, was in mir aufzuwallen droht. Sie sind so aufmerksam. Ich will jetzt nicht anfangen zu weinen.

»Wenn dir die Zeit zu lang wird ... oder du dich einsam fühlst ...«

»Ich weiß, Anne.«

»Dann ruf uns an ...«

»Das mache ich.«

»Lass dich nicht unterkriegen.«

Ich weiß nicht, was ich darauf erwidern soll. Ihre Worte klingen wie eine besorgte Warnung. Ich schlucke und gebe die einzige Antwort, zu der ich fähig bin: »Ich glaube, ich versuche, ein bisschen zu schlafen.«

»Du hast recht, ruh dich aus. Wir telefonieren bald wieder, ja?«

»Ja.«

Ich habe ein paar Stunden geschlafen. Zwischen Mitternacht und zwei Uhr morgens, dann kam wieder diese übersteigerte Wachheit. Mein Gehirn weigert sich loszulassen, sich für ein paar Stunden abzumelden und mir die Ruhe zu gönnen, die ich brauche. So geht das seit achtzehn Tagen.

Ich wandere ziellos durch das Haus. Räume die Konservendosen in die Schränke, das hält mich davon ab, zu viel nachzudenken. An der Wohnzimmerwand entdecke ich einen alten Kalender. Niemand hat ihn seit dem Tod von Madame Hugues heruntergenommen, nicht einmal ihre Tochter. Die einzelnen Tage sind mit Anmerkungen versehen. Ich nehme ihn ab. Hier brauche ich nichts, was mir das Verstreichen der Zeit vor Augen führt. Jetzt nicht mehr. Danach rücke ich einen Stuhl an die gegenüberliegende Wand, wo eine alte Uhr mit einem Rosenstrauß auf dem Zifferblatt halb drei anzeigt. Die Herrin des Hauses ist gestorben, aber die Batterien nicht. Die Zeiger drehen sich langsam weiter, fast provozierend weisen sie mich darauf hin, dass die Zeit noch immer vergeht, dass das Leben nicht zu Ende ist. Aber das stimmt nicht. Das Leben ist zu Ende. Also nehme ich die Uhr von der Wand und werfe sie auf den Boden. Ich wollte sie nicht kaputt machen, nicht übermäßig grob sein, aber das Zifferblatt zerspringt in tausend Stücke, und die Zeiger verbiegen sich. Einer von ihnen landet unter der Anrichte, wo ihn niemand jemals wiederfinden wird. Es gibt keine Uhrzeiten mehr. Es gibt keine Daten mehr. Von nun an gibt es nur noch *demnächst* oder *irgendwann*. Keine Tage mehr, auch keine Nächte. Nur mich in diesem stillen Haus und meinen Kummer.

Drei Sonnen sind auf- und wieder untergegangen, seit ich die Haustür hinter meinen beiden einzigen Gepäckstücken geschlossen habe. Ich beobachte sie zwischen den geschlossenen Fensterläden hindurch, diese Sonnen, die das Leben da draußen erhellen. Die beiden hölzernen Flügel sind durch einen schmalen Spalt getrennt, gerade breit genug, dass ich den Sommer belauern kann. Ich habe mich nicht mehr nach draußen getraut, nicht einmal nachts. Ich habe kein Bedürfnis danach. Ich glaube, ich habe ein-, zweimal geschlafen. Ein paar Stunden. Ich hatte keine Albträume, das ist gut. Ich glaube, mein Gehirn ist mittlerweile zu erschöpft, um die grauenvollen Bilder von Benjamins entstelltem Körper heraufzubeschwören.

Als während der vierten Sonne ein Klopfen durch das Haus hallt, ist meine erste Reaktion Angst. Es ist idiotisch. Ich habe mich verbarrikadiert, hier bin ich sicher. Trotzdem habe ich Angst. Angst vor dem Öffnen? Angst davor, dass mir die Sonne direkt ins Gesicht scheint? Angst davor, jemandem gegenüberzustehen? Ich weiß es nicht. Wieder klopft es, und mir bleibt nichts anderes übrig, als mich zu bewegen, langsam, diesen scheinbar endlosen Flur entlang.

»Ja?«

Ich öffne nicht. Ich drücke mich an das hölzerne Türblatt, warte auf eine Antwort.

»Guten Tag, ich komme von der Firma Fibrenet. Man hat uns mitgeteilt, dass das Haus wieder bewohnt ist. Wollen Sie nicht aufmachen?«

Ich weiß es nicht. Plötzlich habe ich einen Kloß im Hals, als setzte sich die ganze Angst dort fest.

»Madame?«, fragt er noch einmal.

Also öffne ich. Ich weiß nicht genau, wieso. Und es trifft mich wie ein Schlag. Ich muss die Augen ein paar Sekunden zukneifen, bis sie sich an die Helligkeit gewöhnt haben.

»Entschuldigen Sie die Störung, ich bin Vertriebstechniker für die Firma Fibrenet. Wir bieten an, die Häuser hier in der Gegend mit einem Zehn-Megabit-Internetanschluss auszustatten. Der Herr vom Maklerbüro im Nachbardorf hat mir gesagt, dass Sie gerade eingezogen sind.«

Die Lichtblitze ösen sich auf, und ich erkenne den Umriss des Mannes. Mein erster Besucher, seit ich mich hier eingeschlossen habe. Ein kleiner, gedrungener Mann.

»Kann ich einen Moment reinkommen, um Ihnen unser Angebot vorzustellen?«

Sein Lieferwagen steht im Hof. Ein weißer Transporter mit dem roten Schriftzug des Unternehmens. Er folgt meinem Blick und fügt mit einem angedeuteten Lächeln hinzu: »Das ist kein Trick, Madame. Sehen Sie, da steht der Wagen unserer Firma. Ich habe bei Ihren Nachbarn achthundert Meter weiter einen Internetanschluss gelegt. Sie können sie fragen. Sie werden Ihnen auch sagen, dass sie zufrieden sind, es funktioniert ziemlich gut … Für diese Gegend, meine ich.«

Beim Sprechen stellt er einen Fuß auf die Stufen vor der Tür. Er glaubt, ich hätte es nicht bemerkt. Seine Hand legt sich an den Türrahmen, er ist kurz davor, in das Haus einzudringen, also schüttele ich den Kopf.

»Nein, ich bin nicht interessiert.«

Er mustert mich einen Moment mit gerunzelter Stirn. Ich weiß nicht, was er sieht. Zweifellos eine junge, zu blasse Frau mit ungewaschenem, fettigem blondem Haar, deren Körper in der zu weit gewordenen Kleidung fast verschwindet. Ich hätte nicht gedacht, dass man innerhalb von zweiundzwanzig Tagen so viel abnehmen kann.

»Vielleicht gehen Sie ja über Ihr Handy ins Internet«, versucht er es erneut. »Wir haben auch Paketlösungen mit mobilem Datenempfang und Hausanschluss im Angebot.«

»Nein, das interessiert mich nicht.«

Er richtet den Blick auf das Dach.

»Sie haben keine Fernsehantenne?«

Er wirkt überrascht.

»Nein.«

»Ohne Internetanschluss werden Sie niemals fernsehen können, Madame.«

Ich beginne, mich über ihn zu ärgern – über ihn und die Sonne, die er in mein Haus lässt.

»Das ist mir egal. Es ist nicht wichtig.«

Er zieht den Fuß zurück, stellt ihn wieder auf den Kiesbelag des Hofs. Er sieht ein, dass er verloren hat.

»Aber Sie müssen sich doch darüber informieren, was in der Welt vor sich geht!«

Ohne zu blinzeln, starre ich ihn an.

»Welche Welt?«

Das bringt ihn aus dem Konzept. Er verabschiedet sich mit einem knappen Nicken, geht zurück zu seinem Lieferwagen und fährt ohne ein weiteres Wort davon.

Als die vierte Sonne schließlich untergeht und die Kälte wie eine langsame Welle ins Haus kriecht, dringt zum zweiten Mal an diesem Tag ein Geräusch an meine Ohren. Diesmal ist es anders, weiter weg, gedämpfter. Ein explodierender Böller. Bald folgen weitere deutlich vernehmbare Explosionen, jeweils im Abstand von einigen Sekunden. Ich fürchte mich vor der Erkenntnis. Wie erstarrt bleibe ich vor der Schale sitzen, in der Instantnudeln schwimmen. Ich könnte ans Fenster gehen, zwischen den Fensterläden hindurchspähen und mit eigenen Augen sehen, was ich bereits ahne. Doch mein Körper rührt sich nicht. Ich ziehe es vor, die Tage zu zählen. Vier Sonnen. Zweiundzwanzig Tage seit dem 21. Juni. Heute ist der 13. Juli. Unten im Dorf, vielleicht auch weiter entfernt, in den Nachbardörfern, feiern die Menschen den Vorabend des Nationalfeiertags. Familien haben sich in den Gärten, am Straßenrand, vor dem Rathaus versammelt. Sie haben den Blick zum Himmel erhoben, bewundern die sprühenden bunten Funken. Heute ist der 13. Juli. Mein dreißigster Geburtstag. Vor Kurzem, sehr Kurzem, war ich noch neunundzwanzig Jahre alt. Ich teilte mein Leben seit vier Jahren mit Benjamin. Wir hatten vor, unsere kleine Wohnung im Großraum Lyon zu verlassen und in ein Haus auf dem Land zu ziehen. Aber vor allem war gerade mein achter Schwangerschaftsmonat angebrochen. Ich bereitete mich darauf vor, Mutter zu werden. Sie hätte Manon heißen sollen.

2

DEN ENTSCHLUSS, in eine menschenleere Gegend zu ziehen, fasste ich binnen weniger Tage. Ich musste dem Sommer entfliehen. Musste Ruhe finden, um nachzudenken. An sie zu denken. Dort war das unmöglich. Im Krankenhaus ließ man mich keine Minute allein. Sie haben es nie gesagt, aber ich habe es erraten. Sie hatten Angst, ich würde mir die Pulsadern aufschneiden. Es gab da diesen Psychologen, der versuchte, mich zum Reden zu bringen, aber er hat nicht viel erreicht. Ich stand unter Schock, war unfähig zu begreifen, dass mein Universum in Trümmern lag. Buchstäblich. Nach dem Krankenhaus nahm Anne mich mit zu ihnen nach Hause, in ihr Gästezimmer, das einst Benjamins Zimmer gewesen war, als er noch bei ihnen lebte. Ich habe nicht widersprochen, dazu fehlte mir die Kraft. Yann, Benjamins Bruder, blieb regelmäßig über Nacht, manchmal mit Cassandra, manchmal ohne sie. Anne bestand darauf, dass wir die Mahlzeiten gemeinsam einnahmen, auch wenn keinem von uns der Sinn nach Reden stand. Wir müssten uns gegenseitig stützen, sagte sie. Aber so hockten wir zu viert in einem Haus, das mir viel zu eng erschien … Außerdem gab es dort zu viel Licht. Im Nachbargarten schrien Kinder, veranstalteten Wasserschlachten. Manchmal drang Grillgeruch ins Wohnzimmer, gefolgt von Gelächter, Geschirrklappern und dem Klirren aneinanderstoßender Gläser. Anne tat so, als höre und rieche sie nichts. Aber ich konnte es einfach nicht ertragen.

Und dann kam meine Mutter von ihrer Insel. La Réunion. Dort hatte sie sich niedergelassen, sobald ich alt genug war, um allein zu leben und auf eigenen Beinen zu stehen. Anscheinend hatte sie schon immer davon geträumt. Aber nun kam sie zehn Tage nach der Beerdigung zurück nach Frankreich, in das Haus von Anne und Richard.

»Es tut mir so leid. Das war der erste Flug, den ich nehmen konnte.«

Ich habe nicht verstanden, warum Anne sie eingeladen hat, ebenfalls bei ihnen zu wohnen. Bestimmt dachte sie, ich bräuchte in dieser schweren Zeit die Unterstützung meiner Mutter. Sie hat sich getäuscht. Ich habe meiner Mutter ihre ständige Kritik an Benjamin nie verziehen.

»Ein arbeitsscheuer Hippie ist das, mehr nicht.«

Außerdem habe ich ihr nicht verziehen, dass sie während meiner gesamten Schwangerschaft so distanziert geblieben ist. Ich glaube, es gibt vieles, was ich ihr niemals verziehen habe, und ihr Fehlen bei der Beerdigung war der Tropfen, der das Fass zum Überlaufen brachte.

»Ich werde dir helfen, wieder auf die Beine zu kommen, Liebes.«

Ich weiß nicht, wie ich die ersten beiden Tage überstanden habe. Wahrscheinlich war ich in Gedanken einfach viel zu weit weg. Aber als sie mir am dritten Tag riet, möglichst schnell wieder arbeiten zu gehen, um »mein Leben in den Griff zu bekommen und nicht in Trübsal zu versinken«, forderte ich sie auf, wieder abzureisen. Als meine Mutter empört reagierte, sprang Anne für mich in die Bresche. Ich werde ihr auf ewig dankbar dafür sein, dass sie mir diese zusätzliche Krise erspart hat. Am nächsten Morgen flog meine Mutter zurück auf ihre Insel, und ich studierte die Anzeigen im Internet. Meine Suchanfrage lautete *Haus zur Miete auf dem Land*. Die Auvergne gehörte zu den

ersten Treffern meiner Recherche. Ich habe nicht lange nachgedacht. Ich musste so schnell wie möglich weg. Beim ersten
Besichtigungsangebot packte ich einen unpersönlichen Koffer
und fuhr los.

Benjamin hatte nichts von dem arbeitsscheuen Hippie, für
den meine Mutter ihn hielt. Zugegeben, in seinem braunen
Haar waren noch ein paar Spuren der Dreadlocks zu sehen, die
er in seiner Jugend getragen hatte. Sie verliehen ihm eine besondere Note, die mir gefiel. Als ich ihn kennenlernte, arbeitete
er in einer *Maison des jeunes et de la culture*, einem Jugend- und
Kulturzentrum, in Lyon. Er trug weite Jeans und einen Ohrring
und war offen für jeden. Er verhielt sich stets unbefangen, ganz
gleich, in welcher Gesellschaft. Er war weder eingebildet noch
zu geschwätzig, das hätte mich abgeschreckt. Nein, er war einfach nur ungezwungen, entspannt, fühlte sich wohl in seiner
Haut. Und er hatte ein gutes Herz. In der MJC war er als Sozialpädagoge angestellt. Die Jugendlichen nannten ihn Benji. Er
war das genaue Gegenteil von mir – und das ist er immer geblieben. Groß und dunkel, ich dagegen zierlich und blond.
Freundlich und aufgeschlossen, ich dagegen zurückhaltend
und misstrauisch. Ich arbeitete im Bezirksrathaus des achten
Arrondissements, und wir planten in Zusammenarbeit mit
diversen Organisationen, darunter Anwohnervereinen, Senio-
rentreffs und den Jugendlichen aus der MJC, einen Abend mit
Gratissuppenküche für Bedürftige. Also hatte ich mit dem Leiter der MJC des achten Arrondissements einen Termin vereinbart, um unser Projekt vorzustellen, und Benjamin war mir als
Ansprechpartner zugeteilt worden. Ich hatte noch nie zuvor
eine MJC betreten, und er hatte an jenem Tag alles getan, damit ich mich wohlfühlte. Er war freundlich gewesen, hatte mir
Kaffee angeboten, den ich dreimal ablehnte, und mir vorgeschlagen, nach unserer Besprechung noch bei einer Bandprobe

seiner Jugendlichen im Nebenraum zuzusehen. Das war keine spezielle Verführungstaktik von ihm, er versuchte lediglich, der kleinen, nervösen Blondine in ihrem schicken Kostüm die Anspannung zu nehmen. Doch ich blieb in der Defensive, beschränkte mich auf mein Suppenküchenprojekt und verzog jedes Mal verlegen das Gesicht, wenn er mich anlächelte. Mit einem Mann wie Benjamin hatte ich noch nie näher zu tun gehabt. Ich war auf der Hut. Er gehörte ganz einfach nicht in meine Welt.

Er brauchte einen Monat, in dessen Verlauf wir uns immer wieder wegen unseres Projekts getroffen hatten, um das Eis zu brechen und eine gewisse Kameradschaft zwischen uns zu begründen. Am Abend der Suppenküche, als der Duft von gekochtem Gemüse in der Luft hing und Sechzigerjahre-Rock-'n'-Roll aus den Lautsprechern dröhnte, gelang es ihm auf wundersame Weise, mich hinter das Hauptzelt zu führen. Wir hatten ein paar Bier getrunken. Es herrschte eine ausgelassene Stimmung. Ich wehrte ihn nicht ab, als er mich zu küssen versuchte. An diesem Abend habe ich meine fehlende Hälfte gefunden.

Vor einigen Jahren, das war noch in meinem früheren Leben, habe ich einen Artikel gelesen, dem zufolge es mittlerweile unüblich geworden sei, eine festgelegte Trauerzeit einzuhalten. Das allerdings habe für die Menschen durchaus problematische Folgen. Früher dauerte die offizielle Trauerphase Wochen, wenn nicht gar Monate. Die Frauen trugen als Ausdruck ihres Kummers Schwarz, ein langer Kreppschleier bedeckte ihr Gesicht, und jeglicher Schmuck war verboten, es sei denn, er bestand aus geschwärztem Holz. Männer befestigten ein schwarzes Kreppband um ihren Hut oder trugen eine schwarze Binde am Arm. Sämtliche Aktivitäten kamen zum Erliegen, und die Familien scharten sich zusammen. Man ließ den Menschen Zeit, ihren Schmerz zu pflegen, sich zu erinnern und sich angemessen zu verabschieden. Heute soll der Alltag weitergehen, kaum dass die Beerdigung vorbei ist: Arbeit, Rechnungen … Die Gesellschaft hat für Trauer keine Zeit mehr.

Aber ich kann das nicht. Darum habe ich mich in die Auvergne zurückgezogen. Ich brauche Zeit.

Meine Mutter hat noch ein paarmal versucht, mich zu erreichen. Ich habe die Mailbox rangehen lassen, obwohl ich bereits wusste, dass ich ihre Nachrichten nicht abhören würde. Sie will sicher wissen, wann ich wieder anfange zu arbeiten. Einen anderen Grund, mich anzurufen, hat sie nicht. Im Rathaus hat man mir unbezahlten Urlaub angeboten, noch bevor ich überhaupt Zeit hatte, mir selbst Gedanken darüber zu machen. Wahrscheinlich hatten sie Angst, ich würde mich sonst immer wieder krankschreiben lassen. Offenbar greift das in den öffentlichen Verwaltungen gerade um sich. Ich habe akzeptiert. Vorerst brauche ich kein Geld.

Wegen meiner Schlaflosigkeit kann ich mich kaum auf den Beinen halten und verbringe einen Großteil des Tages im Bett. Ich starre an die Decke. Meine Augen brennen. Ich müsste schlafen. Können diese Albträume mich nicht endlich in Frieden lassen? Ich entdecke einen Fleck an der Zimmerdecke. Wahrscheinlich Feuchtigkeit, die vom Dachboden aus durchsickert. Ich lasse den Fleck wachsen, bis er mein gesamtes Blickfeld ausfüllt und verschwimmt. Ich schlafe ein. Ohne es überhaupt zu bemerken.

Ich erwache mit einem wohligen Gefühl. Ich spüre, dass ich über drei Stunden tief und fest geschlafen habe. Vielleicht sogar vier. Ich habe keine Ahnung, die Uhr ist kaputt, und mein Handy liegt tief in meiner Handtasche vergraben. Ich lasse die Decke, in die ich mich gewickelt hatte, im Bett zurück und gehe durch den Flur in das hintere Zimmer, das Esszimmer. Dort bücke ich mich und spähe durch den schmalen Spalt zwischen den beiden hölzernen Fensterläden. Es ist dunkel. Nacht. Besser noch, ich stelle fest, dass es regnet und der Himmel von dicken Wolken verhangen ist. Nicht ein Stern ist zu sehen. Ich zögere, wie erstarrt stehe ich vor den geschlossenen Läden. Ein verrückter Gedanke ... Eine Minute oder zwei. Nicht mehr. Ich gehe hinaus in den Regen, in meinem Schlafanzug, den ich seit mehreren Sonnen nicht mehr ausgezogen habe. Sieben vielleicht. Ich habe jedes Zeitgefühl verloren.

Es ist ein feiner Nieselregen, der meine Haare kaum feucht werden lässt und nicht stark genug ist, um den Baumwollstoff des Schlafanzugs zu durchdringen. Die Luft riecht nach Erde, wie immer, wenn es regnet. Ein intensiver Humusgeruch. Zögerlich treten meine Füße auf das rutschige Gras. Ich kann mir nicht helfen, ich denke an Benjamin darunter, in seinem Sarg aus hellem Holz. Liegt er darin auch geschützt? Anne hat den Sarg ausgesucht. Ich lag im Krankenhaus. Man hatte mir in der Nacht des 21. Juni in aller Eile den Bauch aufgeschnitten, und die Narbe sah nicht gut aus. Die Ärzte fürchteten, sie könnte sich entzünden. Ich durfte nur kurz zur Beerdigung, und sie hatten mir verboten, stehen zu bleiben. Es war ein schöner Sarg. Anne hatte ein elegantes lackiertes cremefarbenes Holz ausgewählt.

Bei *ihr* hat man mir keine Wahl gelassen. Offenbar war sie noch nicht vollständig ausgebildet. Für mich hatte sie wie ein echtes Baby ausgesehen, ein vollauf lebendiges Baby, das weinen und an meiner Brust hätte trinken können. Aber sie atmete nicht. Ihr Herz hatte zu lange nicht geschlagen. Man hat mir erklärt, dass bei tot geborenen Föten grundsätzlich eine Feuerbestattung durchgeführt wird. Sie wurde noch am selben Tag eingeäschert, aber ihre Asche wurde erst drei Tage später im Garten der Erinnerung beigesetzt, zur gleichen Zeit, als man auch Benjamin in seinen Sarg legte. Bei ihr brauche ich mir wenigstens keine Sorgen wegen des Regens zu machen.

Ich weiß nicht genau, wohin ich gehe, aber ich setze einen Fuß vor den anderen. Bei diesem bedeckten Himmel, in dieser mond- und sternenlosen Nacht kann ich die Umrisse des Hauses nicht erkennen. Alles ist dunkel. Schemenhaft erahne ich die Kiefernwälder ringsum, mehr nicht. Also konzentriere ich mich auf die Gerüche. Die Erde, der Regen, das Harz, die Kiefernnadeln. Mir waren die Gerüche der Natur nie vertraut. Im Gegensatz zu Benjamin. Er ist im Jura aufgewachsen. Seine Eltern sind in den Großraum Lyon gezogen, als er achtzehn war. Und er hat die Liebe zur Natur, zu weiten, offenen Räumen nie verloren. Als er erfuhr, dass ich schwanger war, stand nicht eine Sekunde zur Debatte, in der Stadt zu bleiben. Er wollte, dass wir spätestens ein Jahr nach der Geburt unsere Jobs kündigten und aufs Land zogen. Wohin? Das hatten wir noch nicht entschieden. Er ging die Anzeigen durch, zeigte mir einige Fotos. Ich habe seinen Enthusiasmus nie geteilt, und meine vorgetäuschte Begeisterung war wenig überzeugend, aber er gab die Hoffnung nicht auf. »Du wirst schon sehen, wenn wir erst einmal da sind ...« Und ich dachte, dass er womöglich recht hatte. Ich war mitten in Lyon aufgewachsen, der Parc de la Tête d'Or war für mich der reinste Nationalpark, ich musste das alles erst noch kennenlernen.

Meine Mutter war ein eingefleischter Stadtmensch. Zumindest während der ersten fünfzig Jahre ihres Lebens. In der Stadt konnte sie regelmäßig neue Freundinnen finden, abends etwas trinken gehen und außerhalb der Arbeit ein Sozialleben führen, obwohl sie weder einen Mann noch eine richtige Familie hatte. Doch als ich mein Studium begann und von da an den größten Teil meiner Zeit auf dem Campus verbrachte, kam sie zu dem Schluss, dass ich nun alt genug sei, um auf eigenen Beinen zu stehen, und entschied, endlich ihren Lebenstraum zu verwirklichen und auf eine tropische Insel zu ziehen. Ich schaffte es, auf eigenen Beinen zu stehen. Ich hatte nur nicht unbedingt Lust dazu. Jedenfalls noch nicht so schnell.

Ob mit oder ohne Mutter, ich habe das Stadtleben immer gemocht. Dieses ständige Gewusel, das Gefühl, niemals allein zu sein, immer Menschen um mich zu haben, immer in Bewegung zu sein.

Und doch wandere ich heute Abend durch den Regen, in diesem abgelegenen Dorf inmitten der Kiefernwälder der Auvergne. Das ist bestimmt nicht das Haus, das Benjamin für uns ausgesucht hätte, aber die Umgebung hätte er geliebt, da bin ich mir sicher. Und so habe ich, umweht vom Duft nach Harz und frischer Erde, ein wenig das Gefühl, sein Projekt weiterzuverfolgen.

Ich putze Tag und Nacht. Das Haus ist nicht sonderlich schmutzig oder unaufgeräumt, aber ich muss mich beschäftigen. Da ich nicht schlafen kann, vergeht die Zeit unendlich langsam. Ich muss sie ausfüllen, sonst kehren meine Gedanken unablässig zu jenem Abend des 21. Juni zurück, zu Benjamins leblosem Körper, zu dem blutverschmierten Fötus. Ich fürchte mich so sehr vor diesen Bildern, dass ich mich mit Arbeit betäube, bis ich nicht mehr denken kann. Ich schrubbe die Anrichte in der Küche so energisch, dass ich die oberste Schicht des Schwamms abscheuere. Ich sortiere die Konserven in alphabetischer Reihenfolge. Brokkoli. Chili con Carne. Paella. Ratatouille. Rindfleisch in Tomatensoße. Sellerie. Spargel. Spinat. Zucchini-Rahmgemüse. Jeden Tag werden es weniger, aber ich fühle mich noch nicht bereit, der Welt da draußen entgegenzutreten.

Ich stöbere noch das kleinste Staubkorn auf den dunklen Lampenschirmen auf, inspiziere gründlich sämtliche Wandschränke. Hier eine alte Lokalzeitung. Dort ein vergilbtes Telefonbuch, dazu ein Kühlschrankmagnet mit den wichtigsten Notfallnummern. Im Wohnzimmerschrank zwei Bücher von Émile Zola und eine Straßenkarte. Die Tochter von Madame Hugues hat beim Aufräumen ein paar Kleinigkeiten übersehen. Ich stopfe all diese Dinge, die mir nicht gehören, in einen großen Müllbeutel und beschließe, ihn irgendwann, wenn ich mich nicht mehr so schwach fühle, auf den Speicher zu bringen.

Erst im letzten Moment fällt mir der drei Jahre alte Kalender ein, den ich neulich von der Wand genommen habe. Er liegt noch auf dem Tisch. Ich will ihn schon zu den anderen Zeugnissen aus Madame Hugues' Leben in den Plastikbeutel stecken, als mir die Notizen ins Auge fallen, die die alte Dame darauf hinterlassen hat. *Die Bohnen gießen. Die Zucchini abdecken. Den Treppenabsatz fegen. Die Fenster putzen.* Die meisten Einträge sind belanglos, andere jedoch origineller: *Mehr trinken.* Oder dieser hier in Form einer Frage: *Lockenwickler?*

Der Kalender wandert nicht in den schwarzen Müllbeutel. Er bleibt bei mir in der Küche. Und dafür gibt es keinen anderen Grund, als dass es mir Freude macht, diese runde Handschrift zu entziffern.

Vor meiner Abreise aus Richards und Annes Haus habe ich ihnen versprochen, keine Dummheiten zu machen und regelmäßig anzurufen. Das zweite Versprechen habe ich nicht gehalten. Mir war gar nicht aufgefallen, dass mein Handy seit mehreren Sonnen keinen Laut mehr von sich gegeben hatte. Der Akku war leer.

»Anne, ich bin's.«

Es ist erstaunlich, wie viele Emotionen in einem Schweigen mitschwingen können, wenn man nur darauf achtet. Annes Schweigen am anderen Ende der Leitung scheint Erleichterung auszudrücken. Riesige Erleichterung.

»Amande, ich habe mir Sorgen gemacht.«

»Mein Handyakku war leer.«

Wieder Schweigen. Ich glaube, Anne sucht nach Worten, weiß nicht, wie sie anfangen soll.

»Wir haben die letzten Unterlagen mit dem Notar durchgesprochen. Sie werden dir zugeschickt. Ich habe ihm deine aktuelle Adresse gegeben. Ich ... ich wusste nicht, ob dir das recht ist ...«

»Doch. Das war sehr gut. So ist es einfacher.«

»Dann schau nach deiner Post.«

»Mache ich.«

Anne lässt ein paar Sekunden verstreichen. Ich habe den Eindruck, sie wartet darauf, dass ich etwas sage, aber es kommt mir gar nicht in den Sinn, mich nach der Wohnung zu erkundigen. Sie ist diejenige, die das Thema anspricht.

»Richard hat mit Yann die Wohnung ausgeräumt.«

»Ah.«

»Sie sind letztes Wochenende hingefahren. Ich wollte sie begleiten, aber dann ...«

Ich schlucke. Sie braucht nicht weiterzureden, ich weiß Bescheid.

»Er hat ein Paar gefunden, das zur Untermiete dort wohnen würde«, fährt sie hastig fort. »Ab September. Ist das für dich in Ordnung?«

»Natürlich.«

»Sie haben die Sachen in unseren Keller gebracht. Ich habe ihnen gesagt, sie sollen alles mit Plastikplanen abdecken. Ich wollte nicht, dass die Feuchtigkeit rankommt. Du kannst sie dann irgendwann abholen.«

Ich antworte nicht. Ich weiß nicht, was ich sagen soll.

»Amande, ich wollte dich noch fragen, was mit den Sachen aus dem gelben Zimmer passieren soll ...«

Diesmal stockt mir der Atem. Ich höre kaum noch Annes Stimme, die aus dem Telefon dringt: »Richard dachte, du möchtest sie vielleicht verkaufen oder loswerden, aber ich wollte lieber vorher mit dir darüber reden. Wir haben genug Platz im Keller ... Wir können sie auch erst einmal hier einlagern. Das ist überhaupt kein Problem.«

Ich stehe in der Küche, in meinem alten Schlafanzug, der allmählich muffig zu riechen beginnt, und kann mich nicht entscheiden. Ich öffne den Mund, schließe ihn wieder. Ich weiß es nicht.

»Amande?«

»Ja.«

»Brauchst du noch etwas Zeit, um darüber nachzudenken?«

»Ja.«

Ich starre auf eines der Fenster, ohne es wirklich zu sehen. Ich warte darauf, dass dieses plötzliche Herzrasen, das mir Migräne bereitet, wieder nachlässt.

»Amande?«

»Ja.«

Die »Jas« kommen mir über die Lippen, ohne dass es mir wirklich bewusst ist, wie ein Atmen, ein automatischer Reflex, ich höre gar nicht richtig hin.

»Es ist jetzt drei Wochen her ...«

»Drei Wochen?«

»Seit du da eingezogen bist. Bist du sicher, dass ...«

Sie zögert. Sie will mich nicht kränken. Sie hat keine Ahnung, wie es mir im Moment geht, wie ich mit der Situation zurechtkomme.

»Möchtest du nicht vielleicht für eine Weile zurückkommen?«

»Noch nicht.«

Der Ton meiner Antwort ist unmissverständlich.

»Na gut. Aber wenn ...«

»Ich weiß, Anne. Danke …«

Ich bin erleichtert, dass sie mich nicht gefragt hat, ob ich schlafe oder etwas esse. Ich hätte sie wahrscheinlich anlügen müssen.

Das gelbe Zimmer war meine Idee. Eine Möglichkeit, dem traditionellen Rosa oder Blau zu entgehen. Wir waren nicht sehr originell. Benjamin träumte von einem Mädchen, ich von einem Jungen. Doch als wir erfuhren, welches Geschlecht das Baby hatte, war meine Freude genauso groß wie die seine. Er wollte aus der Stadt wegziehen, um ihr eine idyllische Kindheit zu ermöglichen. Ich wollte, dass wir heirateten, um denselben Namen zu tragen wie die beiden. Um eine richtige Familie zu sein. Wir haben kurz danach geheiratet. Auf dem Standesamt, nur wir beide und Yann und Cassandra, unsere Trauzeugen. Mein Bauch begann sich schon zu runden.

Ich habe das Zimmer gelb gestrichen, und Benjamin hat das Babybett und den Wickeltisch aufgebaut. Es waren hübsche weiße Holzmöbel. Über dem Bett habe ich einen Sticker an die Wand geklebt: ein Küken, das aus seinem Ei schlüpft. Die Bettwäsche war bereits gekauft, genau wie mehrere bunte Sets aus Body und Schlafanzug.

Sie sollte Manon heißen. Manon Luzin. Wir hatten auf blonden Haarflaum und Benjamins haselnussbraune Augen gewettet. Sie hätte am 20. August zur Welt kommen sollen. Stattdessen ist sie am 22. Juni um 5 Uhr 58 gestorben.

Es wird immer jemanden geben, der sich an Benjamin erinnert. Der von seiner Großzügigkeit berichtet, seiner Selbstlosigkeit, davon, wie sehr er seinen Beruf liebte, die Jugendlichen, die MJC, seine Familie. Sein Lächeln wird in Erinnerung bleiben, auch sein verwuscheltes braunes Haar und der Ohrring, über den sich alle lustig machten.

Bei *ihr* ist das anders. Sie hat für die anderen nie existiert. Sie haben sie nie gesehen, haben sie nie gespürt, berührt. Sie hätte sein sollen, aber sie war nicht. So einfach ist das. Ich bin die Einzige, die weiß, dass das nicht stimmt. Ich bin die Einzige, die weiß, dass sie existiert hat, wirklich existiert, abgesehen von diesen wenigen Sekunden im Krankenhaus, als ihr kleiner toter Körper dem meinen entrissen wurde. Benjamin hätte es auch gewusst. Sie existierte in unseren Köpfen, in unseren Herzen, lange bevor ihr Körper in die Welt kam. Aber Benjamin ist nicht mehr da, und jetzt gibt es nur noch mich, die sich an sie erinnert.

Ich glaube nicht, dass ich die Sachen aus dem gelben Zimmer abgeben möchte. Jetzt noch nicht.

3

ES BLEIBT MIR NICHTS ANDERES ÜBRIG, als meinen Zufluchtsort zu verlassen. Alle Konserven sind aufgebraucht. Der Inhalt meines letzten Päckchens Reis reicht gerade noch einen halben Tag. Ich esse kaum etwas, aber ein wenig esse ich doch, sonst hätte ich nicht mehr genug Energie, um aus dem Bett aufzustehen. Die Schlaflosigkeit zerstört alles. Ich dachte, früher oder später würde ich vor Erschöpfung einschlafen. Ich habe mich getäuscht. Irgendetwas blockiert in meinem Gehirn, irgendetwas hindert mich daran, lange zu schlafen. Eine extreme Wachsamkeit. Ein Überlebensinstinkt?

Heute Morgen muss ich meine letzten Kräfte mobilisieren, um mich zu waschen, mich anzuziehen und zum Auto zu gehen.

Ich habe alles bis in die letzte Einzelheit geplant. Daher weiß ich, dass der nächste Supermarkt zwölf Kilometer entfernt ist. Ich habe eine detaillierte Einkaufsliste geschrieben, um so wenig Zeit wie möglich unter der grellen Beleuchtung zwischen all diesen Menschen zu verbringen. Auch der Zeitpunkt meines Einkaufs ist nicht zufällig gewählt: Um diese Zeit herrscht in den Läden der geringste Andrang und auf den Straßen nur wenig Verkehr. Was ich will, ist, so schnell wie möglich in meine Dunkelheit zurückzukehren.

Eine Stunde und zwei Minuten habe ich gebraucht, um die unangenehme Pflicht hinter mich zu bringen. Nichts Bemerkenswertes an dieser ersten Ausfahrt seit vielen Sonnen. Nur ein Motorrad auf der Straße, aber ich war zu tief in Gedanken versunken, um mich davon aus der Fassung bringen zu lassen. Zurück in meiner sicheren Küche, wo mir der Rest der Welt nichts anhaben kann, sortiere ich die Einkäufe ein. Diesmal nach Verfallsdatum. Das ist sinnvoller als eine alphabetische Ordnung, vor allem aber erfordert es mehr Zeit und Konzentration. Ich kann nicht nachdenken.

Nachdem ich den letzten Beutel Toastbrot verstaut habe, falle ich erschöpft ins Bett. Ich habe das Gefühl, dass ich nun endlich schlafen werde. Ich schließe die Augen, lege beide Hände flach neben den Körper, lasse meinen Nacken schwer werden. Ich bin entspannt und davon überzeugt, dass ich diesmal einschlafen werde. Plötzlich drängt sich das Bild des Motorrads, dem ich vorhin begegnet bin, in meine Gedanken. Eine Sportmaschine, genau wie die von Benjamin, aber schwarz-grün. Seine war schwarz, einfach nur schwarz.

Im Gegensatz zu den Frauen von Benjamins Bikerfreunden hatte ich nie Angst, wenn ich ihn unterwegs wusste. Nicht weil ich von Natur aus zuversichtlich und optimistisch wäre, sondern weil Benjamin vorsichtig war. Natürlich liebte er die Geschwindigkeit, er liebte es, das Vibrieren des Motors unter seinem Körper zu spüren, sich in die Kurven zu legen, aber ihm war stets bewusst, dass überall Gefahr lauerte, und ich wusste, dass er vernünftig war. Obwohl ich so ein rettungsloser Hasenfuß bin, hatte ich nie Angst, hinter ihm aufzusteigen.

Ich habe mir nie übermäßig Sorgen gemacht, wenn er später nach Hause kam. Ich wäre nie auf die Idee gekommen, dass er bei einem Motorradunfall sterben könnte.

Ich habe ein paar Stunden geschlafen. Nach Einbruch der Dunkelheit bin ich zum Briefkasten gegangen. Ich glaubte, einen Schatten zu erkennen, der ins Gestrüpp auf der gegenüberliegenden Straßenseite huschte. Ich bin mir beinahe sicher, dass es eine streunende Katze war.

Ich sitze am Küchentisch und öffne ohne Hast den Brief des Notars. Das Protokoll des Treffens. Wie vereinbart erbe ich als Benjamins Ehefrau einige Vermögenswerte. Außerdem wird mir seine Lebensversicherung ausgezahlt. Benjamin und ich waren nicht wohlhabend, aber wir hatten beide ein wenig Geld zur Seite gelegt. Von dem Erbe, dessen Höhe der Notar mir schwarz auf weiß mitteilt, kann ich in meiner Abgeschiedenheit eine Weile leben. Ich schiebe den Brief, der mir nicht mehr verrät, als ohnehin vorgesehen war, beiseite und ziehe den alten Kalender von Madame Hugues heran, den ich immer noch nicht weggeworfen habe.

Ich beginne mit dem Monat April, dessen Foto einen Strauß gelber Rosen auf einem schlichten hölzernen Gartentisch zeigt. In einigen Feldern stehen Anmerkungen. 2. April: *Salatsetzlinge einpflanzen*. 6. April: *Schnittlauch teilen*. 10. April: *Gemüsebauer*. 13. April: *Petersilie säen*. 18. April: *Brot mit Erdbeermarmelade?* 20. April: *Dahlien pflanzen*. 22. April: *Sitzgruppe unter Pauls Baum aufstellen*. 30. April: *Oleander umtopfen*.

Ich lese noch einmal den Eintrag *Sitzgruppe unter Pauls Baum aufstellen*. Ich frage mich, wer Paul ist und welcher Baum wohl ihm gehört. Bislang habe ich die nähere Umgebung des Hauses nur im Dunkeln gesehen. Bäume konnte ich dabei nicht erkennen.

Und damit erlischt meine Neugier schon wieder, ich habe nicht genug Energie, um sie lebendig zu erhalten, die Erschöpfung siegt.

Durch den Spalt zwischen den Fensterläden beobachte ich die Sonne, die langsam über den Baumwipfeln auf den umliegenden Hügeln aufgeht. Ich habe seit vielen Sonnen nicht mehr geschlafen. Ich habe nicht mehr in Madame Hugues' Kalender gelesen, bin ziellos durch das Haus gewandert, in immer mehr Decken gehüllt, weil mir immer kälter wird. Ich verliere zunehmend an Substanz, als verschwände ich Stück für Stück.

Ich durchforste meine Vergangenheit nach glücklichen Momenten. Doch da meine Kraft und Energie schwinden, fällt es mir immer schwerer, die Bilder der Nacht des 21. Juni von mir fernzuhalten. Was, wenn ich aufhörte, dagegen anzukämpfen? Wenn ich sie einfach über mich hereinbrechen ließe?

Später – ist es eine andere Sonne? Ich weiß es nicht mehr – ruft Anne an. Mechanisch nehme ich den Anruf entgegen.

»Amande, möchtest du uns am Sonntag besuchen kommen?«

Ich weiß nicht, welcher Tag heute ist. Ich antworte Nein, ich müsse mich ausruhen, ich schlafe zu wenig. Sie fragt mich, ob ich Schlaftabletten brauche oder etwas anderes, ganz gleich was, sie könne gern vorbeikommen, mit oder ohne Richard. Ich weiß es nicht. Und das antworte ich ihr auch.

»Ich kann am Sonntag kommen …«, wiederholt sie.

Einverstanden, höre ich mich sagen, Sonntag, aber abends, nicht tagsüber.

Ich will nicht, dass sie die Sonne in mein Haus lassen.

Ein Abendessen für Anne und Richard gibt mir ein neues Ziel. Ich bin nicht in der Verfassung, das Haus zu verlassen und frische Lebensmittel einzukaufen, aber ich habe noch verschiedene Konserven und einige nicht abgelaufene Milchprodukte, aus denen ich ein halbwegs brauchbares Gericht kochen kann. Aus Dosenratatouille, gefülltem Braten im Vakuumbeutel und einem Paket Nudeln bereite ich einen Nudelauflauf zu. Darüber streue ich einen Rest geriebenen Gruyère, aus dem ich die grünlich angeschimmelten Brösel aussortiert habe.

Ich versuche, mich auszuruhen. Auch wenn ich nicht schlafen kann. Ich zwinge mich, stundenlang liegen zu bleiben, vor allem zwischen zwei Sonnen, ich bin davon überzeugt, dass ich auf diese Weise etwas Antrieb zurückgewinne.

Ich musste auf meinem Handy nach dem Datum sehen, um zu wissen, wann Sonntag ist. In drei Tagen. Der 17. August. Das Ende des Sommers rückt näher.

An diesem Tag muss ich wohl oder übel die Fensterläden öffnen. Sie sollen nicht wissen, dass ich in permanenter Dunkelheit lebe. Ich warte damit bis zum letzten Moment. Das Wohnzimmer wirkt verändert im natürlichen Abendlicht. Einladender. Nicht so kalt.

Ich decke den Tisch, stelle einen Wasserkrug dazu, schalte den Ofen aus. Der Auflauf muss durch sein, ein angenehmer Duft erfüllt den Raum. Ich schütte einen Obstsalat aus der Dose in eine Schüssel und bestäube ihn mit Kristallzucker. Ich habe leise Zweifel, was das Ergebnis angeht, und ich stelle ihn zurück ins Kühle. Das wird unser Nachtisch.

Ich verstecke die gelblich verfärbten Decken, in die ich mich tagsüber hülle, vor ihren Blicken. Versprühe etwas Duftspray im Flur, im Bad, im Wohnzimmer. Versuche, mich vernünftig anzuziehen. Schwarze Hose. Eine dünne rosa Bluse. Mein blondes, stumpf gewordenes Haar binde ich zu einem Knoten. Dann warte ich auf das Geräusch. Den Motor eines nahenden Wagens.

Motorengeräusche. Der unter den Rädern knirschende Kies. Dann zwei zuschlagende Autotüren. Ich öffne die Tür und stelle erleichtert fest, dass es inzwischen fast dunkel geworden ist. Die Tage werden wieder kürzer.

Sie wirken erfreut, mich in meiner rosa Bluse auf den Stufen zu sehen. Ich muss wohl gut aussehen. Oder zumindest passabel. Und auch sie haben sich Mühe gegeben, lebendig zu wirken. Anne trägt ein taupefarbenes Kleid und goldene Sandalen. Richard marineblaue Bermudashorts.

»Ist das kühl hier!«, ruft Anne und nimmt mich in die Arme. »Ich kann euch Strickjacken leihen.«

Dann umarmt mich auch Richard. Er ist groß und dunkel wie Benjamin, mit den gleichen haselnussbraunen Augen. Sie haben recht, es ist kühl. Seit dem Brief des Notars war ich nicht mehr draußen, und ich stelle fest, dass die Temperaturen deutlich gesunken sind.

»Ihr hättet nichts mitbringen sollen. Kommt rein …«

Sie schenken mir einen Blumenstrauß. Hellrosa, violett, knallrot. Viel zu viele Farben für mein Haus, denke ich, und dass ich noch nicht bereit bin, sie vor Augen zu haben. Mir wird nichts anderes übrig bleiben, als ihn morgen wegzuwerfen. Aber erst einmal bin ich glücklich, Anne und Richard hier bei mir zu haben, in meinem Haus. Sie machen keine Bemerkung über die in die Jahre gekommene, altmodische Einrichtung. Stattdessen sagen sie nur: »Das riecht aber gut!«, als sie das Wohnzimmer betreten.

Keiner von beiden bittet mich, ihnen das Haus oder den Garten zu zeigen. Auch ihnen fehlt wahrscheinlich die Kraft, für irgendetwas Interesse aufzubringen. Anne legt den Blumenstrauß neben den Wasserkrug auf den Tisch und erkundigt sich nach der Toilette. Richard bleibt steif neben mir in der Küche stehen, räuspert sich und hält mir eine Plastiktüte mit einem aufgedruckten grünen Kreuz hin.

»Was …«

Ich begreife, dass es sich um Schlaftabletten handelt.

»Anne nimmt die gleichen«, erklärt Richard.

Ich danke ihm und lege die Tüte in den Schrank über dem Spülbecken.

»Sie ist bei einem Psychologen in Behandlung«, ergänzt er, obwohl ich nicht nachgefragt habe.

Ich nicke und stelle mir vor, dass ich ihn dabei anlächle. Aber

40

ich bin mir nicht sicher, ob es mir geglückt ist. Er deutet auf meinen Bauch. Unter der hellrosa Bluse ist von diesem früheren Leben schon nichts mehr zu erkennen. Mein Bauch ist weggeschmolzen. Geblieben ist nur die faltige, schlaffe Haut, die sich mühsam wieder zusammenzieht. Die Haut und die schreckliche Narbe.

»Keine Entzündung mehr?«

»Nein, alles gut.«

Ich vermeide es, sie anzuschauen, und trotzdem sehe ich sie jeden Tag. Das beunruhigende Rot, aus dem gelblicher Eiter austrat, ist verschwunden. Sie ist rosig geworden, und ihre Ränder verschwimmen. Mit der Zeit wird sie verblassen, aber sie wird immer sichtbar bleiben, und ich hänge an ihr.

Anne kommt in die Küche zurück und unterbricht unsere geflüsterte Unterhaltung.

»Du hast viel Platz ...«

Mehr fällt ihr zum Anblick meines jämmerlichen Hauses nicht ein, und ich kann sie verstehen.

Bei Tisch sind wir unfähig, über etwas anderes zu reden. Benjamins Grab. Die Kondolenzschreiben und sonstigen Zeichen der Anteilnahme, die Anne und Richard erhalten haben. Die blühende Mandevilla, die sie auf das Grab gestellt haben. Ich glaube, es tut ihnen gut, mit mir zusammen zu sein, nur mit mir, niemandem etwas vormachen zu müssen, einfach nur über seinen Tod zu reden und sonst nichts.

»Die Polizei war vor zwei Wochen bei uns. Sie wollten wissen, ob wir wegen dieser Böller Anzeige gegen unbekannt erstatten wollen.«

Sie mustern mich forschend. Sie möchten wissen, wie ich dazu stehe. Ich zucke mit den Schultern.

»Ich weiß nicht ... Wozu ...?«

Anne nickt.

»Das habe ich den Polizisten auch gesagt, aber … wir wollten hören, was du davon hältst.«

Sie erzählen, dass eine Meldung in der Zeitung stand, der zufolge es in Zukunft verboten sei, Knallkörper in der Nähe von Straßen zu zünden, solange diese nicht für den Verkehr gesperrt wurden.

Danach breitet sich erneut Schweigen aus, und ich nutze die Gelegenheit, um die Teller abzuräumen und den Obstsalat in kleine Tonschälchen zu verteilen.

»Amande, wir müssen dir noch etwas sagen.«

Ich halte inne, die Schöpfkelle schwebt reglos über der Schüssel. Es war Anne, die gesprochen hat, und in ihren Augen stehen Tränen. Sie weiß nicht, wie sie fortfahren soll, also löst Richard sie mit seiner ruhigen Stimme ab: »Yann wollte es uns eigentlich beim Familiengrillen am 14. Juli erzählen … aber nach dem Unfall und allem, was passiert ist, da … da musste er es verschieben.«

Auch er braucht jetzt einen Moment, um sich wieder zu fassen. Ich warte ab.

»Wir wollten es dir nicht verheimlichen, aber wir wussten, dass es schwierig sein würde. Wir wollten es dir nicht am Telefon sagen …«

Anne legt eine Hand auf seinen Unterarm, um ihn zu unterbrechen, sie will weiterreden, sie will das übernehmen.

»Sie hätten im Abstand von ein paar Monaten zur Welt kommen sollen. Das war es, was Cassandra und Yann wollten …«

Meine Hände beginnen zu zittern. Ich bin nicht sicher, ob ich sie richtig verstehe. Ich höre auf zu atmen.

»Sie bekommen ein Baby. Ein kleines Mädchen. Im Januar.«

Der Obstsalat ist tatsächlich viel zu süß, beinahe ungenießbar, aber niemanden kümmert es. An diesem Abend möchte ich sterben. Es ist das erste Mal, dass dieser Gedanke in mir so klar Gestalt annimmt. Ich liebe Yann, Benjamins jüngeres Ebenbild, und ich liebe Cassandra, ihre offene Art und ihre Spontaneität. Für mich waren sie immer mehr als nur mein Schwager und meine Schwägerin. Sie hätten Manons Paten werden sollen. Und trotzdem will ich an diesem Abend einfach nur sterben.

4

ANNE UND RICHARD HABEN SICH VERGEWISSERT, dass ich nicht zusammenbrechen werde, bevor sie sich sehr spät – es ist schon nach Mitternacht – von mir verabschieden und sich auf den Rückweg nach Lyon machen. In meinem Bett verliere ich schließlich die Fassung. Ich lasse los. Gebe den Kampf auf. Die Bilder stürzen auf mich ein.

Der Sommeranfang fiel in diesem Jahr auf einen Freitag. Freitags mache ich im Rathaus immer um drei Uhr Schluss. Ich war mit den Öffentlichen nach Hause gefahren und hatte ein wenig aufgeräumt, bis Benjamin kam. Es war warm, aber die Schwangerschaft hatte mir nichts von meiner Energie geraubt. Eine Bilderbuchschwangerschaft, hatte mein Gynäkologe gesagt. Ich arbeitete in Vollzeit, ging zweimal pro Woche ins Schwimmbad, jeden Sonntag zu Fuß auf den Markt, und wir schliefen noch regelmäßig miteinander. Ich war zuversichtlich, den Beginn meines Mutterschaftsurlaubs bis zum letzten Moment hinauszögern zu können, damit ich nach der Geburt umso mehr Zeit mit meinem Baby hätte.

Benjamin kam kurz nach siebzehn Uhr. In den umliegenden Straßen hörte man schon die erste Musik. Bands testeten ihre Instrumente, improvisierten ein bisschen.

»Möchtest du rausgehen?«, fragte er.

Ein paar Gruppen traten auf: Rock auf der Esplanade, Jazz in einem Café, ein Chor beim Bahnhof und einzelne Gitarren und Akkordeons über das ganze Viertel verteilt. Ich stimmte zu. Ja, ich wollte mit Benjamin spazieren gehen, seine Hand an meiner Taille spüren, mich in eine Bar setzen, Limonade trinken, mit dem Fuß im Takt wippen, meinen prallen Bauch unter dem Kleid sehen und mir vorstellen, wie mein Baby von all diesen Klängen gewiegt wurde.

»Wir können sogar draußen essen«, hatte er hinzugefügt.

Was für eine schöne Aussicht. Mit der *Fête de la Musique*, dem Fest der Musik, wurde wie in jedem Jahr der Beginn des Sommers gefeiert. Ich musste nur noch einen Monat arbeiten. Danach planten wir, für ein paar Tage an die Atlantikküste zu fahren, aber nicht zu lange, zur Geburt von Manon wollten wir wieder zu Hause sein. Alles Weitere versprach ebenso unproblematisch zu werden. Das Zimmer war fertig eingerichtet. Die Kleidung gekauft. Wir besuchten gewissenhaft unseren Geburtsvorbereitungskurs, Benjamin verpasste keinen einzigen Termin. Nichts machte mir Angst. Nicht einmal die Schmerzen.

»Ich gehe noch schnell unter die Dusche, ja? Danach können wir los.«

Er zog sein T-Shirt aus und war schon auf dem Weg ins Bad, als sein Handy klingelte. Jugendliche aus der MJC. Das wurde mir klar, als ich ein »Benji, ich bin's ...« hörte. Es ging um einen Schrank, um den Schlüssel, den jemand in der Schreibtischschublade am Empfang suchen sollte, darum, sich zu vergewissern, dass auch alles da war. Das Gespräch zog sich in die Länge, Benjamin schenkte sich ein Glas Wasser ein, während er darauf wartete, dass die Jugendlichen am anderen Ende der Leitung etwas überprüften. Schließlich seufzte er und sagte, er werde gleich da sein.

»Was ist los?«, fragte ich, als ich sah, wie er sein T-Shirt wieder anzog.

»Die Jungs von der Band.«

»Was haben sie denn?«

»Mika hat die Noten und Instrumente in den großen Schrank im Musikraum gelegt. Und jetzt ist der Schlüssel nicht aufzufinden.«

»Du fährst also noch mal hin?«

»Ich habe den Zweitschlüssel. Ich schließe ihnen auf und komme dann sofort zurück.«

Ich folgte ihm zur Wohnungstür und lehnte mich gegen den Rahmen.

»Nimmst du den Wagen?«, fragte ich.

»Nein. Das Fest fängt gleich an, und die Straßen sind verstopft, da bin ich mit dem Motorrad schneller.«

»Gut.«

Er küsste mich flüchtig und sagte noch einmal, dass er in weniger als einer Stunde zurück sein werde.

Ich duschte kühl, zog ein weißes Sommerkleid an und flocht meine Haare zu einem Zopf. Dann machte ich mir einen Himbeerblättertee, meinen Lieblingstee, und während er abkühlte, blätterte ich in einem Katalog. *Baby & Co.* Auf den Glanzpapierseiten war Spielzeug für Neugeborene bis zu drei Monaten abgebildet. Rasseln, Beißringe … Alles kunterbunt. Gelb, rot, blau … Nachtlichter, die Musik und Lichtspiele erzeugten. Ich sah auf die Uhr und stellte fest, dass Benjamin zu optimistisch gewesen war, inzwischen war er schon eine Stunde und zehn Minuten fort. Ich trank ein paar Schlucke Tee und blätterte weiter zu den Schuhen. Ich entdeckte rosa Sandalen und entzückende Söckchen mit Giraffenkopfmuster. Nachdem ich auf die Toilette gegangen war und nach draußen auf die Straße geschaut hatte, die sich allmählich mit Menschen und Musik füllte, widmete ich mich den Seiten mit »Badeanzügen für die ganz Kleinen« und fragte mich, ob ich Manon wohl ins Schwimmbad mitnehmen und mit ihr zum Babyschwimmen gehen könnte. Der Tee war inzwischen kalt geworden. Mein Magen begann sich zu regen. Wo blieb Benjamin denn nur? Ich zuckte zusammen, als es an der Gegensprechanlage läutete. Weil ich glaubte, es sei Benjamin, drückte ich den Türöffner, ohne ranzugehen. Er vergaß oft seinen Schlüsselchip. Ich öffnete die Wohnungstür und hörte Schritte, die auf den Fliesen hallten. Ohne mir weiter Gedanken darüber zu machen, bemerkte ich, dass nicht eine, sondern zwei Personen die Treppe heraufkamen.

Dann standen sie vor mir. Zwei Polizisten in Uniform. Einer hielt sich ein wenig im Hintergrund, sein Blick wich dem meinen aus.

»Madame Luzin?«, erkundigte sich der andere mit sanfter Stimme.

»Ja.«

Was könnte ich getan haben?, fragte ich mich. *Habe ich vergessen, einen Strafzettel zu bezahlen?*

»Guten Tag, mein Name ist Inspecteur Dumont, und das ist Inspecteur Florel. Wir kommen vom hiesigen Polizeirevier. Es geht um Ihren Mann. Benjamin Luzin. Können wir einen Moment reinkommen?«

Ich dachte an die Jugendlichen aus der MJC. Ging es um Drogen? Eine Prügelei? War Benjamin festgehalten worden? Hatte man ihn in Gewahrsam genommen? Ich trat von der Tür zurück, und sie fragten mich, wo das Wohnzimmer sei.

Angesichts der beiden uniformierten Männer fühlte ich mich in meinem weißen Sommerkleid unwohl.

»Dürfen wir uns setzen?«

Der Polizist mit der sanften Stimme deutete auf das Sofa.

»Natürlich«, antwortete ich.

»Sie auch, Madame Luzin«, fügte er hinzu. »Nehmen Sie doch bitte Platz.«

Trotz meines Unbehagens setzte ich mich ihnen gegenüber und zog das Kleid über meine Knie. Der Polizist mit dem ausweichenden Blick starrte auf meinen Bauch und vermied es noch offensichtlicher als an der Wohnungstür, mir in die Augen zu sehen. Sie kamen ohne Umschweife zur Sache.

»Madame Luzin, wir haben leider eine schlechte Nachricht für Sie.«

Sie machten eine Pause. Später habe ich erfahren, dass diese Formulierung zum üblichen Prozedere gehört, sie soll den Angehörigen ermöglichen, sich mental vorzubereiten und auf das Schlimmste gefasst zu machen. Aber ich war in Gedanken noch immer bei der vermeintlichen Prügelei in der MJC, bei Benjamin in Polizeigewahrsam. Mit dem, was nun folgte, hatte ich absolut nicht gerechnet.

»Ihr Mann hatte heute Abend um 18 Uhr 10 einen Verkehrsunfall auf der Avenue Jean Mermoz. Beim Eintreffen der Rettungskräfte um 18 Uhr 18 wurde nur noch sein Tod festgestellt. Die Sanitäter vor Ort konnten nichts mehr für ihn tun. Es tut uns aufrichtig leid.«

An die nächsten Sekunden habe ich keine klare Erinnerung mehr. Ich glaube, ich stand unter Schock und begann zu zittern. Ich weiß noch, dass der Polizist mit dem ausweichenden Blick ein Glas Wasser brachte und mir ein Kissen in den Rücken schob. Ich weiß noch, dass ich ihnen nicht glaubte, gar nicht realisierte, dass sie die Wahrheit sagten. Stattdessen wiederholte ich immerzu die gleichen Sätze: »Er ist nur kurz zur MJC gefahren ... Er wollte sofort zurückkommen ... Er ist gleich wieder da.«

Sie versuchten, meine unzusammenhängenden Satzfetzen zu übertönen, ohne grob zu werden oder mich zu überfordern. Sie wollten mir begreiflich machen, dass er tot war, dass er nicht mehr zurückkommen würde. Es war völlig absurd, vor weniger

48

als zwei Stunden war er doch noch da gewesen, es ging ihm gut. Wir wollten in der Stadt zu Abend essen, Musik hören.

»Ich verstehe, dass Sie unter Schock stehen, Madame«, sagten sie.

Und noch mehr … Etwa, dass Benjamin die Avenue Jean Mermoz entlanggefahren sei, die breite Ausfallstraße zur Autobahn und dem Stadtring, wo nicht fünfzig, sondern achtzig Stundenkilometer erlaubt sind. Sie sagten, dass dort Gruppen von Jugendlichen unterwegs waren, die zur *Fête de la Musique* ins Zentrum von Lyon wollten. Sie stritten herum und machten sich einen Spaß daraus, einander am Straßenrand Knallkörper zwischen die Beine zu werfen. Benjamin hatte sie vermutlich gar nicht gesehen. Er trug seinen Helm und hatte den Blick wahrscheinlich auf die Ampel gerichtet. Als diese auf Grün umsprang, beschleunigte er. Weil die Straße frei war, auf ein etwas höheres Tempo, was auf diesem Straßenabschnitt auch vollkommen angemessen war.

»Sie haben wahrscheinlich nicht auf sein Vorderrad gezielt, Madame …«

Aber genau da war der Böller explodiert. Auf Höhe des Rads, direkt vor seiner Maschine. Ohne Vorwarnung.

»Die Zeugen berichten, dass er vor Überraschung scharf nach links gezogen hat. Er fuhr über siebzig Stundenkilometer, und das Motorrad geriet aus dem Gleichgewicht. Der entgegenkommende Lieferwagen konnte nicht mehr bremsen.«

Ich stelle keine Fragen an jenem Tag, in meinem Wohnzimmer, wo zwei Polizisten versuchen, mir diese unfassbare Geschichte beizubringen. Ich stelle keine Fragen, und trotzdem fügen sie hinzu: »Das Motorrad ist unter die Räder geraten. Er hat nicht gelitten. Er war sofort tot.«

Ich erinnere mich an das Schweigen, das auf diese Worte folgt. An die Polizisten, die mich nicht aus den Augen lassen.

Ich bin vermutlich leichenblass, aber noch immer schüttele ich den Kopf.

»Er wollte sofort zurückkommen ...«

Immer wieder dieselben Worte. *Er wollte sofort zurückkommen* ... So schnell kann das doch nicht passiert sein. So schnell stirbt man nicht. So funktioniert das nicht. Gerade war er doch noch da, eine Stunde wollte er weg sein, nicht länger. Zum Abendessen sollte er wieder zurück sein. Ich hatte gerade genug Zeit gehabt zu duschen, einen Tee zu trinken und in einem Heft zu blättern, und jetzt wollte man mir einreden, er sei innerhalb dieser wenigen Augenblicke gestorben? Wollte mir einreden, vor seinem Motorrad sei ein Böller explodiert, Benjamin sei nach links ausgewichen, die Maschine sei gestürzt, ein Lieferwagen habe ihn überfahren, die Rettungskräfte seien gekommen, hätten Benjamin abgehorcht und ihn für tot erklärt? Dann hätten sie die Polizei gerufen, Polizisten, die jetzt in meinem Wohnzimmer saßen? Wollte man mir ernsthaft einreden, dass in nicht einmal zwei Stunden meine ganze Welt zusammengebrochen war, während draußen noch die Sonne schien, die Bands zu spielen begannen und mein Tee gerade erst abgekühlt war?

»Können wir jemanden für Sie anrufen?«

»Anne. Anne und Richard Luzin. Seine Eltern.« Ich gab ihnen die Telefonnummer.

Dann halfen sie mir hoch. Ich wusste nicht, wohin sie mit mir wollten. Sie forderten mich auf, eine Jacke und meinen Ausweis zu holen. Draußen hüllte die untergehende Sonne alles in schönen kupferfarbenen Glanz. Ein Pärchen überquerte Hand in Hand die Straße. Sie setzten mich auf die Rückbank des Wagens. Erst, als wir losfuhren, fragte ich benommen: »Wo fahren wir hin?«

Es war der Polizist mit dem ausweichenden Blick, der mir

antwortete, das Gesicht starr nach vorn auf die Straße gerichtet: »Sie müssen den Leichnam identifizieren.«

»Ja«, höre ich mich sagen, »ich will ihn sehen.«

Meine Stimme klingt wie ein Hauch. Ich glaube es immer noch nicht.

Im Krankenhaus führen sie mich in den Keller. Zwei Stockwerke unter der Erde. Nach und nach dringen die Hinweisschilder mit der Aufschrift »Leichenhalle« in mein Bewusstsein, das sich noch immer weigert, die Tatsachen zu akzeptieren. Das Zittern ist zurück, es erfasst meinen ganzen Körper. Mir ist, als müsste ich mich übergeben, ich habe Bauchschmerzen. Mehrmals wäre ich beinahe gestolpert. Man lässt uns in einem weißen Raum warten. Eine Frau kommt herein. Ich habe nicht die geringste Erinnerung an ihr Gesicht oder ihre Stimme. Ich erinnere mich lediglich an einige ihrer Worte, an ihren düsteren Blick. *Gravierende Folgen. Erhebliche Verletzungen. Kein angenehmer Anblick.*

»Sie sind nicht verpflichtet, Ihren Mann persönlich zu identifizieren, Madame Luzin. Seine Eltern wurden verständigt. Sie werden jede Minute hier eintreffen. Sie können das für Sie übernehmen.«

Trotz ihrer Warnung wiederhole ich, dass ich ihn sehen will, ihn sehen muss. Mein Verstand beginnt zu begreifen. Tot. Er ist tot. Und ich will es nicht wahrhaben. Ich muss ihn nur sehen, mit ihm reden, um dieses gewaltige Missverständnis aufzulösen.

»Madame Luzin, in Ihrem Zustand wäre es besser, wenn Sie nicht zu ihm gingen …«

Ich höre sie nicht. Immer unbeherrschter wiederhole ich meine Forderung: »Ich will ihn sehen!«

Wenn ich ihn nicht sehe, werde ich es niemals glauben können. Ich habe nicht die geringste Erinnerung an die Einrichtung, die Aufteilung der Leichenhalle, daran, ob noch andere Körper dort waren. Ich sehe nur den auf dem Boden abgestellten Helm und seine auf einem Bügel hängende Motorradjacke. Zwei Füße ragen unter einem Tuch hervor. Ich erkenne ihn. Sein großer Zeh war schon immer viel länger als die anderen.

»Madame Luzin, wenn Ihnen nicht gut ist ...«

Ich habe nicht bemerkt, dass ich mich an den Tisch klammere, auf dem Benjamin liegt. Das Einzige, was mir auffällt, ist ein Korb neben dem Tisch, ein weißer Korb, in dem seine achtlos zerschnittene Kleidung liegt. Sein weißes T-Shirt und seine Jeans, beides blutbefleckt. Nur einer seiner Turnschuhe. Das braune geflochtene Armband aus Brasilien, sein Ehering.

»Madame Luzin? Wollen Sie sich hinsetzen?«

Drei Augenpaare starren mich an. Ich schüttele störrisch den Kopf. Ich weigere mich, das Blut auf der Kleidung zu sehen. Ich streiche es aus meinem Bewusstsein. Stattdessen konzentriere ich mich auf das Armband. Ich trage das gleiche am Fußgelenk. *Das Armband, das Armband aus Brasilien, das gleiche ...* Eine Hand hebt das weiße Tuch an, hält inne, sie mustern mich. Ich lächle. Es widerspricht jeder Logik, aber ich lächle, um sie zum Weitermachen zu ermuntern; damit sie mir Benjamins Leichnam zeigen, damit sie ihn nicht länger vor mir verstecken, damit sie mich nicht zurück in den kleinen Warteraum führen, bevor ich ihn mit eigenen Augen gesehen habe. Und ich lächle, weil ich vollkommen die Nerven verloren habe.

Ich begreife zu spät, dass ich nie wieder zurückkann, sobald sich dieses Bild einmal in meinem Kopf festgesetzt hat, dass es dieses Bild sein wird, das immer wiederkehren, mich Tag und Nacht verfolgen wird. Nicht das von Benjamin, als ich ihm sagte, dass ich schwanger war, oder wenn wir uns liebten. Nein, das Bild von Benjamins entstelltem, blutüberströmtem Körper mit den weit offenen Augen.

Sein vom Helm geschütztes Gesicht ist Gott sei Dank unversehrt geblieben. Am Hals hat er violett unterlaufene Abschürfungen, wahrscheinlich vom Kinnriemen, als ihm unter der Wucht des Aufpralls beinahe der Helm vom Kopf gerissen worden wäre. Einer seiner Arme liegt in einer merkwürdigen, anatomisch unnatürlichen Haltung da, als sei der Beugewinkel umgekehrt worden. Der Brustkorb, zumindest das, was ich davon sehen kann, ist zerquetscht, die Rippen sind eingedrückt, deformiert. Ich weiß nicht, ob auch nur ein einziges Organ den Unfall unbeschadet überstanden hat. Die Rechtsmedizinerin zählt eine Liste auf. Sie hat seinen Körper noch nicht geöffnet, das wird sie im Lauf des Abends tun, aber aufgrund der äußeren Verletzungen und der Farbe der Haut an gewissen Stellen hat sie bereits eine Vorstellung davon, was passiert ist. Geplatzte Milz. Zerquetschte Leber. Rechter Lungenflügel wahrscheinlich von einer Rippe durchbohrt.

Ich übergebe mich auf den weißen Tisch, auf Benjamins Leichnam. Man stützt mich. Dann ein schwarzes Loch.

Es ist der Schmerz einer Wehe, der mich einige Minuten später wieder aufwachen lässt. Nicht die Glukoselösung, die man mir in die Venen leitet, oder die kühlen Waschlappen auf meiner Stirn. Ein stechender Schmerz ganz tief in meinem Bauch raubt mir den Atem. Ich bin im dritten Stock des Krankenhauses, in der gynäkologischen Abteilung. Fünf Stockwerke trennen mich von Benjamin.

Sie sagen, es sei alles in Ordnung, man werde sich um mich und mein Baby kümmern. Sie sagen, die Wehen, die ich fühle, seien durch den schweren Stress ausgelöst worden, aber es gebe keinen Grund zur Sorge, sie würden bald wieder aufhören. Das Baby sei noch nicht bereit zu kommen, und ich solle mich jetzt ausruhen und versuchen, mich zu entspannen.

»Benjamin …«

Jemand legt mir eine Hand auf die Stirn.

»Ihre Schwiegereltern sind gleich da, Madame Luzin. Bleiben Sie ruhig. Denken Sie an Ihr Baby.«

Ich verstumme, nicht weil ich besonders gehorsam wäre, sondern weil mich erneut dieser stechende Schmerz durchfährt. Weil ich es noch immer nicht richtig glauben kann. Benjamin da und eine Sekunde später nicht mehr da. Die *Fête de la Musique*. Abendessen in einem Restaurant. Limonade trinken. Der krachende Böller. Das herumgerissene Motorrad. Der Lieferwagen. Der entstellte Körper. Die weit geöffneten Augen. Ich bekomme kaum noch Luft. Die anderen scheinen es zu bemerken, denn plötzlich stehen drei Leute um mich herum und fordern mich auf, mich zu beruhigen. Ein Mann, zwei Frauen. Ich kann das Kind jetzt nicht zur Welt bringen, sagen sie, das Baby hat sich noch nicht gedreht, es ist noch zu früh.

»Haben Sie mich verstanden, Madame Luzin? Es ist noch zu früh. Versuchen Sie, sich zu entspannen, atmen Sie ruhig. Die Schmerzen werden aufhören, und dann fahren Sie wieder nach Hause, einverstanden?«

Doch sie wechseln besorgte Blicke, schauen immer wieder auf den Monitor. Ich rufe nach Benjamin, Anne, Richard, ganz gleich wem, denn ich spüre ganz deutlich, dass etwas nicht in Ordnung ist. Ich brauche sie an meiner Seite.

Das Pflegepersonal schafft es nicht, mich zu beruhigen. Mein Atem verwandelt sich in ein Keuchen. Der Mann hebt die Stimme, um zu mir durchzudringen: »Ich hole sie her, einverstanden?«

Aber er kommt nicht zurück. Die Minuten verstreichen. Draußen ist es dunkel geworden. Ich zähle. Drei. Vier. Fünf. Sechs. Sechs weitere Wehen. Sie haben gesagt, es würde aufhören … Aber das Gegenteil ist der Fall. Eine der beiden Frauen geht hinaus und kommt mit einem Arzt zurück. Auch er starrt mit einem seltsamen Ausdruck im Gesicht auf den Bildschirm, runzelt die Stirn.

»Sieht aus, als verlangsamte sich der Herzschlag.«

Ich spüre, wie diese entsetzlichen Worte in mich eindringen wie eine scharfe Klinge. Ich versuche, etwas zu sagen, aber ohne Erfolg.

»Die Wehen?«

»Haben plötzlich eingesetzt. Vollkommen unregelmäßig, aber der Abstand wird kürzer. Der Körper ist noch nicht so weit. Und es hat sich noch nicht gedreht.«

»Und der Muttermund?«

»Knapp zwei Finger.«

Der Klang ihrer Stimmen verrät mir, dass es nicht gut läuft. Ich hätte mich nicht von diesem ersten Sommertag täuschen lassen sollen, von seinem Sonnenschein, seiner Leichtigkeit und seinem Versprechen auf künftiges Glück. In nicht einmal zwei Stunden wurde meine gesamte Welt zerstört.

Ich weiß nicht, dass Anne zur gleichen Zeit im zweiten Untergeschoss eine Panikattacke erleidet, dass Richard und die Rechtsmedizinerin sie zu beruhigen versuchen, dass das der Grund ist, warum sie nicht hier bei mir sind. Mit schreckgeweiteten Augen starre ich unverwandt zur Zimmertür und warte darauf, dass sie endlich kommen.

Der Monitor piept, und sie stellen sich davor, um mir die Sicht zu verdecken. Hastig beginnen sie zu tuscheln. Ich beobachte sie aus meiner abgrundtiefen Verzweiflung heraus und bringe kein Wort über die Lippen. Schließlich verkünden sie mir in zuversichtlichem Ton und mit ihrem beruhigendsten Lächeln, dass sie mir eine Hormonlösung spritzen werden, um die Geburt einzuleiten. Sie sagen, ich werde mein Kind in dieser Nacht zur Welt bringen, wahrscheinlich noch vor Tagesanbruch, meine kleine Tochter wird bald da sein.

Nach der Injektion werden die Schmerzen zu stark, als dass ich noch einmal an die Oberfläche meines Bewusstseins zurückkehren könnte. In diesem zeitlosen Strudel taucht plötzlich Richards Gesicht vor mir auf. Haselnussbraune Augen, an deren Anblick ich mich festklammere. Ich kenne sie. Benjamin hat die gleichen. Ich weine. Ich zittere. Er hält meine Hand. Er fordert mich auf, tapfer zu sein, zu atmen, den Anweisungen der Hebamme zu folgen.

Glühend rote Dreiecke tanzen vor meinen Augen. So visualisiere ich den Schmerz, der mich zerreißt. Verzweifelt und einer Ohnmacht nahe rufe ich nach Benjamin, und Richard wiederholt unablässig, ich müsse jetzt tapfer sein. Aber kein Geburtsvorbereitungskurs hat mich auf das hier vorbereitet. Er war immer da, immer an meiner Seite. Er sollte hier sein. Er sollte meine Hand halten und mir die Stirn abtrocknen. Heute Abend ist er tot, und ich kann das nicht. Ich kann mein Baby nicht zur Welt bringen. Doch das begreife ich erst mit Verzögerung, viel zu spät, nachdem drei besorgte Krankenschwestern den Kreis um mein Bett erweitert haben.

»Madame, dem Baby geht es schlecht. Sie müssen jetzt mithelfen. Entspannen Sie sich, atmen Sie so, wie wir es Ihnen zeigen, ja? Wenn Sie das nicht schaffen, müssen wir es holen.«

Ihre Worte sind hohl, dringen nicht in mein verzerrtes Bewusstsein. Ich kann ihnen nicht helfen. Ich kann das Baby nicht zur Welt bringen. Nicht ohne Benjamin.

Ich glaube, Richard flüstert mir etwas ins Ohr. Er weint. Tränen laufen ihm über die Wangen. Der Kreis um mich herum ist noch größer geworden. Draußen glaube ich die ersten Anzeichen der Morgendämmerung zu erkennen, auch wenn mir das vollkommen unmöglich erscheint. Ich habe jedes Gefühl für das Verstreichen der Stunden verloren.

Richard richtet sich wieder auf, ein Arzt legt ihm eine Hand auf die Schulter und führt ihn sanft zur Tür. Sie schicken ihn hinaus. Ich weiß nicht, wieso. Ich sehe, wie sich die Tür hinter seinem gebeugten Rücken schließt, dann die Nadel für die Lokalanästhesie.

Manons Herz hat aufgehört zu schlagen.

Sie haben sie so schnell wie möglich aus meinem Bauch geholt. Das haben sie mir versichert. Ohne jede Rücksicht haben sie meine Haut aufgeschnitten, und ich mache ihnen deswegen keinen Vorwurf. Sie mussten sich beeilen.

Ich konnte nichts sehen, als sie sie herausholten. Hastig scharten sie sich um sie. An meinem Bett, um meinen leidenden, geöffneten Körper herrschte hektische Betriebsamkeit. Ich glaube, sie haben sie minutenlang wiederzubeleben versucht. Zumindest habe ich das im Nachhinein so verstanden. Aber vergeblich. Ihr kleiner Körper war noch nicht vollständig ausgebildet. Ihm fehlten noch zwei Monate, um wehrhaft zu sein, bereit, sich der Welt da draußen zu stellen. Außerdem hatte ihr Herz zu lange nicht geschlagen. Eine Minute und zweiundfünfzig Sekunden, bei einem Frühchen gibt es da keine Rettung.

Sie haben sie mir auf die Brust gelegt. Mich gefragt, ob ich ihr trotzdem einen Namen geben wolle. Sie haben sie zugedeckt, als könnte ihr kalt werden. Ihr winziger Körper war mit Blut und einer merkwürdigen weißen Flüssigkeit verschmiert. Sie hatte keinen Flaum auf dem Kopf. Und was ihre Augen anging, so konnte ich nicht sehen, ob Benjamin und ich ihre Farbe richtig erraten hatten. Sie waren geschlossen.

Richard kam später wieder, und er blieb bei mir, bis man mir mein Baby wegnahm. Meine kleine Manon. Tot zur Welt gekommen an einem 22. Juni um 5 Uhr 58.

5

AN DIESEM TAG weckt mich ein dreifaches Klopfen. Seit ich die Schlaftabletten nehme, die Anne mir dagelassen hat, schlafe ich rund um die Uhr. Einen schweren, künstlichen, traumlosen Schlaf. Ich wache für eine Weile daraus auf, gerade lange genug, um zu duschen und ein Fertiggericht in die Mikrowelle zu schieben, und schon tauche ich wieder ein in diesen fast schon komagleichen Zustand.

Aber an diesem Morgen – ist es ein Morgen? Ich habe nicht die leiseste Ahnung – klopft jemand an meine Tür, und es gelingt mir nur mit Mühe, die Wirkung des Schlafmittels zu vertreiben und mich aus dem Bett zu schälen. Auf wackligen Beinen taumele ich durch den Flur. Ich fahre mir mit einer Hand durch das Haar und ziehe meinen Schlafanzug glatt, bevor ich die Tür öffne. Ein sanfteres Sonnenlicht als üblich trifft auf mein Gesicht und blendet mich für einen Moment. Vor mir steht eine Frau um die vierzig, das Gesicht noch jugendlich, dunkler Typ, das Haar fällt ihr offen auf die Schultern, sie trägt eine elegante Tunika.

»Guten Tag, ich bin Julie Hugues, die Tochter der früheren Besitzerin. Monsieur Varin, der Makler, hat mir Ihre Handynummer gegeben, aber ich konnte Sie leider nicht erreichen.«

Meine Verwirrung muss mir anzusehen sein und auch, wie viel Mühe es mich kostet, die Bedeutung ihrer Worte zu erfassen. Die Schlaftabletten machen mich benommen.

»Ich hatte mein Handy in den letzten Tagen ausgeschaltet ...«

»Ich wollte Sie nicht stören«, entschuldigt sie sich und macht einen Schritt rückwärts.

»Nein, nein, schon in Ordnung.«

»Es ist nur ... Es ist mir unangenehm, dass ich Ihnen dieses Chaos auf dem Speicher hinterlassen habe. Bis jetzt gab es keine Mieter, also war es kein Problem ... Ich hatte keine Eile, Mamans persönliche Sachen aus dem Haus zu holen ... Aber ich sehe, Sie sind gerade erst aufgestanden. Ich kann auch noch ein, zwei Stunden warten. Ich setze mich unten im Dorf ins Café und komme gegen Mittag wieder, einverstanden?«

Ich antworte nicht. Nicke nur und schaue ihr nach, als sie zu ihrem Auto, einem kleinen blauen Twingo, geht.

Julie Hugues. Die Tochter von Madame Hugues, der ehemaligen Besitzerin, der Frau mit dem Kalender. Die am anderen Ende des Landes wohnt. Ich bemühe mich, die Informationen in meinem Gehirn in Fächer zu sortieren, sie zu vereinfachen, um wieder klar denken zu können. Zwei Stunden, in zwei Stunden kommt sie wieder. Ich muss duschen. Ich muss einen klaren Kopf bekommen. Der kalte Wasserstrahl schenkt mir ein bisschen neue Energie. Ich wasche mir die Haare, das letzte Mal ist eine Ewigkeit her, dann wickle ich mir ein Frotteehandtuch um den Kopf und ziehe einen Morgenmantel an. Auf der Arbeitsplatte in der Küche liegt mein Handy, der Akku ist wahrscheinlich schon seit Tagen leer. Mit langsamen Bewegungen hänge ich es ans Ladekabel. Aber ich schalte es nicht ein. Alles zu seiner Zeit. Erst einmal einen klaren Kopf bekommen.

Kaffee machen. Einen Filter aus dem Schrank über dem Becken nehmen. Meine Glieder sind schwer. Seit wie vielen Sonnen war ich schon nicht mehr wach, richtig wach? Die Frage verfliegt, meine Gedanken sind schon weitergewandert. Eine

Tasse. Sie stehen alle schmutzig im Becken. Mit schwerfälligen, unbeholfenen Gesten spüle ich eine davon.

Der Kaffee läuft durch, und ich betrachte die Fenster mit den geschlossenen Läden. Die Frage stellt sich gar nicht erst. Ich werde behaupten, ich hätte Migräne und könne kein Sonnenlicht ertragen. Ich bin noch nicht bereit, sie zu öffnen.

Die Schachtel mit den Schlaftabletten liegt auf dem Tisch, es fehlen schon viele. Ich habe sie gezählt, es waren drei Streifen mit jeweils fünfzehn Tabletten. Damit hätte ich mich ohne Weiteres umbringen können. Ein einziger der drei Streifen hätte genügt. Stattdessen habe ich mich betäubt und tagelang am Stück geschlafen. Warum habe ich mich nicht umgebracht?

Die Frage bleibt unbeantwortet. Im Halbdunkel setze ich mich vor Madame Hugues' Kalender an den Tisch. Wieder vertiefe ich mich in ihre runde Schrift.

Mai. Das Foto zeigt einen Maiglöckchenstängel. 3. Mai: *Die Mondfinsternis beobachten.* 10. Mai: *Meine Sommerkleider ausbessern.* 12. Mai: *Das Vogelhäuschen reparieren.* 18. Mai: *Julie Geburtstag. Anrufen und eine Karte schicken.* 20. Mai: *Möhren säen.* 21. Mai: *Geranienkübel.* 25. Mai: *Stecklinge schneiden.*

Die Glühbirne in der Küche knistert und erlischt. Also lese ich nicht weiter, sondern betrachte die schwebenden Staubkörnchen in dem schwachen Lichtstrahl, der durch den Spalt zwischen den beiden Fensterläden hereinfällt.

Später dann ein leises Klopfen an der Tür. Ich bin so geistesgegenwärtig, den Kalender in meiner Messerschublade zu verstecken, bevor ich zur Tür gehe, um zu öffnen. Wieso, weiß ich nicht. Stattdessen hole ich den schwarzen Müllbeutel mit den restlichen Habseligkeiten von Madame Hugues aus der Wohnzimmerecke. Julie kann ihn später mitnehmen.

Da steht sie wieder, in derselben eleganten Kleidung, mit der gleichen verlegenen Miene wie zuvor, aber meine sauberen Sachen – eine beige Leinenhose und ein weißes T-Shirt – und meine frisch gewaschenen Haare scheinen ihren Blick auf mich ein wenig zu verändern.

»Es tut mir leid, dass ich Sie vorhin geweckt habe«, wiederholt sie zum Einstieg.

»Das macht doch nichts.«

»Ich bin nur ein paar Tage in der Gegend ... Also konnte ich es nicht mehr länger hinausschieben.«

»Machen Sie sich keine Sorgen, es ist wirklich kein Problem.«

Sie lächelt mich freundlich an.

»Jetzt können Sie den Speicher endlich frei nutzen.«

Ich antworte nicht. Es gibt nichts, was ich dort oben lagern könnte. Meine Sachen füllen kaum die Schränke und Regale im Erdgeschoss. Mit einem Wink bitte ich sie herein. Sie huscht in den Flur wie eine Fremde, als fühlte sie sich nicht richtig zu Hause.

»Ich brauche höchstens eine Stunde«, sagt sie noch.

»Kann ich Ihnen vielleicht helfen?«, frage ich höflich, damit sie aufhört, sich für ihre Anwesenheit zu entschuldigen, und um ihre Freundlichkeit zumindest ansatzweise zu erwidern.

»Nein, nein, machen Sie sich keine Umstände. Tun Sie einfach so, als wäre ich gar nicht da.«

Woraufhin sie mit einem erneuten Lächeln in Richtung Wohnzimmer geht.

»Ich glaube, ich habe ihn hinter der Tür stehen lassen«, murmelt sie, mehr zu sich selbst als an mich gewandt.

Und tatsächlich taucht sie mit einem langen Stab in der Hand wieder auf, der in einem Haken endet.

»Das ist für die Luke«, erklärt sie.

Ich weiß nicht genau, wieso ich reglos stehen bleibe und sie beobachte, während sie den Haken in eine Öse an der Decke schiebt und zieht. Mit einem unheilvollen Quietschen öffnet sich eine Falltür. Ein paar Staubflusen fliegen durch die Luft. Sie hustet, ich auch.

»Ich war schon ziemlich lange nicht mehr da oben.«

Ich sehe zu, wie sie die Falltür komplett herunterzieht, bis sich der Lukendeckel auf gleicher Höhe mit unseren Köpfen befindet. Da bemerke ich eine hölzerne Leiter, die an der Innenseite befestigt ist. Julie klappt sie auf, wobei sie ihre Nase vor dem Staub schützt.

»Sind Sie sicher, dass Sie keine Hilfe brauchen?«, frage ich noch einmal, als sie einen Fuß auf die erste Sprosse stellt.

»Ganz sicher.«

Nachdem sie auf dem Dachboden verschwunden ist, kehre ich mit meinen langsamen Schritten, die nicht wissen, wohin, ins Wohnzimmer zurück. Ich setze mich hin und horche auf das Knirschen des Bodens, während Julie Hugues über mir hin und her geht.

Nach einer Weile kommt sie auf Zehenspitzen in die Küche und fragt höflich, ob sie sich ein Glas Wasser nehmen könne.

»Die Hälfte der Kartons habe ich schon runtergeholt«, fügt sie hinzu.

»Möchten Sie nicht lieber einen Kaffee?«

»Wenn Sie welchen haben …«

Ich schenke ihr eine große Tasse ein, während ihr Blick durch den trostlos leeren, trostlos düsteren Raum gleitet. Ich ahne, dass sie sich nach den geschlossenen Fensterläden erkundigen wird, also komme ich ihr lieber zuvor und stelle selbst eine Frage, bevor sie mich zu löchern beginnt.

»Sind Sie den ganzen weiten Weg nur wegen der Kartons hergekommen? Dabei stören sie mich gar nicht.«

Sie schüttelt den Kopf und nippt an dem heißen Kaffee.

»Nein. Nicht nur deswegen. Sagen wir, mein Privatleben durchläuft gerade eine gewisse Veränderung …« Sie verzieht das Gesicht, ihre Miene ist halb traurig, halb resigniert. »Ach was, nennen wir die Dinge doch beim Namen. Mein Lebensgefährte und ich, wir sind dabei, uns zu trennen.«

»Oh … Das tut mir leid.«

»So ist das Leben. Ich glaube, ich habe es schon länger geahnt. Wie dem auch sei, ich werde in eine eigene Wohnung ziehen müssen und … da wollte ich gern unsere Familiensachen holen. Die Fotoalben, Papas alte Mützen, Mamans Tischdecken, den ganzen Krempel, der da oben steht.«

Wieder trinkt sie einen Schluck Kaffee, ehe sie fortfährt: »Ich weiß noch nicht, was ich damit mache. Wahrscheinlich werde ich nicht alles behalten, aber wenigstens liegt es dann nicht mehr bei Ihnen herum, und ich finde es schön, die Sachen bei mir zu haben.«

Ich nicke. Sie mustert mich mit höflichem Interesse.

»Stammen Sie aus der Gegend?«

»Nicht direkt. Ich komme aus Lyon.«

»Lyon kenne ich ein wenig. Ich lebe in Lille. Lebte, sollte ich wohl besser sagen.«

»Haben Sie vor, in eine andere Stadt zu ziehen?«

»Meine Sachen sind noch bei Tristan in Lille. Aber ich denke, ich komme doch wieder zurück in die Auvergne. Immerhin bin ich hier geboren. Ich habe noch Verbindungen in der Gegend. Zum Glück bin ich beruflich nicht an einen bestimmten Ort gebunden. Ich bin Vertreterin. Im Tourismusbereich. Ich könnte mir eine Wohnung in Clermont-Ferrand suchen. Das ist nicht allzu weit von hier entfernt.«

Ich nicke und schaue ihr dabei zu, wie sie mit kleinen, hastigen Schlucken ihren Kaffee austrinkt.

»Und was ist mit Ihnen?«, fragt sie, als sie die Tasse zurück auf die Anrichte stellt. »In welchem Bereich arbeiten Sie?«

»Ich nehme mir gerade eine Art Auszeit. Ich habe in der öffentlichen Verwaltung gearbeitet. Im Veranstaltungsmanagement.«

»Flucht ins Grüne?«, fragt sie mit verschmitztem Lächeln.

»Mehr oder weniger.«

Mir ist bewusst, dass mein Blick dem ihren ausweicht, doch glücklicherweise bohrt Julie nicht nach.

»Zu schade, dass ich keine Zeit hatte, öfter herzukommen. Mir blieb nichts anderes übrig, als das Haus sich selbst zu überlassen. Früher hatte Maman einen wunderbaren Garten. Sie hat nicht nur Gemüse angebaut, hinter dem Haus gab es auch einen Apfelbaum. Ich weiß nicht, ob er noch Früchte trägt. Und Blumen hatte sie. Es war eine regelrechte Manie, überall hat sie Blumen gepflanzt.«

Mir kommt der Kalender in den Sinn, die runde Handschrift, und beinahe widerstrebend muss ich lächeln.

»Für mich war dieses Haus immer der Inbegriff des Glücks. Es hat mir das Herz zerrissen, dass es all die Jahre über leer stand. Vor allem, dass sich niemand mehr um den Garten gekümmert hat. Aber jetzt sind Sie ja da …«

Sie lächelt mich freundlich an. Ich verziehe das Gesicht, aber ich bin mir nicht sicher, ob ich ein überzeugendes Lächeln zustande bringe.

»So, dann will ich Sie nicht länger stören. Ich habe noch einiges zu tun.«

Sie schickt sich an, die Tasse im Becken abzuspülen, aber ich bedeute ihr mit einem Wink, sie stehen zu lassen, ich mache das schon. Dann verschwindet sie, und ich sitze wieder da und lausche ihren Schritten über meinem Kopf.

Insgesamt hat sie wohl eine Stunde gebraucht, länger nicht. Die Kartons stehen aufgereiht im Flur. Ich helfe ihr, sie vor die Tür zu tragen, und sie verstaut sie im Kofferraum, auf der Rückbank und auf dem Beifahrersitz ihres Wagens.

»Ach, fast hätte ich es vergessen«, sage ich. »Ich habe noch ein paar Sachen im Wohnzimmer gefunden und beiseitegelegt.«

Ich reiche Julie den schwarzen Müllbeutel. Sie wirft einen Blick hinein und seufzt belustigt.

»Das ist nett von Ihnen. Die beiden Bücher von Zola können Sie behalten und den Rest einfach wegwerfen.«

»In Ordnung ...«

Tatsächlich handelt es sich, abgesehen von den beiden Büchern, bloß um alte Zeitschriften, Straßenkarten und sonstiges nutzloses Zeug.

»Maman hat alles aufbewahrt. Noch so eine Marotte von ihr«, fügt sie hinzu. »Schauen Sie, ich habe sogar einen ganzen Karton mit alten Wandkalendern und den von der Kirche ausgegebenen Terminkalendern gefunden!«

Sie deutet auf einen halb offenen Karton. Obenauf erkenne ich darin die gleichen Wandkalender wie denjenigen, den ich vorhin in meiner Messerschublade versteckt habe. Ich bin mir sicher, dass auch sie mit Madame Hugues' runder Handschrift beschrieben.

»Wollen Sie die wegwerfen?«, frage ich, und meine Stimme klingt plötzlich rau.

Julie scheint meinen veränderten Tonfall nicht bemerkt zu haben, denn sie lächelt erneut – sie lächelt oft – und nickt.

»Ich fahre heute Abend beim Wertstoffhof vorbei.«

Ich zögere. Wieder mustere ich den halb offenen Karton. Der oberste Kalender ist beim Monat Januar aufgeschlagen, das Foto zeigt eine weite, verschneite Ebene.

»Ach, lassen Sie sie nur hier«, höre ich mich mit plötzlicher Entschlossenheit sagen, »das kann ich für Sie übernehmen.«

»Sind Sie sicher?«, fragt Julie. Sie wirkt verlegen. »Sie brauchen doch nicht eigens deswegen hinzufahren.«

»Ich habe selbst noch eine Menge Zeug, das wegmuss.«

Ich lüge ohne die geringsten Skrupel. Sie zögert noch einen Moment, aber als ich hinzufüge: »Sie haben doch auch so schon genug zu transportieren«, willigt sie mit einem dankbaren Lächeln ein.

Während sie die letzten Kisten zu ihrem Wagen trägt, bewache ich mit einer an Besessenheit grenzenden Sorge den Karton mit den Kalendern. Fast wäre ich vor Schreck zusammengezuckt, als sie noch einmal zurückkommt, im Gesicht den zufriedenen Ausdruck einer Frau, die ihr Tagwerk erledigt hat.

»Also dann, danke für Ihre Hilfe.«

»Keine Ursache.«

»Wir laufen uns vielleicht irgendwann noch einmal über den Weg. Wenn der Heizkessel ausfällt oder so etwas in der Art … Nicht, dass ich es Ihnen wünschen würde!«

Wieder lächelt sie eines jener raschen, mühelosen Lächeln, die so spontan über ihre Züge huschen.

»Einen schönen Nachmittag noch.«

»Gleichfalls.«

Sie winkt kurz und geht zu ihrem Auto. Ich warte, bis der kleine blaue Wagen verschwunden ist, ehe ich die Tür hinter mir schließe.

Es ist dunkel geworden. Das weiß ich, weil der Lichtstreifen zwischen den Fensterläden verloschen ist. Da die Glühbirne in der Küche heute Morgen kaputtgegangen ist, war ich gezwungen, Kerzen anzuzünden. Ich habe einen ganzen Vorrat davon unter der Spüle gefunden. Keine hübschen Duftkerzen. Nein, ganz gewöhnliche Kerzen, wie man sie bei einem Stromausfall benutzt. Auf dem Küchentisch ausgebreitet liegen zehn Jahre aus Madame Hugues' Alltag vor mir. Zehn Kalender, die, wie ich es geahnt hatte, mit der runden, eleganten Schrift der Verstorbenen bedeckt sind. Und obwohl die Einträge wechseln, ähneln sie einander. Der Garten. Die Zubereitung von Marmeladen oder Tartes. Einfache Dinge, die mir, so niedergeschrieben, ein wenig schrullig erscheinen: *Sonnenaufgang. Spazieren gehen. Den Sonnenschirm rosa färben.* Wieso rosa? Oder: *Abendessen draußen* im Juni vor sechs Jahren.

Statt weiter in den Wandkalendern zu lesen, wende ich mich den Terminkalendern der Kirche zu. Es sind altmodische Exemplare, ein trister, steifer schwarzer Einband mit der Aufschrift »Pfarrgemeinde Saint-Georges«. Sämtliche Seiten sind dicht beschrieben. Nicht eine ist leer geblieben. Auf einer davon lese ich:

Rezept für Erdbeermarmelade

Vollreife Früchte auswählen.

Erdbeeren waschen und die angeschlagenen aussortieren. Stielansätze entfernen und die Beeren in Stücke schneiden (Walderdbeeren ganz lassen).

Die Zitrone auspressen und den Saft auffangen.

Erdbeeren, Zucker und Zitronensaft in den Marmeladentopf geben. Vermischen und einige Stunden ziehen lassen.

Aufkochen. 15 bis 20 Minuten auf starker Flamme kochen lassen, dabei häufig umrühren.

Den Kochvorgang regelmäßig kontrollieren. Tipp: Einige Tropfen auf einen kalten Teller geben und diesen schräg halten. Die Erdbeermarmelade muss zähflüssig sein.

Den Schaum abschöpfen, dann die Marmelade in Gläser füllen. Die Gläser verschließen und 1 Minute kopfüber stehen lassen, dann wieder aufrecht hinstellen und abkühlen lassen.

Nicht vergessen, auf jedes Glas ein Etikett zu kleben!

Auf der folgenden Seite hat sie, diesmal mit grünem Kugelschreiber, eine Anleitung zum Pikieren von Feldsalat notiert:

Feldsalat pikieren

Ein Beet in beliebiger Breite abstecken, idealerweise zwischen fünfzig und sechzig Zentimeter.
Mit dem Rechen Steine und Erdklumpen entfernen.
Die Erde mit einem Brett auf der gesamten Breite feststampfen.
Die Pflänzchen aus dem unmittelbar zuvor gewässerten Anzuchttopf nehmen, *ohne die Wurzeln zu beschädigen*.
Aus einem Stab von etwa einem Zentimeter Durchmesser ein Pflanzholz fertigen und die Salatpflänzchen im Abstand von zehn bis zwölf Zentimetern in ebenso weit auseinanderliegenden Reihen einpflanzen. Jede Pflanze an der Wurzel wässern, dabei darauf achten, dass die Blätter nicht nass werden.
In den darauffolgenden Tagen gleichmäßig mit feinem Gießaufsatz gießen, vorzugsweise am späten Abend und nur, wenn es sehr heiß ist.

Dann folgt eine Seite mit Informationen zum Wetter des betreffenden Tages:

Morgens mindestens 9 Grad Celsius. Nachmittags höchstens 19 Grad. Bedeckter Himmel, zum Abend hin mit leichten Aufklarungen.

Wieso?, frage ich mich, während ich die Seiten immer schneller umblättere, bis die Buchstaben vor meinen Augen verschwimmen. Aber wieso eigentlich nicht? In meinem Verstand ergibt nichts mehr wirklich Sinn. Wand- und Taschenkalender vollzuschreiben, erscheint mir nicht unsinniger, als den Bus zu nehmen, zur Arbeit zu fahren, einzukaufen, Freunde zu treffen, so zu tun, als sei das Leben nicht eine einzige ungeheure Absurdität.

Mit einer kleinen Kerze in der Hand gehe ich zu meinem Handy hinüber, das schon seit mehreren Stunden lädt, aber immer noch ausgeschaltet ist. Ich schalte es ein. Sofort werden mir mehrere verpasste Anrufe und eine besorgte Nachricht von Anne angezeigt, die wissen möchte, wie es mir geht. Um es hinter mich zu bringen, tippe ich hastig: *Hallo, ich schlafe jetzt besser. Habe auch wieder ein bisschen mehr Energie. Wie geht es euch? Kuss.*

Dann scrolle ich durch die Anrufe der vergangenen zwei Wochen. In der Auflistung sehe ich die Nummern von Anne, Richard und Yann sowie eine Nummer, die ich nicht kenne. Wahrscheinlich ist das diejenige, die mich interessiert. Es kommt mir gar nicht in den Sinn, erst einmal auf die Uhr zu schauen. Genauso wenig wie ich mir Gedanken über die groteske Situation mache oder darüber, was ich eigentlich sagen soll. Ich drücke die Rückruftaste und presse das Handy mit klopfendem Herzen an mein Ohr. Unverwandt starre ich in die Kerzenflamme. Auf den Docht, der nach und nach vom Feuer aufgezehrt wird. Es klingelt lange, ein metallischer, unangenehmer Ton. Dann die Stimme, frisch, wenngleich ein wenig überrascht: »Ja, hallo?«

Auf eine Überspanntheit mehr oder weniger kommt es jetzt auch nicht mehr an. Ich verschwende keinen Gedanken daran, dass es schon Mitternacht ist oder wie aberwitzig ihr meine Frage erscheinen muss.

»Guten Abend, entschuldigen Sie die Störung … Ich habe mir erlaubt, ein wenig in dem Karton für den Wertstoffhof zu stöbern. Sie wissen schon, der Karton mit den Kalendern und den Terminplanern von der Kirche …«

Es folgt eine verwunderte Stille. Fast werde ich ungeduldig.

»Julie?«

Es scheint beinahe, als helfe der Klang ihres Namens ihr dabei, sich aus ihrer stummen Fassungslosigkeit zu lösen.

»Ja, verzeihen Sie, ich bin noch da.«

»Sie sind vollgeschrieben. Die Wandkalender. Und auch die Terminkalender. Lauter Listen mit Dingen, die zu erledigen sind, Gedächtnisstützen, Tipps. Sie hat sogar notiert, welches Wetter an einzelnen Tagen herrschte. Wussten Sie das?«

Ich rede zu schnell. Ich merke, dass ich ihr Angst mache. Es dauert eine Weile, ehe sie antwortet.

»Ja, ich … Ja, das war so eine Marotte von Maman, alles Mögliche aufzuschreiben.«

»Das ist doch erstaunlich, finden Sie nicht?«

Sie schweigt. Mir kommt der Gedanke, dass sie womöglich schon im Bett liegt oder auf dem Wohnzimmersofa, während ihr Ex im Schlafzimmer geblieben ist, vielleicht bin ich sogar mitten in einen Streit über die Aufteilung ihrer Sachen geplatzt. Doch keiner dieser Gedanken kann mich von meinem eigentlichen Ziel, meiner Obsession abbringen.

»Wissen Sie, warum sie das getan hat?«, frage ich. »Wissen Sie, warum sie all das aufgeschrieben hat?«

Der Kerzendocht kämpft mit letzter Kraft dagegen an, von dem geschmolzenen Wachs verschlungen zu werden. Von törichter Hoffnung erfüllt, umklammere ich das Handy. Ein »Ich weiß es nicht« als Antwort könnte ich nicht ertragen. Ich muss einen Sinn darin finden. Irgendeine Bedeutung. Julie räuspert sich, dann höre ich ihre helle, belustigte Stimme. Ich bin mir beinahe sicher, dass sie lächelt.

»Sie hat nach Pauls Tod damit angefangen.«

Das Herz hämmert in meiner Brust, und mit trockener Kehle wiederhole ich: »Paul?«

»Mein Vater. Ihr Mann.«

Ich hänge wie gebannt am Handy, fieberhaft warte ich auf weitere Erklärungen.

»Er ist zehn Jahre vor ihr gestorben. Er hatte schon immer eine schwache Gesundheit. Dann kam eine aggressive Lungenentzündung hinzu.«

Ich versuche, mich zusammenzureißen, die Worte zu sagen, die in einer solchen Situation angemessen sind.

»Das tut mir sehr leid.«

Doch Julie geht nicht darauf ein, ich glaube, sie hat mich nicht einmal gehört.

»Sie hat angefangen, diese Listen aufzustellen, um sich nicht gehen zu lassen. Sie wissen ja, wie das ist, wenn alte Menschen den Gefährten eines ganzen Lebens verlieren … Viele erholen sich davon nicht mehr …«

Ich gebe einen merkwürdig erstickten zustimmenden Laut von mir.

»Also hat sie begonnen, diese Listen zu schreiben, und in der Zeit hat sie auch den Garten angelegt. Als Paul noch lebte, gab es da nur ein viereckiges Kräuterbeet. Ach herrje, tut mir leid, ich höre ja gar nicht mehr auf zu reden. Das interessiert Sie sicher alles nicht … Wieso haben Sie denn eigentlich angerufen?«

Jetzt bin ich diejenige, die nicht weiß, was sie antworten soll. Ich lasse ein paar Sekunden verstreichen, in denen die Kerze erlischt.

»Deswegen … Ich habe deswegen angerufen …«

Aus dem Hörer dringt Julies überraschtes Lachen. Ich lache ebenfalls, auch wenn ich nicht recht weiß, wieso.

»Na dann … wünsche ich Ihnen eine gute Nacht«, sagt Julie, und in ihrer Stimme schwingt leise Verwunderung mit.

»Ihnen auch. Gute Nacht.«

Als ich auflege, spüre ich den Beginn von etwas Neuem in meiner Brust. Ich glaube, heute Nacht werde ich nicht gut schlafen ... aber die Schlaflosigkeit wird weniger schlimm sein als sonst.

6

»AMANDE, ich bin's, Richard.«

Ich sitze am Tisch, vor mir liegen die Kalender von Madame Hugues. Und mittendrin steht die Tasse mit meinem kalt gewordenen Kaffee.

»Hallo, Richard.« Ich zögere einen Moment, bevor ich hinzufüge: »Du rufst von Annes Handy aus an ...«

Ich merke, dass meine Worte ihn in Verlegenheit bringen.

»Sie ist für eine Weile in eine Klinik gegangen.«

»Was ist denn passiert? Doch nichts Schlimmes?«

»Die Nachwirkungen. Ich weiß nicht genau. Eine leichte Depression.«

Seine Stimme klingt rau, und mir stockt der Atem. Ich erinnere mich an das einzige Mal, als ich Richard habe weinen sehen, jenen Moment, als ihn die Kraft verließ, nachdem er mir acht Stunden lang durch Schweiß und Atemnot im Kreißsaal beigestanden hatte.

»Amande?«

»Ja, ja, ich bin noch da.«

Ich hoffe, er bittet mich nicht, sie zu besuchen. Ich bin noch nicht stark genug, um mein Refugium zu verlassen. Aber das tut er nicht.

»Yann und Cassandra wohnen vorübergehend hier. Sie lassen dich grüßen.«

Ich schlucke den Kloß in meiner Kehle hinunter.

»Grüß sie zurück.«

Ein paar Sekunden verstreichen. Ich lasse den kalten Kaffeerest in meiner Tasse kreisen.

»Wie geht es Cassandra?«

Er ignoriert meinen ausdruckslosen Ton.

»Sie ist müde, aber sie schlägt sich wacker. Dem Baby geht es gut.«

»Gut.«

Ich habe keine Lust, das Thema zu vertiefen. Richard scheint es zu spüren.

»Hast du noch Schlaftabletten?«

»Ja.«

»Brauchst du sonst etwas? Sollen wir für dich einkaufen gehen?«

»Nein. Das ist lieb. Ich fahre morgen selbst.«

Wieder Schweigen. Ich denke an Anne, auch sie allein und isoliert in ihrer Klinik.

»Kann man sie anrufen?«

»Bitte?«

»Anne? Kann man sie anrufen?«

»Ja, aber … Sie schläft viel, weißt du. Sie ist nur schwer zu erreichen.«

»Ach so. Dann sag mir Bescheid, wenn sie wieder nach Hause kommt.«

»Natürlich.«

Richard räuspert sich. Wahrscheinlich will er gleich auflegen.

»Du müsstest an deiner neuen Adresse Post bekommen haben.«

»Post?«

»Vor vier Tagen ist ein Brief für dich gekommen. Ich habe ihn dir nachsenden lassen. Er müsste mittlerweile bei dir im Briefkasten liegen.«

»Ein Brief vom Notar?«

»Nein, das glaube ich nicht. Die Adresse war von Hand geschrieben, eher ungelenk. Eine Männerschrift.«

Eine kurze Pause verrät meine Überraschung.

»Ich sehe gleich mal nach.«

»Gut. Amande, wenn du ein paar Tage herkommen willst …
Das Angebot steht noch. Yann und Cassandra bleiben hier, bis
Anne zurückkommt. Wir würden uns alle freuen, dich zu sehen.«

»Das ist lieb von euch, Richard.«

»Denk darüber nach.«

»Das mache ich.«

Durch den Spalt zwischen den Läden habe ich das Sinken des
verfluchten Gestirns verfolgt. Jetzt kann ich endlich nach draußen, den kleinen verrosteten Briefkastenschlüssel in der Hand.
Ich habe heute nichts anderes getan, als in den Kalendern von
Madame Hugues zu lesen und mich zu fragen, was ich selbst
aufschreiben könnte: *Die Glühbirne in der Küche wechseln. Dringend zum Einkaufen fahren. Den Berg schmutziger Wäsche im Badezimmerkorb waschen.* Soll ich mir Fristen setzen oder nicht? Einen
eigenen Kalender kaufen? Bis jetzt habe ich noch keine Antwort auf diese Fragen.

Nachdem ich die Haustür geöffnet habe, sprinte ich geradewegs zur Straße, die am Haus vorbeiführt. Auf einem Pfosten
steht dort der silbrig schimmernde Blechbriefkasten. Die Nacht
hat einen dunklen Mantel über die Umgebung gebreitet, aber
mir scheint, als könnte ich trotzdem einige Umrisse erkennen.
Die gedrungene Silhouette einer Trauerweide und ein paar
Obstbäume am anderen Ende des Grundstücks. Madame
Hugues' Garten?

Als ich den winzigen Schlüssel ins Schloss stecke, meine ich
erneut, eine kleine Gestalt zu erkennen, die sich zwischen den

Bäumen bewegt. Eine Katze? Ein Fuchs? Gibt es hier Füchse? Meine Neugier reicht nicht aus, um mir weiter Gedanken darüber zu machen. Der Briefkasten öffnet sich mit einem schaurigen Quietschen, und ich entdecke einen schlichten weißen Umschlag mit einer unbeholfenen Handschrift darauf, genau wie Richard gesagt hat. Ich nehme ihn und gehe eilig zum Haus zurück. Die Vorstellung, der Geruch von Kiefern und Harz könne sich auf meiner Haut festsetzen, macht mir Angst. Es ist noch zu früh.

Ich schließe die Haustür hinter mir ab und öffne den Umschlag, noch bevor ich die Küche erreicht habe. Ein zweimal gefaltetes Blatt fällt heraus. Eine Seite aus einem Schulheft, Karopapier, der Text gespickt mit Ausstreichungen und Rechtschreibfehlern.

Ich runzle verständnislos die Stirn, lege den Brief zu den Kalendern auf dem Tisch und zünde weitere Kerzen an, um die holprige Schrift entziffern zu können.

Liebe Madame Luzin,

wir wollten Ihnen sagen das es uns leit tut, was mit ihrem Mann Benjamin und ihrem Baby pasiert ist. Wir hatten noch nie einen so coolen erziher und es ist echt fihs das er so jung gestorben ist. Aber es heist ja immer die besten müssen als erste gehen.

Wir wissen das wir das nicht wissen konnten, aber trotzdem, irgendwie ist es auch unsere Schuld. Wenn wir ihn nicht angerufen hätten, damit er kommt und uns den großen Schrank aufschlißt, wär das bestimt nicht pasiert. Außerdem hat Issam den Schlüsel danach wieder gefunden, er war in seinem Rucksack, also ist es trotsdem irgendwie unsere Schuld. Eigentlich sogar zimlich fiel. Issam macht sich große Forwürfe, Madame Luzin, aber ich auch, weil ich ihn an dem Abend doch angerufen hab. Wenn ich nicht angerufen hätte wär jetzt alles anders, so fiel ist sicher.

Ohne Benjamin ist es in der MJC nicht mehr das selbe. Wir hatten schon ein Geschenk für ihr Baby ausgesucht. Glauben sie, wir können es Ihnen trotsdem geben, weil wir wissen nicht was wir sonst damit machen sollen und es deprimirt uns total, wenn wir das Päkchen jeden tag im Proberaum sehen.

Wir schikken ihnen ganz fiel Kraft, Madame Luzin. Wir wissen, das wir das niewieder gutmachen können aber wir haben eine Videoshow über Benjamin gemacht, die zeigen wir bei der Weihnachtsfeier in der MJC. Und außerdem wollen wir den Proberaum nach ihm benennen. Wir werden niewieder einen Erziher haben wie ihn. Niewider.

Mika und die anderen.

Ich lasse das Blatt zurück auf den Tisch fallen. Ich weiß nicht, was ich fühlen soll. Lachen. Weinen. Wütend werden. Auf wen? Mika? Issam? Die Jungen, die ihre Böller gezündet haben? Den Lieferwagenfahrer auf der Gegenfahrbahn, der nicht schnell genug reagiert hat? Auf Benjamin, der die Gewalt über sein Motorrad verloren hat? Auf die *Fête de la Musique*, durch die er gezwungen war, das Motorrad zu nehmen? Oder auf mich selbst? Mich, die sich geweigert hat, ihr Baby tiefer sinken zu lassen? Die ihre Muskeln angespannt, gegen ihre Wehen angekämpft hat? Auf mich, die ohne Benjamin nicht niederkommen wollte? Auf mich, die Manon getötet hat?

Wem soll ich Vorwürfe machen? Dem Leben?

Ich erinnere mich noch gut an meine erste Begegnung mit Mika. Ein Junge mit kupferbraunem Haar und stechend grünen Augen. Kleiner als der Durchschnitt, mager, aber voller Elan. Benjamin erzählte mir oft von ihm. Er war der Schlagzeuger und Chef der Band. Es war Mai, und Benjamin und ich waren seit über einem Jahr zusammen. Da ich im Büro recht flexible Arbeitszeiten hatte, besuchte ich ihn regelmäßig nach Feierabend in der MJC. Für die Jugendlichen war ich immer die

»Frau von der Suppenküche« geblieben. Sie grüßten mich respektvoll und mit kleinen, albernen Verbeugungen, über die Benjamin jedes Mal lachen musste. Er spürte genau, dass die Teenager in meiner Gegenwart nicht so unbefangen waren wie bei ihm. Und ich wusste es auch. Ich hatte nicht diesen besonderen Draht zu ihnen wie Benjamin. Mich behandelten sie höflich und zuvorkommend, Benjamin dagegen nannten sie »Benji« und sprangen ihm auf den Rücken, um seine Aufmerksamkeit zu erregen.

Es war also Mai. Als ich die MJC betrat, herrschte dort abendlicher Hochbetrieb, und im Büro traf ich auf einen mageren Jungen, der sich einen Stift hinters Ohr geklemmt hatte und auf seinem Handy herumtippte.

»Guten Tag«, sagte er, als er mich hereinkommen sah.

Er hatte sich sofort aufgerichtet, gerader Rücken, seriöse Haltung – er nahm seinen Job am Empfang sehr ernst.

»Kommen Sie wegen einer Anmeldung? Oder einem Kurs?«

Ich unterdrückte ein Lächeln, als mir klar wurde, dass der Junge mich für eine der Ihren hielt. Wahrscheinlich weil ich so klein bin oder weil meine Haare damals noch ihren natürlichen Blondton hatten, ich weiß es nicht genau.

»Ist Elia nicht da?«

Elia ist die Sekretärin, die üblicherweise am Empfang sitzt.

»Nein, Elia musste früher weg. Sie ist beim Gynäkolocken.«

Diesmal kostete es mich größere Mühe, mein Lächeln im Zaum zu halten.

»Beim Gynäkolocken?«

»Ja«, bestätigte er in seinem übertrieben ernsthaften Ton.

»Ach so … Nun, eigentlich will ich ja auch zu Benjamin.«

Mit einer Professionalität, die meine Kollegen im Rathaus vor Neid hätte erblassen lassen, zog er den Stift hinter seinem Ohr hervor.

»Da müssen Sie einen Termin vereinbaren. Jetzt ist er gerade beschäftigt. Er hat gesagt, ich soll mich um die Anmeldungen kümmern, aber wenn Sie gar nicht wegen einer Anmeldung da sind ...«

Er kramte einen dicken Terminkalender hervor und begann, darin zu blättern. Durch die Tür zur Eingangshalle wehten Dribbelgeräusche herein, Mädchengelächter und eine Melodie aus dem Raum nebenan.

»Ihr Name?«

In diesem Moment tauchte Benjamins Kopf im Türspalt auf. Offenbar hatte er meine Stimme erkannt.

»Die Dame braucht keinen Termin, Mika.«

»Ah ...«, entgegnete Mika, aus dem Konzept gebracht, mit enttäuschter Miene.

»Das ist meine Freundin.«

»Deine Freundin?«

»Meine feste Freundin.«

Mika wurde puterrot, während Benjamin mich zu sich winkte.

»Tut mir leid, Madame«, rief er und versank hinter dem Schreibtisch.

»Kein Problem.«

»Du kannst sie Amande nennen, das reicht«, fügte Benjamin neckend hinzu.

In der darauffolgenden Woche begrüßte mich Mika mit geschäftsmäßiger Miene und einem höflichen »Guten Abend, Madame«. Ich fragte ihn, ob Elia wieder beim *Gynäkolocken* sei, aber er ging nicht darauf ein. Stattdessen erwiderte er in professionellem Ton, nein, sie sei bloß kurz weg, um für das Konzert am Wochenende einzukaufen.

»Es gibt ein Konzert?«

»Klar. Von unserer MJC-Band. Ich bin der Schlagzeuger, wissen Sie. Wir treten am Samstagabend auf.«

»Das wusste ich nicht.«

»Ah, tja …«, antwortete er verlegen. »Vielleicht darf Benji Ihnen nix davon sagen, wegen diesem Verschwiegenheitsdings, Berufsgeheimnis oder wie das heißt …«

Ich hatte größte Mühe, nicht laut aufzulachen.

Issam lernte ich später kennen. Er kam im Jahr darauf in die MJC. Ein Algerier mit fröhlichen Mandelaugen. Eigentlich wollte er Gitarre lernen, es endete aber immer damit, dass er zusammen mit Mika auf das Schlagzeug eindrosch. Ein verhinderter Drummer. »Meine Eltern haben keinen Platz für ein Schlagzeug, Madame.«

Sie haben mich immer gesiezt und *Madame* zu mir gesagt, alle. Benjamin machte sich deswegen über sie lustig.

»Schüchtert meine Frau euch etwa ein?«

Nein, schworen sie, sie hätten doch keine Angst vor einer Frau. Aber sie haben es nie geschafft, mich zu duzen.

Heute ist der erste Septembertag. Der Herbst ist nicht mehr fern. Endlich. Das Handy auf dem Tisch hallt noch von der Auseinandersetzung mit meiner Mutter wider.

»Was ist mit der Wohnung?«

»Die ist untervermietet.«

»Verkriechst du dich immer noch?«

»Ich verkrieche mich nicht.«

»Früher oder später musst du wieder zum Vorschein kommen.«

»…«

»Ich meine es nur gut mit dir, Liebes. Augen zu und durch. Such dir etwas, was dir hilft voranzukommen. Ganz gleich, was.«

»Es ist noch zu früh.«

»Dafür ist es nie zu früh.«

»Red bitte nicht für mich.«

Ich habe meinen Vater nie kennengelernt. Anscheinend wollte

er bloß eine schnelle Nummer schieben. Wenn meine Mutter von ihm erzählt, klingt es, als sei er ein mieser Dreckskerl gewesen. Aber ich glaube, im Grunde war sie sogar froh darüber, diesen Kampf allein auszufechten: die Schwangerschaft, meine Erziehung, ihre Vollzeitstelle als Filialleiterin einer Schmuckhandlung. Sie hat sich immer gern als starke, unabhängige Frau präsentiert. Und sie hatte kein Verständnis für meinen »eklatanten Mangel an Kampfgeist«, wie sie es nannte.

»Und die Arbeit?«

»Ich habe unbezahlten Urlaub.«

»Den werden sie dir nicht noch monatelang gewähren.«

»Dann werden sie es mich wissen lassen. Aber so weit sind wir noch nicht.«

Ich bin immer noch wütend, lange nachdem wir das Gespräch beendet haben. Aber immerhin habe ich es jetzt hinter mir. Die nächsten Monate bleibe ich von ihren Anrufen verschont.

Heute ist also der erste September … Ich habe den Brief von »Mika und den anderen« an die Küchenwand gehängt und daneben mit Klebstreifen ein Blatt Papier befestigt. Weiß und unbeschrieben. Ich habe beschlossen, dass ich keinen Kalender haben werde. Keine Tage, keine Daten, keine Fristen, keine allzu konkreten Aufgaben. Ich brauche Freiheit. Nur ein weißes Blatt Papier, das mich an mein Ziel erinnert, den Grund für einen weiteren Schritt nach vorn. Das Problem ist, dass ich noch nichts entschieden habe. Ich dachte darüber nach, bevor meine Mutter angerufen hat. Ich dachte darüber nach, während ich heute früh meine Narbe mit der antiseptischen Salbe einrieb. Sie wird rosa. Ein hübsches Perlrosa, fast schon perlmuttschimmernd. Ich beobachte, wie sie sich von Tag zu Tag besser entwickelt, ein sanfteres Relief annimmt, eine samtigere Textur. Meine kostbare Narbe …

Meine Gedanken schweifen ab. Wieder einmal. Ich muss mich auf mein Ziel konzentrieren. Ein paar Wörter, mehr nicht. Ich nehme einen Kuli vom Tisch und trete an die Wand. Schreibe ein erstes Wort: *Herein*. Mein Blick wandert zum Fenster, zu den geschlossenen Läden, zu dem schwachen Lichtstrahl, der nur mit Mühe hindurchdringt. Ich schreibe weiter: *lassen*. *Hereinlassen*. Das ist noch kein Satz. Was soll ich hereinlassen? Ich weiß es nicht. Die Sonne? Das Leben? Ich belasse es dabei. Fürs Erste genügt das.

Hereinlassen

mehr nicht. Ich brauche ein wenig Spielraum.

Ich erinnere mich an den 24. Dezember vor drei Jahren. Benjamin hatte diesen Heiligen Abend ausgewählt, um mich offiziell seiner Familie vorzustellen. Seinem zwei Jahre jüngeren Bruder Yann, der noch studierte, seiner Mutter Anne, einer Lehrerin, und seinem Vater Richard, einem Schreiner.

»Hör auf, dich verrückt zu machen.«

Immer wieder sagte er diese Worte und kniff mich dabei in die Nase, als sei ich ein Kind. Er hatte leicht reden. Ich hatte noch nie die Eltern einer meiner Freunde kennengelernt. Meine Mutter verbrachte Weihnachten in diesem Jahr auf La Réunion.

»Die Flugtickets sind unverschämt teuer, Liebes. Ich besuche dich lieber nach den Feiertagen.«

Ich hatte Tränen der Wut zurückgedrängt. Weihnachten allein. Das hatte sie mir bisher noch nie zugemutet. Zum Glück beschloss Benjamin, dass es an der Zeit sei, seine Familie kennenzulernen, und dass Weihnachten dafür die perfekte Gelegenheit bot.

Ich erinnere mich noch an den eisigen Wind, der durch die Stadt fegte, an die mit goldenen Lichterketten geschmückten

Bäume in den Straßen, an den Schal, der mein halbes Gesicht verdeckte, an meine von Benjamins Fäustling umschlossene Hand, als wir vom Auto zum Haus seiner Eltern gingen. An seine peruanische Mütze.

»Da ist es.«

Mein Blick folgt dem seinen, und ich entdecke ein bescheidenes Haus mit beigefarbener Fassade. Vor dem Eingang blinkt ein Rentier aus blauen Lämpchen.

»Wenn du das Haus im Jura gesehen hättest ...«

Es ist nicht das erste Mal, dass Benjamin mir gegenüber das Haus im Jura erwähnt, das für sie alle den Inbegriff des Glücks darstellte.

»War es größer?«

»Hmm, ja, bestimmt ... Aber das war es nicht, was es so einzigartig machte.«

»Was war es dann?«

Er öffnet das Tor, durch das man auf den kleinen Hof vor dem Haus gelangt. Beim Hindurchschlüpfen achte ich darauf, nicht mit dem großen Strauß roter Amaryllen anzustoßen, den ich in den Händen halte. Die Flasche Champagner hat Benjamin in seiner Umhängetasche.

»Es lag mitten im Wald.«

»Wirklich?«

»Wirklich. Ringsum gab es nur Kiefern, und durch das Grundstück floss ein Bach, in dem wir jeden Sonntag geangelt haben. Nur drei Meter vom Haus entfernt, stell dir das mal vor.«

Ich nicke und freue mich über das strahlende Lächeln in seinem Gesicht.

»Danach ging ich für den Rest des Tages klettern.«

»Mit Yann?«

Er lacht, und ich begreife nicht recht, wieso.

»Yann ist ein Feigling!«

Wir stehen vor der Tür seines Elternhauses. Ich atme tief ein. Benjamin streicht mir mit der Hand über die Wange.

»Ich bin mir sicher, dass es dir dort gefallen würde.«

»Mir? Im Jura?«

»Wieso nicht?«

Mir bleibt keine Zeit zu antworten, denn er drückt auf die Klingel, und von drinnen höre ich gedämpfte Rufe, gefolgt von Schritten. Die Tür wird geöffnet und gibt den Blick auf einen etwa sechzigjährigen Mann frei, groß, mager, mit den gleichen braunen Haaren und Augen wie sein Sohn. Er trägt eine einfache Jeans und ein weißes Hemd. Er riecht angenehm nach einem nicht zu aufdringlichen Parfüm, einem sanften, dezenten Eau de Toilette. Doch was mir vor allem auffällt, ist sein Lächeln. Ein schlichtes, herzliches Lächeln.

»Ah, da ist ja der Junge!«

Ich sehe zu, wie sie sich umarmen und einander ein paarmal auf den Rücken klopfen, dann dreht sich der Mann im weißen Hemd, der die gleichen Augen hat wie mein Freund, zu mir um.

»Guten Abend, Amande … Das stimmt doch, oder?«

»Ja, genau.«

»Ich bin Richard. Freut mich, Sie kennenzulernen.«

Unkompliziert, freundlich, es ist genau so, wie ich mir diese erste Begegnung erhofft habe. Dieses ungewöhnliche Weihnachtsfest. Als er mich mit einem Wangenkuss begrüßt, legt er mir die Hände auf die Schultern, als wollte er der simplen Höflichkeitsgeste ein wenig mehr Nachdruck verleihen.

»Kommt rein, noch hat Anne den Truthahn nicht verkohlen lassen!«

Offensichtlich ist der Scherz nicht neu, denn Benjamin verdreht die Augen.

»Es gibt gar keinen Truthahn«, erklärt er mir.

Ich folge ihnen durch einen Flur, an dessen Ende sich das mit einem großen Weihnachtsbaum geschmückte Wohnzimmer befindet. Kleine Lichtpunkte blinken erst blau, dann rot, dann grün. Vergoldete Engel hängen neben weißen Federn.

»Legt eure Jacken da hin«, sagt Richard und deutet auf das Ecksofa.

Der Tisch ist stilvoll gedeckt. In der Mitte steht ein sechsarmiger Kerzenleuchter, die roten Servietten auf den Tellern sind zu Fächern gefaltet. Benjamin legt mir auffordernd eine Hand ins Kreuz, damit ich ihm in die Küche folge. Doch das ist nicht mehr nötig. Denn im selben Moment kommt auch schon Anne ins Wohnzimmer, das Gesicht von der Hitze am Herd gerötet, das braune Haar zum Knoten geschlungen. Um die Taille trägt sie noch eine verschlissene weiße Schürze mit Ölflecken, aber unter der Köchinnenkluft ist ein elegantes schwarzes Samtkleid zu erkennen.

»Ah, da sind sie …«

Auch aus ihrem Lächeln spricht ein aufrichtiges Wohlwollen. Ich bin gerührt. Sie begrüßt mich mit Wangenküssen, bevor sie ihren Sohn in die Arme nimmt.

»Es ist so schön, dass ihr hier seid.«

Sie sagt es mit einem Blick zu mir, also reiche ich ihr den Strauß leuchtend roter Amaryllen und antworte: »Danke, dass Sie mich eingeladen haben.«

Sie wischt die Worte mit einer Handbewegung beiseite, als verdiente diese Einladung beim besten Willen keinen Dank.

»Ich habe das Zimmer für euch vorbereitet.«

»Wir sind mit dem Auto da«, entgegnet Benjamin.

»Das mag ja sein, aber ich will nicht, dass ihr nach einem Weihnachtsessen, wenn ihr etwas getrunken habt, noch Auto fahrt.«

Benjamin widerspricht nicht. Er war schon immer vernünftig und geht kein unnötiges Risiko ein. Er führt mich in das

Zimmer, von dem Anne gesprochen hat, damit ich dort meine Handtasche ablegen kann und er seine Umhängetasche. Es ist immer noch das Abbild des Jugendlichen, der er einmal gewesen sein muss. Ein Lattenrost auf dem Boden, schwarze Bettwäsche und an der Wand ein riesiges Poster von Jimmy Cliff. Auf dem winzigen Schreibtisch, an dem Benjamin früher seine Hausaufgaben gemacht haben muss, thront ein individuell verzierter, über und über mit Tipp-Ex beschrifteter Motorradhelm.

»Wie du siehst, hat sich hier nichts verändert.«

»Ja, das sehe ich.«

Er nimmt mir die Handtasche ab, legt die Hände um meine Taille und zieht mich an sich. Dann vergräbt er wie so oft die Nase in meinen Haaren. Er mag den Duft meines Shampoos, sagt er immer.

»Ich bin froh, dass du heute Abend hier bist.«

Er sagt das einfach so, fast schon beiläufig, ohne besonderen Nachdruck, aber ich weiß, dass er es ernst meint, und seine Worte sind kostbar.

»Ich auch.«

Er küsst mich auf die Stirn und löst sich von mir, denn gerade ist die Haustür zugefallen, was bedeutet, dass nun auch Yann eingetroffen ist.

»Komm mit.«

Wir gehen zurück ins Wohnzimmer, wo Anne in der Zwischenzeit die Schürze abgelegt und ihr Haar gelöst hat. Yann ist da, er trägt eine Lederjacke. Und er ist eindeutig Benjamins jüngerer Bruder. Das gleiche Gesicht, das gleiche Haar, wenn auch kürzer geschnitten, etwas hellere Augen, grün, sie ähneln denen von Anne. Aber trotz allem ist die Ähnlichkeit verblüffend.

»Hallo!«, sagt er, bevor er einen Schritt auf mich zukommt und mir einen Wangenkuss gibt.

»Hallo«, antworte ich.

»Cool, dich endlich mal kennenzulernen.«

Die einzige Antwort, die mir darauf einfällt, ist ein Lächeln.

»Fährst du auch Motorrad?«, frage ich schüchtern und deute auf seine Lederjacke.

Benjamin bricht in schallendes Gelächter aus.

»Yann und Motorradfahren?«

Yann verzieht gespielt gekränkt das Gesicht. Doch dann lächelt auch er.

»Ich dachte nur …«, stottere ich dümmlich.

»Ich habe es nie geschafft, ihn dazu zu überreden, auch nur auf einen gedrosselten Roller zu steigen«, stichelt Benjamin. »Mehr als Fahrradfahren ist bei dem nicht drin!«

Anne lächelt und betrachtet ihren jüngeren Sohn mit liebevollem Blick.

»Yann ist eben ein Kopfmensch und nicht so ein Draufgänger wie du.«

Yann strahlt.

»Kopfmensch, Benji, hast du das gehört? Kopf! Das ist da, wo bei allen außer dir das Gehirn sitzt!«

Sie kabbeln sich noch eine gute Viertelstunde. Und ich lerne durch leidvolle Erfahrung, dass man lieber nicht versuchen sollte, die beiden miteinander zu vergleichen, denn das ist unweigerlich der Auslöser zu einem gutmütigen, aber schier endlosen Brüderduell.

Ich erinnere mich noch an jede Einzelheit dieses Heiligen Abends zu fünft. Der lange Tisch mit dem Kerzenleuchter, die wohlige Wärme, Annes Lachs in Folie, zu dem wir einen hervorragenden trockenen Jurançon tranken, Richards misslungene Witze, die den einhelligen Spott seiner Söhne hervorriefen, Benjamins Hand auf meinem Knie, die Freundlichkeit und der warmherzige Empfang durch die Luzins, die ich an diesem

Abend kennenlernte. Ich glaube, Benjamins Familie hat mich an jenem Abend adoptiert, ohne jede Bedingung oder Gegenleistung. Von ganzem Herzen. Und ich glaube, an jenem Abend erwachte auch in mir der Wunsch, ein Teil ihres Clans zu sein.

Als wir zwischen die schwarzen Laken von Benjamins Jugendbett glitten, verspürte ich einen tiefen, bislang ungekannten Frieden. Eine Hand in meinem Nacken, schlief er ein, und ich betete, dass sich niemals etwas ändern möge, dass ich für immer mit an ihrem Tisch sitzen dürfe, ich und all die Kinder, die wir einmal haben würden.

An diesem Abend lernte ich die Bedeutung des Wortes »Familie« kennen.

7

ICH HABE EINEN SCHMETTERLING hereingelassen. Aus Versehen. Eigentlich wollte ich nur einen Sonnenstrahl hereinlassen. Einen einzigen. Ich habe die unheilvoll quietschenden Fensterläden einen Spalt weit geöffnet, und ohne Vorwarnung ist der Schmetterling in mein Wohnzimmer gehuscht.

Jetzt stehe ich reglos neben dem Fenster und weiß nicht, was ich tun soll. Der Schmetterling ist weitergeflogen, keine Ahnung, wohin. Ich konnte gerade noch zwei gelbe Flecken auf seinen Flügeln erkennen. Der Rest war braun, glaube ich. Oder rotbraun. Ein Schmetterling, das ist viel zu viel Leben auf einen Schlag. Bewegung, Farbe, eine Präsenz ... Ich war bereit, einen Sonnenstrahl hereinzulassen, einen einzigen Strahl dieses verfluchten Gestirns, aber einen Schmetterling, nein ... Ich bemühe mich, ruhig zu bleiben, das rasende Klopfen meines Herzens zu verlangsamen. Wir werden ihn finden. *Ich* werde ihn finden. Erst einmal das Fenster schließen. Damit nicht noch mehr Insekten eindringen. Durch die halb offenen Läden strömt immer noch Licht herein, aber damit kann ich mich jetzt nicht aufhalten.

Ich spähe durch das Zimmer, klettere auf das Sofa, verrücke die Stühle, öffne die Schränke. Lächerlich, da wäre er doch nie reingekommen ... Ich muss mich zusammenreißen. Wahrscheinlich ist er in den Flur geflogen. Ja, genau. Der Flur. Ich schalte die zögerlich aufflackernde Glühbirne ein, bewege mich mit langsamen Schritten über den braunen Fliesenboden, den Blick auf Wände und Decke geheftet. Nichts. Die Tür zum Bad steht offen. Es ist der hellste Raum im Haus, weil ich es nie geschafft habe, das Dachfenster vollständig zu verdunkeln. Und da ist der Schmetterling, regungslos sitzt er auf dem Spiegel. Ich erstarre, mein Herz pocht. Ich wage nicht mehr zu atmen. Aufmerksam mustere ich seine Flügel. Rot, nicht braun. Karminrot. Zwei gelbe Flecken mit braunem Rand auf jedem Flügel. Das Dachfenster öffnen, das muss ich jetzt tun. Ich strecke die Hand aus, aber es ist zu spät, der Schmetterling fliegt zurück in den Flur.

Ich gebe nicht auf, verfolge ihn weiter. Ich fuchtele mit den Armen, hoffe, dass die Bewegung ihn erschreckt. Ungerührt flattert er ins Wohnzimmer und lässt sich auf dem Tisch nieder. Als ich ihn erreiche, ihn gerade beim Flügel packen will, um ihn nach draußen in die Freiheit zu entlassen, fliegt er wieder los und landet vorsichtig auf dem karierten Blatt Papier, das ich an die Wand geklebt habe und das immer noch die Knicke aus dem Umschlag aufweist. Das unselige Insekt hat sich ausgerechnet auf den letzten Wörtern niedergelassen. Jetzt verdeckt sein farbenfroher Körper »die anderen« und bildet so die Unterschrift unter jenen paar Zeilen, die Mika mir geschickt hat. Mit gerunzelter Stirn stehe ich stocksteif in der Küche. Die Sonne ist so oder so in mein Haus eingedrungen. Auf den kupferbraunen Fliesen zeichnet sich ein goldenes Rechteck ab. Wie hypnotisiert starre ich ein paar Sekunden auf die im Licht tanzenden Staubkörner. Als ich den Blick wieder auf Mikas Brief richte, sehe ich, dass der Schmetterling sich nicht gerührt hat. Ich gebe auf.

Ich habe einen Schmetterling in mein Haus gelassen.

Das Fenster bleibt einen Spalt offen. Ich möchte nicht, dass er sich eingesperrt fühlt. Aus den frischen Lebensmitteln, die ich am Vortag gekauft habe, versuche ich, etwas zu essen zu kochen. Meine Ausflüge in den Supermarkt laufen immer noch genauso ab wie der erste. Präzise vorbereitet, zeitlich exakt abgepasst, so schnell wie möglich hinter mich gebracht. Gestern konnte ich der Versuchung des letzten Sommergemüses nicht widerstehen. Paprika, eine dicke Zucchini, Tomaten, eine Aubergine mit leicht schrumpeliger Haut. Ich möchte eine Art Ratatouille zubereiten, aber da mein Blick unablässig von dem Schmetterling angezogen wird, der reglos auf Mikas Brief hockt, ist meine Hand ungeschickt, und mein Gemüse verwandelt sich in Matsch. Dabei brauche ich mir gar keine Sorgen zu machen, der Schmetterling bewegt sich nicht. Beinahe habe ich das Gefühl, er würde mich beobachten.

»Verdammt!«

Ich habe mich in den Daumen geschnitten. Geschieht mir recht. Hätte ich lieber auf mein Brett geschaut, statt dieses verflixte Blatt Papier und das Insekt anzustarren. Ich lasse alles liegen. Schneidebrett, Gemüse, Messer. Ich mag kein Blut. Ich habe Blut noch nie gemocht, aber seit ich Benjamins leblosen Körper gesehen habe, ist es schlimmer als je zuvor.

Im Bad werfe ich den kompletten Inhalt des Spiegelschränkchens ins Waschbecken. Mir ist, als hätte ich bei meinem Einzug Pflaster mitgebracht. Und eine Tube Wunddesinfektionsmittel. Aber wo? Die Flasche Mundspülung rollt unter das Becken, die Wattestäbchen fallen herunter und verteilen sich über den Boden, die Pinzette rutscht geradewegs in den Abfluss.

»Verdammt!«, wiederhole ich.

Ist der Schnitt tief? Ich weigere mich hinzusehen. Ich könnte ohnmächtig werden. So, da ist das Desinfektionsmittel. Ich öffne die Tube mit den Zähnen, spritze die gelbliche Paste auf meinen ganzen Daumen. Mit der anderen Hand greife ich nach der Pflasterrolle. Keine Schere hier, Pech. Ich mache mich mit den Zähnen über das Klebeband her. Das Blut tropft ins Becken, bildet rote, in gelbem Desinfektionsmittel schwimmende Flecken auf dem weißen Email. Ich räume die diversen Tuben und Fläschchen wieder in den Schrank und lasse ein wenig Wasser ins Becken laufen. Das Blut fließt ab, die roten Schlieren verblassen.

Als ich in die Küche zurückkomme, ist der Schmetterling verschwunden. Wie sehr ich auch suche, er ist fort.

Heute Morgen habe ich Anne Blumen schicken lassen. Ich habe rote Amaryllen bestellt. Wie am Abend unserer ersten Begegnung. Ich weiß nicht, ob sie sich daran erinnern wird. Und ich habe darum gebeten, ein paar Worte auf eine weiße Karte zu schreiben, die in den Strauß gesteckt werden soll. *Bald kommt der Herbst. Amande.*

Wie das Versprechen auf eine bessere Zukunft.

22. September. Es ist so weit. Der erste offizielle Herbsttag. Ich habe alle Fensterläden geöffnet. Schon seit ein paar Tagen lasse ich die Sonne in mein Haus. Die Herbstsonne ist kühler als das verfluchte Sommergestirn. Blasser, weniger grell. Fast scheint es, als brächte sie ein wenig Linderung.

Außerdem habe ich die Luft hereingelassen. Und Gerüche. Heute Nachmittag sitze ich mitten im Wohnzimmer auf einem Stuhl, umgeben von einem kühlen Luftzug. Obwohl ich erschauere, bewege ich mich nicht. Ich rieche die unterschiedlichen Düfte. Tannen, Harz und Erde. In der Ferne brennt ein Feuer, ich erahne den in alle Winde zerstreuten Rauch. Löwenzahn. Löwenzahn? Ist das tatsächlich der Geruch von Löwenzahn? Ein Kräuteraroma, durchzogen von einer etwas süßeren Note, fast wie Honig. Habe ich schon jemals in meinem Leben Löwenzahn gerochen? Nein. Wie komme ich also darauf zu behaupten, das sei der Geruch von Löwenzahn? Ich habe nicht die leiseste Ahnung; trotzdem spüre ich, dass es stimmt, es sind Löwenzahnblüten, Hunderte davon, im Gras rings um mein Haus. Wie eine tief in meinem Inneren verankerte Gewissheit.

Ich schließe erneut die Augen, lasse die Gerüche das Zimmer erfüllen und sich auf meiner Haut niederschlagen.

Als es später dunkel wird, schließe ich die Fenster. Mir ist eiskalt. Heute habe ich den Duft von Löwenzahn in mein Haus gelassen.

»Wie geht es ihr?«

»Es geht. Am Samstag haben wir sie alle drei zusammen besucht.«

»Yann, Cassandra und du?«

»Ja. Sie hat sich gefreut. Sie hat ein bisschen zugenommen und wieder ein wenig Farbe im Gesicht.«

»Haben meine Blumen ihr gefallen?«

Ein kurzes Schweigen am anderen Ende der Leitung.

»Die roten?«, fragt Richard. »Die waren von dir?«

»Ja.«

»Sie standen immer noch in einem Wasserkrug neben dem Fenster. Sie waren verblüht, aber keiner hat es gewagt, ihr zu sagen, sie solle sie wegwerfen.«

Es tut mir gut, Richards Worte zu hören, vor allem aber seine Stimme. Ich weiß nicht, ob es die Einsamkeit im Allgemeinen ist, die mir allmählich zu schaffen macht, oder ob sie es sind, die ich vermisse. Trotzdem bin ich noch nicht bereit dafür, meinen Wald zu verlassen, noch nicht bereit, Cassandras runden Bauch zu sehen, der mich daran erinnert, dass mein eigener leer und tot ist.

»Und wie geht es dir da in deinem Haus?«

»Es geht. Ich …«

Ich zögere. Wenn ich es ausspreche, kann ich nicht mehr zurück. Dann bin ich gezwungen, es auch zu tun. Also … soll ich es sagen oder nicht?

»Ich glaube, heute Nachmittag gehe ich mal raus … In den Garten.«

Ich spüre Richards Lächeln am anderen Ende der Leitung.

»Das ist eine gute Idee. Es ist so mild.«

Ich schlucke und lausche meinem pochenden Herzen, dem Preis für meine übereilte Entscheidung.

»Gehst du manchmal zu seinem Grab?«

Ich weiß, dass ich ihn mit diesem Themenwechsel überrasche, aber er hat sich relativ schnell wieder gefangen.

»Ja. Gestern Abend war ich da.«

»Stehen Blumen darauf?«

»Natürlich. Yann geht jeden Abend hin.«

»Gut … Das ist gut.«

Es wäre mir nicht recht, wenn das Grab ungeschmückt bliebe. Auch wenn ich selbst noch nicht bereit dazu bin, sein Grab zu besuchen, mir seinen zerfallenden Körper darunter vorzustellen, so hoffe ich doch zumindest, dass andere diesen Mut aufbringen und ihm die Ehre erweisen, wie es sich gehört.

»Soll ich etwas in deinem Namen hinstellen?«, fragt Richard sanft.

»Ich … Ich weiß nicht …«

»Ich kann Yann bitten, etwas für dich mitzunehmen.«

»Ja … gerne … Dann …«

Ich denke nach, den Blick auf meine blassen Hände mit den abgekauten Fingernägeln gerichtet.

»Nelken vielleicht … Denen macht die Kälte nicht so viel aus, oder?«

»Ich sage Yann, er soll sich darum kümmern.«

»Gut. Danke, Richard.«

Kurz bevor wir uns verabschieden, füge ich noch hastig hinzu: »Bartnelken. Die mochte er.«

Ich hätte Richard gern irgendwann in den nächsten Tagen zum Abendessen eingeladen, aber ich kann ihn ja schlecht bitten, ohne Yann und Cassandra zu kommen.

Draußen ist es mild, genau wie Richard gesagt hat. Trotzdem habe ich einen langen Wollmantel übergezogen. Ich bin es nicht mehr gewöhnt, an die Luft zu gehen, den frischen Wind auf meiner Haut zu fühlen. Gerüche stürmen auf mich ein. Die Düfte der Natur. Ich stelle fest, dass das Gras gewachsen ist, seit ich zum letzten Mal vor die Tür getreten und zum Auto gerannt bin, um meinen monatlichen Einkauf zu erledigen. Es reicht mir bis an die Waden. Ich muss große Schritte machen, die Knie sehr hochheben. Die Außenwelt drängt sich mir in Gestalt kräftiger, kontrastreicher Farben auf. Das Chromgrün der Kiefern rings um das Haus und auf den umliegenden Hügeln. Das Azurblau des Himmels über den Wipfeln. Das grelle Gelb des Löwenzahns, das sich vom Grasgrün des Rasens abhebt. Das Braun der rechteckigen Parzelle hinter dem Haus. Das verwaschene Rosa eines Sonnenschirms, der verloren neben einer Trauerweide steht ... Mir fällt einer der Einträge in Madame Hugues' Kalender ein: *Sitzgruppe unter Pauls Baum aufstellen.* Ich gehe näher an den kraftlos wirkenden Baum heran. Abgesehen von diesem Sonnenschirm mit seinem verrosteten Fuß lässt nichts darauf schließen, ob es sich tatsächlich um *Pauls Baum* handelt. Ich schiebe die langen, sich bis zum Boden neigenden Zweige zur Seite, schlüpfe unter ihrem Vorhang hindurch und stehe nun vor dem Stamm. Auch hier ist das Gras gewachsen und hat sämtliche Spuren einer eventuellen Sitzgruppe ausgelöscht. Prüfend mustere ich die Rinde. Eine Ameisenkolonie rennt geschäftig hin und her. Sonst nichts. Kein Hinweis, der es mir erlauben würde, dieser Trauerweide den Namen *Pauls Baum* zu geben. Dann eben nicht. Ich gehe weiter, am Haus vorbei, zum ehemaligen Garten. Unkraut hat das Beet überwuchert. Disteln mit mörderischen Dornen. Einige von ihnen blühen. Erstaunlich. Ich wusste nicht, dass Disteln blühen. Benjamin hätte sich bestimmt über mich lustig gemacht. Aber er ist nicht mehr da, also kann ich mich auch wundern. Ich beuge mich vor, die Hände auf die Knie gestützt. Betrachte die dicken, stacheligen Kugeln mit den langen, feinen Haaren. Manche in einem hübschen, knalligen Violett, andere in sattem Indigoblau. Ich strecke die Hand nicht aus, um sie zu berühren. Auch wenn ich es gern täte. Ihre intensive Farbe erfüllt mich mit einem seligen Glück. Ihre langen, schillernden Haare ebenso. Erst ein auffliegender Spatz reißt mich aus meiner Versunkenheit.

Ich gehe an dem Rechteck aus kargem Boden entlang, weiter um das Haus herum. Dort, an der Ecke des Gebäudes, stehen die Obstbäume, die ich bereits in der nächtlichen Dunkelheit bemerkt hatte. Der Apfelbaum, von dem Julie gesprochen hat? Ich gehe schneller, stolpere um ein Haar über einen großen Stein, der sich im hohen Gras verbirgt. Mein Puls beschleunigt sich. Julie hat nicht gelogen. An der Hausecke stehen nicht nur ein, sondern zwei Apfelbäume, und sie tragen bereits Früchte. Gelb mit roten Tupfen. Zu Dutzenden hängen sie an den Zweigen, und rings um die Stämme liegen noch mehr im hohen Gras. Ich gehe in die Hocke. Einige sind schon verfault, andere von Würmern zerfressen. Welche Verschwendung, denke ich. Ich hebe den Kopf, greife nach einem Ast, schiebe die Blätter zur Seite. Die Äpfel am Baum sind schön, rund und prall.

Ich gehe ein paar Schritte zurück und betrachte die beiden mit Früchten beladenen Apfelbäume. Meine Augen sind so weit aufgerissen, dass ich es kaum noch aushalte. Ich habe einen Apfelbaum gesehen. Zum ersten Mal in meinem Leben! Und ich bin hin und weg.

Die Sonne sinkt bereits, als ich zum Haus zurückkehre. Am hinteren Ende des Grundstücks habe ich einen schmalen, beinahe zugewachsenen Pfad entdeckt, der direkt in den Wald führt. Ich habe mich nicht getraut, ihn einzuschlagen. Für einen Tag waren das schon sehr viele Emotionen.

Auf den Stufen vor dem Haus sitzt eine Katze. Sie ist hässlich, mager, aschgrau, und ihr Fell ist mit roten wunden Stellen übersät. Flöhe? Ihre grünen Augen sind unverwandt auf mich gerichtet. Ich bekomme Angst.

»Geh weg!«, schreie ich und fuchtele mit den Armen.

Ich ziehe einen Sneaker aus und wedle damit vor ihrer Nase, um ihr begreiflich zu machen, dass ich ihn nach ihr werfen kann, wenn sie sich nicht gleich verzieht. Endlich steht sie langsam auf und macht sich ohne besondere Eile mit geschmeidigen Schritten davon. Ich schaue ihr nach, bis sie im Wald verschwindet, dann öffne ich hastig die Tür und schließe sie hinter mir ab.

Nein. Keine Katze in meinem Haus. Ich hatte schon immer Angst vor Katzen. Und außerdem war ein Schmetterling bereits mehr als genug.

Als ich in der Küche meinen Wollmantel ausziehe, fallen mir die gelb-roten Äpfel am Baum wieder ein. Und dann die anderen, die heruntergefallenen, die auf dem Boden verfaulen. Wie schade, denke ich erneut. Ich setze mich an den Küchentisch und blättere in Madame Hugues' Kalendern. Immer schneller wende ich die Seiten, mein Blick ist suchend, forschend. Ich lege den ersten Kalender zur Seite, wende mich dem nächsten zu. Einer fällt zu Boden, aber ich achte gar nicht darauf. Der dritte hilft mir auch nicht weiter. Erst im vierten finde ich auf der neunten Seite endlich, was ich gesucht habe. Auf *Apfelkompott* folgt dort ein Rezept für *Tarte Tatin mit Äpfeln*.

Fieberhaft hole ich meine Handtasche und ziehe ein Notizbuch heraus, das noch aus meiner Zeit im Rathaus stammt. Ich reiße eine Seite heraus, nehme den Kuli aus der Halterung und beginne zu schreiben. Mein Atem geht stockend, und meine Hände sind feucht.

Lieber Mika, lieber Issam und all die anderen,
was haltet Ihr davon, mich demnächst einmal an einem Mittwochnachmittag in meinem neuen Haus zu besuchen?

Dann könnt Ihr mir das Geschenk geben, das Ihr für Manon gekauft habt, und wir können über Eure Idee reden, den Musikraum nach Benjamin zu benennen (ich glaube, darüber hätte er sich sehr gefreut).

Es gibt auch Kuchen.

Ihr braucht nur mit dem Zug nach Clermont-Ferrand zu fahren, dort könnte ich Euch mit dem Auto abholen.

Antwortet mir möglichst bald.

Ich schreibe meine Handynummer auf die Rückseite. Eine SMS genügt.

Ich freue mich auf Euren Besuch.

Amande

8

ICH MUSS GESTEHEN, dass ich immer ein wenig eifersüchtig war auf Elia, die hübsche Sekretärin am Empfang der MJC. Während der Vorbereitungen für die Suppenküche war sie krankgeschrieben gewesen, weshalb ich sie nicht kennengelernt hatte. Ich weiß noch, wie ich sie im Frühling vor vier Jahren durch eine Glasscheibe hindurch zum ersten Mal gesehen habe.

Ich war erst seit ein paar Monaten mit Benjamin zusammen. Die Handtasche fest an mich gedrückt, stand ich vor der MJC und wartete darauf, dass er herauskam. Meine Füße schmerzten in den Pumps. Ich hatte eine wichtige Besprechung mit dem Kommunalen Sozialhilfezentrum gehabt und dazu ein Kostüm und hochhackige Schuhe hervorkramen müssen. Ich fürchtete, deplatziert zu wirken, wenn ich in diesem Aufzug die MJC betrat, also wartete ich draußen auf dem Bürgersteig auf ihn. Von drinnen hörte ich das Gelächter von Kindern und Jugendlichen und den Gesang des gemischten Chors. Hin und wieder ertönte eine Trillerpfeife.

Die Minuten verstrichen, und ich gestattete mir einen Blick durch die Glastür in die Eingangshalle. Und da sah ich die beiden. Sie saß auf ihrem Stuhl, den Oberkörper leicht nach hinten gebogen. Er lehnte entspannt am Schreibtisch. Sie lachten. Was mir den ersten Stich versetzte, war die Tatsache, dass sie gut aussah, attraktiv auf eine Weise, die Benjamin unweigerlich gefallen musste. Das braune Haar hatte sie mit einem roten

Boho-Stirnband zurückgebunden, ihren Nasenflügel zierte ein Ring. Das genaue Gegenteil von mir. Sicher war sie im Umgang mit den Jugendlichen völlig ungezwungen und hörte die gleiche Musik wie Benjamin. Unwillkürlich wich ich zurück, damit sie mich nicht bemerkten. Ich kam mir lächerlich vor in meinem marineblauen Kostüm und den weißen Pumps. Ich kam mir lächerlich vor, wie ich da allein auf dem Bürgersteig stand und wartete, während die beiden miteinander lachten. Was sollte ich tun? Weggehen? Ich verspürte den kaum beherrschbaren Drang zu fliehen, aber gleichzeitig brannte ich darauf, noch einen Blick ins Innere zu werfen. Einen einzigen. Den schicksalhaften Moment zu erwischen. Das verräterische Funkeln in ihren Augen. Also beugte ich mich noch einmal verstohlen zur Glastür vor. Die beiden waren wieder ernst geworden und unterhielten sich angeregt. Elia gestikulierte lebhaft, wahrscheinlich klirrten die goldenen Armreifen, die um ihre Handgelenke tanzten. Benjamin nickte nachdrücklich. Doch dann war ich unachtsam und übersah das Kind, das auf mich zukam. Es schubste mich zur Seite, um die Tür zu öffnen. Beim Geräusch des Türgriffs wandten sie den Kopf, und Benjamin entdeckte mich. Er wirkte nicht verlegen. Lächelte mir zu.

Und was tat ich? Bis heute verfluche ich mich dafür ... Die Handtasche immer noch fest an den Körper gepresst, lief ich weg. Wie eine Idiotin. Ich hörte, wie er mir auf der Straße nachrief, aber ich drehte mich nicht um.

»Wieso bist du einfach weggelaufen?«, fragte er mich an jenem Abend am Telefon. »Wieso bist du nicht zu uns reingekommen?«

Ich schämte mich zu sehr, um darauf antworten zu können, aber natürlich begriff er.

»Hol mich am Dienstagabend ab, dann stelle ich dich Elia vor. Du wirst sehen, sie ist eine Seele von Mensch.«

Als Entschuldigung dafür, dass ich ihn an diesem Abend stehen gelassen und dadurch unseren Kinobesuch ruiniert hatte, verlangte Benjamin, dass ich ihm am darauffolgenden Dienstag einen Blumenstrauß mitbrachte.

»Du träumst wohl!«

»Willst du gar nicht wissen, was meine Lieblingsblumen sind?«

»Du hast Lieblingsblumen?«, entgegnete ich verblüfft.

»Ja. Bartnelken.«

»Nie davon gehört.«

»Dienstagabend, Poupette, Dienstagabend.«

Schon damals nannte er mich *Poupette*. Püppchen. Vielleicht weil ich so klein bin oder wegen meiner blonden Haare. Und ich hatte seine Forderung erfüllt. Reuig und gehorsam. Im Blumenladen wunderte ich mich über die feminine Anmut von Benjamins Lieblingsblumen, hübschen weißen Nelken mit pflaumenfarbener Zeichnung. Der alte Mann im Laden hatte einen Strauß für mich gebunden, ihn in schimmernd weißes Papier eingeschlagen und ein Band in der gleichen Farbe darumgebunden.

»Als Geschenk?«

»Ja.«

Und ich deutete auf den Aufkleber, mit dem er das Band fixieren sollte. »Für meine Liebste«. Meine Rache, wie bescheiden auch immer.

Er hatte nicht gelogen. Elia war eine Seele von Mensch. Am Dienstag darauf begrüßte sie mich mit einem strahlenden Lächeln und verkündete, sie sei so froh, mich endlich kennenzulernen. Es tröstete mich, als ich sah, dass sie so gut wie keinen Busen hatte. Typisch weibliche Biestigkeit. Ich begrub das Kriegsbeil. Sie war hinreißend, immer gut gelaunt und ließ mich stets durch Benjamin grüßen. Ich hatte ihr nichts vorzuwerfen.

Und doch pflegte ich sorgsam meine Eifersucht wie ein kleines Feuer, das ich nicht verlöschen lassen durfte. Nur für mich. Um auch weiterhin den Schauer der Gefahr zu spüren, das nagende Bewusstsein der Rivalität, die Angst, ihn zu verlieren, und den himmlischen Stolz, ihn für mich zu haben. Für mich allein.

Von Zeit zu Zeit tauchten die Bartnelken auf unserem Wohnzimmertisch auf wie ein Ausdruck meines schlechten Gewissens, der Benjamin zum Lächeln brachte.

Es ist erstaunlich. Seit einer Weile kehren die glücklichen Erinnerungen zurück. Das Bild des verstümmelten Benjamin verblasst nach und nach. Manchmal sitze ich stundenlang auf den Stufen vor meinem Haus, lasse mir mit geschlossenen Augen den frischen Wind ins Gesicht wehen und rufe mir einige unserer gemeinsamen Momente in Erinnerung.

Allmählich legt sich die Kälte um mein Haus. Die Äpfel stapeln sich in einem Wäschekorb, den ich an den Fuß der Stämme gestellt habe. Ich habe Julie Hugues eine Nachricht hinterlassen, dass sie herkommen und sich welche holen könne, aber sie hat nie zurückgerufen. Und ich habe Richard vorgeschlagen, mich zu besuchen und Äpfel für sich zu pflücken.

»Sobald ich einen Moment Zeit habe.«

Er arbeitet weiterhin in Vollzeit, versucht, Anne mehrmals pro Woche abends zu besuchen, und kümmert sich um den Haushalt und die Mahlzeiten. Yann hilft ihm dabei, aber Cassandra ist zunehmend erschöpft und braucht seine ganze Aufmerksamkeit. Ich habe mich kein einziges Mal nach ihrer Schwangerschaft erkundigt, nach jenem anderen Baby, das Manons Platz einnehmen wird. Ich will nichts darüber wissen.

Wenn ich nicht gerade Erinnerungen aufsteigen lasse, beschäftige ich mich mit Madame Hugues' Aufzeichnungen. Immer wieder aufs Neue versenke ich mich in ihre Gartentipps. *Unkraut beseitigen mithilfe von Wasser, Essig und Salz.*

Den Boden darauf vorbereiten, neues Leben zu empfangen. Diese Formulierung finde ich sehr schön.

Im Herbst einzupflanzende Blumenzwiebeln und Gemüsesorten.

Ich nehme mir die Zeit, jede einzelne Seite der zehn Taschenkalender von Madame Hugues zu lesen. Nichts dem Zufall überlassen. Keinen Krumen übersehen.

Ich weiß nicht mehr, wann sich in mir zum ersten Mal der Gedanke regte, ihren Gemüsegarten wieder herzurichten. Ich weiß nur noch, dass ich dachte: Wenn es bei ihr funktioniert hat, wieso dann nicht bei mir?

Vorläufig begnüge ich mich damit, ihre Notizen zu lesen und zu versuchen, mir alles zu merken. Jeden Tag gehe ich nach draußen in den Garten. Meistens gegen Abend. Ich stelle fest, dass die Distelblüten im Laufe des Herbstes absterben. Das macht mich so traurig, dass ich bei meiner täglichen Runde einen Kloß im Magen spüre.

Zweimal bin ich der grauen, räudigen Katze wiederbegegnet. Sie kommt nicht in meine Nähe, sondern beobachtet mich mit ihren stechend grünen Augen aus der Ferne. Ich halte sie auf Distanz, indem ich mit den Armen oder gelegentlich auch mit einem Schuh fuchtele. Ich glaube nicht, dass ich ihr damit Angst mache.

Wenige Tage nachdem ich meinen Brief dem Postboten mitgegeben hatte, kam Mikas SMS.

Könen mittwoch 2. oktober kommen. Ist das ok für sie?

Heute Morgen bin ich um Punkt sieben Uhr aufgestanden. Das Wachwerden fällt mir leichter, seit ich keine Schlaftabletten mehr nehme. Ich sitze vor meiner Tasse Kaffee und lese noch einmal Madame Hugues' Anweisungen für eine Tarte Tatin mit Äpfeln. Das Geheimnis besteht offenbar darin, die Zimtmenge zu verdoppeln und etwas davon direkt in den Karamell zu geben.

Durch das offene Fenster sehe ich den Raureif auf dem Gras. Ich habe die Heizung noch nicht eingeschaltet, und im Haus ist es eiskalt. Morgen, sage ich mir. Umhüllt von der undurchdringlichen Stille dieses nebligen Vormittags mache ich mich an die Arbeit. Der kleine Berg Schalen wächst. Unwillkürlich kommt mir die graue Katze in den Sinn. Schließlich wird es immer kälter, und sie ist da draußen ganz allein … Ich schäle weiter meine Äpfel, dann schneide ich sie in Scheiben, diesmal, ohne mich dabei zu verletzen. Jetzt wäre es an der Zeit, in einer alten Schüssel die Butter, den Saft einer ausgepressten Zitrone, die Vanilleschote, den Zucker und den Zimt zu vermischen.

Im Kühlschrank muss doch noch irgendwo ein altes Stück Schinken liegen. Das ist typisch für mich – ich bin unfähig, mich lange auf eine Aufgabe zu konzentrieren. Ständig schweifen meine Gedanken ab. Also wende ich mich von der Schüssel ab und gehe zum Kühlschrank. Tatsächlich, da ist noch ein hart gewordener Schinkenrest. Ich lege ihn in eine kleine Schale. Die werde ich ihr nachher rausstellen und dabei darauf achten, dass sie mir nicht zu nahe kommt. Ich hatte schon immer Angst vor Katzen, vor ihren scharfen Krallen, ihrer raubtierhaften Art, einen anzustarren. Ich bin ein Angsthase, genau wie Yann.

Und schon wandern meine Gedanken weiter zu einem Oktoberabend im Zentrum von Lyon. Nicht irgendeinem Oktoberabend, sondern Halloween, der Kostümparty in der MJC. Benjamin hat darauf bestanden, dass ich mich als Hexe verkleide, damit ich zu seinem eigenen Kostüm passe: Er geht als schwarzer Kater.

»Kein Mensch fürchtet sich vor einem schwarzen Kater …«

»Erzähl das mal jemandem, der abergläubisch ist …«

So ist Benjamin, er hat auf alles eine Antwort. Der Sportsaal ist mit orangefarbenem und schwarzem Krepppapier dekoriert. Die Kinder sind alle gekommen und haben ihre Eltern mitgebracht. Die meisten von ihnen ließen sich sich auf das Spiel ein. Geister stehen neben Skeletten, Kürbisse schwatzen mit Mumien.

»Einen Cocktail des Todes?«, schlägt Benjamin vor.

An der Wand steht ein Tisch mit weißer Decke, auf die ein paar der Jugendlichen schwarze Spinnen gemalt haben. Darauf eine Schüssel, die bis zum Rand mit einem Saft von zweifelhafter Farbe gefüllt ist. Ein grelles Orange, von dem einem die Augen wehtun.

»Ist der auch ohne Alkohol?«, frage ich misstrauisch.

»Natürlich, das fehlte gerade noch.«

»Aha ... Und was ist mit Zusatzstoffen?«

Er verdreht die Augen.

»Die attraktive, hypochondrische Spielverderberhexe wird höflich gebeten, den anderen ihren Spaß zu lassen.«

Ich gehe nicht auf seine Bemerkung ein und lasse zu, dass er mein Glas mit der grellorangen Flüssigkeit füllt.

»Da müssen doch irgendwelche Farbstoffe drin sein ...«

Aber Benjamin beachtet mich gar nicht, und das aus gutem Grund: Er hat im Gewühl gerade zwei Ärzte in weißem Kittel und mit einem Stethoskop um den Hals entdeckt.

»Da sind sie!«

Heute Abend lernen wir offiziell Yanns Freundin kennen. Bis jetzt wissen wir über sie nur, dass sie Cassandra heißt und die beiden seit sechs Monaten zusammen sind.

Während Benjamin ihnen lebhaft zuwinkt, um ihre Aufmerksamkeit zu erregen, und sie sich durch die Menge auf uns zudrängen, fällt mir auf, dass Yann sich in seinem Arztkostüm nicht besonders wohlzufühlen scheint, ganz im Gegensatz zu dem jungen Mädchen an seiner Seite. Dunkelhaarig, mit schönen blauen Augen und einem selbstsicheren Lächeln auf den Lippen, lässt sie sich von ihrer OP-Maske und der OP-Haube auf ihrem Kopf nicht im Mindesten stören. Benjamin und Yann klopfen einander zur Begrüßung herzlich auf den Rücken.

»Na, wie läuft's, alter Hasenfuß?«

»Bestens. Und selbst, du räudiger Rasta?«

Ihre Neckereien kommen spontan und ohne besonderen Anlass, wie immer bei den Brüdern Luzin. Cassandra wirkt belustigt. Ohne abzuwarten, bis Yann die Präsentation übernimmt, stellt sie sich selbst vor.

»Hallo, ich bin Cassandra.«

Wir tauschen Wangenküsse aus und nennen ebenfalls unsere Namen.

»Schön, euch kennenzulernen.«

»Gleichfalls.«

Benjamin zupft seinen Bruder am Kittelärmel.

»Ein Arzt? Macht das irgendjemandem Angst? Ich meine … außer dir?«

Yann wirft ihm einen finsteren Blick zu und überlässt Cassandra die Antwort.

»Nun, sagen wir, das konnte ich im Krankenhaus ohne größeren Aufwand besorgen«, erklärt sie lächelnd.

»Bist du Ärztin?«

»Fast. Ich bin noch in der Facharztausbildung.«

Verdutzt schauen wir sie an. Das hat Yann uns nicht erzählt.

»Habt ihr euch im Krankenhaus kennengelernt?«, erkundigt sich Benjamin erstaunt.

»Nein, an der Uni. Der Medizincampus liegt gleich neben den Chemikern.«

Dort, auf dem Chemiecampus, hat Yann sein Ingenieurstudium abgeschlossen. Jetzt arbeitet er für einen großen Pharmakonzern. Benjamin beschimpft ihn als Verräter, der sich vom Kapitalismus kaufen lässt, doch Yann bleibt ihm nichts schuldig und tituliert ihn als sozialistischen Möchtegernbohemien. Die Familienessen bei den Luzins sind ein Traum …

Ich wollte es mir lange nicht eingestehen, aber im Grunde hatte ich sehr viel mehr mit Yann gemeinsam als mit Benjamin. Yann war zurückhaltender, schüchterner, er machte sich über alles Mögliche Sorgen. Als ich Cassandra kennenlernte, stellte ich fest, dass ihr Charakter eher dem von Benjamin ähnelte. Extrovertiert, draufgängerisch, ungezwungen, ganz gleich, in welcher Umgebung. Und doch fanden bei uns vieren nicht diejenigen zusammen, die einander ähnlich waren, sondern die, die sich gegenseitig ergänzten.

Bei grellorangem Fruchtpunsch und schüsselweise Popcorn erfuhren wir an jenem Abend mehr über Cassandra: Sie ist die älteste von vier Schwestern, Medizinstudentin in der Facharztausbildung und engagiert sich gegen die Beschneidung von Mädchen in Afrika. Sie ist die Schriftführerin des Vereins Fillettes d'ailleurs, der dort vor Ort aktiv ist. Freudig erzählte sie uns von ihrem Leben, ihren Überzeugungen, ihren Kämpfen, bevor sie sich nach den unseren erkundigte. Hatten wir welche? Benjamin ja, ganz sicher. Die Jugendlichen für Dinge zu begeistern, ihren Geist anzuregen, den Keim künftiger Träume zu pflanzen; auf seine Weise versuchte er, gegen den Mangel an sozialen Aufstiegsmöglichkeiten und die Hoffnungslosigkeit anzukämpfen. Und ich? Ich bewunderte ihn. Ich konnte seinen Worten nur zustimmen.

»Wollen wir tanzen?«, fragte Cassandra, nachdem wir unsere Gläser mehrmals neu gefüllt und wieder geleert hatten.

»Klar, geh vor!«

Ich habe fröhliche Erinnerungen an diese Halloweenparty in der MJC. An die beiden Ärzte, die sich auf der Tanzfläche bewegten, Cassandra mit erhobenen Armen, Yann etwas zurückhaltender. An den schwarzen Kater, der zur Zielscheibe von vier Geistern geworden war, die ihn durch die Menge verfolgten und versuchten, ohne Vorwarnung auf seinen Rücken zu springen. Ich glaube nicht, dass ich an jenem Abend eine besonders furchterregende Hexe war, aber Mika hat mir trotzdem zu meiner Verkleidung gratuliert. Um dreiundzwanzig Uhr standen wir alle draußen auf dem Bürgersteig im kalten Regen. Cassandra schlug vor, in einer Bar noch ein letztes Glas zu trinken, diesmal mit Alkohol, und wir stimmten zu. Es war das erste Mal, dass wir zu viert um einen Tisch saßen, und es sollten noch viele weitere Gelegenheiten folgen.

Die Tartes Tatin sind fertig. Der köstliche Duft von Äpfeln und Zimt erfüllt die Küche. Nervös werfe ich einen Blick auf das Fenster zum Garten. An der Scheibe hat sich leichter Niederschlag gebildet. Ich fürchte, die räudige Katze könnte, vom Duft angelockt, auf der Fensterbank sitzen. Aber sie ist nicht da. Ich schalte den Gasofen aus und hole vorsichtig die drei Kuchen heraus. Drei … Ja, es ist absolut idiotisch, das sind bestimmt zu viele, aber wer weiß? Manchmal sind Jungs in dem Alter regelrecht ausgehungert.

Vor ein paar Tagen habe ich im Supermarkt zwei große Flaschen Limo gekauft. Das trinken sie wahrscheinlich lieber als Früchtetee oder Milchkaffee.

Ich gehe ins Schlafzimmer, ziehe meinen Wollmantel an, hole die Schale mit dem Schinken und öffne die Haustür. Wenn ich die Katze nicht zum Haus locken will, muss ich sie möglichst weit weg am Waldrand abstellen. Ich ziehe ein altes Paar Sneaker an und gehe hastig los, wobei ich darauf achte, meine Beine vor dem nassen Gras zu schützen. Das Raubtier ist nirgends zu sehen. Ich trete ein paar Schritte zwischen die Kiefern und stelle den Napf auf den Boden. Ein letzter Blick in die Runde. Keine graue Katze. Zügig gehe ich zurück zum Haus.

Mir bleiben noch ein paar Stunden, um mich zu waschen, ordentliche Kleidung herauszusuchen und ein bisschen aufzuräumen. Wie lange hatte ich schon keine Gäste mehr? Abgesehen von Julies spontanem Besuch ist es fast zwei Monate her. Die Letzten waren Anne und Richard, die gekommen waren, um mir von Cassandras Schwangerschaft zu erzählen. Zwei Monate, in denen außer der kurzen Stippvisite eines roten Schmetterlings mit gelben Flecken kein Leben ins Haus gekommen ist. Ist es womöglich an der Zeit dafür?

Im ersten Moment fürchte ich, mein Auto würde nicht anspringen. Der Motor hustet kurz und geht wieder aus. Ich ziehe den Schlüssel ab, versuche es noch einmal und drücke das Gaspedal durch. Zu meiner Erleichterung beginnt der Motor zu schnurren. Ich seufze. Was hätte ich getan? Irgendwelche Nachbarn gefragt, ob sie für mich nach Clermont fahren und ein paar Teenager am Bahnhof abholen können? Nein, sie kennen mich nicht. Wahrscheinlich wissen sie nicht einmal, dass es mich gibt, dass das Haus von Madame Hugues inzwischen wieder bewohnt ist. Was dann? Den Kindern schreiben, dass ich sie nicht abholen könne, und sie bitten, wieder nach Lyon zurückzufahren?

Egal, der Motor läuft, und ich biege langsam in die schmale Straße ein, die an meinem Haus vorbeiführt. Im Rückspiegel sehe ich einen zartrosa geschminkten Mund und frisch gewaschenes, offenes Haar. Was die Kleidung angeht, habe ich es ganz schlicht gehalten. Jeans, weißer Pullover. Ich habe ein paar Tropfen Lavendelwasser auf die Innenseite meiner Handgelenke getupft. Diskret, aber unverkennbar. Ein Duft, der mich beruhigt. Bevor ich an der nächsten Kreuzung auf die Hauptstraße abbiege, werfe ich noch einen Blick auf die Uhr am Armaturenbrett: Punkt vierzehn Uhr. Vierzehn Uhr am 2. Oktober. In einer halben Stunde werde ich den Jugendlichen gegenüberstehen, die Benjamin über Jahre hinweg begleitet hat. Mir ist ein wenig bange zumute, aber ich weiß, dass ich das tun muss.

Kaum habe ich den Wagen in zweiter Reihe vor den Glastüren geparkt, da sehe ich sie auch schon. Mika, der seit unserer letzten Begegnung im Frühling um mindestens zehn Zentimeter gewachsen ist, Issam, der sich die Kapuze über den Kopf gezogen hat, und ein weiterer Junge, Nathan, wenn ich mich recht erinnere, blasser Teint und kohlschwarzes Haar. Es ist ein kleines Grüppchen, nur sie drei. Was ist mit den anderen? Ich versuche, die Enttäuschung zu ignorieren, die mir die Kehle zuschnürt. Ich lasse die Seitenscheibe herunter und winke, um sie auf mich aufmerksam zu machen. Issam bemerkt mich als Erster und bedeutet den beiden anderen, zu mir herüberzukommen.

»Guten Tag, Madame.«

»Hallo. Steigt ein, da draußen ist es kalt.«

»Sie sehen gut aus.«

Die Bemerkung kommt von Mika, und ich muss unwillkürlich lächeln.

»Das ist nett, danke. Hattet ihr eine gute Fahrt?«

Alle drei antworten zustimmend, während sie sich anschnallen. Mika hat sich neben mich gesetzt, er ist offenbar mein Hauptansprechpartner. Zwischen seinen Knien klemmt ein kleines rosa Päckchen mit einer Schleife darum. Ich ziehe es vor, mich auf die Straße zu konzentrieren.

»Ihr seid ja nur zu dritt. Wo sind denn die anderen?«

»Tja«, antwortet Mika ernst, »das müssen Sie nicht uns fragen, sondern ihre Eltern.«

»Ihre Eltern?«

»Alex ist beim Rauchen erwischt worden und hat jetzt Hausarrest. Die Mutter von Iliès will nicht, dass er mittwochs weggeht, die von Théo will nicht, dass er so weit mit dem Zug fährt, wenn kein Erwachsener dabei ist. Und Lola ...«

Er verstummt und mustert mich forschend.

»Lola kennen Sie gar nicht, oder?«

»Nein.«

»Das ist die Neue in der Band. Unsere Sängerin. Sie wär gern mitgekommen, aber sie hat gesagt, das gehört sich nicht ... weil sie Sie ja nicht kennt.«

»Das hättet ihr mir sagen sollen. Natürlich konnte sie mitkommen.«

Mika dreht sich zu den beiden anderen um und wirft ihnen einen vielsagenden Blick zu, nach dem Motto: Seht ihr, ich hab es euch ja gesagt.

»Außerdem war sie ein bisschen verknallt in Benjamin, also ...«

Seine Stimme erstirbt mitten im Satz, und wieder unterdrücke ich ein wehmütiges Lächeln.

»Ach so, na ja ... Und wie lange dürft ihr bleiben?«

»Bis halb fünf, Madame, um zehn nach fünf geht unser Zug.«

Ich rechne im Geiste nach. Damit bleiben uns zwei Stunden für den Kuchen. Vollkommen ausreichend.

»Wollt ihr vielleicht ein bisschen Musik hören?«

Ich lasse Mika einen Sender aussuchen, der ihm gefällt, und die restliche Fahrtzeit verbringen sie mit Singen.

»Oh! Das ist ja wirklich ... einsam.«

Die Bemerkung entschlüpft Mika, als wir vor dem Haus eintreffen und die Autotüren zufallen.

»Haben Sie keine Angst hier, so ganz allein abends?«, erkundigt sich Issam besorgt.

Belustigt schüttele ich den Kopf.

»Also, ich bin ja echt kein Weichei, aber mir würde das nicht gefallen«, fügt er hinzu.

Nathan bedenkt ihn mit einem höhnischen Lachen. Mika deutet auf mein von Unkraut überwuchertes Grundstück.

»Das müsste aber dringend mal gemäht werden, Madame Luzin. Haben Sie jemanden, der Ihnen hilft?«

Ich zucke die Achseln.

»Nein. Aber das kann ja kein Hexenwerk sein. Ich muss nur einen Rasenmäher kaufen.«

»Mein Vater hat einen«, mischt Issam sich ein. »Aber es ist ein bisschen weit, um den herzubringen …«

Ich nicke, zunehmend amüsiert.

»Schicken Sie mir eine SMS, wenn Sie Ihren Rasenmäher gekauft haben«, sagt Mika. »Dann komme ich und mähe den Rasen.«

»Das ist nett von dir, Mika, aber ich kann mir vorstellen, dass du am Wochenende spaßigere Dinge zu tun hast.«

»Ach, ich mäh oft den Rasen bei den Nachbarn von meiner Oma, wissen Sie. In den Ferien. Die geben mir ein bisschen Geld dafür.«

Als ihm bewusst wird, dass ich das missverstehen könnte, fügt er hastig hinzu: »Aber ich sag das nicht wegen Geld! Das ist einfach keine Arbeit für Frauen.«

Issam nickt, Nathan scheint sich in dieser Frage nicht sicher zu sein.

»Einverstanden«, sage ich, während ich die Tür aufschließe. »Wenn du das willst, schicke ich dir eine Nachricht.«

Und damit betreten wir mein eiskaltes Heim.

»Haben Sie viel für das Haus bezahlt?«, ist das Einzige, was Mika zu meinem trostlosen Flur einfällt.

»Ich habe es nicht gekauft, ich wohne hier zur Miete.«

»Hat es Ihnen in Ihrem alten Haus denn nicht gefallen?«

»Doch. Aber ich wollte dort nicht mehr länger wohnen.«

Mehr sage ich nicht, und niemand verlangt nach weiteren

Erklärungen. Im Wohnzimmer duftet es noch nach Zimt und Äpfeln.

»Ist ja saukalt hier drin«, entfährt es Issam.

»Haben Sie wenigstens eine Heizung, Madame Luzin?«, fragt Mika besorgt.

»Ja. Ich habe eine Heizung.«

»Soll ich mal nachsehen, ob sie funktioniert?«

Nathan prustet in seinen Schal.

»Schleim nicht so rum.«

»Ich schleim nicht.«

»Tust du wohl. Du bist voll der Schleimer.«

»Halt die Klappe!«

»Danke, Mika, aber ich habe die Heizung noch nicht eingeschaltet, darum ist es so kalt. Aber keine Angst, ich hole euch ein paar Decken.«

Ganz offensichtlich entsprechen die Molton-Plaids nicht gerade den gängigen Modevorstellungen der drei Teenager in meiner Küche. Ich höre sie hinter meinem Rücken lachen, während ich eine der Tartes Tatin im Gasofen aufwärme.

»Du siehst aus wie 'ne alte Oma!«

»Selber Oma!«

»Stimmt doch, Issam, oder? Mit seinen roten Haaren?«

»Ich hab keine roten Haare!«

Während sie einander hänseln, mache ich Wasser für meinen Tee heiß und hole Gläser und eine Limoflasche.

»Mögt ihr Apfelkuchen?«

Drei wieder ernst gewordene Gesichter blicken mir entgegen. Sobald ich mich abwende, setzen sie ihre Sticheleien fort, nun jedoch mit gesenkter Stimme.

Das Piepen des Ofens verkündet, dass die Tarte jetzt warm ist. Mika hilft mir, die Teller und kleinen Löffel zum Tisch zu bringen, und Nathan schickt sich an, die Tarte Tatin anzuschneiden.

Doch als ich sehe, welches Gemetzel er dabei veranstaltet, fühle ich mich verpflichtet einzugreifen.

»Danke, Nathan, den Rest übernehme ich.«

Wenig später sitzen wir alle auf unseren Plätzen.

»Na dann, guten Appetit«, sagt Mika.

Noch bevor er zu Ende gesprochen hat, machen sie sich über ihre Kuchenstücke her. Ich hingegen lege die Hände um meine heiße Tasse. Durch den aufsteigenden Dampf sehe ich zu, wie sie herzhaft zugreifen. Ich bin nicht gut in Gesprächen mit Jugendlichen. Ich frage mich, was ich zu ihnen sagen soll. Benjamin hätte es gewusst. Wenn er jetzt hier wäre, würden sie sich längst alle vor Lachen biegen.

»Und, Madame Luzin, wie läuft es so in Ihrem neuen Haus?«

Danke, Mika, dass du es mir trotz deines vollen Munds ersparst, Konversation zu machen.

»Es läuft gut. Ich …«

Ich bezweifle, dass sie großes Interesse an Gartenarbeit haben, also beschränke ich mich auf die Apfelbäume.

»Ich habe zwei schöne Apfelbäume hinter dem Haus. Sie tragen so viele Früchte, dass ich sie gar nicht alle allein essen kann. Wollt ihr vielleicht welche mit nach Hause nehmen?«

Issam und Nathan zucken die Schultern, sie sind sich nicht sicher, ob sie das Angebot ohne eine Gegenleistung annehmen sollen. Mika nickt.

»Und was ist mit der MJC? Wie läuft es da?«, erkundige ich mich.

Da scheint Mika plötzlich etwas einzufallen. Er lässt seinen Löffel los und springt auf.

»Wo ist es?«, fragt er die beiden anderen.

»Was?«

Er blickt sich suchend um, und Issam fragt noch einmal: »Was?«

»Das Geschenk, du Trottel!«

»Ich glaube, da ist es …«, sage ich und deute zur Anrichte, wo er es abgelegt hat.

Er lächelt entschuldigend, holt das rosa Päckchen und hält es mir, den Blick auf seine Füße gesenkt, hin.

»Das war von der ganzen Band.«

Das Schlucken fällt mir schwer. Es dauert ein paar Sekunden, bis ich wieder sprechen kann.

»Ah ja … danke.«

Mika setzt sich zurück auf seinen Stuhl, und drei Augenpaare blicken mich unverwandt an. Ich begreife, dass sie von mir erwarten, das Geschenk auszupacken. Ein Geschenk, das keinen Empfänger mehr hat. Mit zittrigen Händen löse ich das Band, dann reiße ich vorsichtig das Papier auf. Vor mir liegt eine Stoffpuppe in rosa Rock und blau-weiß gestreiftem Pullover. Ihr braunes Haar ist zu zwei Zöpfen geflochten, die rechts und links des Gesichts herunterbaumeln. Zwei glänzende schwarze Kugeln bilden ihre Augen. Die drei Jungen warten auf meine Reaktion, also ringe ich mir ein Lächeln ab und verbanne jede Spur von Feuchtigkeit aus meinen Augen.

»Danke. Das ist eine sehr schöne Puppe.«

Das Klappern der Löffel setzt wieder ein, und ich lasse verstohlen eine einzelne Träne entwischen.

»Und was ist jetzt mit diesem Probenraum?«, frage ich, nachdem ein paar Minuten Schweigen geherrscht hat.

Ich halte Mika den Kuchenteller hin, damit er und seine Freunde sich noch ein Stück nehmen. Und erfahre, dass der Probenraum nach Benjamin Luzin benannt wurde und sie eine schwarze Gedenktafel mit seinem Foto aufgehängt haben.

»Offiziell verkünden wir das bei der Weihnachtsfeier der MJC.«

Anschließend erzählen sie mir, dass der neue Sozialpädagoge im September angefangen hat, doch Issam zufolge ist er »voll ätzend«.

»Davor war er in der MJC im sechsten Arrondissement!«, fügt er hinzu.

Was ein Sakrileg zu sein scheint.

»Das ist die MJC für Snobs!«, ergänzt Nathan.

»Der glaubt, wir würden jetzt auf einmal anfangen, Jazz zu spielen!«

Ich höre zu, wie sie schimpfend meine Tarte Tatin löffeln.

»Mögt ihr denn keinen Jazz?«

»Nein! Wir sind doch keine alten Säcke! Wir spielen Rock!«

»Benji hätte das auch nicht gefallen!«

»Auf keinen Fall! Benji war ein netter Kerl, aber der hat sich nix gefallen lassen!«

Es rührt mich, zu hören, wie sie über Benjamin sprechen. Durch sie wird er an diesem Nachmittag in meiner Küche wieder so lebendig. Fast scheint es, als wäre er bei uns.

»Er hätte diesen langen Lulatsch nicht einfach alles umkrempeln lassen!«

»Das ist mal sicher! Weißt du noch, wie der große Bruder von Iliès bei ihm seinen Willen durchsetzen wollte!«

»Wow, ja!«

Sie reißen die Augen auf und überbieten sich gegenseitig mit Anekdoten.

»Ich weiß noch, wie ich damals meinen Abschluss vermasselt hab!«, erzählt Issam. »Mann, hat der mir einen Anschiss verpasst! Erinnert ihr euch?«

Die beiden anderen brechen in schallendes Gelächter aus. Es ist die Rede von einer Standpauke, die von Fingern handelte, die sich jemand gefälligst aus einer bestimmten Körperöffnung ziehen solle, und von Eltern, die eine Menge Geld für seine Ausbildung bezahlten.

»Die Schule ist gratis, hab ich zu Benji gesagt. Das hätte ich mal lieber bleiben lassen!«

Mika löst ihn ab und imitiert Benji mit einer tiefen, rauen Brummstimme: »Und was ist mit den Steuern, Issam? Weißt du, was das ist, Steuern? Komm her, dann erklär ich's dir!«

Er packt Issam beim Ohr, woraufhin dieser sich lachend zu befreien versucht. Sein Stuhl kippt, und er kann sich gerade noch am Tisch festhalten, bevor er zu Boden fällt. Alle drei lachen aus voller Kehle.

»Du Blödmann! Du kannst ja nicht mal richtig sitzen!«

»Selber Blödmann! Trottel!«

In meinem Haus hat noch nie so viel Leben geherrscht ...

Sie haben die zwei Flaschen Limo ausgetrunken und ihren Vorrat an Beleidigungen und Erinnerungen an Benjamin erschöpft. Fast bedaure ich, dass ich keinen Fernseher habe. Was sollen drei Halbwüchsige an einem Mittwochnachmittag in einem abgelegenen Haus denn machen? Nachdem ich Mika versichert habe, dass ich keine Hilfe brauche, räume ich den Tisch ab.

»Es tut mir leid, ich kann euch hier nicht viel Unterhaltung bieten ... Ich habe nicht einmal ein Kartenspiel.«

»Dann bringen wir Ihnen beim nächsten Mal eins mit«, entgegnet Mika.

Den Tellerstapel in der Hand, halte ich mitten in der Bewegung inne. Ich wäre nie auf den Gedanken gekommen, dass sie Lust haben könnten, mich noch einmal zu besuchen.

»Ich hab eine Idee!«, ruft Issam. »Wenn Sie Papier haben, können wir Stadt, Land, Fluss spielen!«

Nach einer Partie Stadt, Land, Fluss – ein »Spiel für Loser«, den drei Jungen zufolge, was sie dennoch nicht davon abhält, mit Feuereifer dabei zu sein und emsig auszurechnen, wie viele Punkte sie voneinander trennen – wird es auch schon Zeit für mich, sie zum Bahnhof zurückzubringen. Jeder von ihnen trägt eine randvoll mit Äpfeln gefüllte Plastiktüte am ausgestreckten Arm.

Mit ernster Miene verabschiedet sich Mika vor den verglasten Türen von mir.

»Vielen Dank für die Einladung, Madame Luzin.«

»Keine Ursache.«

»Und vergessen Sie nicht ... wegen dem Rasenmäher.«

Ich verspreche es und schaue ihnen winkend nach, als sie davongehen.

Ein wenig bedrückt fahre ich durch die hereinbrechende Dunkelheit zurück zu meinem einsamen Haus. Bevor ich die Stufen vor der Haustüre hinaufgehe, gestatte ich mir einen kurzen Abstecher zum Waldrand. Die Schale steht noch da. Leer. Die kranke Katze hat gefressen. Meine Schlüssel klirren im Schloss. Quietschend öffnet sich die schwere Tür. Im Flur hängen immer noch die Gerüche des Nachmittags. Issams Haargel. Nathans Lederjacke. Und etwas Subtileres. Die Erinnerung an ihr Lachen.

Heute habe ich Benjamins »Jungs« in mein Haus gelassen ...

9

ICH HABE EINE SCHUBKARRE GEKAUFT. Rot. Sie quillt über von all den Gerätschaften, die ich heute Morgen in den Kofferraum meines Wagens gepackt habe: einen Rechen, mehrere Eimer, Schaufeln, Gartenhandschuhe, Essig, Salz (für den natürlichen Unkrautvernichter nach Madame Hugues' Rezept), einen biologischen Dünger speziell für Gemüse und einen anderen für Blumen. Der Rasenmäher wird morgen geliefert. Sie hatten ihn nicht mehr vorrätig, aber der Verkäufer hat mir versichert, dass sie ihn aus einem Lager in Lyon kommen lassen und er morgen vor sechzehn Uhr bei mir sein wird. Dabei habe ich es gar nicht so eilig.

Es ist Mittag, das verrät mir die diesige Sonne hoch oben am Himmel. Der Tau ist nicht getrocknet, und es ist beißend kalt. Ich habe meinen Wollmantel angezogen und Benjamins alte peruanische Mütze aufgesetzt. Ich wusste gar nicht, dass ich sie mitgebracht hatte …

Dank der aufmerksamen Lektüre von Madame Hugues' Aufzeichnungen weiß ich, dass der erste Schritt darin besteht, das Gelände von Unkraut zu befreien. Die wild wuchernden Pflanzen sorgsam mitsamt ihren Wurzeln auszureißen und den Boden anschließend mit der Mischung aus Essig, Salz und Wasser einzusprühen.

Auf einer Seite hat Madame Hugues notiert: *Löwenzahn, Brennnesseln und Klee locken Honigbienen an, die nicht schädlich sind, ganz im*

Gegenteil. Einige dieser Pflanzen am Beetrand stehen lassen. Das habe ich mir gemerkt.

Für einen Moment steht mir das vergnügte Gesicht vor Augen, das Benjamin gemacht hätte, wenn er mich in diesem Aufzug sehen könnte: Gummistiefel, peruanische Mütze, zu große Gartenhandschuhe. Bereit für den Ackerboden. *Ist das wirklich dein Ernst, Poupette?* Ich lächle vor mich hin. *Ja, das ist mein Ernst ... Glaubst du mir etwa nicht?*

Ich gehe auf die Knie und packe mit beiden Händen eine erste pelzige Distel. Ihre Wurzel reicht nicht sehr tief, sie gibt mühelos nach, und ich werfe sie ein Stück weit in Richtung meiner Schubkarre. Das räume ich nachher alles weg. In dem Moment kann ich seine Stimme beinahe hören: *Ich schaue dir zu, Poupette ...*

Der feine Regen, der im Laufe des Nachmittags einsetzt, hält mich nicht auf. Ich habe fast die Hälfte der Parzelle geschafft, und nachdem ich schon so weit gekommen bin, kann ich nicht einfach aufgeben. Doch als die Sonne untergeht, bleibt mir nichts anderes übrig, als aufzuhören. Ich sammle das herumliegende Unkraut in meiner Schubkarre. Wenn ich alles ausgerissen habe, baue ich einen kleinen Komposter und werfe es hinein. Ich decke die Schubkarre mit einem alten Laken ab, lehne mein Werkzeug unter dem Dachvorsprung an den in die Jahre gekommenen Putz und ziehe im Flur meine Stiefel aus.

Ich bin durchgefroren und fühle mich wie zerschlagen, aber ich bin zufrieden. Gerade will ich ins Badezimmer gehen, um mir ein heißes Bad zu gönnen, als ich vor der Tür ein klagendes Miauen höre. Ich erstarre. Seit ich der Katze die erste Schale rausgestellt habe, hat sie sich nicht mehr blicken lassen. Ich war sogar zu dem Schluss gekommen, dass sie krank geworden sein müsse oder noch Schlimmeres ... Aber heute Abend ist sie wieder da und verlangt nach etwas Thunfisch oder was weiß ich.

»Ich gebe dir eine Büchse Sardinen, aber danach verschwindest du!«

Ich rede durch die geschlossene Tür mit ihr, während ich die Kleider, die ich auf den Boden habe fallen lassen, wieder anziehe. In der Küche, wo es mittlerweile warm ist, seit ich die Heizung eingeschaltet habe, öffne ich eine Sardinenbüchse und lege die Haut des gegrillten Hähnchens dazu, das ich am Tag zuvor gegessen habe.

»Ich komme ja schon!«

Ihr verzweifeltes Miauen hält an. Mit größter Vorsicht öffne ich die Tür, denn ich habe Angst, die Katze könnte mir ins Gesicht springen oder versuchen, ins Haus einzudringen ... Daher mache ich nur einen Spalt auf, gerade weit genug, dass meine Hand und die karge Futterration hindurchpassen. Die Katze sieht nicht gut aus. Das graue, vom Regen durchnässte Fell klebt ihr am Körper. Ihre Augen sind gerötet.

»Hier, nimm das und geh zurück unter die Kiefern, da ist es trockener!«

Ich werfe ihr das Futter hin, weit vor meine Tür, damit sie nur ja nicht auf den Stufen sitzen bleibt, so dicht bei meinen Beinen, die sie womöglich zerkratzen könnte. Aber sie rührt sich nicht, sieht mich bloß weiter an und miaut.

»Was willst du denn? Milch? Du bist doch kein Baby mehr ...«

Trotzdem schließe ich die Tür, gehe in die Küche und fülle für meinen unzufriedenen Gast eine Schale mit Milch.

»So, jetzt lass mich zufrieden.«

Ich lasse die Schale eher auf die Fußmatte fallen, als dass ich sie hinstelle, und schlage die Tür zu, bevor es dem Tier in den Sinn kommt, mich anzugreifen. Ich weiß nicht, ob es Milch war, was sie von mir erwartete, aber das ist mir jetzt auch egal. Ich gehe zurück ins Bad, und diesmal verschließe ich die Ohren vor ihrem Miauen, das bald darauf erstirbt.

Sie hat die Nacht auf der Türmatte verbracht. Das sehe ich, als ich am nächsten Morgen in meinen Gärtnerklamotten nach draußen komme, um weiter Unkraut zu jäten. Zu einer Kugel zusammengerollt, liegt sie vor der Tür, und ich unterdrücke gerade noch rechtzeitig einen Aufschrei.

»Verschwinde! Los, fort mit dir!«

Sie rührt sich nicht. Hebt lediglich ihren mageren Kopf in meine Richtung. Ich zögere ein paar Sekunden. Sie scheint nicht gesund zu sein. Ich kann es wagen, über sie hinwegzusteigen, ohne eine meiner Waden zu verlieren … Und tatsächlich zuckt die Katze nicht einmal, als ich das Hindernis mit einem großen Schritt überwinde. Mir fällt auf, dass sie den Fisch nicht gefressen hat, dass die Hähnchenhaut unangetastet daliegt und die Milch über die Fußmatte verschüttet wurde. Was wollte sie denn, wenn sie keinen Hunger hatte?

Ich denke nicht weiter darüber nach und gehe in den Garten. Heute ist es heller als gestern, durch eine hübsche Wolkenlücke fallen im Laufe des Vormittags sogar warme Sonnenstrahlen auf meinen Rücken. Als ich zum Mittagessen ins Haus zurückkehre, ist die graue Katze verschwunden.

Später reißen mich Motorengeräusche und das Knirschen von Reifen auf dem Kies aus meinen Gedanken und der harten Arbeit. Ich erkenne das Auto noch vor dem Gesicht hinter der Windschutzscheibe. Der blaue Twingo. Ich lege die Schaufel hin, streife die Handschuhe ab und gehe ihr entgegen.

Heute trägt Julie Hugues ein elegantes braunes Kleid, dazu Stiefeletten mit Absatz. Ihr Haar ist zu einem äußerst professionellen Knoten geschlungen. Die perfekte Vertreterin.

»Es tut mir leid, dass ich immer unangekündigt hereinplatze«, sagt sie lachend.

Wir reichen einander die Hand, doch noch während wir sie schütteln, kommt uns die Geste albern vor.

»Ich habe Ihre Nachricht wegen der Äpfel erhalten«, fügt sie hinzu.

»Ach, ja! Die Äpfel.«

»Entschuldigen Sie, ich hatte keine Zeit, Ihnen zu antworten oder früher vorbeizukommen.«

»Das macht doch nichts.«

»Ich hatte einige Probleme mit Tristan wegen der Wohnung. Aber das ist jetzt vorbei. Wir verkaufen.«

Sie lässt den Blick über meine Kleidung gleiten – noch annähernd feminin – und richtet ihn dann auf das Grundstück hinter mir. Ihre Augen werden groß, und ein glückliches Lächeln erstrahlt auf ihrem Gesicht.

»Sie bringen Mamans Garten wieder in Ordnung?«

Ich nicke, wobei mir die peruanische Mütze gefährlich weit in die Stirn rutscht.

»Ja. Das heißt, ich versuche es ... Ich habe noch nie zuvor in meinem Leben gegärtnert.«

»Haben Sie sich Bücher zu dem Thema gekauft?«

»Nein«, bekenne ich notgedrungen und ein wenig verlegen. »Ich ... ich habe mir erlaubt, die Aufzeichnungen Ihrer Mutter zu lesen. Sie hat alles ganz genau aufgeschrieben.«

Sichtlich erfreut über mein Geständnis, lacht Julie schallend auf.

»Ja, das stimmt, mit Maman als Lehrmeisterin brauchen Sie keine Bücher mehr!«

Sie deutet auf den freigerupften Bereich, vor dem ich meine diversen Gerätschaften ausgebreitet habe.

»Darf ich mal sehen?«

»Natürlich.«

Gemeinsam gehen wir zu meinem zukünftigen Garten, ich in meinen Gummistiefeln, sie in ihren hochhackigen Stiefeletten.

»Was wollen Sie denn pflanzen?«

»Um diese Jahreszeit nur Wintergemüse ... Kohl, Rüben, Zwiebeln, ein bisschen Feldsalat. Und ein paar Blumenzwiebeln für den Frühling.«

Julie nickt, ihr Lächeln strahlt immer heller.

»Ach ja, und Ihre Mutter empfiehlt, jetzt die Erdbeeren auszusetzen. Sie schreibt, dass in der Erde noch ein wenig von der Wärme gespeichert ist, die sie im Sommer getankt hat.«

»Ich sehe, Sie haben fleißig gebüffelt.«

Mit der Miene eines jungen Mädchens, das nach langen Jahren den Garten seiner Mutter wiederentdeckt, umrundet sie das große Beet.

»Reißen Sie gerade das Unkraut raus?«

»Ja.«

»Und was kommt danach?«

»Dann lockere ich den Boden auf. Ich habe mir einen Grelinette-Spaten gekauft.«

»Du meine Güte!«, ruft Julie beeindruckt. »Das könnte länger dauern.«

»Ich habe alle Zeit der Welt.«

Sie weiß nicht, was sie darauf antworten soll, und ich nutze die Gelegenheit, um ihr die Apfelbäume und den noch reichlich mit Äpfeln gefüllten Wäschekorb zu zeigen.

»Bedienen Sie sich, nehmen Sie so viele mit, wie Sie wollen.«
»Das ist nett.«

Sie geht zu ihrem Wagen und kommt mit einer Lattenkiste zurück.

»Sind Sie sicher, dass ich sie vollmachen kann?«

»Natürlich!«

Während sie sich ans Apfelpflücken macht, ziehe ich meine Handschuhe an und wende mich erneut dem Unkraut zu. Morgen wird alles fertig sein. Dann brauche ich den Boden nur noch mit dem Essig-Hausmittel einzusprühen und eine Weile zu warten, bevor ich die Erde auflockere.

»Funktioniert Ihre Heizung?«

Julies Frage lässt mich zusammenzucken. Ich hatte nicht bemerkt, dass sie zurückgekommen war.

»Die Heizung? O ja. Einwandfrei.«

Mit der Lattenkiste voller Äpfel in den Händen steht sie wie angewurzelt vor mir. Mir wird klar, dass sie nicht vorhat, gleich wieder zu fahren, sondern ein wenig plaudern möchte.

»Hätten Sie Lust auf ein Stück Tarte Tatin?«, frage ich daher, ohne daran zu glauben, dass sie die Einladung tatsächlich annehmen könnte. »Ich habe am Mittwoch welche gebacken, aber mich bei der Menge ein wenig verschätzt.«

Ihre Antwort folgt prompt.

»Sehr gerne! Ich liebe Tarte Tatin!«, sagt sie begeistert.

Also wärme ich den Rest Kaffee in der Mikrowelle auf und erhitze eine halbe Tarte im Ofen. Julie sitzt am Küchentisch und blättert amüsiert durch die Aufzeichnungen ihrer Mutter, die ich ständig in Griffweite habe.

»Ist sie etwa zu Ihrer Inspirationsquelle geworden?«

»Das könnte man so sagen.«

Julie lächelt, ich ebenfalls, wenn auch etwas schüchterner.

»Es würde sie freuen, das zu hören!«

Ich weiß nicht, was ich darauf erwidern soll, und so beobachte ich stattdessen die Tassen, die sich in der Mikrowelle im Kreis drehen.

»Haben Sie eine Stelle in Clermont-Ferrand gefunden?«

»Ja, vielleicht … Ich hatte gestern ein Vorstellungsgespräch und warte noch auf das Ergebnis. Aber ich bin recht zuversichtlich.«

»Das ist eine gute Nachricht.«

»Ja.«

»Und was ist mit einer Wohnung? Haben Sie da schon etwas in Aussicht?«

»Ja, ich warte nur noch auf das Ergebnis meines Bewerbungsgesprächs, dann kann ich unterschreiben.«

»Schön. Sie sind also auf einem guten Weg.«

Die Mikrowelle piept, und ich bringe die Tassen zum Tisch. Der Duft der warmen Tarte erfüllt bereits die Küche. Ich hole sie aus dem Ofen.

»Sie hatten am Mittwoch also Gäste?«

»Ja. Ein paar Teenager. Zu Limo und Kuchen.«

Sie sieht mich an, während ich mit der Tarteform zwischen den Küchenhandschuhen zu ihr zurückkomme.

»Verwandte? Haben Sie etwa schon Nichten und Neffen?«

Ich versuche, die Messerklinge aufzuhalten, die beim Gedanken an Cassandras Baby, an ihren runden Bauch in meine Kehle dringt.

»Nein. Ein paar Jugendliche aus der MJC in Lyon.«

Ich habe zu viel verraten oder nicht genug. Julie mustert mich interessiert.

»Haben Sie da gearbeitet?«

»Nein.«

Das von Fragen erfüllte Schweigen dehnt sich in die Länge, während ich die Form auf den Tisch stelle.

»Mein Mann.«

Ich weiß, dass ihr Blick jetzt nach einem Trauring an meinem Finger oder dem Mantel eines Mannes in der Zimmerecke Ausschau hält. Aber meine Hände sind in den Küchenhandschuhen verborgen, und in diesem Haus gibt es keinen einzigen Herrenmantel.

»Entschuldigen Sie, wenn ich indiskret bin ...« Sie zögert, räuspert sich und springt ins kalte Wasser: »Haben Sie sich getrennt?«

In ihren Augen erkenne ich keine Spur von krankhafter Neugier, lediglich höfliches Interesse.

»Er ist vor vier Monaten gestorben.«

Diesmal komme ich einem erneuten Schweigen zuvor.

»Trinken Sie Ihren Kaffee«, fordere ich sie hastig auf. »Er wird kalt.«

Und mit diesen Worten gehe ich zurück zur Anrichte und hole einen Tortenheber, Teller und Besteck. Als ich wieder an den Tisch trete, sitzt Julie Hugues reglos da. Sie hat ihren Kaffee nicht angerührt.

»Es tut mir leid, dass ich gefragt habe.«

»Das braucht es nicht.«

»Es war indiskret.«

»Überhaupt nicht.«

Wir reden schnell und wagen einander dabei nicht anzusehen.

»Ein großes Stück oder lieber ein kleines?«, frage ich, um das Thema zu beenden.

»Ein großes.«

Sie lächelt. In ihren Zügen spiegelt sich immer noch leise Traurigkeit, aber immerhin – ein Lächeln.

»Das schmeckt köstlich«, sagt sie ein paar Sekunden später.

Während wir unsere Tarte verspeisen, plaudern wir über das angekündigte schlechte Wetter und die Immobilienpreise in Clermont-Ferrand. Keine heiklen Themen mehr, keine Fettnäpfchen.

Julie sitzt schon hinter dem Steuer und will gerade losfahren, als ihr noch etwas einfällt.

»Sagen Sie … Könnte ich vielleicht noch einmal herkommen und mir den Garten anschauen, wenn Sie mit Ihrer Arbeit weitergekommen sind?«

Unwillkürlich muss ich lächeln.

»Natürlich.«

»Dann halten Sie mich auf dem Laufenden …«

Während ich dem kleinen blauen Auto nachschaue, kann ich es kaum erwarten, wieder zu meinem Beet zurückzukehren.

Letzte Nacht hat sie einen neuen Angriff gestartet. Ich habe sie vor meinem Schlafzimmerfenster miauen hören, als wüsste sie genau, wo ich gerade bin. Ich hatte eine Gänsehaut. Was kann diese Katze bloß von mir wollen?

Heute Morgen will ich einen kleinen Komposter bauen. Dazu muss ich vier Bretter ein kleines Stück in den Boden eingraben, sodass sie ohne Zuhilfenahme von Nägeln oder einer Bohrmaschine halten, die ich ohnehin nicht besitze. Der Raureif auf dem Gras verheißt eisige Temperaturen.

Kurz bevor ich das Haus verlasse, wärme ich auf dem Herd noch einen kleinen Topf mit Milch, in den ich ein paar Haferflocken und einen Spritzer Honig gebe. Wenn sie noch auf meiner Fußmatte liegt, bekommt sie ein schönes, warmes Porridge.

Sie ist noch da. Diesmal kein erschrecktes Zusammenzucken, ich hatte sie fast schon dort erwartet. Nicht mehr ganz so ängstlich wie beim letzten Mal stelle ich ihr die Schale hin und sehe zu, wie sie den Kopf hebt, an dem Gebräu schnuppert und die Schnauze hineintaucht. Sie beginnt zu lecken, und ich nutze die Gelegenheit, um über sie hinwegzusteigen und in den Garten zu flüchten.

Der Anblick meines von Unkraut befreiten, frisch umgegrabenen Beetes erfüllt mich immer noch mit dem gleichen Stolz. Bald – vielleicht schon morgen – kann ich mit dem Pflanzen beginnen. Aber erst muss ich meine Lektion wiederholen und noch einmal Madame Hugues' Aufzeichnungen zu diesem Thema durchlesen. Und danach beim Gemüsegärtner vorbeifahren und das entsprechende Saatgut kaufen. Eines nach dem anderen.

Als ich gerade mit der Schaufel die Furchen für die Bretter aushebe, höre ich das Klingeln meines Handys. Es ist schon eine Weile her, seit mich zum letzten Mal jemand angerufen hat. Richard hat die Lust an unseren Gesprächen verloren, die stets mit »Komm uns doch mal besuchen. – Ja, mal sehen« endeten, Anne ist in ihrer Klinik immer noch so schlecht zu erreichen, und meine Mutter hat begriffen, dass sie mich in Ruhe lassen soll. Ein wenig verwundert lege ich also die Schaufel zur Seite, ziehe Handschuhe und Stiefel aus und gehe ins Haus, wozu ich erst über die graue Katze steigen muss, die auf der Türmatte eingeschlafen ist.

Ich habe eine SMS. *Haben sie ihren rasenmäer gekauft? Mika.* Lächelnd nehme ich mir die Zeit, ihm kurz zu antworten. *Ja, er erwartet dich schon sehnsüchtig. Was hältst du von Samstag?*

In der Nacht wecken mich das Heulen des Windes in den Kiefern und das Prasseln des Regens auf dem Dach. Durch den ohrenbetäubenden Lärm hindurch kann ich es hören. Ein schwaches, klagendes Miauen. Am liebsten würde ich es einfach ignorieren. Mir die Decke bis unters Kinn ziehen, mich vom Fenster wegdrehen und wieder einschlafen. Aber der Wind ist so stark, der Regen rauscht vom Himmel, und die Katze ist ganz allein da draußen. Ich könnte mich damit begnügen, ihr eine Dose Thunfisch zu geben, aber ich bin mir fast sicher, dass sie weiter miauen würde. Das ist es nicht, was sie erreichen will, indem sie tagsüber meine Haustür belagert und nachts vor meinem Schlafzimmerfenster hockt. Ich kann es nicht länger leugnen.

Ich glaube, ich bin wieder eingeschlafen. Als ich kurz darauf wieder erwache, ist draußen alles still. Kein Wind mehr, kein Regen, kein Miauen. Trotzdem stehe ich auf und hole eine Dose Thunfisch aus dem Schrank unter dem Spülbecken.

»Katze? Katze?«

Rufend stehe ich in der nächtlichen Kühle auf den Stufen vor der Haustür und versuche, sie im Dunkeln zu erspähen. Ich schwenke die Thunfischdose und hoffe, sie durch den Geruch anzulocken. Denn ich mache mir beinahe Sorgen um sie. Hat sie irgendwo einen trockenen Unterschlupf gefunden? Angestrengt suche ich den Waldrand ab. Nichts. Ich warte noch ein paar Sekunden, doch dann muss ich mich den Tatsachen beugen. Die Katze ist verschwunden. Ich lasse den Thunfisch auf der Türmatte stehen und gehe zurück ins Bett.

Welch ein Glück! Am Samstag herrscht strahlender Sonnenschein, und der Himmel ist blau. Mika kommt um zwanzig vor zwölf am Bahnhof von Clermont an. Ich habe eine Lasagne vorbereitet, die wir essen werden, bevor wir uns an unsere jeweiligen Aufgaben machen. Ich will das schöne Wetter nutzen, um die ersten Blumenzwiebeln einzupflanzen. Tulpen, Hyazinthen, Krokusse und Narzissen. Was das Gemüse angeht, so habe ich in der Gärtnerei nur ein paar Knoblauchzehen und ein Tütchen mit Feldsalatsamen ergattert. Für den Anfang gar nicht mal schlecht. *Na, Poupette, amüsierst du dich?* Benjamins belustigte Stimme klingt mir im Ohr. Ja, ich amüsiere mich. Nachdem ich dreißig Jahre lang keinen Finger in frische Erde gesteckt habe, muss ich wohl oder übel zugeben, dass es mir großen Spaß macht, den Boden umzugraben, Furchen zu ziehen, mich mit Leib und Seele in diese Arbeit zu stürzen, von der ich am Abend so erschöpft bin, dass mein Geist zur Ruhe kommt. Beim Graben denke ich oft an Madame Hugues, daran, wie viel Energie es sie gekostet haben muss, die Leere zu füllen, die Paul hinterlassen hat. Und ich denke an Benjamin, der mir so oft gesagt hat, dass mir das Leben auf dem Land gefallen würde. Woher hat er das gewusst?

»Was glauben Sie denn, wie viel ich essen kann?«, ruft Mika, als ich nach der gewaltigen Lasagne, die wir nicht geschafft haben, auch noch eine Schüssel Mousse au Chocolat aus dem Kühlschrank hole.

»Du musst Kräfte sammeln, bevor du mit dem Mähen anfängst.«

»Ja, schon ... Aber wenn Sie so weitermachen, kann ich mich gleich nicht mehr bewegen.«

Trotzdem schlägt er seine Portion Mousse au Chocolat nicht aus und leckt sogar die letzten Reste aus dem Schälchen, wovon braune Spuren auf seiner Nase zurückbleiben.

»Ist das Ihre Katze?«, fragt er, als ich gerade dabei bin, das Geschirr im Spülbecken einzuweichen.

Ich drehe mich um. Mika ist aufgestanden und deutet auf die klapperdürre Katze, die draußen auf dem Fenstersims hockt.

»Nein. Das ist eine Streunerkatze. Ab und zu kommt sie her und bettelt um Futter.«

Mika schnalzt belustigt.

»Sie können ja gern behaupten, es wär nicht Ihre Katze, aber für mich sieht das so aus, als hätte sie Sie nicht nach Ihrer Meinung gefragt.«

»Was meinst du damit?«

»Na, dass die Katze das für Sie entschieden hat. Sie hat Sie adoptiert!«

Unwillkürlich muss ich über meinem Spülbecken lächeln. Vor allem, da sich auch noch Benjamins Stimme einmischt: *Tja, Poupette, ich glaube, Mika hat recht ...*

Der Motor des Rasenmähers schnurrt, und der Geruch von Benzin und frisch gemähtem Gras weht zu mir herüber. Ich pflanze hingebungsvoll meine Blumenzwiebeln. Ein Loch graben, das dreimal so tief ist wie die Zwiebel selbst. Madame Hugues rät, zum Ausstechen des Lochs keinen Blumenzwiebelpflanzer zu benutzen, wie man sie im Laden kaufen kann, sondern lieber eine Plastikflasche. Die Flasche wieder aus der Erde ziehen. Die Zwiebel mit den Wurzeln nach unten in das Loch setzen. Mit etwas natürlichem Dünger bestreuen. Das Loch mit Erde auffüllen. Weiter.

Hin und wieder durchquert Mika, konzentriert über den Rasenmäher gebeugt, mein Blickfeld.

»Alles klar, Mika?«

»Was?«

Ich wiederhole die Frage lauter, um den Motorenlärm zu übertönen: »Alles klar, Mika?«

»Alles klar, Madame Luzin. Läuft.«

Er grinst voller Stolz und reckt einen Daumen in die Höhe.

Wir haben beide viel geschafft. Meine Fingernägel sind schwarz und meine Hände mit Erde verkrustet. Mikas Haar ist voller Gras. Ich schenke ihm eine Tasse grünen Tee mit Pfefferminze ein.

»Limo ist keine mehr da, tut mir leid …«

»Das macht nichts. Bei Issam trinken wir auch immer Pfefferminztee.«

»Möchtest du Zucker?«

»Nein. Gucken Sie mal, was ich für Sie mitgebracht habe.«

Ich drehe mich um und sehe, wie er mir am ausgestreckten Arm ein Päckchen Spielkarten mit dem Logo einer Tankstellenkette entgegenhält.

»Ich hatte doch gesagt, dass ich Ihnen beim nächsten Mal Karten mitbringe, Madame Luzin.«

Ich weiß nicht, was ich sagen soll. Ich bin gerührt, und zwar sehr viel mehr, als es der Anblick eines Päckchens Spielkarten rechtfertigen würde.

»Kennen Sie Korsische Schlacht?«

»Bitte?«

Es kostet mich etwas Mühe, wieder klar zu denken.

»Korsische Schlacht. Das spielt man zu zweit. Soll ich es Ihnen beibringen.«

»Ja ... Ja, gerne.«

Er nickt zufrieden, holt die Karten aus dem Päckchen und beginnt zu mischen.

»Möchtest du noch ein bisschen Mousse au Chocolat, Mika?«

»O ja, so langsam krieg ich wieder Hunger«, antwortet der Junge, der noch vor zwei Stunden bestritten hat, verfressen zu sein.

Wir spielen Korsische Schlacht, bis die Sonne hinter den Kiefern verschwindet. Mika besiegt mich haushoch in allen fünf Partien, trotzdem gibt er die Hoffnung nicht auf, mich irgendwann doch einmal gewinnen zu sehen.

»Sie müssen schneller sein, wenn Sie auf den Stapel in der Mitte hauen, Madame Luzin.«

»Ich bin ja schnell, Mika, aber du bist trotzdem immer zwei Sekunden schneller als ich.«

Während der Fahrt zurück zum Bahnhof reißt Mika verdutzt die Augen auf, als ich ihm zum Dank fürs Rasenmähen einen Schein zustecke.

»Sie haben sie wohl nicht mehr alle, Madame Luzin! Das ist viel zu viel!«

»Das Zugticket nach Clermont hat dich bestimmt das Taschengeld für eine ganze Woche gekostet.«

»Nein, Madame Luzin, das waren meine Eltern ...«

»Mag sein, aber du hast mir einen riesigen Gefallen getan.«

»Trotzdem ...«

Er beendet den Satz nicht. Ich sehe, wie er den Schein zögerlich in seine Manteltasche steckt.

Am Bahnhof vergisst er für einen Moment seine gewohnte Zurückhaltung und verabschiedet sich mit zwei Wangenküssen, während er sich noch einmal für das Essen, den Tee und das alles bedankt … Er erwähnt auch den Schein, der sicher verstaut in seiner Tasche steckt.

»Vergiss nicht deine Äpfel im Kofferraum.«

Gehorsam holt er die Tüte, die ich für ihn gefüllt habe.

»Hoffentlich kriegen wir bei so vielen Äpfeln nicht die Scheißerei, Madame Luzin!«

Und mit diesen poetischen Worten wendet sich der kräftige, groß gewachsene Sechzehnjährige ab und verschwindet im belebten Bahnhof.

Als ich zu meinem abgelegenen Häuschen zurückkehre, erwartet mich die Katze auf dem Türvorleger. Sie miaut, als sie mich näher kommen sieht, steht auf und macht einen Buckel.

»Lass mich durch, Katze!«

Als verstünde sie, was ich gesagt habe, geht die Katze zur Seite, miaut aber umso lauter weiter. Ich beobachte sie furchtsam, während ich die Schlüssel aus der Manteltasche ziehe. Meine eisigen Finger haben Mühe, die Tür zu entriegeln. Es hat höchstens noch vier oder fünf Grad.

»Bleib hier, ich hole dir ein Stück Lasagne.«

Ich bin einfach davon ausgegangen, dass sie gehorchen würde. Als ich ihr vor ein paar Sekunden gesagt habe, sie solle mich durchlassen, hat sie das ja schließlich auch getan. Mein Fehler. Kaum habe ich die Tür geöffnet, huscht die Katze blitzschnell durch den Spalt.

Wie soll ich sie jetzt wieder rausbekommen? Soll ich sie erschrecken? Sie anschreien? Ich habe es doch noch nicht einmal geschafft, den Schmetterling wieder ins Freie zu befördern.

»Raus mit dir, los! Ich habe dich nicht hereingebeten! Hey, Katze! Hallo? Hörst du mich?«

Ängstlich bewege ich mich durch den Flur. Die Türen zum Schlafzimmer und ins Bad sind geschlossen. Dort konnte sie nicht hinein. Es ist schlimmer, als ich dachte ... Sie muss bereits das Wohnzimmer mit Beschlag belegt haben.

»Raus da, Katze!«

Ich schalte das Wohnzimmerlicht ein. Auf dem Tisch steht die Schüssel mit der halb aufgegessenen Mousse au Chocolat. Auf der Anrichte der Rest Lasagne und ein Wasserkrug. Nichts davon interessiert die Katze.

»Wo versteckst du dich?«

Aber sie versteckt sich gar nicht. Zu einer Kugel zusammengerollt, liegt sie im alten grauen Sessel von Madame Hugues. Furchtsam, fast schon zitternd schaut sie mich aus grünen Augen an. In dem Moment begreife ich, dass Mika recht hatte, die Katze hat mich ausgewählt, und ich bin von uns beiden nicht diejenige mit der größten Angst ...

An diesem Abend bewege ich mich mit äußerster Vorsicht durch meine Küche. Penibel achte ich darauf, dass jeder von uns in seiner Hälfte des Raums bleibt: sie im Wohnbereich, in den ich ein Stück Lasagne und eine Schale mit Wasser gestellt habe, und ich im Küchenbereich.

»Das hier ist mein Zuhause. Lass mir Zeit, mich an dich zu gewöhnen, einverstanden?«

Sie scheint gewillt, auf mich zu hören. Sie bleibt auf ihrem grauen Sessel und fährt sich wieder und wieder mit der langen Zunge über das struppige, räudige Fell.

Ich muss gestehen, dass ich immer noch leise zittere, als ich an diesem Abend ins Bett gehe. Ich lege der Katze eine moltonierte Decke vor den Sessel. Falls ihr kalt werden sollte ... Um unbesorgt schlafen zu können, schließe ich die Schlafzimmertür hinter mir ab. Ich horche auf Geräusche hinter der Zwischenwand. Einen Attentatsversuch der grauen Katze ... Aber kein Laut dringt zu mir herein. Nur der Wind in den Bäumen vor dem Fenster.

Du fürchtest dich doch nicht allen Ernstes vor einer Katze, die nur aus Fell und Knochen besteht, Poupette?

Heute Abend habe ich eine graue Katze in mein Haus gelassen ...

10

ICH WEISS NICHT, was mich dazu bewogen hat, sie anzurufen. Vermutlich hat der Putsch der grauen Katze etwas damit zu tun. Ein donnerndes, an mich selbst gerichtetes »Ach, komm schon, verdammt!« Auf ein bisschen Leben mehr kommt es jetzt auch nicht mehr an.

Cassandras Stimme zittert vor Emotionen, als sie beim ersten Klingeln rangeht.

»Amande? Amande, bist du es wirklich?«

Auch mir fällt das Sprechen schwer, die Worte drängen sich in meiner Kehle.

»Wie geht es dir? Deinem Baby …?«

Ein paar Sekunden lang weiß keine von uns beiden, was sie sagen soll. Stattdessen füllen leise, erstickte Laute die Verbindung.

»Amande, es ist so lange her, seit … Ich dachte, du wärst mir böse …«

Ihre Stimme bricht, und ich beginne in meiner kleinen Küche unter den fragenden Blicken der grauen Katze, stumm zu weinen.

»Nein, nein … Das ist es nicht. Weißt du, ich …«

»Ich weiß«, unterbricht mich Cassandra sanft.

Wieder Schweigen. Das brauchen wir beide. Die Katze springt von ihrem Sessel und kommt, ohne mich aus den Augen zu lassen, langsam näher.

»Dein Baby? Wie geht es ihr?«, frage ich und wische mir über die feuchten Wangen.

»Es geht. Sie ... sie kostet mich alle Kraft. Sie ... sie strampelt Tag und Nacht.«

Ich lache unter Tränen ins Handy, und Cassandra tut es mir gleich.

»Ich sehe aus wie ein Wal, Amande. Ich glaube, Yann liebt mich nicht mehr.«

»Sag das nicht.«

»Er will nicht mehr mit mir schlafen!«

»Das hat doch nichts damit zu tun. Das ist wegen des Babys, er hat Angst ... na ja ... ihr zu nahe zu kommen, verstehst du?«

Cassandra lacht schallend auf, wegen der Hormone, weil mein Anruf sie aufwühlt. Ich bin so glücklich, ihre Stimme zu hören.

»Meine Güte, Amande, ich bin die Ärztin. Normalerweise erzähle ich den Eltern solchen Blödsinn!«

»Mag sein, aber im Moment gehörst du zu den Eltern.«

»Meine Güte, Amande«, wiederholt sie. »Wie geht es dir denn? Was treibst du da ganz allein in deiner Einöde?«

Ein Schauer läuft mir über den Rücken, die Katze reibt sich an meiner Wade. Immer noch kein Angriff? Wartet dieses heimtückische Tier etwa, bis es mich eingelullt hat, bevor es mir ins Gesicht springt?

»Möchtest du nicht herkommen und es dir selbst anschauen?«

»Was?«, fragt Cassandra.

»Möchtest du nicht herkommen und dir anschauen, wo ich wohne? Mit Yann und Richard? Und mit Anne, wenn es ihr wieder besser geht?«

»Ja! Ja, natürlich!«

»In einem Monat ist Weihnachten. Ihr könntet hier bei mir feiern ... Ich ... ich glaube nicht, dass ich den Mut aufbringe, mein Haus zu verlassen, aber wenn ihr herkommt ...«

»Mein Gott, ja, ich würde dich wahnsinnig gern besuchen! Lass mich mit Yann und Richard darüber reden, ja? Ich glaube, Anne könnte uns sogar begleiten. Sie erholt sich allmählich wieder.«

»Ist das wahr?«

»Ja, sie soll in ein paar Tagen nach Hause kommen. Ich bin froh zu wissen, dass sie zur Geburt da sein wird.«

Ich weiß nicht, was ich antworten soll, etwas blockiert tief unten in meiner Kehle, aber Cassandra achtet gar nicht darauf.

Ich erinnere mich noch genau, auf welche Weise Benjamin mir zu verstehen gegeben hat, dass er Vater werden wolle. Es war an einem Montagabend in unserer Wohnung in einem Vorort von Lyon. Wir wollten gerade zu Abend essen. Ich weiß noch, dass Benjamin Pizza machen wollte. Tomatensoße, Chorizo, Ziegenkäse und eine doppelte Portion geriebener Gruyère.

»Was suchst du denn, Poupette?«

Ich kramte in der Küchenschublade, in der wir unsere Medikamente, Pflaster, das Desinfektionsmittel und – verstehe das, wer will – die Umschläge und Briefmarken aufbewahrten. Ich hatte den gesamten Inhalt ausgeräumt, aber das, was ich suchte, war einfach nicht zu finden.

»Meine Pille. Hast du die Schachtel irgendwo gesehen?«

Keine Antwort. Also nahm ich die Suche wieder auf. Lag sie vielleicht in meiner Handtasche? Unmöglich, ich nahm die Schachtel nie aus der Schublade.

»Ben?«, versuchte ich es erneut.

»Ja?«

Er steckte den Kopf zur Küchentür herein. Ein merkwürdiges Lächeln lag auf seinen Zügen. Natürlich verstand ich nicht das Geringste.

»Hast du meine Pille gesehen?«

»Ah … ja … auf dem Nachttisch, glaube ich.«

»Auf dem Nachttisch?«

»Ja, genau.«

»Aber ich lasse sie nie auf dem Nachttisch.«

Er zuckte die Achseln. Immer noch mit diesem verdächtigen Lächeln im Gesicht, aber ich reagierte nicht weiter darauf. Stattdessen ging ich ins Schlafzimmer und suchte dort nach meiner Pille. Wie Ben gesagt hatte, lag die Schachtel auf unserem Nachttisch, was absolut unbegreiflich war. Genauso unbegreiflich wie die Tatsache, dass sie leer war. Vollkommen leer. Kein einziger Tablettenstreifen. Nicht einmal mehr der Beipackzettel.

»Ben?«

»Ja?«, rief er aus dem Wohnzimmer.

»Da ist nichts mehr drin … Hast du eine Ahnung, was passiert ist?«

Ich wartete ein paar Sekunden und wollte gerade noch einmal rufen, als er fragte: »Nichts mehr drin?«

»Nein.«

»Gar nichts? Bist du sicher?«

Also sah ich noch einmal in der Packung nach. Und entdeckte, was ich beim ersten Mal übersehen hatte: An einer Seite klemmte ein Stück Papier in der gleichen Größe wie die Schachtel selbst. Mit wachsender Verwirrung zog ich es heraus, und es dauerte ein paar Sekunden, bis ich darauf eine ausgedruckte Zeichentrickfigur erkannte. Ein kleines Tierchen mit flauschigem, weißem Fell und einem Vogelschnabel, dessen riesige, weit aufgerissene Kulleraugen an den Kater aus *Shrek* erinnerten.

»Was ist das denn, Ben?«

Ich Dussel hatte immer noch nichts begriffen. Benjamin legte eine Hand auf meine Schulter, und ich zuckte zusammen, denn ich hatte ihn nicht ins Zimmer kommen hören.

»Das ist eine der Spinnen von Mune.«

»Mune?«

»Dem Wächter des Mondes. Die Spinnen helfen Mune mit ihren magischen Fäden, den Mond zu beschützen.«

»Die Spinnen? Welche Spinnen?«

»So eine, wie du sie vor dir hast.«

Ich musterte die kleine Fellkugel auf dem Zettel in meinen Händen genauer.

»Das soll eine Spinne sein?«

»Eine Mondspinne.«

»Warum hast du eine Mondspinne ausgedruckt und in meine Pillenschachtel gesteckt?«

Ich runzelte verwirrt die Stirn. In seinem Blick sah ich leise Enttäuschung. Seine Schultern sanken herab.

»Angeblich erweichen sie mit ihrem niedlichen Gesicht und ihrem flauschigen Fell jedes Herz. Es heißt, man könne ihnen einfach nichts abschlagen …«

Er sprach nicht weiter, und ich wiederholte skeptisch: »Nichts abschlagen?«

Und da begriff ich. Die leere Pillenschachtel, das ausgedruckte Bild. Vor Verblüffung brachte ich kein Wort mehr heraus. Benjamin lachte spöttisch.

»Natürlich wäre es einfacher, wenn meine Freundin nicht so vollkommen ahnungslos wäre und wenigstens ab und zu mal einen Zeichentrickfilm schauen würde.«

Ich brachte ihn mit einem Klaps auf die Schulter zum Schweigen. Selbst etwas sagen konnte ich immer noch nicht.

»Elia hat mir versichert, dass Munes Spinnen viel niedlicher sind als Shreks Kater. Aber ich hätte vielleicht doch lieber den Kater nehmen sollen ...«

Ich öffnete den Mund, doch kein Laut kam über meine Lippen.

»Offenbar muss man sie reden hören, um vollends dahinzuschmelzen.«

»Ben ...«

»Wenn du willst, schauen wir den Film beim Essen. Du kannst mir danach antworten.«

Er lächelte. Ich war kreidebleich.

An diesem Abend schauten wir *Mune – Der Wächter des Mondes*, aber Benjamin ließ mir nicht die Zeit für eine Antwort. Er trug mich ins Schlafzimmer und zog mich aus. Danach habe ich nie wieder meine Pillenschachtel gesucht. Fünf Monate später beschloss Manon, in meinen Bauch und unsere Herzen einzuziehen.

Der Vorschlag kam von Cassandra. Ich selbst hätte sie nie darum gebeten. Ich wusste, dass sie eine Menge um die Ohren hatte und sich nicht der Geburtshilfe, sondern der Allgemeinmedizin zuwenden wollte.

»Amande, ich würde gern dich und das Baby betreuen.«

Damit war sie einfach so herausgeplatzt, spontan, ungekünstelt, ohne Umschweife. Cassandra, wie sie leibt und lebt.

»Natürlich nur, wenn du willst«, hatte sie, ihre Begeisterung zügelnd, hinzugefügt.

Natürlich wollte ich. Abgesehen von der Familie Luzin gibt es niemanden, dem ich mehr vertraue als Cassandra.

»Geht das denn?«

»Sicher geht das! Ich meine ... nicht für den Ultraschall und das alles ... Aber ich kann eng mit deiner Hebamme zusammenarbeiten. Deine zweite Hausärztin werden.«

Selbstverständlich habe ich zugestimmt. Und Cassandra hat meine Hebamme ausgesucht.

»Sie ist die Beste, versprochen.«

Meine Schwangerschaft verlief völlig unproblematisch, Cassandras Vorkehrungen erwiesen sich als überflüssig, trotzdem bestand sie darauf, bei jedem Termin dabei zu sein, wiederholte die Erläuterungen der Hebamme und geriet vor Entzücken über meinen Bauchumfang, der mit jeder Woche ein paar Zentimeter zulegte, geradezu außer sich.

Sie war es auch, die uns nach dem Ultraschall im fünften Monat das Babygeschlecht verriet.

»Ein kleines Mädchen.« Und mit einem strahlenden Lächeln fügte sie hinzu: »Eine kleine Luzin.«

Eine Woge undefinierbarer Gefühle verschlug mir die Sprache. Es war Benjamins Stimme, die mich aus meiner Betäubung riss: »Willkommen, Poupinette.«

Im Laufe der nächsten Tage entwickeln die graue Katze und ich eine Strategie, um uns nicht gegenseitig zu erschrecken.

Das Zusammenleben ist nicht leicht, aber ich spüre, dass ich anfange, mich daran zu gewöhnen. Und wie sollte ich sie jetzt, da es draußen immer kälter wird, auch wieder vor die Tür jagen?

Mein gesamtes Wintergemüse ist unter der Erde. Kohl, Feldsalat, ein paar Rüben, Knoblauch und Winterendivien ... Auch meine Erdbeerpflänzchen habe ich gesetzt. Dank des leichten Dauerregens im November brauche ich nicht zu gießen. Doch sobald die Temperaturen weiter sinken, werde ich etwas unternehmen müssen, um sie vor der Kälte zu schützen. Madame Hugues hat diesem Thema einige Seiten gewidmet. *Der Bau von Gewächshäusern und Folientunneln.*

Das ist mein nächstes Projekt. Ich will aus zurechtgebogenen

Kleiderbügeln und schwarzen Müllsäcken Folientunnel bauen. Natürlich wäre es einfacher loszufahren und in einem Gartencenter fertige Tunnel zu kaufen, aber ich brauche Beschäftigung. Schon bald wird mein Gemüse abgedeckt sein, versehen mit einem System aus Löchern und Plastikflaschen, die das Regenwasser durchlassen, und dann habe ich nichts mehr, woran ich mich festhalten kann. Keinen Grund mehr, morgens aufzustehen. Ich versuche, nicht daran zu denken, dennoch setzt sich diese Vorstellung allmählich in meinem Kopf fest, und jedes Mal spüre ich einen Kloß in der Kehle. Also ja, ich versuche, diese letzte Aufgabe so weit wie möglich in die Länge zu ziehen: Folientunnel zu basteln, um damit mein Gemüse abzudecken.

Während die Tage kürzer werden, immer dunklere Schneewolken am Himmel aufziehen und die Temperaturen fallen, gehe ich mit doppelter Energie ans Werk. Erst den Tunnel für die Erdbeeren. Die Kleiderbügel in die passende Bogenform biegen. Löcher in die Plastiksäcke schneiden und die Bögen darin einfädeln. Große Steine suchen, damit die Tunnelränder nicht weggeweht werden. Die einzelnen Säcke mithilfe von Bindfäden oder Klammern miteinander verbinden. Meine Wunden versorgen. Nachsehen, ob ich auch wirklich gegen Tetanus geimpft bin. Stolz meinen ersten Tunnel bewundern. Neue Hundert-Liter-Müllsäcke kaufen. Sie am nächsten Morgen in den Laden zurückbringen und gegen große Planen eintauschen. Kapitulieren und richtige Tunnelbögen kaufen. Meine alten, verrosteten Kleiderbügel entsorgen.

Danach der Tunnel für die Blumen. Ein Kinderspiel, verglichen mit meiner vorherigen Bastelei. Die graue Katze kratzt sich immer öfter. Ich mache mir allmählich Sorgen und überlege, ob ich sie vielleicht zu einem Tierarzt bringen soll, damit er sich die rosa Flecken in ihrem schütteren Fell ansieht. Doch gleichzeitig weiß ich, dass ich sie unmöglich transportieren kann. Ich kann sie beim besten Willen nicht auf den Arm nehmen. Ratlos rufe ich Julie Hugues an.

»Sagen Sie … Sie haben nicht zufällig Ahnung von Tiermedizin?«

Julie Hugues ist zu Recht überrascht.

»Haben Sie ein Haustier adoptiert?«

»Ich habe eine Katze aufgenommen. Und ich glaube, sie hat Flöhe.«

Sie fragt, ob sie mich zurückrufen könne – es ist Nachmittag, und sie ist im Büro –, und schon hat sie wieder aufgelegt. Aus der Leitung klingt das Freizeichen, und ich bin immer noch nicht klüger als zuvor.

Also mache ich mich an den Tunnel für das Gemüse. Nur wenige Tage nachdem ich mit dieser Aufgabe begonnen habe, kann ich es jetzt kaum erwarten, endlich fertig zu werden. Meine Finger sind trotz der dicken Handschuhe durchgefroren. Ein eisiger Regen setzt ein, aber ich gebe nicht auf. Ich werde nicht reingehen, bevor dieser letzte Tunnel fertig ist.

Es ist dunkel geworden. Ich beende meine Arbeit im Schein einer Stirnlampe und frage mich, ob eine solche Besessenheit wohl noch normal ist.

Als ich ins Haus zurückkomme, liegt die graue Katze schlafend in ihrem Sessel. Auf meinem Handy erwartet mich eine Sprachnachricht von Julie Hugues.

»Versuchen Sie es mit in Wasser verdünntem Essig. Geben Sie ihr das direkt aufs Fell. Und kämmen Sie sie. Es gibt nichts Besseres. Rufen Sie mich zurück, wenn Sie Fragen haben.«

Ich habe Essig im Haus und auch einen Kamm, den ich der Katze gern überlasse. Das einzige Problem ist: Wie soll ich das anstellen, wo ich doch nicht einmal in der Lage bin, mich ihr zu nähern?

»Tut mir leid, meine Gute ... du hast es schlecht getroffen ... Warum wolltest du auch unbedingt bei mir einziehen? Ich hatte schon immer Angst vor euch ...«

Stoisch bleibt sie auf ihrem grauen Sessel liegen. Noch verbindet sie die mit Essig gefüllte Sprühflasche in meinen Händen nicht mit jenem abscheulichen Geruch, den sie schon bald hassen lernen wird. Es ist nur noch eine Frage von Minuten ...

»Sei mir nicht böse. Ich versuche doch nur, dir zu helfen.«

Es ist lächerlich. Ich habe drei Hosen übereinandergezogen, zwei Pullover, ein paar Fäustlinge und einen Schal, der die Hälfte meines Gesichts verdeckt. Wenn sie mich angreifen sollte, bin ich wenigstens halbwegs geschützt ... Auf leisen Sohlen schleiche ich näher. Zögere. Einen Meter von ihr entfernt, erstarre ich. Ich kann ja wohl schlecht Mika oder Julie bitten, das für mich zu übernehmen ... Sie hebt den mageren Kopf und sieht mich aus stechend grünen Augen an.

»Na gut, einverstanden ... Morgen ...«

Ich verfüge über keinerlei Autorität. Hatte ich das schon erwähnt? Ich hätte der nette Elternteil werden sollen. Regeln und Grenzen festsetzen, dafür sorgen, dass sie auch eingehalten werden, das alles wäre Benjamins Aufgabe gewesen. *Du hast mich ganz schön hängen lassen, Ben.* Durchaus ein wenig verstimmt warte ich auf seine Antwort.

Tut mir leid, Poupette ...

Ich habe mir noch etwas anderes vorgenommen, und das erscheint mir mit einem Mal sehr viel dringlicher, als der grauen Katze Essig aufs Fell zu sprühen: Ich muss die ganzen Äpfel retten, die verfaulen werden, wenn ich sie nicht auf der Stelle zu Kompott verarbeite. Meine Küche verwandelt sich in eine Sauna. Nach Zimt und Äpfeln duftender Dampf breitet sich aus. Ich kann nur noch einen Meter weit sehen. Auf dem Herd köcheln die Äpfel in einem riesigen Topf vor sich hin, werden weicher und nehmen nach und nach eine goldbraune Farbe an. Auf der Anrichte steht ein knappes Dutzend Einmachgläser, die ich im Wohnzimmerschrank gefunden habe und nun Stück für Stück mit meinem Kompott fülle. Auf den Etiketten notiere ich das Datum. Vier Tage brauche ich, um die gesamte Ernte der beiden Apfelbäume zu verarbeiten. Und darüber wird es Dezember.

Die graue Katze erleichtert mir die Aufgabe sehr. Es ist Abend, und ich habe gerade die letzten Einmachgläser auf den Speicher gebracht. Ich komme wieder herunter, falte die Leiter zusammen und schließe die Luke. Ohne auf die Katze zu achten, die dreißig Zentimeter von mir entfernt ist, lasse ich mich erschöpft auf einen der Küchenstühle fallen. Bevor ich reagieren kann, springt sie mit einem Satz auf meinen Schoß. Keine scharfen Krallen, wie ich befürchtet hatte. Ich spüre nichts als ein warmes, nicht allzu schweres Gewicht, das sich an meinen Bauch kuschelt. Und plötzlich kann ich mich nicht mehr rühren. Nicht, dass ich Angst hätte, im Gegenteil … Es ist nur schon so lange her, seit ich zum letzten Mal so etwas gespürt habe. So lange her, seit ich zum letzten Mal von einem anderen Lebewesen berührt wurde, seit sich jemand an mich geschmiegt hat, seit ich einen Druck auf meinen Bauch gefühlt habe. Aufgewühlt sitze ich da, und eine Stunde lang machen weder ich noch die Katze auch nur die kleinste Bewegung.

»Hallo, Amande.«

Ich bin überrascht, Annes Stimme zu hören. Sie scheint guter Dinge zu sein.

»Ist es endlich so weit, haben sie dich entlassen?«, frage ich.

»Ja, ich bin wieder zu Hause.«

Ich glaube, heute ist Sonntag, aber ich bin mir nicht sicher. Ich stelle sie mir zu viert im Wohnzimmer vor, der Tisch ist gedeckt, der Duft von Rinderbraten erfüllt das Haus. Cassandra hat sich mit ihrem dicken Bauch sicher auf das Sofa fallen lassen. Richard und Yann stehen ungeduldig am Ofen, lassen die Uhr nicht aus den Augen, horchen auf ihre knurrenden Mägen.

»Cassandra hat mir erzählt, dass du uns zu Weihnachten einladen möchtest ... In dein neues Haus.«

Ich nehme die Zärtlichkeit in ihrer Stimme wahr.

»Ja ... Wenn ihr Lust habt, Heiligabend mitten im Wald zu feiern.«

Ich kann beinahe hören, wie sie ins Telefon lächelt.

»Natürlich. Schneit es bei dir?«

»Noch nicht, aber es kann nicht mehr lange dauern.«

Ich werfe einen Blick nach draußen. Raureif bedeckt das Gras, und dichter Nebel hängt über meinem Garten.

»Wir könnten etwas zu essen bestellen und mitbringen. Richard mag den Feinkosthändler in der Einkaufspassage sehr gern.«

»Nein! Darum will ich mich selbst kümmern!«, lehne ich, zweifelsohne ein wenig zu heftig, ab.

Eine kurze Stille folgt auf meine Worte. Ich fürchte schon, ich hätte sie gekränkt. Aber dem ist nicht so. Lediglich ein wenig Sorge schwingt in ihrer Stimme mit.

»Bist du sicher, dass du für fünf Personen kochen willst?«

»Ja. Das mache ich schon.«

»Es ist eine Menge Arbeit ...«

»Ich habe reichlich Zeit.«

Ich weiß nicht, ob Anne mich versteht, ob auch sie ständig Beschäftigung braucht, um nicht den Boden unter den Füßen zu verlieren. Wie dem auch sei, sie gibt sich geschlagen.

»Dann übernehmen wir den Wein.«

»Perfekt.«

Ich lasse ein paar Sekunden verstreichen und beschließe, dass das Thema damit abgehakt ist.

»Na, wie fühlt es sich an, wieder zu Hause zu sein?«

11

MIR BLEIBEN NOCH ZWEI WOCHEN, um ein richtiges Weihnachts-essen für die Familie Luzin vorzubereiten. Aber zunächst muss ich mich um die wichtigste Aufgabe kümmern: die graue Katze mit Essig einsprühen. Wie erwartet bringt sie sich beim ersten Sprühstoß mit einem großen Satz unter dem grauen Sessel in Sicherheit, und erst nachdem ich eine gute halbe Stunde davor auf dem Boden gehockt habe, geruht sie, sich mir wieder zu nähern. Beim zweiten Versuch überliste ich sie hinterrücks. Ich warte, bis sie auf meinen Schoß springt, um ein bisschen zu kuscheln, doch diesmal halte ich sie mit meinem zweiten Arm fest. Sie faucht. Sie knurrt. Ich wusste gar nicht, dass Katzen knurren können. Jetzt bin ich es, die Angst bekommt. Ich lasse los und springe auf, wo-bei sie um ein Haar zu Boden gefallen wäre. Wem die Tapferkeit fehlt, dem bleibt nur Geduld. Ich beschließe, es mit einer neuen Methode zu versuchen: kein Besprühen mehr. Stattdessen tränke ich einen Lappen mit Essigwasser und rubbele sie damit ab. Ich merke wohl, dass es ihr nicht gefällt. Angesichts des beißenden Geruchs kneift sie die Augen zusammen, aber sie lässt mich ge-währen. Ich lasse mir Zeit, bearbeite jedes einzelne ihrer Beine, streiche wieder und wieder über ihr Fell, um nur ja keine Stelle zu übersehen. Schließlich beende ich die Behandlung mit einem langsamen, gewissenhaften Kämmen. Das wiederum scheint ihr zu gefallen, denn nun fängt sie plötzlich an zu schnurren. Ich kann kaum glauben, dass ich es geschafft habe. Stolz erfüllt mich.

»Weißt du, Katze … Ben hätte seinen Augen nicht getraut, wenn er das gesehen hätte …«

Der grauen Katze ist das völlig egal. Das Schnurren wird immer lauter. Ich glaube, sie mag meine Stimme.

Heute Morgen hat es zu schneien begonnen. Ich kuschele mich in meinen Morgenmantel und stelle mich mit einem Becher Kaffee in der Hand ans Fenster. Die graue Katze lässt von ihrem Porridge ab, kommt zu mir herüber und setzt sich neben meine Füße. Mittlerweile bekommt sie jeden Morgen Milch mit Haferflocken und Honig. Und wehe, ich sollte ihr Frühstück einmal vergessen, dann ruft sie sich mit herzzerreißendem Miauen in Erinnerung.

Ich blicke hinaus in die wirbelnden Flocken. Mache mir Sorgen um mein Gemüse und meine Blumen. Ich denke an Benjamin unter dem Schnee, in seinem Sarg aus hellem Holz, er muss vollkommen durchgefroren sein.

Zum Glück bin ich nicht mehr ganz allein, seit die graue Katze ungefragt bei mir eingezogen ist. Jetzt habe ich einen Grund, vor mich hin zu reden.

»Na los, Katze, wir frühstücken zu Ende, und dann machen wir uns an die Arbeit.«

Ich will nicht untätig bleiben. Ich muss ein Weihnachtsessen planen und ein paar Geschenke basteln.

Wie immer, wenn ich nicht weiß, wo ich anfangen soll, schlage ich Madame Hugues' Taschenkalender auf. Ich habe ihre unterschiedlichen Einträge mithilfe von Post-its nach einem Farbsystem katalogisiert. Grün für alles, was mit Garten, Pflanzen, Gießen und dergleichen zu tun hat. Blau für Kochrezepte. Rosa für Madame Hugues' Alltagstipps. Etwa: *Wie man Ratten und Mäuse loswird*, oder den hier, der gefällt mir besonders gut: *Ein Beileidsschreiben verfassen*. Gelb schließlich bedeutet »Verschiedenes«. In diese Kategorie fallen Anmerkungen über das Wetter, Termine von Festen, die Geburtstage von Freunden und Verwandten und sogar die Adresse des Steueramts. Nichts, was mich wirklich interessiert.

Also bewaffne ich mich mit Madame Hugues' diversen Kalendern und blättere bei einem Kaffee die Seiten der blauen Kategorie durch. Die Kochrezepte. Kompotte, Clafoutis und sonstige Sommerdesserts überspringe ich. Stattdessen merke ich mir eine *Lammkeule mit Kräutern der Provence* (Madame Hugues ergänzt, dass das Gericht gut angekommen sei. Bei wem? Wir wissen es nicht …), ein *Gebratenes Perlhuhn mit Orangen und Rosmarin* (nicht so viel Orange nehmen, schreibt Madame Hugues, das Gericht war zu bitter) und einen *Gebratenen Kapaun mit Kastanien* ohne jeden Kommentar. Unter den Desserts entdecke ich einen *Lebkuchen nach Mamans Rezept*, das in der Familie Hugues bestimmt von der Mutter an die Tochter weitergegeben wurde. Ich frage mich, ob Julie das Rezept kennt, und nehme mir vor, es ihr beim nächsten Mal zu geben, falls es sie interessiert. Die *Pannacotta mit Kaffeegeschmack*, die ich auf der letzten Seite des letzten Kalenders entdecke, erscheint mir passend für einen Heiligen Abend.

Ich entscheide mich für die Pannacotta und den gebratenen Kapaun, schreibe die Zutaten und Mengen heraus, stelle eine Einkaufsliste zusammen, überprüfe, ob ich genug Geschirr und die nötigen Küchenutensilien besitze, und plane meine nächste Fahrt zum Supermarkt. Es ist schon Mittag, und glücklich über das belebende Gefühl, ein neues Ziel zu haben, brate ich mir zwei Spiegeleier.

Die graue Katze hockt neben mir auf der Arbeitsfläche, als ich an diesem Nachmittag meine Einkäufe einräume. Plötzlich höre ich Motorengeräusche und runzle die Stirn. Wer hier? Bei dem

Schnee? Ohne sich vorher anzukündigen? Rasch gehe ich ans Fenster. Der blaue Twingo. Es konnte nur sie sein. Ich ertappe mich bei einem Lächeln. Noch einen Moment zuvor hätte ich um ein Haar gedacht: Wer stört mich denn jetzt? Doch als ich nun das blaue Auto sehe, bin ich beinahe glücklich über Julie Hugues' Besuch.

Sie trägt einen eleganten grauen Mantel und eine weiße Pudelmütze. Das offene Haar fällt ihr auf die Schultern. Sie geht zum Kofferraum, öffnet ihn, und als sie wieder zum Vorschein kommt, hält sie einen Karton in den Händen. Einen Karton? Während ich, in Gedanken noch bei diesem Karton, hastig die letzten Pakete wegräume, klopft Julie an die Tür, und die graue Katze flüchtet unter ihren Sessel.

Ein verschmitztes Lächeln begrüßt mich. Sie hat einen dünnen schwarzen Lidstrich aufgetragen, und durch eine Schicht Make-up wirkt ihr Teint leicht gebräunt.

»Hallo! Ich bekenne mich schon wieder schuldig!«

Ohne zu verstehen, was sie damit meint, trete ich zur Seite, um sie einzulassen.

»Ich habe die schlechte Angewohnheit entwickelt, stets unangekündigt bei Ihnen hereinzuplatzen. Es tut mir wirklich leid. Aber ich habe in meinem neuen Job so viel zu tun, dass ich nie länger als eine Stunde im Voraus planen kann.«

Mein zaghaftes Lächeln soll ihr zu verstehen geben, dass das kein Problem ist und sie mich nicht stört. Gemeinsam gehen wir ins Wohnzimmer.

»Ich bin gekommen, um Ihren neuen Mitbewohner kennenzulernen.«

»Meinen neuen Mitbewohner?«

»Die Katze, die Sie aufgenommen haben. Sind Sie ihre Flöhe losgeworden?«

»Oh … ja, ich glaube schon. Sie kratzt sich nicht mehr.«

Als ich sehe, wie glücklich Julies Augen leuchten, als sie das Wohnzimmer betritt, wie ihr Blick über die Bambustapete, die alten Möbel und den abgewetzten grauen Sessel gleitet, beschleicht mich der Verdacht, dass sie alle möglichen Ausreden sucht, um hin und wieder in das alte Haus ihrer Familie zurückzukehren. Und tatsächlich bestätigt sie meine Vermutung, indem sie ans Fenster tritt.

»Wie ich sehe, haben Sie im Garten Folientunnel aufgestellt.«

»Ja. Bevor es richtig kalt wird.«

»Ich muss gestehen, dass ich oft an Sie gedacht habe ... Ich habe mich gefragt, wie weit Sie wohl mit Mamans Garten gekommen sind.«

Ich fordere sie auf, ihren Mantel auf einem Stuhl abzulegen, und erzähle ihr das Neueste aus dem Garten: von dem Beet mit den Frühlingsblumen, den Tulpen, Hyazinthen, Krokussen und Narzissen, und meiner Reihe mit Wintergemüse. Ihre Augen leuchten. Sie zieht Mantel und Mütze aus, und ihr Lächeln wird noch breiter.

»Sagen Sie ... Würden Sie mich vielleicht einmal einladen, wenn im Frühling alles blüht?«

»Ja, natürlich.«

»Schön. Und was ist jetzt mit der Katze? Zeigen Sie sie mir?«

Meine Katze hat sich unter dem grauen Sessel in Sicherheit gebracht.

»Meine Güte, Ihr Schützling ist aber mager.«

»Sie war sehr schwach. Ich glaube, sie hat schon ein Kilo zugenommen.«

Halb auf dem Fliesenboden liegend, stößt Julie einen Pfiff aus und betrachtet sie aufmerksam.

»Wenn Sie sie nicht aufgenommen hätten, hätte sie den Winter nicht überstanden.«

Ich biete ihr einen Kaffee an, den sie freudig annimmt. Dann fällt mein Blick auf den geheimnisvollen Karton, den sie neben der Zimmertür abgestellt hat.

»Was haben Sie denn da mitgebracht?«

»Ach, das!«

Ihre Augen funkeln belustigt.

»Eine völlig verrückte Sache …«

Sie setzt sich an den Tisch, während ich mir an der Kaffeemaschine zu schaffen mache, den Filter fülle, Wasser nachgieße, den Zucker hole.

»Wir könnten uns eigentlich auch duzen, oder?«

Ich nicke, ein wenig beschämt, weil ich nicht schon früher daran gedacht habe.

»Ja … sicher.«

»In dem Karton sind Beutel mit Wachs.«

»Beutel mit Wachs?«

»Bienenwachs.«

Ich habe keine Ahnung, was sie meint, trotzdem nicke ich höflich.

»Ich habe letzten Winter damit angefangen, während der Weihnachtsferien. Selbst gemachte Duftkerzen. Na … wieso auch nicht, denkst du jetzt wahrscheinlich.«

Ich lächle zum Zeichen, dass ich zuhöre.

»Ich glaube, das war die Zeit, als es zwischen Tristan und mir zu kriseln begann. Darum habe ich mich mit solchem Feuereifer in das Gießen von Duftkerzen gestürzt. Anfangs wollte ich mir nur ein wenig die Zeit vertreiben, ein paar Geschenke für meine Freundinnen und meine Schwiegereltern basteln, aber dann …« Sie zuckt hilflos mit den Achseln. »Dann wurde es irgendwie zur Besessenheit. Zehn, fünfzehn, zwanzig Kerzen in Marmeladengläsern, Senfgläsern, Joghurtgläsern, Auflaufförmchen. Und das war immer noch nicht genug. Vier Tage vor Weihnachten hatte ich über vierzig davon. Tristan war völlig entnervt, wir hatten nicht mehr genug Platz, um sie alle unterzubringen. Einige hatte ich im Flur zum Schlafzimmer aufgereiht. Und trotzdem konnte ich einfach nicht aufhören, noch mehr Kerzen zu gießen … Erst, als Weihnachten vorbei war und Tristan mein ganzes Zubehör runter in den Keller gebracht hatte, war endlich Schluss damit.«

Sie schaut mich halb traurig, halb belustigt an, und ich bemühe mich um einen lächelnden, aber neutralen Gesichtsausdruck.

»Ach so …«

»Ja, genau«, bestätigt Julie. »Eine waschechte Weihnachtskrise, die ich dieses Jahr nach Möglichkeit vermeiden will. Ich kenne mich, wenn ich nur ein einziges Mal wieder in diesen Karton hineinschaue …«

Sie lacht, und ich stimme ein.

»Du wirst sehen, es ist die reinste Droge. Versuch einfach, ein bisschen Spaß damit zu haben, ohne dass es gleich in eine Neurose ausartet.«

Ich weiß nicht genau, was ich sagen soll, umso mehr, als ich mit meinem Apfelkompott vor einiger Zeit selbst Anzeichen von zwanghaftem Verhalten bei mir entdeckt habe. Daher nicke ich nur etwas einfältig.

»Ja, danke«, sage ich schließlich, als sich das Schweigen in die Länge zieht. »Ich werde versuchen, vorsichtig zu sein.«

Hinter mir ist der Kaffee durchgelaufen. Ich fülle zwei Tassen und stelle sie auf den Tisch. Dann mache ich noch einmal kehrt und durchstöbere den Schrank nach einer Packung Kekse, aber alles, was ich finde, ist ein Netz Clementinen. Besser als nichts.

»Und wie funktioniert das mit deinen Kerzen?«, frage ich, als ich mich Julie gegenübersetze. »Ich habe so etwas noch nie gemacht.«

»Das ist kinderleicht. Soll ich es dir zeigen?«

Und während mein Garten unter einer dicken Schneeschicht

schläft, während meine graue Katze sicher verborgen unter dem Sessel hockt und der Rest der Welt, wahrscheinlich im Trubel der Weihnachtseinkäufe gefangen, sich weiter um uns dreht, eröffnen Julie und ich eine Kerzenwerkstatt, als sei das in diesem Moment die natürlichste Sache der Welt.

Aufmerksam lausche ich ihren Anweisungen. Ein gläsernes Gefäß auswählen. Von einer Baumwollserviette oder einem Taschentuch einen schmalen Streifen abschneiden und diesen fest zusammendrehen. Den so gefertigten Docht durch ein Metallplättchen führen, das wir anschließend auf den Boden des Gefäßes legen.

»Als Sockel für den Docht kannst du den Deckel einer Konservendose nehmen oder irgendein metallenes Stück von einer Lebensmittelverpackung. Ich habe damals Kreise aus dicker Alufolie ausgeschnitten.«

Während ich Julie dabei zusehe, wie sie in meinen Schränken kramt, die Alufolie holt, eine Schere und zu guter Letzt noch einen Topf für das Wachs, kommt mir der Gedanke, dass diese Anleitung zur Herstellung von Kerzen einen Platz in Madame Hugues' Kalendern verdient und dass ich sie, wenn ich es nicht vergesse, heute Abend auf einer der wenigen freien Seiten notieren werde.

Mittlerweile schmilzt das Wachs im Topf. Julie nimmt zwei kleine Fläschchen aus dem Karton.

»Ätherische Öle für den Duft«, erklärt sie.

Der heikelste Schritt besteht darin, das heiße Wachs, in das wir zwei Tropfen himmlisch duftendes Orangenöl gegeben haben, in ein altes Marmeladenglas zu gießen und dabei den Docht gerade zu halten. Schließlich stellen wir unser dampfendes Meisterwerk draußen auf das Fenstersims, damit das Wachs schneller fest wird.

Die graue Katze hat unser Hin und Her genutzt, um ihr

Versteck zu verlassen und misstrauisch oben auf dem Kühlschrank Position zu beziehen. Mit kleinen Schlucken trinkt Julie ihren inzwischen fast kalten Kaffee aus.

»Willst du schon fahren?«, frage ich, als sie aufsteht.

»Ja. Ich muss los. Ich habe gleich einen Termin mit einem Kunden.«

Ich sehe zu, wie sie ihren Mantel anzieht, die Pudelmütze aufsetzt und ein paar Strähnen in ihrem Nacken zurechtstreicht. In ein paar Sekunden wird sie genauso schnell wieder verschwunden sein, wie sie aufgetaucht ist. Zurück bleiben nur meine Küche, in der es aussieht, als sei ein Wirbelsturm hindurchgefegt, und dieser Duftkerzenspleen, der sich bereits in meinem Kopf festzusetzen beginnt.

»Danke für den Kaffee«, sagt sie.

»Keine Ursache.«

Sie winkt noch kurz der grauen Katze zu, und schon ist sie auf dem Weg zur Haustür.

»Schöne Feiertage.«

»Danke. Dir auch.«

»Und vergiss nicht … Diese Kerzen sind gefährlich, man wird süchtig danach. Sieh dich vor.«

Mit diesen Worten und einem verschmitzten Lächeln geht sie hinaus. Dann verschwindet das blaue Auto aus meinem Gesichtsfeld.

Im Schein meiner ersten selbst gemachten Kerze notiere ich an diesem Abend Julies Anweisungen in einen der Taschenkalender ihrer Mutter: *Selbst gemachte Duftkerzen*. In der rosa Kategorie. Ich bin unglaublich stolz.

»Amande! Du siehst gut aus!«

Cassandras Ausruf reißt mich abrupt aus meiner wohligen Stille. Dabei hatte ich genügend Zeit, mich darauf vorzubereiten.

Eine arbeitsreiche Woche liegt hinter mir. Ich habe das ganze Haus gründlich geschrubbt. Gelüftet. Das Essen vorbereitet. Für jeden eine individuelle Duftkerze gebastelt. Den Tisch gedeckt. Mir die Haare gewaschen. Passende Kleidung angezogen. Einen Hauch Make-up aufgelegt. Jede dieser Gesten war von einem Gedanken an die Menschen begleitet, die bald eintreffen würden, die in mein Haus kommen, meine Ruhe durchbrechen, mich in die Wirklichkeit zurückholen würden, zurück zu Benjamins Abwesenheit … Doch nichts hat mich auf Cassandras Rufe vorbereitet, auf ihre Hände um meine Schultern, auf diesen Anblick der kompletten Familie Luzin auf den Stufen vor meiner Tür. Ich sollte glücklich sein, sie zu sehen, die Arme nach mir ausgestreckt und mit einem liebevollen Glanz in den Augen. Doch das Gegenteil ist der Fall, es fühlt sich an wie ein Soufflé, das unversehens zusammenfällt, wie eine Last, die auf den Grund meiner Brust sackt. Ich versuche, mir nichts anmerken zu lassen.

»Hallo. Danke. Kommt herein, kommt.«

Sie an mir vorbei in den Flur lassen. Die Tür hinter ihnen schließen. Ihre vier Körper an mich drücken. Cassandra mit ihrem harten, prallen Bauch. Yann mit seinen breiten Schultern, sehnig und schlank. Anne, deren Gestalt keinerlei Widerstand bietet, die sich schlaff gegen mich sinken lässt, als könne ein Windstoß sie fortreißen. Und Richard, groß, stark, ein wenig steif an diesem Abend.

»Du liebe Güte, ich bin ja so froh, dich zu sehen!«

Cassandra redet viel und laut. Es fällt mir schwer, wieder zu Atem zu kommen, den Schlag zu verdauen. Es war ein Fehler. Das ist mir jetzt klar. Ich bin nicht bereit dafür. Noch nicht. Uns gemeinsam an einen Tisch zu setzen. So zu tun, als ob nichts wäre. Was habe ich mir bloß dabei gedacht? Ich bin nicht einmal gläubig … Warum wollte ich unbedingt Weihnachten feiern?

Trotzdem lasse ich mich von dem Strom mitreißen, der uns alle fünf ins Wohnzimmer schwemmt, von Cassandras begeisterten Ausrufen über mein »uriges« Haus.

»Das ist ja so authentisch!«

Ich entschuldige mich im Stillen bei der grauen Katze dafür, dass ich ihr diesen ganzen Trubel, diese Maskerade zumute. Ich sehe sie nirgends, sie muss unter den Sessel geflüchtet sein. Yann und Cassandra nehmen das Wohnzimmer in Augenschein, kommentieren die Kerzen an den Fenstern, den schönen Schrank aus unbehandeltem Holz. Anne und Richard halten sich im Hintergrund, still, den Mantel noch an. Überrumpelt stehe ich in meiner Küche. Meine Ohren dröhnen, mir ist schwindlig. Darüber vergesse ich sogar die elementarsten Regeln der Höflichkeit: sie aufzufordern, ihre Mäntel auszuziehen und sich an den Tisch zu setzen. Stattdessen verharre ich stumm, blass und orientierungslos.

Ich glaube, es ist Richard, der mich rettet. Wieder einmal. Er nimmt allen die Mäntel ab, stellt eine Flasche Champagner auf den Tisch – wo kommt die so plötzlich her? Wahrscheinlich aus der Papiertüte, die er in der Hand hatte – und lenkt die ganze Gesellschaft an meinen elegant gedeckten Tisch. Dann spüre ich seine Hand in meinem Rücken.

»Setz dich hin, Amande. Du hattest genug Arbeit mit dieser Einladung.«

»Ich …«

Mir fällt nichts ein. Tränen steigen mir in die Augen. Ohne mir dessen bewusst zu sein, halte ich in ihrer Mitte Ausschau nach Benjamin.

»Wo sind deine Champagnergläser? Dann serviere ich den Aperitif.«

Anne lächelt mich voller Zuneigung an.

»Komm her und setz dich, Amande. Jetzt übernehmen wir. Danke, dass du das alles für uns vorbereitet hast.«

Ich kann Richard gerade noch zeigen, in welchem Schrank er die Champagnergläser findet, bevor sie mich zum Tisch führt.

»Hast du die Kerzen alle selbst gemacht?«

»Was? Ich … Ja …«

Der Champagnerkorken knallt. Cassandra verkneift es sich im letzten Moment zu applaudieren. Sie haben ihr zweifellos zu verstehen gegeben, dass ich Ruhe brauche und sie es langsam angehen lassen soll. Die Stimmen werden leiser. Richard kommt mit den Champagnergläsern an den Tisch.

»Der Ofen …«, stöhne ich unvermittelt.

Ich springe auf. Kurz vor ihrer Ankunft habe ich den Ofen eingeschaltet, um ihn vorheizen zu lassen. Ich weiß nicht einmal, ob ich den Kapaun schon hineingeschoben habe oder ob er noch im Kühlschrank liegt. In meiner Panik pralle ich mit voller Wucht gegen Anne, die aufgestanden ist, um irgendetwas aus der Küche zu holen.

»Tut mir leid … Entschuldige, ich … Mein Ofen …«

Mir ist vage bewusst, dass meine Stimme zittert und ich unzusammenhängende Worte stammele.

»Schon gut, Amande, es ist nichts passiert.«

Sie sieht mich mit einem seltsamen Ausdruck im Gesicht an.

»Ich habe den Ofen zum Vorheizen eingeschaltet«, sage ich, um meine Verwirrung zu überspielen.

Doch ihre zusammengekniffenen, besorgten Augen verraten mir, dass sie sich nicht täuschen lässt. Ich flüchte in die Küche, gehe vor dem Ofen in die Hocke, versuche, mein hämmerndes Herz zu beruhigen. Hinter mir ertönt Yanns Stimme.

»Wir warten mit dem Anstoßen, bis Amande zurück ist.«

Dabei wünsche ich mir nichts sehnlicher, als von hier zu verschwinden, zu fliehen, nicht in diesem Raum mit ihnen zusammen zu sein. Der Ofen ist heiß. Der Kapaun liegt noch im Kühlschrank. Es dauert ewig, ihn auf einen Rost zu legen, ihn mit der vorbereiteten Soße zu beträufeln und den Ofen wieder zu schließen. Die Kastanien kommen erst später dazu, nach der Hälfte der Garzeit. Im Geiste wiederhole ich die Anweisungen aus dem Rezept, um mich an etwas Greifbarem, Konkretem festzuhalten.

»Hier ... ich habe dir ein Foto von deinen Blumen mitgebracht.«

Richards Stimme lässt mich zusammenzucken, als ich gerade aufstehe. Ich habe ihn nicht kommen hören. Er hält mir sein Handy hin. Es dauert ein paar Sekunden, ehe ich reagiere und danach greife. Auf dem Display erkenne ich Benjamins Grab. Den weißen Stein. Die kleinen Tafeln. Und in der Mitte einen riesigen Strauß. Zarte weiße Blüten mit pflaumenfarbener Zeichnung.

»Das sind ...«

Ich beende den Satz nicht. Richard nickt.

»Das sind die Blumen, die ich ihm von dir bringen sollte.«

Eine Träne läuft über meine Wange, aber Richard tut so, als bemerke er sie nicht. Vielleicht hat er sie tatsächlich nicht gesehen, denn jetzt lächelt er, ein trauriges Lächeln, und hält mir erneut das Handy hin.

»Das habe ich selbst gemacht, es steht auf dem Kaminsims.«

Er zoomt näher heran. Die Haut an seinen Fingern ist trocken und rissig. Die Hände eines Schreiners. Ich sehe ein Rechteck aus hellem Holz, in das einige Linien geschnitzt wurden, die sich noch heller von ihrem Hintergrund abheben. Erst nach ein paar Sekunden erkenne ich den Kopf eines Neugeborenen, mit geschlossenen Augen, als schliefe es. Darüber steht in schwarzer Kursivschrift ein Name. Fünf Buchstaben. MANON.

»Kommt ihr?«, erklingt hinter uns Annes fragende Stimme.

Keiner von uns antwortet. Ich stehe vor meinem brutzelnden

Kapaun und weine hemmungslos. Richard tätschelt mir unbeholfen die Schulter.

»Du erinnerst dich an ihr Gesicht?«

Es war nur ein Flüstern, ich bin mir nicht sicher, ob er mich gehört hat. Doch er nickt ernst, und nichts könnte mir in diesem Moment wohler tun.

Danach wird der Abend leichter. Ich lasse mich an den Tisch führen, wo niemand etwas zu meinen geröteten Augen sagt. Cassandra legt eine Hand auf mein Knie, und es gelingt mir, sie anzulächeln. Ich tue es den anderen gleich, als sie ihr Champagnerglas erheben, und erleichtert höre ich Yann sagen: »Auf Ben!«

Mit leiser Rührung in der Stimme wiederholen wir alle: »Auf Ben!«

»Und auf Manon«, fügt Richard etwas zaghafter hinzu.

Alle stimmen in seinen Trinkspruch ein, bis auf mich, denn meine Kehle ist wie zugeschnürt. Es gefällt mir besser, jetzt, wo wir nicht länger Komödie spielen, sondern Benjamin und Manon einen Platz an unserem Tisch zugestehen. Sogar die Katze muss es gespürt haben, denn sie kommt aus ihrem Versteck hervor.

»Wer ist das denn?«, ruft Cassandra, deren Naturell sich nicht lange zurückdrängen lässt, übertrieben laut.

»Das ist meine Katze«, antworte ich lächelnd und nicht ohne Stolz. »Meine graue Katze.«

Ich weiß nicht, weshalb mir ein paar Worte über meinen Garten entschlüpft sind. Wahrscheinlich haben sie mich gefragt, wie ich mir hier mitten im Wald die Zeit vertreibe, und da habe ich das Beet erwähnt, das Wintergemüse, die Frühlingsblumen. Was Gemüseanbau angeht, ist Anne unschlagbar. Ich erfahre, dass sie damals, in ihrem Haus im Jura, ebenfalls einen Gemüsegarten hatte. Benjamin half ihr oft bei der Arbeit, während

Yann eher der Bücherwurm war. Angesichts ihres Interesses erzähle ich ihr von Madame Hugues' Kalendern, die mir beim Einstieg geholfen haben, und mit funkelnden Augen verlangt Anne, sie zu sehen.

»Oh! Diese Kalender sind ja eine wahre Goldgrube.«

Sie blättert die Seiten um, hält gelegentlich inne, liest und nickt, wenn sie auf eine interessante Information stößt.

»Vielleicht könnte ich auch wieder einen Gemüsegarten anlegen«, verkündet sie. »Wir haben Platz hinter dem Haus. Nicht viel, aber es reicht für ein paar Salatköpfe, ein, zwei Tomatensträucher und Zwiebeln. Ja, Zwiebeln.«

Daran, wie sie die Augen zusammenkneift und gedankenverloren über den Umschlag des Terminkalenders streicht, erkenne ich, dass die Idee in ihrem Geist auf fruchtbaren Boden fällt.

»Und ich will von dir lernen, wie das geht«, pflichtet Cassandra ihr bei. »Ich habe noch nie irgendetwas angebaut. Für Mini-Maus wäre das bestimmt auch toll.«

Danach bleibt mir nichts anderes übrig, als mich nach Mini-Maus zu erkundigen, wie Cassandra sie nennt, und als ich das Strahlen sehe, mit dem sie mir antwortet, bedaure ich, nicht schon früher gefragt zu haben. Ich erfahre, dass Mini-Maus Ende Januar erwartet wird, dass sie sich gut entwickelt, aber Cassandra ziemlich erschöpft ist, dass sie sich noch nicht für einen Namen entschieden haben, Cassandra jedoch fest entschlossen ist, ihren Favoriten durchzusetzen, indem sie Yann am Tag X einfach überrumpelt. Wie so oft entgegnet Yann nichts darauf und zuckt nur mit den Schultern, und wir alle am Tisch wissen, dass er Cassandra die Entscheidung über den Namen ihres Babys überlassen wird, denn er ist nicht nur generell ein netter, zuvorkommender Typ, sondern darüber hinaus auch bis über beide Ohren in sie verliebt.

»Mist, die Kastanien!«

Über unseren Plaudereien habe ich das Essen völlig vergessen und nicht daran gedacht, die Kastanien in den Ofen zu legen. Zum Glück kommt Anne mit in die Küche und hilft mir, mein Versäumnis wieder auszubügeln.

»Ich gehe seit Kurzem wieder in die Kirche.«

Der Satz fällt wie ein Blitz aus heiterem Himmel, als ich gerade die Kastanien mit Fleischsaft und Olivenöl beträufele, kurz bevor ich die Ofentür wieder schließe. Mir fällt nichts weiter dazu ein als ein mattes »Oh«.

»Die Psychologin in der Klinik hält das für eine gute Idee.«

»Mhmm ... Das denke ich mir ...«

»Richard und ich waren bestimmt schon zwanzig Jahre nicht mehr in der Kirche. Nachdem die Kinder getauft waren, wurden die sonntäglichen Kirchenbesuche immer seltener ... und irgendwann sind wir gar nicht mehr hingegangen. Einfach nicht mehr hingegangen.«

Sie verstummt. Das Schweigen zieht sich in die Länge, bis ich mich verpflichtet fühle nachzufragen.

»Tut es dir gut?«

Sie nickt, und ihre Miene ist plötzlich ernst.

»Sehr gut.«

Ein angenehmer Duft breitet sich in der Küche aus. Die graue Katze beobachtet argwöhnisch das Geschehen.

»Wenn du uns begleiten möchtest ...«

Ich schüttele den Kopf. Im Gegensatz zu Benjamin bin ich nie getauft worden. Mit dreizehn habe ich zum ersten Mal eine Messe besucht, das war anlässlich der Beerdigung meiner Großmutter. Der Glaube war für mich nie eine Option. Ich finde Kirchen allesamt freudlos, kalt und traurig. Ich brauche weder eine Kirche noch einen Grabstein, um Benjamin zu betrauern, und das weiß Anne sicher auch.

»Ich glaube nicht, dass … Trotzdem danke …«

Anne wirkt bekümmert.

»Weißt du, manchmal genügt selbst der friedvollste Alltag nicht mehr. Es kann sein, dass man etwas anderes braucht. Etwas von ganz anderer Art.«

Ich begnüge mich mit einem Nicken. Ich merke, dass Anne glaubt, ich verstünde sie nicht. Doch ich sage nichts, um ihren Irrtum zu korrigieren. Wir kehren zu den anderen zurück, und ich bin erleichtert, weil das Thema endgültig ausgestanden ist.

Nach einem Salat mit Lachs und Dill und dem Kapaun mit Kastanien setzt sich Cassandra in den grauen Sessel, um sich ein wenig auszuruhen. Beide Hände auf ihren runden Bauch gelegt, schläft sie schon bald ein. Ein leises Lächeln umspielt ihre Lippen. Ich betrachte ihren prallen Bauch, der sich im Rhythmus der Atemzüge langsam hebt und senkt. In einem Monat wird sie Mutter sein. Bestimmt ist sie ruhig und gelassen. Nichts kann ihr Glück mehr trüben. So dachte ich auch, im vergangenen Juni …

»Amande, möchtest du jetzt den Käse servieren?«

Ich bin froh, dass Anne mich in Beschlag nimmt und so vom Anblick der schlafenden Cassandra ablenkt.

Beim Käse sorgen Anekdoten über Onkel Albert für Unterhaltung. Ich selbst habe diesen Onkel nie kennengelernt, aber Benjamin und Yann haben mir oft genug von seinen irren Wahnvorstellungen erzählt. Das Beste war seine Überzeugung, die Erde sei eine Scheibe.

»Und was ist mit Neil Armstrong?«, fragt Cassandra, die mittlerweile wieder aufgewacht ist.

»Ein Komplott der NASA, in das auch die Illuminaten und die Freimaurer verwickelt waren«, antwortet Yann mit einem boshaften Lächeln.

Daraufhin kontern wir spaßeshalber mit unseren besten Argumenten.

»Wenn das so ist, warum geht dann die Sonne unter?«

Mit ungerührter Miene zitiert er aus dem Gedächtnis Onkel Alberts Antworten: »Das ist eine optische Täuschung aufgrund der zunehmenden Distanz der Sonne zum Beobachter. Die Sonne geht nicht auf, sie entfernt sich so weit, dass es den Eindruck erweckt, sie würde hinter dem Horizont verschwinden.«

»Und die ganzen aus dem Weltraum aufgenommenen Fotos der Erde?«

»Photoshop.«

»Und die Schwerkraft?«

»Die existiert nicht.«

»Wie bitte?«

»Gegenstände und der Regen fallen nur deshalb auf den Boden, weil die Erdscheibe, von der dunklen Energie angetrieben, wie ein Aufzug immer schneller nach oben saust.«

Wir lachen. Das tut mir gut. Es tut uns allen gut. Ich glaube, Benjamin hätte es gefallen, uns fünf so lachen zu sehen.

Meine Pannacotta kommt bei allen sehr gut an. Cassandra erkundigt sich sogar, ob noch etwas übrig sei, und da ich tatsächlich eine zweite Runde vorgesehen hatte, nehmen sich alle noch einen Nachschlag. Nach dem Essen überreiche ich meinen Gästen die Kerzen, die ich für sie gegossen habe. Mit Orangenduft für Richard und Yann, mit Rose für Cassandra und Anne.

»Wir haben auch etwas für dich«, verkündet Cassandra.

Yann geht zum Auto und kommt kurz darauf mit einer in transparente Geschenkfolie eingepackten und mit einem hübschen rosafarbenen Band umwickelten Topfpflanze zurück.

»Wir wollten ein bisschen Leben in dein Haus bringen. Wir

wussten ja nichts von der Katze … Ich hoffe, sie und der Ficus werden sich gut vertragen.«

Ich küsse sie beide. Ich habe mich immer noch nicht an Cassandras dicken Bauch zwischen uns gewöhnt. Wie ein Wall, der mich daran hindert, ihr zu nahe zu kommen. Habe ich damals den gleichen Eindruck vermittelt?

Anne und Richard haben ein etwas spezielleres Geschenk für mich. In anisgrünes Papier eingeschlagen, entdecke ich einen von Benjamins alten Kapuzenpullis, einen jener weichen, kuscheligen Sweater, die vor lauter Tragen schon löchrig geworden waren und die er oft zu Hause anzog.

»Ich weiß, dass du nichts von seinen Sachen hier haben wolltest, aber falls du deine Meinung geändert hast …«

Ich glaube, ich habe meine Meinung geändert, denn heute Abend macht es mich glücklich, seinen alten Pulli in den Händen zu halten, mir vorzustellen, dass ich ihn nachher anziehen werde, wenn sie alle wieder fort sind, und ihn die ganze Nacht hindurch anbehalte.

Wir trinken noch ein letztes Glas Champagner, bis auf Cassandra, die an einem Apfelsaft nippt, dann verkündet Anne, es sei an der Zeit aufzubrechen. Es ist fast ein Uhr morgens. Ich sehe zu, wie sie ihre Mäntel anziehen, meiner grauen Katze zuwinken, die immer noch oben auf dem Kühlschrank hockt, und zum Eingang gehen. Wir umarmen uns noch einmal, wohl wissend, dass wir uns so bald nicht wiedersehen werden.

»Frohe Weihnachten!«

»Ja, frohe Weihnachten!«

Sie gehen hinaus.

»Wartet!«

Sie sind schon fast beim Auto, als mein Ruf sie innehalten lässt.

»Die Sachen aus dem gelben Zimmer …«

Ich beende den Satz nicht. Mir scheint, als hielten Richard und Anne den Atem an.

»Sind sie immer noch bei euch im Keller?«

Richard antwortet vor allen anderen.

»Ja ... Möchtest du ... möchtest du sie wiederhaben?«

Ich schüttele den Kopf. Ich habe einen Kloß im Hals, und meine Stimme klingt ein wenig rau, trotzdem rede ich weiter.

»Ich möchte, dass Yann und Cassandra sie bekommen. Für Mini-Maus.«

Einen Moment lang herrscht Schweigen auf meinem verschneiten Hof.

»Alles?«, fragt Yann verwundert.

Das gelbe Zimmer war komplett ausgestattet. Mit Gitterbettchen und Wickeltisch, aber auch Bodys, Söckchen, Kleidern, Schlafanzügen, dem rosa Schlafanzug mit den Bärchen, dem gelben mit einer lachenden Giraffe, dem grünen mit einem weißen Nilpferd ... Und dazu noch ein paar Plüschtiere.

»Ja. Alles.«

Mir scheint, als wollte das Schweigen niemals enden. Es wird immer drückender, schwerer, undurchdringlicher noch als der Schnee. Yann ist derjenige, der es schließlich bricht.

»Danke, Amande«, sagt er, einen Arm um Cassandras Schultern gelegt. »Danke auch in ihrem Namen.«

Das ist alles. Sie lächeln noch einmal, bevor sie weiter über die dicke Schneeschicht auf das Familienauto zugehen. Ich bleibe auf den Stufen vor der Haustür stehen, bis sie in der sternenklaren Weihnachtsnacht verschwunden sind.

In meinem Haus erwartet mich die graue Katze auf einem Stuhl. Die graue Katze und Benjamins alter Kapuzenpulli. Ich betrachte den halb abgeräumten Tisch, die leeren Champagnergläser, die ausgekratzten Pannacotta-Schälchen, meine flackernden Duftkerzen. Heute Abend habe ich endlich die

Familie Luzin in mein Haus gelassen. Ich nehme das weiße Blatt, auf das ich dieses eine Wort – »Hereinlassen« – geschrieben hatte, von der Wand und zerknülle es. Ich brauche es nicht mehr.

Heute Abend habe ich die Vergangenheit wie einen heftigen Windstoß in mein Haus gelassen. Ich glaube, ich habe mein Ziel erreicht.

12

ICH HÄTTE ES AHNEN MÜSSEN. Schon früher, als ich noch ein ganz normales Leben führte, war die Zeit nach den Feiertagen für mich gleichbedeutend mit Leere und einem Gefühl unbestimmter Traurigkeit. Die Dunkelheit, die immer noch so früh hereinbricht. Die Lichterketten, die überall heruntergenommen werden. Die anhaltende Kälte. Der Frühling, der noch viel zu weit entfernt scheint …

Jetzt, da ich allein lebe, inmitten von Kiefern und ohne einen triftigen Grund, morgens aufzustehen, ist es noch schlimmer. Die Luzins sind fort, haben ihr eigenes Leben wiederaufgenommen. Meine graue Katze verschläft den größten Teil des Tages. Mein Ficus ist viel zu still für einen Gefährten. Der Garten schlummert weiter unter einer Schneeschicht. Mika hat mir per Post einen kleinen USB-Stick mit dem Film geschickt, den die Jugendlichen der MJC über Benjamin zusammengestellt und bei ihrer Weihnachtsfeier vorgeführt haben. Ich habe fast eine Stunde geweint. Es war das erste Mal seit letztem Juni, dass ich ihn dank eines Bildschirms beinahe leibhaftig vor mir sah. Aufrecht steht er da. Wie groß er war – fange ich etwa schon an, ihn zu vergessen? Er und Elia hinter dem Schreibtisch im Empfangsbüro, beide machen obszöne Gesten in Richtung der Teenager, die sie zu provozieren scheinen, indem sie sie in Nahaufnahme filmen. Benjamin mit seiner peruanischen Mütze auf dem Kopf als Schiedsrichter beim Hallenfußball. Benjamin und Issam hinter einem Schlagzeug, auf das sie einhämmern, als wollten sie die Becken zertrümmern.

Ich klammerte mich an jeden seiner Züge, an jeden Ausdruck, der über sein Gesicht huschte, an diese Mimik, die ich auswendig kannte, die ich beinahe schon zu vergessen begann.

Ihr Video hat mich aufgewühlt. Nachdem ich aufgehört hatte zu weinen, habe ich es in meiner Messerschublade unter dem Schneidebrett versteckt. Irgendwann werde ich in der Lage sein, es wieder anzuschauen, mit einem Lächeln dann, gerührt, wehmütig, stolz, unglaublich stolz, aber nicht mehr von diesem grausamen Schmerz durchbohrt. Irgendwann …

Ich habe wieder angefangen, Annes Schlaftabletten zu nehmen. Ich habe wieder angefangen, mich in Decken zu wickeln und den ganzen Tag ruhelos in Benjamins altem Sweater vom Schlafzimmer ins Wohnzimmer und vom Wohnzimmer ins Schlafzimmer zu wandern.

Ich dachte, Julies Duftkerzen könnten meine Rettung sein. Einfach so. Ich hatte noch ein knappes Dutzend übrig, die ich vor Weihnachten gebastelt hatte. Mittlerweile stehen zweiundvierzig Kerzen in meiner Küche. Ich habe kein Wachs mehr. Und auch keine Gefäße. Ich habe sämtliche Gläser aus der Küche verbraucht, die Stielgläser, die Wassergläser, sogar die Whiskygläser. Ich trinke nur noch direkt vom Wasserhahn. Überall stehen Kerzen: auf den Fensterbänken, auf der Anrichte, auf meinem Nachttisch, auf dem Wohnzimmerboden. Mein Haus sieht wahrscheinlich genauso aus wie Julies Wohnung im vergangenen Winter, aber ich habe nicht einmal mehr genug Kraft, um über diese Vorstellung zu lächeln.

Jetzt habe ich keine Kerzen mehr zu gießen, keinen Garten zu pflegen, keine Flöhe aus dem Fell meiner Katze zu entfernen. Der Ficus mit seiner rosafarbenen Schleife um den

Stamm braucht mich nicht zum Leben. Also bleibe nur ich, diese nutzlose Gestalt, die von morgens bis abends durch das Haus streift.

Eine Sprachnachricht von meiner Mutter. Das ist mein einziger Kontakt zur Außenwelt in diesem Januar.

»Hallo, Liebes ... Ich bin's ... Ich wollte dir bloß ein frohes neues Jahr wünschen ... Ich hoffe, du fängst dich wieder, ja? ... Hör zu, Liebes, ich versuche, dich im Frühjahr zu besuchen ... Im März ... Im März sind die Flugtickets einigermaßen erschwinglich ... Küsschen, Liebes ... Ruf mich zurück, wenn du Zeit hast.«

Zeit habe ich, aber keine Lust.

Wie es ist, mit einer egoistischen Mutter aufzuwachsen? Gar nicht so schwer, man muss sich nur daran gewöhnen. Meine Mutter wollte immer alles haben. Sie war nicht bereit, auf etwas zu verzichten, und darin war sie konsequent. Sie wollte Mutter werden, aber ohne sich dafür mit einer Beziehung zu belasten. Also wurde ein bedauernswerter junger Mann ungefragt zum Erzeuger bestimmt. Ich kann verstehen, dass er sich aus dem Staub gemacht hat.

Sie wollte Mutter sein und gleichzeitig eine aktive junge Frau mit einem regen Sozialleben bleiben. Ja, sie ging unter der Woche aus. Ja, ich hatte eine feste Babysitterin, die ich nach einer Weile »Mamou« nannte. Ein Mittelding zwischen Mutter und Tagesmutter. O ja, sie beklagte sich, dass es nicht leicht sei, alles unter einen Hut zu bringen: ihre Vollzeitstelle im Juwelierladen, meine Erziehung, ihr Leben als moderne Frau ... Dabei war ich ein unkompliziertes Kind. Das ist das Mindeste, was man sagen kann. Ich war immer brav, fleißig, eine gute Schülerin, schon früh verantwortungsbewusst, still, vernünftig. Wie hätte es auch anders sein sollen?

Ich glaube, es war Benjamin, der mir ein wenig Leichtigkeit zurückgegeben hat. Er war so unbeschwert und zuversichtlich. *Hör auf, dir ständig Sorgen zu machen, Poupette. Sei nicht immer so ernst.* Ich glaube, er hat mich dazu gebracht, einen Teil meines Ballasts abzuwerfen. Ich glaube, er hat mich ausgeglichener werden lassen, als ich es eigentlich war. Dieses Glück, das er in mir geweckt hat, das Leuchten, das er in meinen Augen entzündet hat, das kann mir nichts und niemand auf der Welt jemals wieder nehmen.

»Ben, ich finde, wir sollten heiraten.«

Ich weiß noch genau, was für ein Gesicht er machte, nachdem ich diesen Satz wie beiläufig fallen gelassen hatte, während wir gerade Lauchsuppe aßen. Sein Ausdruck schwankte irgendwo zwischen Überraschung und Verständnislosigkeit, sein Mund stand halb offen, und sein Löffel schwebte reglos in der Luft.

»Was?«

»Ja.«

Das war zugegebenermaßen kein sehr konstruktiver Dialog. Es fiel mir schwer, mich ruhig auszudrücken. Ich war genauso aufgewühlt wie er.

»Nicht meinetwegen … ich meine … Nicht unsertwegen, nicht nur unsertwegen …«

Ich legte die Hände auf die kleine Kugel, die langsam unter meinem rosafarbenen Mohairpullover heranwuchs. Aber er verstand mich nicht.

»Ihr werdet beide Luzin heißen.«

Er zog eine Augenbraue hoch. Nur eine. Er war der einzige Mensch, den ich kenne, der nur eine Augenbraue hochziehen konnte. Auch dafür bewunderte ich ihn.

»Ihr werdet Luzins sein, und ich bleibe für immer eine Lacourt. Das geht nicht, Ben …«

Da lächelte er, und ein gerührter Ausdruck legte sich über seine Züge.

»Das geht nicht, Poupette?«

»Nein. Das geht nicht. Wie sollen wir denn so eine Familie sein?«

Immer noch lächelnd, wandte er sich wieder seiner Suppe zu.

»Einverstanden. Du hast recht. Dann vereinbare einen Termin im Rathaus. Wir werden heiraten.«

»Wann?«, stotterte ich.

»Wann du willst, das ist mir egal. Je früher, desto besser, findest du nicht?«

»Ja …«

Ich folgte seinem Beispiel und begann weiterzuessen. Eine Weile war in der Küche nur noch das Klappern der Löffel zu hören. Benjamin warf mir belustigte Blicke zu.

»Was denn?«, fragte ich schließlich.

Er lachte.

»Darf ich den Jungs erzählen, dass du mir einen Antrag gemacht hast? Ich wette, das haut sie aus den Socken.«

»Ben!«

Doch dann stimmte ich in sein Lachen ein.

»Und was ist mit den Trauzeugen?«, fragte ich später in die Stille, die nur vom leisen Geräusch unserer Löffel erfüllt war.

Da fing er schon wieder an: Er zog eine Augenbraue hoch. Ich glaube, er wollte mich beeindrucken.

»Yann und Cassandra, oder nicht?«

»Ja … Ja, natürlich.«

Die Frage hatte sich nie wirklich gestellt.

Wieso hätten wir mehr Aufhebens um diesen Antrag machen sollen? Benjamin hatte recht. Was bedeutete schon eine Unterschrift auf dem Standesamt, verglichen mit diesem Embryo, der Frucht unser beider DNS, der in meinem Bauch heranwuchs.

Ich erinnere mich an unsere Hochzeit als einen schlichten, glücklichen Moment. Es war Ende März, und ich hatte aus dem Karton mit meinen Sommersachen ein lachsfarbenes Leinenkleid herausgesucht, das zwar ein wenig zu dünn war für die Jahreszeit, aber weit genug, dass mein Bauch und dessen Bewohnerin es darin bequem hatten. Cassandra hatte mir eine elegante taillierte schwarze Jacke geliehen. Wozu überhaupt? Wir machten nicht einmal Fotos, abgesehen von einem Selfie, nachdem wir das Rathaus verlassen hatten. Darauf sieht man Benjamin und Yann im Hintergrund, beide mit dem gleichen spöttischen Ausdruck im Gesicht, und davor Cassandra und mich mit einem strahlenden Lächeln auf unseren rot geschminkten Lippen. Für einen kurzen Moment wurde der Film angehalten. Und das Standbild zeigt unser ungetrübtes Glück.

»Gehen wir ein Bier trinken?«, fragte Cassandra.

Eigentlich fehlte nur noch das. Eine Hochzeitsfeier wie ein Studententreffen nach der Uni. Wieso nicht? Wir entschieden uns für ein Irish Pub in der Altstadt von Lyon, und die anderen bestellten Bier, während ich mich mit einer Limonade mit Grenadine begnügte.

Das war der Geschmack, den mein Leben damals hatte: Limo mit Grenadine. Mein Gott, war ich glücklich.

Ich zähle die Tage. Ich ziehe Madame Hugues' Kalender zurate. Was machte die einsame, um ihren Mann trauernde Madame Hugues im Januar? Womit soll ich meinen Alltag ausfüllen?

Da fällt mir wieder ein, was Anne an Heiligabend gesagt hat. *Weißt du, manchmal genügt selbst der friedvollste Alltag nicht mehr. Es kann sein, dass man etwas anderes braucht. Etwas von ganz anderer Art.*

Anne und Richard sind gläubig, selbst wenn sie in der Vergangenheit nicht immer regelmäßige Kirchgänger waren. Auch

Yann ist gläubig, im Gegensatz zu Cassandra, einer überzeugten Atheistin. Und es ist zweifellos ihr Glaube, aus dem sie die Kraft zum Weitermachen schöpfen. Durch den sie einen tieferen Sinn finden in all dem Leid und der grausamen Ungerechtigkeit. Aber ich nicht. Ich habe nichts als die nackten, furchtbaren Tatsachen. Ein junger Mann von zweiunddreißig Jahren, der kurz davor ist, Vater zu werden, kann in einem Sekundenbruchteil sterben, weil seine Leber und Milz unter einem Lieferwagen zerquetscht werden. Ein ungeborenes Baby kann einen Herzstillstand erleiden. So ist das.

Nichts kann die tragische Wahrheit abmildern. Nicht einmal die Vorstellung von einem Paradies, in dem die beiden weiterleben, in dem sie einander wiedergefunden haben und von dem aus sie über mich wachen, bis ich eines Tages zu ihnen komme.

Ich würde gern daran glauben können. Mir hübsche Geschichten erzählen und mich in Illusionen wiegen, aber das funktioniert nicht. Vielleicht hätte man mir den Glauben schon sehr früh einpflanzen sollen, als ich noch ein kleines Kind war. Aber das Einzige, woran meine Mutter glaubte, war ihre Freiheit. *Gott*, dieses Wort sprach sie immer mit spöttisch verzogenen Mundwinkeln aus. Das war ein Fehler. Sie hätte mir die Wahl lassen sollen. Jetzt ist es zu spät. Mit über dreißig Jahren baut man sich keinen Glauben mehr auf. Dabei könnte ich ein bisschen Religiosität in meinem Alltag bestimmt gut gebrauchen.

Vermutlich kam mir der Gedanke beim Anblick der Kerzen an den Fenstern. Meinen zweiundvierzig Kerzen. Mir fiel eine alte Reportage wieder ein, die ich gesehen hatte, noch bevor ich Benjamin kennenlernte. Eine hinduistische Opferzeremonie auf Bali. Die frischen Blütenkränze in Rosa, Rot, Orange, Violett, Gelb … Die kleinen Metalltabletts voller Früchte, Kekse und Pflanzen. Opfergaben. Weihrauchschleier vor den Gesichtern.

Die fröhliche, rhythmische, beschwingte Musik, die die Zeremonie begleitete. Das Lächeln in den Gesichtern. Es war schön, bunt und voller Leben.

Warum stiegen diese Bilder ausgerechnet jetzt wieder in mir auf? Ich dachte nicht weiter über diese Frage nach. Stattdessen schlief ich ein, am helllichten Nachmittag, in dem alten grauen Sessel, die Katze auf meinem Schoß.

Als ich aufwachte, war es dunkel geworden, und am Himmel stand ein wunderschöner Mond. Voll, rund und mächtig. Ich war wie hypnotisiert, und plötzlich wusste ich, was ich tun würde. Es war vollkommen klar und logisch. Die Kerzen, die hinduistische Zeremonie, die Schönheit des Mondes.

Ich nahm einen Kugelschreiber aus dem alten Stifthalter im Wohnzimmer und riss ein Blatt von meinem Notizblock. Darauf schrieb ich ein Wort:

Feiern.

Dann befestigte ich den Zettel mit Klebstreifen an der Wand, genau an der Stelle, wo zuvor das Blatt mit der Aufschrift *Hereinlassen* gehangen hatte. Ich zog Benjamins alten Kapuzenpulli an, nahm meine Kerzen und eine Schachtel Streichhölzer und ging hinaus.

Ich weiß nicht genau, woran ich in diesem Moment denke, ich habe nichts anderes im Sinn, als meine zweiundvierzig Kerzen anzuzünden, sie in den Schnee zu stellen und dem Glanz des Mondes Konkurrenz zu machen. Die graue Katze folgt mir natürlich. Sie weicht mir nur selten von der Seite. Der dunkle Umriss der Trauerweide zeichnet sich vor dem nachtblauen Himmel ab. Meine Tunnel scheinen im Mondlicht zu fluoreszieren. Ein geisterhaftes Bild meiner kleinen, verlorenen Welt mitten im Nirgendwo.

Es weht ein leichter Wind, und ich muss die Kerzen abschirmen, während ich im Schnee hocke und sie einzeln anzünde. *Man braucht keinen Gott, um etwas Spiritualität in sein Leben zurückzuholen,* denke ich, während ich beharrlich immer wieder aufs Neue die erloschenen Kerzen anzünde, die schwächelnden Flammen anfache. Plötzlich kommt mir die Idee, hinter dem Vorhang aus langen, herabhängenden kahlen Zweigen der Trauerweide Schutz zu suchen. Pauls Baum. Die Arme voller Kerzen, schlüpfe ich hindurch. Kein Wind mehr. Und auch kein Schnee. Das Gras ist grün geblieben. Nichts als überwältigende Stille. Der majestätische dicke Stamm, die schützenden Zweige. Meine graue Katze und ich. Hier ist es perfekt. Ich atme durch.

Man braucht keine Gebete, um mit den Toten zu sprechen. Sorgsam verteile ich meine Kerzen rings um den Stamm. *Man braucht keine Gebete.* Eine nach der anderen zünde ich sie wieder an. Dann richte ich mich zufrieden und mit leuchtenden Augen auf. Schwache, flackernde, fast sakral anmutende Lichtkreise erhellen den dicken Stamm und meine geheime Zuflucht. Ich bin ergriffen, die Katze ist wie gebannt.

Man braucht keine Zeremonie, um etwas Feierliches und Schönes zu erschaffen. Das ist mein dritter Gedanke, während ich das heilige Feuer betrachte, das unsere Schatten auf dem Stamm der Weide tanzen lässt. Mein Schatten groß und verzerrt. Der Schatten der grauen Katze klein und geheimnisvoll. Ich habe heute Abend Schönheit erschaffen. Das kann nicht einmal die Katze abstreiten. Ihre hypnotischen grünen Augen sind erfüllt vom Widerschein der Flammen. Ich lasse die Gedanken nun einfach auf mich einstürmen.

Danke, Paul, für Ihren Baum.

Ich lächle. Vielleicht komme ich mir idiotisch vor, vielleicht auch nicht. Ich lächle, das ist alles.

Danke, Madame Hugues, für Ihr Haus. Danke für Ihre Kalender und Ihre Notizen.

Die Zweige erschauern in der kühlen Nacht. Ein leichter Windstoß dringt herein, doch die Kerzen brennen weiter. Unsere Schatten halten sich aneinander fest.

Danke, Ben, für diese vier Jahre. Danke, dass du mir gezeigt hast, wer ich wirklich bin, und dass du mich unbeschwerter hast werden lassen.

Ich lächle immer noch. Ich weiß, dass die Katze mich aufmerksam beobachtet. Meine graue Katze. Die mich adoptiert hat. Ich lege eine Hand auf ihren Kopf, und sie beginnt zu schnurren.

Danke, dass du mir ermöglicht hast, Mutter zu werden, und sei es auch nur für einen kurzen Moment. Ich glaube, das war dein schönstes Geschenk.

Mein Haus ist fern, ich habe nicht abgeschlossen, alle Lichter brennen. Aber ich verschwende keinen Gedanken daran. Heute Abend hat mich eine unaufschiebbare Dringlichkeit erfasst. Der Vollmond. Das Bedürfnis zu feiern. Das Bedürfnis nach Spiritualität.

Anne hatte natürlich recht. Aber ich brauche keine Kirche, auch keine Gebete oder einen Rosenkranz, um meine Toten zu feiern. Ich habe eine Trauerweide, die den Namen eines Verstorbenen trägt, eine Katze, die mich adoptiert hat, und Kerzen, die ich selbst geformt habe. Ich habe den Vollmond und auch den Wind, denn ohne ihn würden die Kerzen nicht tanzen. Und unsere Schatten erst …

13

TAGELANG HABE ICH aus dem Wohnzimmerfenster gestarrt und gewartet. Worauf? Das wusste ich selbst nicht. Einen Sonnenstrahl, einen Regenbogen, irgendetwas, was mich aus meinem Bau hervorlockt. In mir den Wunsch weckt, mich daran zu erfreuen. Noch etwas zu feiern, vielleicht?

Aber nichts passiert. Der Himmel ist grau, undurchdringlich, schwer. Nichts fällt durch das Fenster herein. Die Zeit könnte genauso gut stillstehen, und ich würde es nicht einmal merken ...

Und dann, eines Tages, bricht das Leben in Gestalt eines Anrufs in meine Abgeschiedenheit ein.

»Hallo?«

»Amande? Ich bin's, Anne.«

Beim Klang ihrer Stimme befürchte ich schlechte Neuigkeiten. Ich sitze im grauen Sessel unter einer Decke, die graue Katze auf meinem Schoß. Ich war eingeschlafen und bemühe mich, aus meiner Benommenheit zu erwachen.

»Cassandra fährt ins Krankenhaus.«

»Was?«

»Nichts Schlimmes. Im Gegenteil. Das Baby kommt.«

»Oh ...«

Ich habe in meinem Wald jegliches Zeitgefühl verloren.

»Die Kleine sollte im Lauf der Nacht da sein.«

Ich finde keine Antwort. Solchen Ankündigungen werde ich bis in alle Ewigkeit misstrauen. Mir hatte man auch versichert, ich würde meine kleine Manon vor Tagesanbruch sehen. Aber sie ist gestorben, noch bevor sie das Licht erreichte. Und so empfinde ich an diesem düster grauen Tag, mit der Katze auf dem Schoß, tief in meinem Sessel versunken, nichts als Sorge.

»Es wird alles gut gehen«, fügt Anne hinzu, als könne sie meine Gedanken lesen. »Bleib in der Nähe des Telefons, ja? Wir rufen dich an, um dich auf dem Laufenden zu halten.«

Ich murmele ein vages »Ja«.

»Möchtest du ihr noch etwas sagen?«

»Ich glaube nicht, dass …«

Ich beende den Satz nicht. Auch egal, Anne achtet ohnehin nicht auf meine Worte. Ich höre Tumult am anderen Ende der Leitung. Schritte, die hastig die Treppe herunterrennen. Bestimmt Yann mit der Reisetasche, die Cassandra zuvor sorgsam gepackt hat. Wahrscheinlich befinden sich Manons Schlafanzüge darin. Schlüssel klirren. Eine Tür wird geöffnet. Undeutliche Stimmen. Ich glaube, im Hintergrund macht Cassandra einen Scherz, sie ist sorglos und glücklich. Ich höre sie lachen. »Wir rufen wieder an, Amande, ja?«

»Ja, gut. Gib Cassandra einen Kuss von mir.«

»Das mache ich.«

Anne hat aufgelegt. Reglos sitze ich in dem alten Sessel, mein Herz schlägt seltsam laut. Es war besser, nicht mit Cassandra zu reden, sie soll nicht mit meiner Angst in Berührung kommen.

Es ist kaum fünf Uhr nachmittags, aber es wird schon dunkel. Ich bin nervös, und die Katze spürt das. Bei der erstbesten Gelegenheit schlüpft sie nach draußen. Ich lasse die Uhrzeit auf dem Handybildschirm nicht aus den Augen. Vor einer halben Stunde ist Cassandra aufgebrochen. Ist sie im Krankenhaus angekommen? Hat man ihr ein Zimmer gegeben, zusammen mit Yann?

Ich muss etwas tun, mich beschäftigen, mich körperlich betätigen. Ich muss meine Unruhe verscheuchen. Da fallen mir mein Garten und das Wintergemüse ein. Jetzt, nachdem der Schnee geschmolzen ist und die Temperaturen wieder ein wenig steigen, ist vielleicht schon die Spitze eines Feldsalatpflänzchens zu sehen. Und was ist mit meinem Kohl? Hat er überlebt?

Ich nehme eine Taschenlampe und Benjamins alten Pulli, der dringend einmal gewaschen werden müsste, und gehe hinaus in die Dunkelheit.

Meine Tunnel stehen noch an Ort und Stelle. Vorsichtig hebe ich die Plane an. Mir ist bewusst, dass meine kümmerlichen gärtnerischen Fähigkeiten womöglich nicht zum Erfolg geführt haben. Und tatsächlich herrscht in der Reihe der Winterendivien trostlose Leere. Angehäufte karge Erde. Nicht ein Blatt, nichts. Ich ziehe die Folie wieder zurück und schlucke meine Enttäuschung hinunter. Im Frühjahr mache ich es besser. Dann werde ich die Aufzeichnungen in Madame Hugues' Taschenkalendern gründlicher studieren.

Die Knoblauchreihe liefert kein besseres Ergebnis, aber das hatte Madame Hugues ja geschrieben: Knoblauch wird im Juni und Juli geerntet. Auch keine Rüben. Es ist noch zu früh dafür. Ich verliere allmählich die Hoffnung, doch unter der schwarzen Folie der Kohlreihe erwartet mich eine freudige Überraschung: Da sind ja die großen, von Adern durchzogenen grünen Blätter! Fünf Kohlköpfe kämpfen sich vor ins Licht, arbeiten sich aus der Erde heraus, um ihre Blätter dem Himmel entgegenzurecken. Der Anblick rührt mich. Das ist mein Werk. Ich habe die Samen ausgebracht und auf einem unfruchtbaren, seit Langem vernachlässigten Stück Boden neues Leben entstehen lassen. Ich habe es geschafft. Fünf Kohlköpfe sind aus der Erde hervorgekommen. Fünf Kohlköpfe, die nun heranwachsen.

Unwillkürlich sehe ich darin eine Parallele zu Mini-Maus, die in diesem Moment in Lyon zur Welt kommt. Das sind eindeutig viele Leben für eine einzige Nacht. Und noch einmal reiße ich in freudigem Erstaunen die Augen auf, als ich feststelle, dass auch der Feldsalat prächtig gedeiht. Üppig, voll ausgewachsen. Drei schöne Büschel, die ich schon heute Abend ernten und mit Essig-Öl-Dressing verspeisen kann. Wie stets wandern meine Gedanken sofort weiter. Julie. Julie wäre glücklich zu erfahren, dass der Garten ihrer Mutter das erste Gemüse hervorgebracht hat. Ich muss sie anrufen. Soll ich sie zum Essen einladen? Eine Tartiflette, begleitet von meinem allerersten Feldsalat? Meine Geschmacksknospen erwachen. Ich bin so begeistert von meinem ersten Gemüse und der Aussicht auf dieses Abendessen, dass ich meine Angst für einen Moment vergesse.

Im Laufschritt renne ich zurück zum Haus. Ich brauche ein Messer. Eine Plastiktüte für den Feldsalat. Um ein Haar wäre ich über die Katze gestolpert, die in die Küche zurückgekehrt ist und lang ausgestreckt auf dem Boden liegt.

»Katze, wir haben unseren ersten Salat.«

Sie bleibt ungerührt, lässig. Ich glaube, es ist ihr egal. Aus dem Schrank über dem Spülbecken hole ich alles Nötige für meine allererste Ernte, dann gehe ich wieder hinaus in die sanfte Spätjanuarkälte.

Ohne auf meine Kleidung zu achten, knie ich mich auf den nackten Boden.

»Hallo, Feldsalat.«

Meine Stimme klingt schrill vor Aufregung. Mein Salat, mein allererster Salat.

»Ich war es, die dich gepflanzt hat, weißt du das?«

Ich setze das Messer dicht über der Wurzel an und ernte ihn behutsam. Wenn Benjamin mich sehen könnte … Ich wiederhole den Vorgang bei den beiden anderen Büscheln und richte mich stolz wieder auf. Verspürte Madame Hugues die gleiche Befriedigung, wenn sie sah, wie das Leben dank ihrer Fürsorge wuchs, sich vermehrte, aufblühte? Die Plastiktüte baumelt an meinem Arm, als ich leichten Schrittes zum Haus zurückgehe. Alle Sorge ist vergessen. Jetzt denke ich nur noch daran, wie ich meinen ersten Feldsalat waschen und zubereiten werde. Und ich denke an Mini-Maus, an die Kerze, die ich für sie ans Fenster stellen werde.

Während ich mit übertriebener Sorgfalt die grünen Blättchen des Feldsalats putze, weiche ich in Gedanken nicht von Cassandras Seite. Die Kerze flackert auf der Fensterbank. Ich habe mir eingeredet, dass sie ihr Glück bringen wird. Während das kühle Wasser über meine Hände läuft, versuche ich, mir das Gesicht von Mini-Maus vorzustellen. Winzig, rot, ein bisschen faltig. Das ist klar. Sehr feines, spärliches braunes Haar. Yann und Cassandra haben beide braune Haare. Welchen von Manons Schlafanzügen sie wohl ausgesucht haben? Ich wette, den gelben mit der lachenden Giraffe. Das wäre der Schlafanzug gewesen, den ich mitgenommen hätte, wenn ich genug Zeit gehabt hätte, eine Krankenhaustasche zu packen. Wenn Benjamin nicht an jenem Tag gestorben wäre. Ich drehe den Wasserhahn zu und greife nach der Salatschleuder.

Mein Handy bleibt stumm, während ich mein Abendessen verzehre, das nur aus Feldsalat und einem Omelett mit Pilzen besteht. Die Blätter sind weich, samtig und zart auf meiner Zunge. Ich schließe die Augen, damit mein Gaumen den leicht nussigen Nachgeschmack aufnehmen kann … Ich habe ihn entstehen lassen. Ich ganz allein.

Ich bleibe bis spät in die Nacht auf und gieße in meiner Küche neue Kerzen aus den Wachsresten der alten. Der Duft von Orange und Rose vermischt sich mit dem des geschmolzenen Wachses. Die Kerzenflamme auf der Fensterbank ist erloschen, doch ich achte nicht darauf. Als ich um Mitternacht noch immer nichts von Anne gehört habe, zwinge ich mich, ins Bett zu gehen. Ich versuche, meine Sorge zu unterdrücken. Mini-Maus ist unterwegs. Sie braucht Zeit, das ist völlig normal. Es gibt keinen Grund, wieso es ein böses Ende nehmen sollte. Nicht heute Abend. Das beweist der Feldsalat, der in meinem Garten gesprossen ist.

Am nächsten Morgen weckt mich ein Sonnenstrahl. Die graue Katze schlummert neben meinen Füßen. Das Handy auf dem Nachttisch zeigt drei verpasste Anrufe und eine SMS von Yann. Nur ein paar Wörter. Ein Foto. *Mae wurde heute Morgen um 5 Uhr geboren. Mama und Mini-Maus geht es gut. Gruß von allen.* Sie hat ein faltiges Gesichtchen, schwarzen Flaum auf dem Kopf und dunkle Augen. Bei den Haaren lag ich richtig. Aber nicht beim Schlafanzug … Sie trägt den rosafarbenen mit den drei kleinen Bären.

Langsam rinnt der Kaffee durch die Maschine, und ich stelle mich ans Fenster. Strecke mich. Ein herrlicher Morgen. Der Himmel ist strahlend blau. Die erste Sonne seit langen Wochen. Am 29. Januar. Zur Feier von Maes Geburt.

Nachher muss ich Cassandra und Yann anrufen, und auch Anne und Richard. Ihnen gratulieren, ihnen sagen, wie glücklich ich bin und wie hübsch sie aussieht. Nachher. Noch nicht sofort. Ich brauche noch ein wenig Zeit. Also bleibe ich am Fenster stehen. Das Licht ist belebend. Seit Tagen habe ich diese Strahlen, diese Helligkeit nicht mehr auf meiner Haut gespürt. Unverwandt betrachte ich den blauen Himmel, die Wipfel der Kiefern, die im Wind schwankenden Zweige der Trauerweide. Ja, es ist ein windiger Morgen, das fällt mir jetzt erst auf. Die Kiefern wiegen sich, die Zweige der Weide schwingen hin und her, die Folie meiner Tunnel zittert. An diesem Morgen dringt das Leben in alle Winkel.

Die Maschine hört auf zu gluckern. Der Kaffee ist fertig. Trotzdem rühre ich mich nicht von der Stelle. Es ist noch nicht an der Zeit für mein Frühstück. Genauso wenig wie es jetzt schon an der Zeit ist, Cassandra anzurufen. Heute Morgen wurde Mae geboren. Heute Morgen ist die Sonne wieder zum Vorschein gekommen, und der Himmel war noch nie so unverschämt blau. Heute Morgen lässt der Wind die Zweige tanzen und dreht Madame Hugues' ausgebleichten rosa Sonnenschirm im Kreis. Ich betrachte dieses lebende Gemälde und finde, dass ihm noch etwas Farbe fehlt. Die Opferzeremonie der Hindus. Die bunten Blüten, die farbenfrohen Stoffe, die Lieder. Die Feier des Lebens. Ja, es fehlen Farben. Ich weiß, was ich zu tun habe.

Die graue Katze schreckt aus dem Schlaf hoch, als ich, einer plötzlichen Eingebung folgend, ins Schlafzimmer stürme. Ich verstehe es selbst kaum. Aber ich brauche Farben, das ist alles, was zählt. Ich öffne die Türen meines schweren Kleiderschranks und reiße aufs Geratewohl Bettzeug heraus. Ein meergrünes Bettlaken. Einen nachtblauen Bettbezug. Einen roten Kissenbezug. Die Katze sieht mir neugierig nach, als ich alles mit aus dem Raum nehme.

In der Küche ergänze ich den Stapel noch um ein verwaschenes orangefarbenes Geschirrtuch. Dann hole ich die Schere aus der Schublade und beginne, die Stoffe schwungvoll zu zerschneiden. In schmale Streifen. Ich schneide, ich reiße, ich werfe zuhauf auf den Tisch, ich beginne von Neuem. Die Katze bezieht ihren üblichen Posten auf dem Kühlschrank und beobachtet mich besorgt. Sogar Benjamin meldet sich zu Wort. *Was fabrizierst du denn da, Poupette?*

Ich fabriziere Leben, Farbe, etwas, um damit Maes Geburt und das Sprießen meines Feldsalats zu feiern. Als nur noch ein winziges, unbrauchbares Stoffdreieck übrig ist, halte ich schließlich inne. Auf dem Tisch türmt sich ein beeindruckender Berg aus meergrünen, nachtblauen, ziegelroten und hellorangen Stoffstreifen, die schon bald im Wind tanzen werden.

Da ich keine Trittleiter habe, muss ich auf einen Stuhl steigen. Der Boden ist nicht sonderlich standfest, und die diversen Löcher und Erdhügel erleichtern mir die Aufgabe auch nicht gerade. Eingemummelt in meinen Wollmantel, stehe ich auf dem Stuhl und versuche, die Stoffstreifen um die kahlen Zweige der Trauerweide zu binden. Keine einfache Aufgabe bei diesem Wind, der einem ins Gesicht peitscht und bis auf die Knochen geht, aber zum Glück wärmt die Sonne meine steif gefrorenen Finger. In regelmäßigen Abständen verrücke ich den Stuhl und bringe rings um die Trauerweide weitere Stoffstreifen an. *Vorsicht, Poupette, das Loch* ... Zu spät, ich habe es nicht gesehen. Ein Stuhlbein gibt nach, als ich darauf steige, und obwohl ich mich noch an den Zweigen festzuhalten versuche, lande ich, beide Hände voraus, auf dem Boden. Eines der Bänder entwischt mir und fliegt davon, ein hübscher roter Streifen am strahlend blauen Himmel. Ich klopfe mir den Dreck von der Hose, deren Knie sich grün verfärbt haben, und mache mich wieder an die Arbeit. Auf keinen Fall lasse ich mich durch einen Sturz aus dem Konzept bringen. Ich muss Farbe in Pauls Baum bringen.

Erst, als ich wieder in meiner windgeschützten Küche stehe, gestatte ich mir, mein Werk zu bewundern.

Die Zweige beben. Die Bänder fliegen. Kurz streift mich der Gedanke, dass jetzt nur noch der Klang fehlt. Das leise Klirren eines Windspiels in den Zweigen, aber nun ist es zu spät, um noch eines zu basteln. Mein Handy zeigt beinahe Mittag an. Ich muss Cassandra und Yann anrufen. Ihnen zu dem Neugeborenen gratulieren, eine Flut von erwartbaren, wenig originellen Worten absondern, ihren Dank entgegennehmen. Egal, draußen flattern die Bänder am strahlend blauen Januarhimmel und feiern Maes Geburt ohne Worte oder große Reden.

»Salat? Wirklich? In Mamans Garten?«

Julies Stimme wird schrill. Sie ist regelrecht außer sich vor Begeisterung über diese Nachricht.

»Ja. Feldsalat. Und bald kann ich auch die Kohlköpfe ernten.«

»Also, so was! Wenn Maman das sehen könnte!«

Ein kurzes Schweigen in der Leitung. Ich stelle mir Julie in einer modern eingerichteten Wohnung vor, elegant gekleidet wie immer, die hochhackigen Schuhe noch an den Füßen.

»Sag, Amande …«

»Ja?«

»Könnte ich vielleicht bei dir vorbeikommen und es mir selbst ansehen?«

»Natürlich. Deswegen rufe ich ja an. Ich wollte dich zum Abendessen einladen. Um meinen ersten Feldsalat zu probieren.«

Ein leises Lachen dringt aus dem Handy.

»Warum nicht morgen Mittag? Es ist Sonntag.«

Ich hatte nicht an ein Mittagessen gedacht, aber die Idee gefällt mir. Wenn die Sonne morgen immer noch scheint, können wir durch den Garten spazieren.

»Ja. Morgen passt mir gut.«

»Super!«

Wieder ein von Lächeln erfülltes Schweigen, so stelle ich es mir zumindest vor. Dann höre ich erneut Julies fröhliche Stimme: »Ich bringe den Nachtisch mit!«

»Einverstanden.«

»Ich habe mir diesen Winter eine neue Marotte zugelegt … nach den Duftkerzen …«

»Oh? Was ist es denn diesmal?«

»Dreikönigskuchen. Ich backe sie zu Dutzenden. Magst du sie mit Frangipane-Creme?«

Jetzt bin ich diejenige, die lacht, und das mit einer Unbeschwertheit, die mich selbst überrascht.

»Ich liebe Frangipane-Creme.«

Seit ein paar Tagen scheint die Sonne endgültig zurückgekehrt zu sein. Seit Maes Geburt. Sie steht hoch oben am Himmel, dessen Blau mit jedem Tag ein wenig klarer wird. Die bunten Bänder flattern im Wind, manchmal kräftig, an anderen Tagen sachter. Sie lassen meinen Garten erstrahlen, und sogar die Katze liebt sie. Stundenlang sitzt sie reglos davor und sieht ihnen beim Tanzen zu. Der Gedanke, ein Windspiel in Pauls Weide zu hängen, ist immer noch da. Ich sehne mich nach Musik. Zum ersten Mal, seit ich in mein einsames Haus mitten im Nirgendwo gezogen bin. Ich sehne mich nach einer leisen, vom Wind hervorgebrachten Melodie. Das ist mein heutiges Projekt. Morgen kommt Julie zum Mittagessen, und ich möchte, dass zu ihrem Empfang alles voller Leben ist.

Um unterschiedliche Klänge zu erzeugen, brauche ich verschiedene Materialien, und so kippe ich den Inhalt meiner Schränke und Schubladen auf den Boden. Ich überlege. Zweifle. Wird man mich für eine Verrückte halten, wenn ich Gabeln in einen Baum hänge? Wahrscheinlich. Glücklich stelle ich fest, dass es mir egal ist. Schlimmer noch, ich lächle allein in meiner Küche vor mich hin.

Ich bilde einen Haufen aus Besteck, alten Mantelknöpfen, unbrauchbaren Schlüsselpaaren, Glöckchen, Schmuckstücken, die ich niemals trage, drei Muscheln, die ich ganz unten in meinem Koffer gefunden habe – Erinnerungsstücke aus Brasilien –, Konservendosenlaschen und auch ein paar Konservendosen selbst. Einigermaßen zufrieden betrachte ich mein Sammelsurium. Jetzt muss ich meine Klangkörper nur noch bunt anmalen. Etwas Gelb in Pauls Baum. Gelb und Rosa …

Im Supermarkt besorge ich neben der Ölfarbe auch die Zutaten für die Tartiflette, die ich am nächsten Tag zubereiten will. Es ist Samstagnachmittag, der Supermarkt ist brechend voll, aber ich glaube, ich fange allmählich an, mich wieder daran zu gewöhnen.

Mit leichtem, freudig klopfendem Herzen trage ich die Einkaufstaschen ins Haus. Reblochon und Crème fraîche können noch ein paar Stunden warten. Erst muss ich mein Windspiel basteln.

Ich glaube, an diesem Tag vergesse ich völlig, etwas zu Mittag zu essen. Jedenfalls nichts Nahrhafteres als eine rasche Clementine zwischen zwei Pinselstrichen. Hingebungsvoll streiche ich die Gabeln, Knöpfe, Muscheln und sonstigen improvisierten Instrumente an und lasse sie auf den Stufen vor der Haustür in der Sonne trocknen. Danach schneide ich passende Stücke von einer Schnur ab, um sie daran aufzuhängen. Die Sonne sinkt bereits langsam dem Horizont entgegen, als ich mich dazu entschließe, sie an den Zweigen der Weide festzubinden. Die Katze ist von der Jagd zurück und setzt sich neben meinen Stuhl. Ihre Art, sich am Entstehen meines Windspiels zu beteiligen.

»Hör nur, Katze, hör doch nur …«

Heute Abend weht ein sanfter Wind. Kaum ein Hauch. Und doch erklingt beim leisesten Luftzug der kristallklare Ton einer Gabel, die auf eine Muschel trifft, und als perfekte Ergänzung dazu der tiefere, weichere Klang der Begegnung zwischen einem Knopf und einer Konservendose.

Nachdem es dunkel geworden ist und ich das Geschirr vom Abendessen weggeräumt habe, gehe ich wieder hinaus und stelle mich vor meine Weide. Es ist eine mondlose Nacht, wie sie manchmal am Ende des Kreislaufs vorkommt. Schwarzmond nennt man ihn dann, wenn ich mich recht erinnere. Ich stelle mich vor Pauls Baum und schließe die Augen. Der Wind hat aufgefrischt. Glöckchen, Schlüssel und Muscheln schenken mir ein leises, monotones Lied, das sich in der dunklen Nacht über den Wipfeln der Kiefern und den Hügeln der Auvergne erhebt.

Heute Abend habe ich den Wind gefeiert. Den Wind und meine künftigen Kohlköpfe.

Alles ist bereit: Die Tartiflette ist überbacken, der Tisch ist gedeckt, und meine Haare sind zu einem Knoten geschlungen, als das blaue Auto auf meinen Hof braust. Die Katze folgt mir, als ich Julie die Tür öffne. Ich glaube, sie ist mittlerweile nicht mehr ganz so ängstlich. Julie hat Lippenstift aufgelegt und hält einen riesigen Strauß weißer Rosen in den Händen.

»Ich grüße Sie, meine Damen und Herren!«

Kaum habe ich Hallo gesagt, da stürmt sie auch schon in den Flur und streichelt im Vorbeigehen kurz die Katze. Diese schreckt nicht zurück. Im Gegenteil, sie schließt wohlig die Augen. Kleiner Verräter ...

»Hier, nimm die Blumen, ich muss noch den Kuchen aus dem Wagen holen.«

Und so stehe ich mit dem riesigen Strauß in den Händen da, während Julie wieder verschwindet und ein Hauch von *Jasmin poudré* in der Luft zurückbleibt.

»Sag mal, können wir vor dem Essen noch schnell in den Garten gehen?«, ruft sie mir zu, und ihre Stimme klingt gedämpft, weil ihr Kopf noch halb im Kofferraum steckt.

Wie schon beim letzten Mal amüsiert mich der Anblick von Julies eleganten Stiefeln, deren hohe Absätze in der frischen

Erde versinken. Sie hingegen scheint es gar nicht zu bemerken und verleiht ihrer Begeisterung durch laute Rufe Ausdruck.

»Wenn ich geahnt hätte, dass Mamans Garten jemals wieder genutzt wird! Drei Jahre hat sich kein Mensch darum gekümmert! Drei Jahre! Stell dir das nur mal vor!«

Vorsichtig ziehe ich die Planen wieder zurück. Die Nächte sind noch kühl. Ich will meine kostbaren Schützlinge nicht sterben sehen.

»War das dein Weihnachtsbaum?«

Lachend deutet sie auf die mit farbenfrohen Bändern und meinen bunt zusammengewürfelten Klangkörpern geschmückte Trauerweide.

»Gewissermaßen.«

Ich ziehe es vor, meine schrulligen Gedanken für mich zu behalten. Wer feiert schon den Wind, Salat und Kohlköpfe?

»Wusstest du, dass das der Lieblingsbaum meines Vaters war?«

Ich heuchle Erstaunen. Ich weiß mehr über ihre Familie, als ich sollte. Aber auch das verschweige ich ihr lieber. Mein kleines Geheimnis.

»Er fand, mit ihren langen, herabhängenden Zweigen sehe die Weide so melancholisch aus. Sie erinnerte ihn an die Worte von Victor Hugo: *Melancholie ist das Vergnügen, traurig zu sein.*«

Sie schaut mich strahlend an, und ich lächle.

»Jetzt wirkt sein Baum nicht mehr so melancholisch. Du hast ihm Farbe verpasst.«

Aus ihrem Tonfall schließe ich, dass sie das für eine gute Sache hält.

Die Klänge des Windspiels wehen durch die offenen Fenster herein, während wir die Tartiflette und meinen Feldsalat essen. Julie erzählt von ihrer neuen Arbeit: Sie verkauft organisierte Reisen an die Betriebsräte von Firmen in der Region. Ihre Spezialität ist Asien.

»Warst du schon einmal in Asien?«, frage ich.

»Ja, sicher. Ich war in Thailand, Vietnam, Kambodscha und in Laos. Der Rest steht noch auf meiner Liste.«

Ich esse ein paar Bissen Tartiflette, bevor ich mich nach jenem Thema erkundige, das mir am Herzen liegt, den fröhlichen Zeremonien, den Farben, den Liedern …

»Ich habe dort sehr viel über den Hinduismus und den Buddhismus gelernt. Ich bin übrigens zum Buddhismus konvertiert.«

Als Julie merkt, wie sehr mich das alles interessiert, erzählt sie mir vom Kreislauf der Wiedergeburten – nicht der Reinkarnationen, denn eine Seele existiert für die Buddhisten nicht. Stattdessen glauben sie an Wiedergeburten, die es dem Menschen ermöglichen, im Lauf seiner verschiedenen Existenzen immer höher zu steigen, bis er wie einst der Buddha selbst die Erleuchtung erfährt und schließlich *nirvana* erreicht, das endgültige Erlöschen des allumfassenden Leidens.

Ich höre auf zu essen, und meine Gabel hält auf halbem Weg zwischen dem Teller und meinen Lippen inne.

»Es gibt keine Seele? Wirklich?«

»Nein, es gibt keine Seele. Das wird durch den Begriff *anattā* ausgedrückt. Die Abwesenheit eines ›Ich‹, eines Egos, einer Seele.«

»Ich bin nicht sicher, ob ich dir folgen kann …«

»Die Vorstellung von einer individuellen Existenz ist reine Illusion. Wenn unser ›Ich‹ tatsächlich existierte, und damit meine ich unseren Körper, unsere Wahrnehmungen, unsere Empfindungen, unser Bewusstsein und unsere Geistesregungen – das, was Buddha die fünf Aggregate des Anhaftens nennt, die uns ausmachen –, dann könnten wir sagen: *Möge mein Körper nicht altern, möge er nicht krank werden, möge er nicht sterben!* Aber wir beherrschen nichts, unser ›Ich‹ wird sich niemals unserem Willen unterwerfen. Nicht wahr?«

Davon kann ich ein Lied singen … Also stimme ich ihr zu.

»Deshalb können wir auch nicht sagen, es sei *unser* Körper, *unsere* Seele oder *unser* eigenes Wesen«, fährt Julie stolz fort. »Verstehst du?«

»Ich glaube schon.«

»Der Buddhismus verneint jegliche Existenz eines eigenständigen, dauerhaften Selbst, also kann es auch die unsterbliche Seele nicht geben.«

Ich glaube, allmählich beginne ich zu begreifen. Julie lässt mir Zeit, ein paar Schlucke zu trinken.

»Es gibt keine Seele«, fügt sie dann hinzu, »und trotzdem ist da etwas, was im Laufe der verschiedenen Existenzen bleibt.«

Das beruhigt mich. Dieses Nicht-Sein finde ich beängstigend.

»Was denn?«

»Das *karma*. Man kann es in wenigen Worten zusammenfassen: Jeder erntet das Gute oder Schlechte, das er im Laufe seiner früheren Existenzen gesät hat.«

Jetzt ist Julie nicht mehr zu bremsen. Nachdem sie mir vom *karma* erzählt hat, wendet sie sich *anicca* zu, dem Konzept der Unbeständigkeit.

»Nichts ist unwandelbar oder ewig, alles strebt danach, sich aufzulösen oder zu verändern. Sich an die Dinge dieser Welt zu binden, führt zu Leiden, denn jedes Ding ist dazu bestimmt zu verschwinden. Wie Thích Nhất Hạnh, ein vietnamesischer Zenmönch schreibt, wird das Leben durch die Unbeständigkeit erst möglich: *Gäbe es keine Unbeständigkeit, so bliebe das Getreidekorn für immer ein Getreidekorn; ihr hättet niemals eine Ähre und könntet auch kein Getreide essen.* Du siehst, das, was wir Leben nennen, ist bloß eine Abfolge flüchtiger Ereignisse, ein Brodeln der Unbeständigkeit. Selbst die Sonne, der Berg, die Erde, auf der wir leben, sind in fortwährendem Wandel begriffen.«

Wir beginnen gemeinsam, den Tisch abzuräumen.

»Und wie passt das Leiden in dieses Konzept der Unbeständigkeit?«, frage ich, nachdem ich eine Weile nachgedacht habe. »Ich bin mir nicht sicher, ob ich das wirklich verstehe.«

»Das Leiden liegt in unserem Wunsch nach Sicherheit und Dauerhaftigkeit begründet. Zu akzeptieren, dass alles unbeständig ist, ist ein erster Schritt hin zum Beenden des Leidens.«

Na ja. Für meinen Geschmack klingt das alles sehr theoretisch. Dass der Tod zum Leben gehört und als Teil des Lebens akzeptiert werden muss, damit bin ich einverstanden. Aber wo bleibt bei all dem das Vermissen? Wie kann man das einfach ignorieren? Und der Ansicht sein, es gäbe überhaupt keinen Grund dazu? Zum Glück reißt mich Julie unvermittelt aus meinen Grübeleien.

»Ich habe noch etwas für dich!«, ruft sie plötzlich, rennt hinaus und lässt mich mit meinem vollen Spülbecken allein. Kurz darauf ist sie wieder da, in den Händen ein schönes, sehr altes, in schwarzes Leder gebundenes Album.

»Was ist das denn?«

Ich erkenne es in dem Moment, als sie den staubigen Einband öffnet und ein Hochzeitsfoto in Schwarz-Weiß zum Vorschein kommt, auf dem ein dunkelhaariger junger Mann mit buschigen Augenbrauen und sanftem Blick und eine junge Frau mit Julies Zügen zu sehen sind.

»Du machst Kaffee, und ich schneide den Kuchen? Dann können wir die Fotos beim Essen anschauen!«

Ich bin glücklich, den beiden ehemaligen Besitzern meines Hauses endlich ein Gesicht geben zu können.

»Wie heißt sie?«, frage ich und fahre mit dem Finger über die lange Schleppe von Madame Hugues' Brautkleid.

»Lucie.«

»Oh ... Ein schöner Name ...«

Lucie. Lucie. Der Name kreist in meinem Kopf. Ich glaube, er gefällt mir, er passt zu meiner Vorstellung von ihr. Lucie Hugues. Die Frau mit den vollgeschriebenen Kalendern. Lucie und Paul Hugues.

»Wie alt war sie auf dem Foto?«

»Neunundzwanzig. Sie haben sich erst spät kennengelernt und noch im selben Jahr geheiratet.«

Sie trinkt einen Schluck Kaffee, ehe sie weitererzählt.

»Maman war Schneiderin bei Pauls Tante. Sie hatte ein Stoffgeschäft in Clermont-Ferrand. Sie sind sich dort ein paarmal begegnet. Maman hat immer gesagt, was ihr an Papa gefiel, war sein außergewöhnlich sanfter Blick … Sanft und leicht melancholisch.«

»Wie die Trauerweide?«

Julie lächelt.

»Genau.«

Sie trinkt noch einen Schluck und blättert die Seite um. Hier sieht man das Brautpaar beim Verlassen der Kirche. Sehr gerade und etwas steif stehen sie da.

»Papa dagegen mochte Mamans ruhige Art und ihre Fähigkeit, sich stundenlang auf ihre Stoffe zu konzentrieren. Sie war so hingebungsvoll bei der Sache …«

»Hat sie nach der Hochzeit aufgehört zu arbeiten?«

»O nein! Sie hat ihr ganzes Leben lang Vorhänge, Tagesdecken und Kleider genäht. Sie brachte ihre Nähmaschine auf dem Speicher unter und arbeitete hier. Einmal in der Woche fuhr sie in die Stadt, um ihre Kreationen in den Läden abzugeben. Und kam mit einem Scheck zurück.«

Julie schlägt eine neue Seite auf. Lucie und Paul stehen Hand in Hand vor einem schönen, altmodischen Auto, immer noch am Tag ihrer Hochzeit.

»Siehst du ihr Kleid?«, fragt Julie. »Das hat sie selbst genäht.«

Ich ziehe bewundernd die Augenbrauen hoch.

»Nach Papas Tod hat sie mit dem Nähen aufgehört. Damals hat sie mit der Gartenarbeit begonnen.«

Wieder eine neue Seite. Die Hochzeit ist vorbei. Jetzt sieht man Lucie und Paul vor einem Haus, demselben Haus, in dem wir gerade sitzen. Lucie trägt einen züchtigen Haarknoten und Paul eine Jacke mit Schulterpolstern.

»Sie sind nach ihrer Heirat in dieses Haus eingezogen und haben fast sechs Jahre hier gelebt. Aber als Maman dann endlich schwanger wurde, was schwierig war und sehr lange gedauert hat, da wollten sie etwas Größeres und auch wieder näher an die Stadt heran.«

»Also sind sie von hier fortgegangen?«

»Sie haben das Haus verkauft und ein Reihenhaus etwa zehn Kilometer außerhalb von Clermont gemietet. Maman hat sich dort nie wohlgefühlt. Die ganze Zeit hat sie nur darauf gewartet, wieder hierher zurückzukommen.«

»War denn vorgesehen, dass sie zurückkommen würden?«

»Papa hatte es Maman versprochen. *Wir werden unsere alten Tage hier verbringen.*«

Fasziniert hänge ich an Julies Lippen. Es ist die Geschichte meines Hauses, die sie da erzählt. Meines Hauses und der Leben, die dort gelebt wurden.

»Also haben sie es zurückgekauft?«

»Warte! So einfach war das nicht!«

»Nein?«

»Papa ist im Frühjahr in Rente gegangen, und gleich im Sommer hat er Kontakt mit den Besitzern des Hauses aufgenommen. Aber sie wollten nicht verkaufen. Sie waren hier glücklich.«

Die folgenden Aufnahmen zeigen ein in ein weißes Tuch gehülltes Baby. Mit kahlem Kopf und halb geschlossenen Augen. Julie. Dann nimmt die erwachsene Julie, die sich leibhaftig in meinem Haus befindet, ihre Erzählung wieder auf.

»Papa war verzweifelt. Maman war so traurig wie nie zuvor. Kannst du dir das vorstellen? Ein Leben lang darauf zu warten, in dein Haus zurückzukehren, und dann zerschlägt sich diese Hoffnung.«

Völlig gebannt von der Geschichte ihrer Eltern, stimme ich ihr zu.

»Also blieb Papa nur noch eine Möglichkeit: Er ging mit dem Preis hoch, um die Besitzer doch noch zum Auszug zu bewegen. Und wir müssen ehrlich sein. Es war nicht gerade das Haus des Jahrhunderts … Die Lage ist schön, aber das Gebäude selbst war veraltet und nicht besonders groß. Die Besitzer haben ihre Chance genutzt und verkauft. Und dabei einen sehr viel höheren Gewinn erzielt, als sie es sich je erträumt hätten.«

Sie blättert noch eine Seite um, aber ich schaue gar nicht hin. Stattdessen bleibt mein Blick auf Julie gerichtet, die mit einem Lächeln ihre Erzählung beendet.

»Und so zogen sie, dreißig Jahre nachdem sie einander versprochen hatten, eines Tages zurückzukehren, wieder hier ein.«

Mit kleinen Schlucken trinke ich meinen Kaffee aus. Es ist eine schöne Geschichte. Jetzt verstehe ich, warum es Julie so wichtig war, das Haus zu behalten, und wie sehr es sie berührt, es nun wieder zum Leben erwachen zu sehen.

Wir blättern weiter in dem Album. Darin sind die ersten Jahre des gemeinsamen Lebens von Paul und Lucie ebenso festgehalten wie Julies erste Schritte in dieser Welt. Sie scheinen ein harmonisches Paar gewesen zu sein und eine glückliche Familie.

»Sie haben kein zweites Kind mehr bekommen. Dafür waren sie beide schon zu alt. Aber ich glaube, es war ihnen auch egal. Sogar nachdem ich ausgezogen war. Die beiden waren sich selbst genug.«

Schließlich klappt sie das Album mit einer Traurigkeit zu, die ich an ihr noch nie gesehen habe.

»Papa ist kaum ein Jahr nach ihrer Rückkehr hierher gestorben. Eine fiese, schwere Lungenentzündung. Ich glaube, Maman hätte sich nie davon erholt, wenn sie nicht in ihrem geliebten Haus gewohnt hätte. Sie hat es geschafft, wieder auf die Beine zu kommen. Dank ihres Gartens.«

Erneut senkt sich Schweigen auf meine Küche herab. Julie lässt den Kaffeerest in ihrer Tasse kreisen. Ich blicke gerührt auf das Album. Ich habe das Gefühl, als sei mir das Haus noch ein bisschen mehr ans Herz gewachsen, seit ich weiß, welche Liebesgeschichte es einst beherbergt hat. Ich denke an das Baby auf dem Foto und betrachte die lebensgroße Julie neben mir. Ihr jugendliches, lächelndes Gesicht, ihre Energie, ihre Lebensfreude, das Glück, das aus ihr spricht, wenn sie von ihren Eltern erzählt. Und ich frage mich ... Hätten Benjamin und ich ebenso schöne Spuren auf Erden hinterlassen, wenn alles anders gekommen wäre und Benjamin und Manon überlebt hätten? Die Vorstellung gefällt mir. Bestimmt hätten wir das.

14

EINE ABFOLGE RASCHER ENTSCHEIDUNGEN hat mich an diesem eisigen Februarmorgen an Benjamins Grab geführt. Der Friedhof ist menschenleer. Es ist Sonntag, aber gerade wird die Messe gelesen, und die Gläubigen sitzen in diesem Moment mit gefalteten Händen auf den kalten, harten Kirchenbänken. Ich bin allein zwischen den Grabreihen. Allein mit einigen unheilvoll wirkenden Raben. Die Luft ist frisch, in meinen durchgefrorenen Händen halte ich einen Strauß Christrosen. Zarte blassrosa Blüten mit dunkelvioletten Tupfen.

»Hallo, Ben.«

So, das erste Wort ist gesagt. Das Schwerste habe ich hinter mir.

»Ich wollte dich überraschen, siehst du. Diesmal sind es keine Bartnelken, es sind überhaupt keine Nelken. Der Florist hat mir Stiefmütterchen empfohlen. Sie kommen gut mit der Kälte klar, aber ich fand die hier schöner. Christrosen heißen sie. Aber das wusstest du sicher schon, nicht wahr?«

Ich habe nie verstanden, warum die Leute vor einem kalten, rauen Stein mit allzu schroffen geometrischen Formen mit ihren Toten sprechen. Warum reden sie nicht einfach in Gedanken mit ihnen, ganz gleich, wo und wann? Das ist es jedenfalls, worum ich mich bisher bemüht habe. Vor dem Friedhof, dem kalten Stein zu fliehen, im Geiste mit Benjamin zu reden, in meinem Garten, im Wohnzimmer, eigentlich überall.

Und nun stehe ich doch hier wie alle anderen in der Kälte, um ihm physisch nahe zu sein. Beinahe zumindest. Hier stehe ich an einem Wintersonntag vor seinem Grabstein, vor verwelkten Blumen und ein paar Gedenktäfelchen. *Für meinen Bruder* steht auf dem einen. Es ist von Yann. Eine fliegende Taube mit einem Maiglöckchenstängel im Schnabel. Eine kleine schwarze Tafel mit weißen Linien. Ich finde sie nicht besonders schön. Und auch diesen rituellen Besuch auf dem Friedhof finde ich nicht sehr angenehm. Mir ist kalt, und die Füße tun mir jetzt schon weh davon, kerzengerade vor dem hellen Stein auf dem Kies zu stehen. Warum also bin ich überhaupt hier? Ich lege den Strauß auf den Stein, zwischen zwei hässliche, unpersönliche Täfelchen und versuche, die Ereignisse zu rekonstruieren, die mich an diesem Morgen hierhergeführt haben.

Zunächst war da Cassandra, die mir immer wieder versicherte, dass sie alle sehnsüchtig auf meinen Besuch warteten. Ich könne mit dem Zug kommen, sagte sie, sie würden mich am Bahnhof abholen.

»Sie verändert sich so rasend schnell, Amande. Wenn du zu lange wartest, hat sie bald alle Zähne und kann laufen.«

Ich wollte sie ja besuchen, und das wusste Cassandra auch. Das Problem war, mich auf die lange Fahrt zu machen, meinen Kokon zu verlassen, das Haus der Familie Luzin zu betreten, Benjamins Zimmer wiederzusehen, das Wohnzimmer, in dem wir ihnen vor einem Jahr verkündet hatten, dass ich schwanger war.

Cassandra schickte mir Fotos von Mae. Sie veränderte sich bereits. Ihre Augen waren jetzt offen, weit offen, und von einem tiefen, dunklen Blau. An die Stelle des Flaums auf ihrem Kopf trat nach und nach richtiges Haar, dicht und schwarz.

Und dann hatte auch Yann angefangen.

»Amande, Cassandra braucht dich.«

Cassandra … mich brauchen? Wirklich? Ich war skeptisch, doch Yanns Stimme wurde ernst.

»Ihre Schwestern wohnen weit weg. Sie sind so gut wie nie hier. Ich glaube, sie braucht ein bisschen weibliche Unterstützung. Das Gefühl, umsorgt zu sein … als Mutter anerkannt zu werden.«

Nichts als leeres Geschwätz. Ich war mir sicher, dass er selbst kein Wort davon glaubte, mehr noch, dass er seine Ansprache mit Richard zusammen vorbereitet hatte. Ein raffinierter Trick, um mich hierherzulocken, zu ihnen.

Und dann waren meine Kohlköpfe erntereif geworden. Eine Woche zu spät. Einer nach dem anderen. Julie war auf Geschäftsreise irgendwo bei Grenoble. Sie konnte nicht vorbeikommen und ein paar davon holen. Und mit wem sollte ich sie sonst teilen? Wem könnte ich einige Köpfe abgeben? Der Stolz, den ich über die Ernte meines ersten Gemüses empfand, war nichts, verglichen mit der Vorstellung, auch andere in dessen Genuss kommen zu lassen.

Ich weiß ja selbst, dass es lächerlich ist. Erst fünf Kohlköpfe zu brauchen, um endlich Benjamins Grab zu besuchen. Fünf Kohlköpfe und eine kleine Nichte.

»Komm am Sonntag«, hatte Cassandra gesagt. »Dann ist Yann zu Hause und Anne und Richard auch. Wir holen dich am Bahnhof ab.«

Doch mit dem Zug zu fahren, kam nicht infrage. Mit dem Auto blieb ich flexibel, ich konnte nach Hause fahren, wenn es zu schwierig wurde. Ich konnte sogar im letzten Moment beschließen, überhaupt nicht aufzubrechen, oder bei der Ankunft in Lyon noch kehrtmachen. Aber wieso hätte ich das tun sollen? Ich war zweieinhalb Stunden zu früh losgefahren, obwohl ich genau wusste, dass kaum Verkehr sein würde, und in meinem Kofferraum lag ein selbst gebasteltes, rosa angemaltes Windspiel. Keine Gabeln oder scharfen Gegenstände. Ich wollte schließlich nicht riskieren, Mae zu verletzen. Nur kleine hölzerne Stöckchen – die schönsten, die ich finden konnte –, mit einer hübschen pastellrosa Farbschicht überzogen. Mae könnte mit ihren winzigen Händchen danach greifen und selig lächelnd lauschen, wie die Zweige aneinanderstießen.

Da Richard und Anne die Messe besuchten, hatte Cassandra mich gebeten, nicht vor halb eins zu kommen. Trotzdem war es gerade einmal zehn Uhr, als ich den Wagen vor ihrem Haus abstellte. Was sollte ich tun? Benjamins Grab besuchen. Acht Monate nach seiner Beerdigung wurde es dafür auch langsam Zeit, nicht wahr?

»Vielleicht habe ich mir selbst eine Falle gestellt«, erkläre ich dem schweigenden Grabstein. »Beim eigenen Unterbewusstsein muss man auf alles gefasst sein, glaubst du nicht?« Jedenfalls hatte ich bei zweieinhalb Stunden Puffer genügend Zeit für einen Spaziergang zum Friedhof. Unterwegs habe ich noch kurz beim Blumenladen angehalten.

Was darf's denn sein, junge Dame?, hat der Florist gefragt.

»Ich wusste gar nicht, dass man Frauen im einundzwanzigsten Jahrhundert noch ›junge Dame‹ nennt.«

Ich bin mir sicher, er hätte darüber gelächelt. Ich jedenfalls lächle, allein an seinem Grab.

»Ich hätte gern einen schönen Strauß für meinen Mann, habe ich gesagt. Er mag Nelken, aber diesmal möchte ich ihn überraschen. Als ich um Blumen gebeten habe, die Kälte und Frost vertragen, hat er verwundert entgegnet: *Ist es für ein Grab?* Und da musste ich Ja sagen. Warum hätte ich ihn auch anlügen sollen? Dabei hat es mir Spaß gemacht, so zu tun, als wäre alles noch wie früher, weißt du, als du noch da warst und ich einen Blumenstrauß für dich besorgte.«

Auf dem menschenleeren Friedhof verstreichen ein paar Sekunden. Aus der Kirche dringen Orgelklänge.

»Weißt du, dass deine Eltern da drin sind? Ja, du hättest darüber gelacht. Sie gehen jetzt wieder zur Kirche. Unter anderem deinetwegen … Sie sagen, es hilft ihnen dabei, den Schmerz zu ertragen, einen Sinn darin zu finden. Aber lach nicht zu sehr, für sie ist es auch schwer, weißt du, und ich mache alle möglichen verrückten Dinge, um wieder etwas Farbe in mein Leben zu bringen. Mein Haus sieht mittlerweile aus wie die Hütte einer verrückten alten Exzentrikerin. Oh, und ich habe jetzt eine Katze, Ben! Das passt doch zu einer alten Exzentrikerin, findest du nicht?«

Es kommt mir schon nicht mehr ganz so seltsam vor, mit einem weißen Stein zu reden. Allmählich lasse ich mich von meinen Worten mitreißen, finde einen gewissen Gefallen daran. Ich lache leise auf und hebe eine Hand vor den Mund.

»Meine Güte, Ben, ich habe jetzt einen Garten, ich koche Kompott, backe Tartes Tatin und gieße meine eigenen Duftkerzen … Du siehst, in die Kirche zu gehen, ist alles in allem doch nicht so verrückt.«

In der Ferne öffnet ein alter Herr das Friedhofstor. Er trägt einen schwarzen Mantel und einen grauen Filzhut. Obwohl er mich auf die Entfernung gar nicht hören kann, senke ich instinktiv die Stimme.

»Ich hatte, ehrlich gesagt, gar nicht vor, dich zu besuchen. Ich bin hier, um Mae zu sehen. Deine Nichte. Du hast nie erfahren, dass du eine Nichte bekommen würdest …«

Ich schweige einen Moment, wie um ihm Gelegenheit zu geben, die Information zu registrieren.

»Sie ist jetzt einen Monat alt. Und sie verändert sich so schnell … Ich habe schon Fotos von ihr gesehen, und sie kam mir so unglaublich groß vor. Groß und stark, verglichen mit Manon. Du hast Manon ja nicht gesehen. Es war schockierend, weißt du, sie war so winzig … Sie wog gerade einmal ein Kilo zweihundert Gramm, und ihre Augen waren wie versiegelt. Mae ist anders. Sie ist ein richtiges Baby. Bei ihr hat man sicher keine Angst, sie kaputt zu machen, wenn man sie auf dem Arm hat.«

Ich schiebe den Riemen meiner Handtasche zurück auf die Schulter und betrachte den alten Mann, der vor einem blumengeschmückten Grab stehen bleibt.

»Ich kann es kaum erwarten, Yann mit dem Baby zu sehen. Er ist ja manchmal so ungeschickt … Bestimmt zieht er Gummihandschuhe an, wenn er sie auf den Arm nimmt, um sie nicht zu kratzen. Das hättest du jedenfalls gesagt, um mich zum Lachen zu bringen und ihn zu ärgern. Bei dir war das anders, alle waren davon überzeugt, dass du das mit Manon wunderbar hinkriegen würdest. Man brauchte dich ja nur mit den Jugendlichen in der MJC zu sehen. Natürlich waren die viel älter, aber du hattest einfach so etwas an dir, das konnte dir niemand nehmen, bei Kindern warst du in deinem Element. Alle sagten, du würdest ein fantastischer Vater werden. Auch deine Mutter, als wir ihnen von meiner Schwangerschaft erzählten. Sie hatte feuchte Augen, und du hast dich über sie lustig gemacht, ihr den Rücken getätschelt und sie *Oma* genannt. Sie kam gar nicht auf die Idee, dich deswegen auszuschimpfen, sie war viel zu abgelenkt, und du hast sie nur geneckt, um deine eigene Rührung zu überspielen und bei ihren Komplimenten nicht rot zu werden. Ja, ich habe das gemerkt. Und Richard auch. Uns konntest du nichts vormachen, Ben … Ist dir klar, dass das jetzt schon fast ein Jahr her ist? Ich weiß nicht, ob die Zeit schnell oder langsam vergangen ist. Manchmal habe ich das Gefühl, es sei schon Jahre her, aber das liegt daran, dass ich durch deinen Unfall in eine ganz neue Welt katapultiert wurde. Ich habe Zeit und Raum gewechselt, ja, sogar die Galaxie. Und dann wieder erscheint es mir ganz nah, so nah, dass ich immer noch Manons leichte Tritte in meinem Bauch spüren kann.«

Ich seufze, den Blick in der Ferne verloren. So zu reden, tut mir gut. Ich frage mich, warum ich das nicht schon früher gemacht habe.

»Weißt du, Ben, zum Glück sind sie da, sie alle vier … Deine Eltern, dein Bruder, Cassandra … Du kannst dir nicht vorstellen, wie präsent sie sind … Ich bereue nicht, dass wir geheiratet haben. Um nichts in der Welt. Es war natürlich wichtig wegen Manon, damit wir alle den gleichen Namen tragen würden, aber jetzt ist es immer noch von Bedeutung. Jetzt, wo du nicht mehr da bist … Dank unserer Hochzeit bin ich auch eine Luzin.«

Ich lächle unter Tränen.

»Das kann mir niemand mehr nehmen, stimmt's?«

Bald darauf rücke ich den Christrosenstrauß noch einmal zurecht und wende mich von dem weißen Stein ab. Die Messe ist gleich zu Ende, und ich möchte den Gläubigen nicht begegnen. Ganz besonders nicht Anne oder Richard. Ich will noch ein wenig allein spazieren gehen, einen Zwischenraum schaffen zwischen dem Friedhof und dem Haus der Familie Luzin. Ich weiß nicht, ob ich so bald wiederkommen werde, aber eines ist gewiss: An diesem Morgen fühle ich mich leichter, und das tut mir wahnsinnig gut.

An der Haustür empfängt mich der Duft des Bratens, der mit Thymian im Ofen schmort. Und Cassandra mit ihren vor Freude gerundeten schönen blauen Augen und dem nun wieder flachen Bauch.

»Amande, ich hatte schon Angst, du würdest uns versetzen!«

Sie sieht ausgeruht aus, finde ich. Wie ist das möglich mit einem Neugeborenen? Sie wirkt erwachsener, die Schultern gestrafft, der Hals gerader. Seit Weihnachten ist sie um zehn Jahre gealtert. Liegt es daran, dass sie Mutter ist?

»Komm rein. Yann hat das Essen übernommen. Die Kleine wollte den ganzen Morgen über an die Brust!«

Mit diesen Worten schließt sie den obersten Knopf ihrer pistaziengrünen Bluse. Mit ihrem riesigen Busen und strahlend vor Glück ist sie noch schöner als sonst.

»Leg deinen Mantel hier ab, Amande.«

Ich lege den Mantel auf das Sofa und das Päckchen mit dem Windspiel auf den Tisch. Den Strauß rosafarbener Lilien gebe ich Cassandra sofort. Ich habe ihn im Blumenladen gekauft, auf dem Rückweg vom Friedhof. Der Florist wirkte überrascht, mich zum zweiten Mal an diesem Morgen zu sehen, nun ohne meinen Christrosenstrauß.

»Haben sie ihm gefallen?«, fragte er mit einem schüchternen Lächeln.

Ich war froh über seinen Scherz und lachte ein wenig zu laut.

»Ja, sie haben ihm gefallen. Und jetzt brauche ich hübsche, fröhliche Blumen. Zu einer Geburt.« Obwohl er nicht nachfragte, fügte ich hinzu: »Meine Nichte.«

Er freute sich über die Gelegenheit, mir einen persönlichen Strauß zusammenzustellen. Eine Kombination unterschiedlicher Lilien: pastellrosa, bonbonrosa und rosaviolett.

»Anne und Richard sind noch nicht zurück. Wahrscheinlich sind sie nach der Messe noch bei seinem Grab vorbeigegangen. Aber es kann nicht mehr lange dauern. Komm, komm, ich zeige sie dir.«

Sie zieht mich hinauf in den ersten Stock, zu Yanns altem Zimmer, das nun ihr Familienzimmer geworden ist.

»Seid ihr jetzt endgültig hier eingezogen?«, frage ich auf dem Weg nach oben.

»O nein, auf keinen Fall. Es war nur praktischer so während der Schwangerschaft, weißt du. Anne war in der Klinik und Richard hier ganz allein. Nach Maes Geburt wollten wir eigentlich wieder zurück in unsere Wohnung, aber Anne hat darauf bestanden, dass wir noch ein bisschen bleiben. Es tut ihr so gut, ihre Enkelin im Haus zu haben …«

Ich nicke verständnisvoll.

»Wir warten noch, bis sie zwei Monate alt wird, dann gehen wir zurück. So hat Anne genügend Zeit, sich an den Gedanken zu gewöhnen, und wir können uns noch ein bisschen ausruhen. Es ist viel einfacher hier, mit so vielen Händen, die uns auch mal ablösen können.«

Oben angekommen, erwartet uns Yann in Schlafanzug und Morgenmantel.

»Hallo, Amande!«

»Hast du dich noch nicht umgezogen?«, schimpft Cassandra.

»Wie spät ist es denn?«

»Spät genug, um unseren Gast zu begrüßen.«

»Hallo, Yann.«

Froh über die Ablenkung, gibt er mir einen Kuss.

»Bist du also doch mit dem Wagen gekommen?«

»Ja. Ich habe die Gelegenheit genutzt und war noch auf dem Friedhof.«

Keiner von beiden geht darauf ein. Nach ein paar Sekunden deutet Yann auf die geschlossene Zimmertür.

»Sie schläft«, flüstert er. »Du kannst reingehen und sie dir anschauen, aber weck sie bloß nicht auf, sonst wird Cassandra böse …«

Cassandra packt mich beim Arm und zieht mich zu ihrem Zimmer.

Im Raum ist es dunkel, aber durch die Jalousie fallen ein paar Sonnenstrahlen herein, sodass wir Manons Gitterbettchen erkennen können, das nun Maes Gitterbettchen geworden ist. Die kleine schlafende Gestalt darin liegt auf dem Rücken, ihr Bauch hebt und senkt sich langsam im Rhythmus ihres Atems. Die geballten Fäustchen liegen rechts und links neben ihrem

Gesicht. Wie friedlich sie aussieht … Ihre Atemzüge sind leicht und langsam, ihre Lider flattern unter dem Eindruck von Babyträumen. Wovon träumen Babys eigentlich?

Cassandra lässt mich nicht aus den Augen. Den Blick voller Liebe, erwartet sie mein Urteil. Ich lächle sie an. Ich wage nicht, Mae zu berühren, aus Angst, sie könnte aufwachen. Stattdessen begnüge ich mich damit, sie über die Gitterstäbe hinweg anzuschauen.

»Sie hat ein Gesicht wie ein Engel, findest du nicht?«

Ja, Cassandra, natürlich hat sie ein Gesicht wie ein Engel. Wer würde es wagen, das Gegenteil zu behaupten?

»Nachher nimmst du sie auf den Arm.«

Sie hat geflüstert, und jetzt deutet sie auf die Tür, damit das Engelchen Mae in Ruhe weiterschlafen kann.

Als wir zurück ins Wohnzimmer kommen, sind Anne und Richard eingetroffen. Kälte hat ihre Wangen gerötet, und sie tragen noch ihre Mäntel. Sichtlich froh, mich hier zu sehen, begrüßen sie mich mit ausgebreiteten Armen.

»Sind die Christrosen von dir?«, fragt Richard mit gerunzelter Stirn.

»Ja, die sind von mir.«

»Ich hatte es dir doch gesagt!«, ruft Anne. »Sie konnten nur von ihr sein! Sie waren frisch. Von heute Morgen.«

»Sie sind sehr schön«, ergänzt Richard. »Wirklich sehr schön. Warst du während der Messe da?«

»Ja.«

Sie ziehen die Mäntel aus, schlüpfen in ihre Hausschuhe und erzählen uns anschließend von dem neuen Pfarrer, der aus Paris stammt und von nun an die Sonntagsmesse lesen wird.

»Er hat die Messe in Notre-Dame gelesen! Ist das nicht unglaublich?«

Nein, ich finde das nicht unglaublich, aber ich nicke trotzdem.

Yann kommt ins Wohnzimmer, jetzt in Jeans, Poloshirt und Mokassins. *Das perfekte Outfit für einen perfekten Schwiegersohn*, hätte Benjamin gespottet.

»Setzt euch!«, befiehlt Anne und klatscht in die Hände. »Richard serviert gleich den Aperitif. Nimm du den Chefsessel, Amande.«

Sie deutet auf Richards Sessel, der ebenso schwer wie bequem ist. Offenbar bin ich heute der Ehrengast.

Wir halten alle ein Glas mit Martini, Portwein oder süßem Weißwein in der Hand. Cassandra hat sich auf dem Sofa niedergelassen, allerdings so weit vorn auf der Kante, dass es scheint, als hielte sie sich bereit, beim geringsten Babyweinen wieder aufzuspringen. Richard wirkt ein wenig erschöpft. Er sieht blass aus.

»Ist alles in Ordnung? Bei der Arbeit ...?«

Ich habe leise gesprochen, während Yann und Anne gerade in eine lebhafte Diskussion darüber verwickelt sind, ob die Arbeiten in der Straße planmäßig am kommenden Freitag oder doch erst am Samstag abgeschlossen sein werden.

»Ja, alles in Ordnung.«

Ich merke, dass er meiner Frage ausweicht.

»Ich habe mir wohl irgendetwas eingefangen. Nichts Ernstes.«

»Warst du beim Arzt?«

»Nein. Das ist nicht nötig. Wirklich nicht.«

Anne hingegen geht es besser. Mir fällt auf, dass sie sogar wieder angefangen hat, sich zu schminken.

»Na, Amande, wie geht es deiner Katze?«, erkundigt sich Cassandra.

»Der geht es gut. Sie hat mittlerweile drei Kilo zugenommen.«

»Drei Kilo? Wirklich?«

»Wirklich.«

»Das liegt sicher an ihrem Frühstücksporridge!«

»Ja, das könnte gut sein.«

Nun schließen sich auch Yann und Anne unserem Gespräch an.

»Und was ist mit dem Garten?«

»Wartet, ich muss euch etwas zeigen …«

Sie sehen mir nach, als ich in den Flur gehe und meine Tasche hole. Daraus ziehe ich den Kohlkopf hervor, den ich ihnen mitgebracht habe. Den schönsten von allen. Er ist aus der Plastiktüte gerutscht, in die ich ihn eingepackt hatte, und jetzt ist meine ganze Tasche voller Erde.

»Oh, wow!«, ruft Cassandra.

»Was ist …?«, fragt Anne und verstummt mitten im Satz.

»Ein Kohlkopf?«, wagt Yann einen zaghaften Versuch.

Ich nicke und halte ihn ihnen hin. Übervorsichtig reichen sie ihn von einem zum nächsten. Cassandra betrachtet meinen Kohlkopf so ungläubig, als hätte sie noch nie zuvor einen gesehen. Anne lächelt gerührt – wahrscheinlich erinnert er sie an ihr Gemüse aus dem Garten im Jura. Die Männer sind weniger beeindruckt.

»Hast du viele davon?«, fragt Yann.

»Nein, ich bin erst am Anfang. Feldsalat habe ich auch schon geerntet. Der Rest braucht noch etwas Geduld. Meine Winterendivien sind eingegangen, sie haben den Frost nicht überstanden. Die Rüben sind erst zu Beginn des Frühjahrs so weit, und der Knoblauch kommt im Juni.«

»Oh«, sagt Cassandra, die sich wahrscheinlich immer noch fragt, wie um alles in der Welt ich es geschafft habe, diese riesige Blätterkugel heranwachsen zu lassen.

»Gut gemacht«, lobt Anne.

Sie wollen mir den Kohl zurückgeben, aber ich schüttele den Kopf.

»Der ist für euch.«

Und so gesellt sich mein Kohlkopf zu dem Strauß rosa Lilien und dem roten Päckchen mit dem Windspiel auf dem Tisch.

Ohne Hast trinken wir unseren Aperitif und knabbern ein paar Erdnüsse. Ich erkundige mich, was es bei ihnen Neues gibt. Ich hatte recht, Anne geht es besser. Nach den Weihnachtsferien hat sie ihre Arbeit als Lehrerin wiederaufgenommen. In Vollzeit. Die Kinder waren sehr verständnisvoll und brav, wahrscheinlich hatte die Direktorin sie informiert. Auf Anraten ihrer Psychologin nimmt sie auch keine Antidepressiva mehr. Sie schläft besser und versucht, sich jetzt ausschließlich auf die Organisation der Klassenfahrt ans Meer zu konzentrieren, die im Juni stattfinden wird.

»Alles zu seiner Zeit. Schrittchen für Schrittchen, das hat meine Psychologin gesagt.«

Annes Weg führt also über die Klassenfahrt. Und die anderen? Bei Yann sind es Mae und Cassandra, die ihm helfen, nach vorn zu blicken. Da ein Glücksfall nur selten allein kommt, hat man ihm bei der Arbeit ein neues Projekt übertragen, aber er ist mit dem Herzen nicht bei der Sache.

»Du solltest sie mal sehen, all diese Affen in meiner Abteilung, wie sie da in ihren Glaskästen sitzen und dämlich grinsen, wenn ich um fünf Uhr gehe. *Hey, Luzin, nimmst du dir den Nachmittag frei?* Das finden diese Idioten witzig.«

»Aber er geht trotzdem«, ergänzt Cassandra stolz.

Ja, Yann macht jeden Tag um fünf Uhr Feierabend, zwei Stunden früher als üblich, und dann löst er Cassandra bei Mae ab. Er badet sie, liest stapelweise Bücher zum Thema *Vater werden*, kocht das Abendessen. Er hat sich verändert, und ich bin nicht die Einzige, die davon beeindruckt ist, das erkenne ich an dem stolzen Blick, mit dem Anne ihn betrachtet.

Cassandra braucht mir gar nichts zu erzählen, ich errate auch so, wie es ihr geht. Sie ist glücklich, so glücklich, dass sie beinahe platzt. Ihre Arbeit als Ärztin? Fehlt ihr kein bisschen. Es macht ihr solche Freude, sich hier den ganzen Tag um ein kleines Wesen zu kümmern, das nicht mehr verlangt als ihre Brüste und permanenten Körperkontakt. Sie selbst wundert sich darüber am meisten. Und später? Sie hat schon angefangen, sich darüber Gedanken zu machen. Irgendwo auf dem Land eine eigene Praxis eröffnen. Sich die Arbeitszeit selbst einteilen, genügend Freiraum lassen, um Mae aufwachsen zu sehen.

»Wo denn auf dem Land?«

»Das weiß ich noch nicht … Irgendwo im Umland von Lyon. Vielleicht im Département Ain.«

Yann hat den Ofen ausgeschaltet und winkt uns aus der Küche, dass wir uns an den Tisch setzen können. Ich fühle mich seltsam schwer, als ich aus meinem Chefsessel aufstehe. Von all den Erzählungen schwirrt mir der Kopf. Jetzt ist es also so weit, denke ich … Jetzt ist es so weit … Wir haben Februar, acht Monate nach dem Unfall, und das Leben ist in seine gewohnten Bahnen zurückgekehrt. Anne hat ihren Tiefpunkt überwunden, sie geht wieder zur Arbeit, schminkt sich und verhätschelt ihre Enkelin. Cassandra blüht in ihrer Mutterrolle auf, Yann hat ungewollt den Platz des Ältesten eingenommen und ist nun der ganze Stolz seiner Mutter. Das Leben geht weiter, trotz des Schmerzes, trotz des Gefühls, dass die Welt angehalten wurde und nichts jemals wieder so sein wird wie früher. Aber nicht für mich … Ich habe mich von all dem zurückgezogen, von dem Lärm, der Betriebsamkeit, dem Leben der gewöhnlichen Sterblichen. Ich bleibe in meinem Haus, klebe Zettel mit verrückten Zielen an die Wand und schmücke meine Weide mit Farben. Das ist nicht das normale Leben, es ist ein anderes Leben, das ich mir mühsam zusammenbastele, ein Leben nach Maß, das sich meinen zögerlichen Schritten anpasst und in dem genug Raum bleibt für die beiden Menschen, die ich verloren habe.

Und Richard? Geht das Leben für ihn auch weiter? Er war vorhin recht schweigsam, und ich bin mir nicht sicher, ob er uns überhaupt zugehört hat.

Beim Essen kommt das Gespräch unweigerlich auf Mae. Ihren Schlaf, ihre kleinen Fäuste. Ihr allererstes Reflexlächeln. Das ist schwer für mich. Ich fühle mich ausgeschlossen. Und Benjamin? Die Zeiten, in denen wir nur über ihn geredet haben, sind vorbei. Es ist egoistisch, und ich schlucke mühsam, um das alles aus meiner Kehle zu verdrängen.

Schließlich ertönt von oben ein Schrei, Cassandra sieht mir in die Augen und nimmt meine Hand.

»Komm.«

Sie fragt mich nicht, nein, sie zwingt es mir auf, ihr warmes Baby, an meinen Brüsten, in meinen Armen, die gar nicht wissen, was zu tun ist. Gehorsam setze ich mich auf Cassandras und Yanns Bett und achte darauf, die Kleine nicht fallen zu lassen.

»So, siehst du. Halt ihren Kopf gut fest. Das ist perfekt. Du bist perfekt.«

Cassandra lächelt mich an. Ich bleibe stumm, bringe kein Wort heraus, wie erschlagen von dieser Liebe, die mit der Wucht eines Tsunamis über mich hereinbricht.

»Sie sucht deine Brust.«

»Ich weiß. Sie braucht … Du musst sie zurücknehmen.«

Ich muss wieder zur Besinnung kommen. Manon. Dieses winzige, leblose, tote Gewicht. Mae, die sich mit der Anmut eines Engels schüttelt. Mein zersprungenes Herz. Ich brauche ein wenig Luft.

»Ich gebe sie dir danach wieder zurück«, verkündet Cassandra.

Sie nimmt mir Mae aus den Armen, und ich bleibe schwankend und aufgewühlt zurück. Immer noch lächelnd, knöpft sie ihre Bluse auf, nimmt ihre pralle, runde Brust aus dem Büstenhalter und bietet sie Mae wie selbstverständlich dar. Und sie lächelt weiter, als die Kleine zu trinken beginnt und sie zärtlich eine Hand auf ihren Kopf legt.

»Tut das weh?«

Ich habe mich gezwungen, etwas zu sagen, um das Schweigen zu brechen und meine fiebrige Anspannung zu vertreiben.

Ich betrachte einen schmalen Sonnenstrahl, der durch die Jalousie hereindringt. Das Ehebett, auf dessen Kante wir sitzen. Den Radiowecker auf Yanns Nachttisch, der einen grünlichen Lichtkranz wirft. Ich horche auf die gedämpften Stimmen aus dem Erdgeschoss. Auf Maes Schmatzgeräusche und ihr leises, zufriedenes Brummen. Ich glaube, wir beide teilen gerade einen intimen Moment, und ich weiß nicht mehr, was ich sagen soll.

»Woran denkst du?«

Cassandras Frage überrascht mich. Etwas einfältig zucke ich mit den Schultern.

»An nichts.«

»Denkst du an Manon?«

Ich brauche ein paar Sekunden, um den Schlag zu verdauen, dann schüttele ich den Kopf.

»Nein … Jetzt nicht …«

Behutsam verschiebt Cassandra Maes Kopf, damit sie leichter trinken kann.

»Ich denke oft an sie, weißt du«, sagt sie sanft.

Wieder dauert es eine Weile, bis ich reagieren, schlucken, wieder atmen kann.

»Wirklich?«

»Ja. Sie hätten mit ein paar Monaten Abstand zur Welt kommen sollen. Sie hätten gemeinsam aufwachsen sollen. So hatten wir es geplant.«

Ich habe keine Lust, darauf zu antworten. Offen gestanden,

wäre es mir lieber, Cassandra würde nicht darüber reden. Jetzt bin ich ein bisschen wütend. Auf das Leben, auf sie beide, auf diesen Plan, der ganz und gar nicht so aufgegangen ist, wie gedacht, auf die ganze Welt.

»Ich bin mir sicher, dass Manon die Vernünftigere von beiden geworden wäre. Und wir hätten dich und Ben gehasst, weil ihr das perfekte Kind bekommen hättet. Ein hübsches, braves, gut erzogenes kleines blondes Mädchen, das allen Eltern den Kopf verdreht hätte.«

Unwillkürlich beginnen meine Lippen zu zittern.

»Du bist doof …«

Cassandra lächelt, ihre Augen glänzen.

»Ich wette, du warst als Kind immer wahnsinnig brav.«

»Stimmt.«

»Ich glaube, Manon wäre so geworden wie du.«

»Und was, wenn sie nach Ben gekommen wäre?«

Cassandra denkt einen Moment nach.

»Draufgängerisch und furchtlos?«

»Ja.«

»Hmm … Dann hätten wir alle vier ein Problem gehabt. Aber ich glaube, sie wäre dir ähnlich gewesen. Ich bin davon überzeugt, dass Babys während der Schwangerschaft alle Emotionen ihrer Mutter spüren. Und ihren Charakter gewissermaßen in sich aufnehmen.«

»Und?«

»Und du warst immer der Inbegriff der Ruhe. Ich habe noch nie eine so ausgeglichene, entspannte Schwangere gesehen wie dich.«

»Ich hatte keine Angst … Ich war zuversichtlich, dass alles gut gehen würde.«

»Ich dagegen war die reinste Furie. Wegen drei Krümel auf dem Teppich bekam ich einen Tobsuchtsanfall, und wenn Yann auch nur eine Minute zu spät kam, habe ich ihn zur Schnecke gemacht.«

»Das waren die Hormone …«

»Die Hormone und meine Angewohnheit, erst zu reden und dann zu denken. Du wirst sehen, Mae wird vollkommen durchgeknallt sein!«

»Deine Schwangerschaft war ja auch ziemlich turbulent … Benjamin … dann Anne in der Klinik … das war nicht leicht.«

»Nein«, fällt mir Cassandra energisch ins Wort. »Du bist diejenige, für die es nicht leicht war. Nicht wir. Wir haben überhaupt kein Recht zu jammern.«

Ich weiß nicht, was ich sagen soll, also sage ich nichts, und Cassandra fährt fort: »Für uns war diese Schwangerschaft das Beste, was uns passieren konnte, selbst unter diesen Umständen. Mae hat Yann gerettet. Und zum Teil auch Anne.«

Ich sehe zu, wie sie den Körper der kleinen Mae von ihrer Brust nimmt, diese zurück in den BH schiebt und mit einer Hand ihre Bluse zuknöpft.

»Das wird uns Ben niemals zurückbringen, aber es hat uns geholfen, uns daran zu erinnern, dass das Leben ebenso viel gibt, wie es nimmt.«

Mit diesen Worten legt sie mir Maes kleinen Körper in die Arme, und ich bin wie erstarrt. Ich denke über Cassandras Worte nach und über die von Julie, und ich denke an das Gemüse in meinem Garten und an den Kompost, der verfault, um irgendwann wieder meinen Boden zu nähren. *Gäbe es keine Unbeständigkeit, so bliebe das Getreidekorn für immer ein Getreidekorn; ihr hättet niemals eine Ähre und könntet auch kein Getreide essen.*

Der kleine Körper wird schwer von Schläfrigkeit. Maes Finger schließen sich um meine Halskette, ein dünnes Silberkettchen, das Benjamin mir zum Jahrestag unserer ersten Begegnung geschenkt hat.

Der schmale Sonnenstrahl im Zimmer verblasst. Draußen schwindet wahrscheinlich das Tageslicht. In ein paar Stunden wird es dunkel. Die Stimmen aus dem Erdgeschoss erscheinen uns weiter entfernt als zuvor. Vielleicht flüstern sie.

Mae schläft ein, auf ihrem Engelsgesicht liegt ein Ausdruck vollkommener Seligkeit.

Als ich an diesem Sonntag nach Hause fahre, denke ich an meine graue Katze, die bestimmt in ihrem Sessel auf mich wartet. Es ist dunkel geworden. Die Scheinwerfer der entgegenkommenden Autos blenden mich. Ich denke an Benjamins Grab, zu dem ich noch einmal zurückgekehrt bin, bevor ich mich auf den Weg gemacht habe, um ihm von meiner Begegnung mit Mae zu erzählen, von dem Windspiel, das Cassandra über ihrem Gitterbettchen aufgehängt hat, von Annes Feigen-Crumble und von Richards erschöpftem Gesichtsausdruck, über den er nicht mit mir reden wollte.

»Ich versuche, bald wiederzukommen«, habe ich ihm beim Abschied versprochen.

Als ich den Autobahnring um Lyon verlasse, kommt Wind auf, und er wird immer stärker, je weiter ich mich von den breiten Straßen, den Laternen, den Autos entferne und aufs Land hinausfahre. Ich schalte einen Nachrichtensender ein. Sturmwarnung in der Region Auvergne-Rhône-Alpes, wahrscheinlich Schneefälle. Ich denke an die Folientunnel in meinem Garten und an die Bänder in der Weide. Und dieser Gedanke trägt mich zurück zu meinem alten Haus, zu meinem grauen Sessel, zu meiner von Kaffeeduft erfüllten Küche, zu meinem Schlafzimmer mit Blick auf die Kiefern. Schon ist das Haus der Luzins wieder weit weg, dieser sonnige Sonntag, der Rinderbraten, Mae … Sie sind weit weg, aber ich vergesse nicht, was ich Benjamin versprochen habe: Ich werde an sein Grab zurückkehren und mit ihm reden.

»Hallo, meine Liebe!«

Die graue Katze kommt mir im dunklen Flur entgegen. Wie froh sie zu sein scheint, mich zu sehen! Sie schnurrt, reibt sich an meinen Waden und fordert mit leisem, klagendem Maunzen ein Streicheln ein.

»Warst du auch brav?«

Noch im Mantel gehe ich in die Küche. Ich lasse den Blick durch meine kleine Welt schweifen: mein alter Holztisch, meine vier Stühle, mein Spülbecken, in dem noch die schmutzige Tasse von heute Morgen steht, das Abtropfgestell mit den beiden dicken, grünen Kohlköpfen und das Papier an der Wand: *Feiern*. Draußen weht ein bedrohlicher Wind. Ich freue mich, wieder zu Hause zu sein. Ich war nur einen Tag fort, zum ersten Mal, seit ich hier eingezogen bin, und mein Haus hat mir gefehlt. An diesem Abend schlafe ich frohgemut ein. Meine erste Unterhaltung mit Benjamin, meine erste Begegnung mit Mae, die Rückkehr in mein Haus und zu meiner Katze. Ein selbst gebasteltes Glück, aber dennoch Glück.

15

DANACH BEGANN ICH, auf den Frühling zu warten. Sehnsüchtig. Verzweifelt.

Der Sturm, der über die Region hinweggefegt ist, hat den Schnee zurückgebracht. Eine etwa zehn Zentimeter dicke Schicht bedeckt meinen Garten, meine Tunnel und mein ums Überleben kämpfendes Gemüse. Der Schnee hindert mich daran, das Einzige zu tun, was mir in diesen schweren letzten Februartagen wirklich am Herzen liegt: Benjamin auf dem Friedhof zu besuchen. Ich habe es ihm versprochen. Ich verspüre das Bedürfnis danach.

Mehrere Ereignisse haben die kleine Flamme geschwächt, die seit einer Weile in meiner Brust leuchtete. Das erste war ein Anruf meiner Mutter.

»Hallo, Liebes. Ich bin's. Ich komme dich in der zweiten Märzwoche besuchen und verbringe ein bisschen Zeit mit dir.«

Es war keine Frage, das fiel mir gleich auf. Und da ich vor Entsetzen stumm blieb, fügte sie hinzu: »Ich habe mein Flugticket schon gekauft. Ich freue mich darauf, dein Haus kennenzulernen.«

Ein bewundernswerter Schachzug, mit dem sie jede mögliche Diskussion im Keim erstickte.

Das nächste war der Schnee, der einfach nicht schmelzen wollte. Ich konnte es kaum erwarten, wieder an Benjamins Grab zu stehen und mir alles von der Seele zu reden. Ihm von der grauen Katze zu erzählen, die eine Waldmaus vor meine Tür gelegt hatte, und von den Büchern, unseren Büchern. Richard hatte sie aus unserer Wohnung geholt, und Anne hatte bei meinem Besuch bei ihnen darauf bestanden, dass ich sie mitnahm. Ich wollte ihm erzählen, wie der Gratin aus meinem Kohl geschmeckt hatte, von der Zeit, die hier nicht mehr den gleichen Geschmack hat, und von meinem unglaublich realistischen Traum in der vergangenen Nacht ... Er war bei mir gewesen, ganz nah, in meinem alten Haus, dicht neben mir lag er im Bett und legte eine Hand auf meinen Bauch, genau auf die Narbe. Ein Orgasmus riss mich abrupt aus dem Schlaf. Heftig, brutal, quälend. Ich hatte vergessen, wie sich ein Orgasmus anfühlt. Weinend lag ich im Bett, schockiert von dieser Lust, die allein durch sein Erscheinen in meinem Schlaf hervorgerufen worden war. Ich weinte, gedemütigt durch meine Fähigkeit, auch jetzt noch einen Orgasmus zu erleben. Ich hatte geglaubt, mit seinem Tod sei alles erloschen ... Alles hätte erlöschen *sollen*. Wie könnte mein Körper noch den geringsten Lebenstrieb enthalten? Ich war wütend auf mich selbst. Ich war wütend auf meine pochende Vagina und auf mein unbeholfenes Herz, das wild vor sich hin klopfte, ohne zu wissen, wie ihm geschehen war. Ich fand das alles völlig absurd. Und ich wollte Benjamin davon erzählen, aber der Schnee schmolz einfach nicht ...

Und dann ist auch noch mein brasilianisches Armband abgefallen. Das Armband, das wir beide gemeinsam hatten: er am Handgelenk, ich am Knöchel. Zwei Jahre hat es gehalten, doch als ich heute Morgen meine Schlafanzughose auszog, ist es kaputt gegangen. Ich betrachtete das rot-braune Armband auf dem Fliesenboden des Schlafzimmers und dachte: Jetzt geht endgültig alles den Bach runter. Erst am Nachmittag hatte ich mich von diesem Schlag wieder erholt. Es fühlte sich an, als sei eines der letzten verbliebenen Bande zwischen mir und Benjamin gerissen.

In dieser Verfassung warf ich einen Blick aus dem Fenster. Und lächelte. Da war er, genauso schön wie beim letzten Mal. Rund und voll tauchte er die Landschaft in sein silbriges Licht.

»Da bist du ja wieder ...«

Er erschien mir jedes Mal, wenn ich mich so verloren fühlte. Ich versuchte mich zu erinnern, was ich beim letzten Mal unternahm, als sein Licht mich erleuchtete. Ich feierte die Trauerweide. Ich zündete Kerzen an, brachte eine Huldigung dar, sagte Danke, schuf etwas Schönes und Heiliges. Ich hatte eine Verbindung zwischen meiner Welt und der meiner Verstorbenen geknüpft. Und da begriff ich.

Wenn sich nicht herausgestellt hätte, dass die Batterien meiner Stirnlampe leer waren, wäre ich wahrscheinlich sofort nach draußen gegangen. Aber ohne Lampe wäre es im Unterholz zu dunkel. Es war besser, den nächsten Tag abzuwarten. Mit dem brasilianischen Armband in den Fingern schlief ich ein.

Und so stehe ich heute Morgen warm angezogen und mit einer Plastiktüte voller Krimskrams in der Hand auf den Stufen vor meiner Haustür, bereit, trotz des Schnees die Mission zu erfüllen, die mir der Mond eingeflüstert hat.

Tapfer gehe ich zur Rückseite des Hauses. Die Katze wollte mich nicht begleiten. Sie schläft noch, der kleine Faulpelz. Unter der dicken Schicht aus Pulverschnee den schmalen Pfad wiederzufinden, der vom Ende des Gartens aus ins Unterholz führt, ist schwieriger als gedacht. Aus Angst, mich zu verlaufen, lasse ich in regelmäßigen Abständen Korken, Serviettenringe und alle möglichen anderen unnützen Dinge fallen, die ich in meine Tüte gepackt habe. Aufmerksam mustere ich die Kiefern um mich herum. Ich muss die Auserwählte finden. Die eine, die zu meinem heiligen Ort werden soll. In meiner Vorstellung befindet sich im Stamm der Kiefer, auf die meine Wahl fallen wird, ein Loch, in das ich das Armband und meinen Trauring legen kann. Ich bezweifle, dass diese Kiefer wirklich existiert, doch ich gebe die Suche nicht auf. Ich laufe immer weiter, verliere die Orientierung ... Mein Munitionsbeutel ist leer, aber ich bin glücklich: Ja, es gibt Kiefern mit einer Schatzkammer in ihrem Stamm. Ich habe den Beweis vor Augen. Zunächst bleibe ich reglos stehen, aufrecht und demütig, die Schultern leicht gesenkt. Kiefern sind beeindruckend, umso mehr noch, wenn es sich um die Auserwählte handelt. Dieses Exemplar ist groß und stark, majestätisch natürlich auch. Aber was mich vor allem fasziniert, ist die Beschaffenheit ihrer Borke, ihre raue Oberfläche, Hunderte von Schuppen, die perfekt ineinanderpassen, unabhängig voneinander zu atmen scheinen und gemeinsam ein wunderbares Gemälde in unterschiedlichen Brauntönen bilden. Jede einzelne dieser Schuppen erscheint mir wie ein präzise gezeichnetes Wunder der Schöpfung ... *Steigerst du dich da nicht etwas zu sehr hinein, Poupette?* Ich runzle die Stirn. *Du übertreibst, Ben. Du hast doch immer vorausgesagt, dass ich die Natur lieben würde* ... Seine Stimme klingt spöttisch: *Vergiss nicht, dass du es bist, von der meine Antworten kommen. Ich bin nur die innere Stimme einer kleinen, durchgefrorenen Blondine.*

»Meinetwegen.«

Ich musste es laut aussprechen, um meinen wirren Fantasien ein Ende zu machen und endlich zur Tat zu schreiten. Mit einem kleinen Sprung erreiche ich die Kante des Lochs. Zack, schon ist das brasilianische Armband verschluckt. Sicher im Stamm verborgen. Ich zögere ein paar Sekunden, bevor ich mich dazu überwinden kann, meinen Trauring abzuziehen. Das Herz wird mir schwer, aber auch er hat von nun an seinen Platz im Stamm der heiligen Kiefer ...

Ich winde mich, schnaufe, hüpfe auf der Stelle, und da verschwindet auch der Ring. Aus meiner Tüte nehme ich eine kleine Dose mit rosa Farbe, die noch von Maes Windspiel übrig ist. Ich will meine Kiefer nicht unnötig behelligen, aber ich muss sie markieren, damit ich sie wiedererkenne, wenn ich das nächste Mal herkomme ... Nur eine einzige, winzige Schuppe.

Ich hocke im Pulverschnee und färbe meine Schuppe sorgfältig rosa. Nicht über die Kante hinaus. Als ich wieder aufstehe, bewundere ich unwillkürlich das Ergebnis: Für einen ahnungslosen Betrachter ist es immer noch eine ganz gewöhnliche Kiefer, wer aber auf den Fuß des Stamms achtet, erkennt den leuchtend rosa Fleck.

Mein Andachtsort ist ein wenig provisorisch, aber es ist ja auch erst ein Anfang. Später werde ich ihn mit Blumen schmücken, ich werde Kerzen aufstellen und vielleicht auch Geschenke herbringen. Ich folge der Spur, die ich auf dem Boden ausgelegt habe, zurück nach Hause. Ich hebe die Markierungen nicht auf. Noch nicht. Irgendwann werde ich mit geschlossenen Augen herfinden, aber vorerst brauche ich noch meine Wegweiser.

Ich habe bereits die Nägel meiner beiden Daumen abgebissen, und jetzt mache ich mich über die umliegende Haut her. So reagiere ich immer, wenn ich meine Mutter am Bahnhof abhole. Stocksteif stehe ich in der Halle neben der Ankunftstafel.

Ich hatte weder den Mut noch genügend Fantasie, um mich vor ihrem Besuch zu drücken. Da hätte mir schon eine ganz besondere Ausrede einfallen müssen ... Außerdem hatte sie die Tickets schon gekauft. Also habe ich resigniert. Zum Glück ist mittlerweile der Frühling angebrochen, und im Garten mangelt es nicht an Arbeit, was mich davor bewahren wird, sie ständig um mich zu haben. Sie hasst Erde, Regenwürmer und Nacktschnecken. Ja, nachdem der Schnee geschmolzen war, ist mein

Garten wieder erwacht ... Ende Februar habe ich meine Rüben geerntet. Ein knappes Dutzend. Da Julie noch auf Dienstreise war, habe ich für mich allein Quiches, Gratins und ganze Pfannen voll karamellisierter Rüben zubereitet, die ich im Kühlschrank eingelagert habe. Vor allem aber habe ich mir einen Rat gemerkt, den Madame Hugues ganz unten auf einer der Seiten ihrer Terminkalender notiert hatte und den ich beim ersten Mal überlesen habe: *Es ist wichtig, die Aussaat über einen längeren Zeitraum zu strecken, um das ganze Jahr hindurch Gemüse ernten zu können. Ansonsten wird alles gleichzeitig reif, und danach kommt nichts mehr.* Ich habe aus meinen Fehlern gelernt ... Beim nächsten Mal mache ich es besser.

Eine Stimme dröhnt durch die Halle. Der Zug aus Lyon-Part-Dieu fährt auf Gleis zwei ein. Ich schiebe den Riemen der Handtasche zurück auf meine Schulter und richte mich auf. Es wird Zeit, zum Bahnsteig zu gehen.

Sie ist braun geworden. Das ist mein erster Gedanke, als sie, gefolgt von ihrem Koffer, auf mich zukommt. Ihre bei jedem Besuch von etwas mehr Fältchen durchzogene Haut ist leicht gebräunt. Kein Wunder, führt sie doch jetzt ein Leben in süßem Nichtstun. Sie trägt ein schickes schwarzes Kostüm und schwarze Pumps. Ihr blondes Haar ist kinnlang geschnitten. In ihren Augen war der Bob immer modern. Offensichtlich ist sie zu einer kürzeren Variante übergegangen.

Ich ringe mir ein Lächeln ab. Wenig überzeugend, wie ich befürchte. Ihre Absätze klappern. Der Duft von Chanel N° 5 steigt mir in die Nase, und schon stürzt sie sich auf mich. Ihre beiden Arme schließen sich um meinen starren Oberkörper.

»Hallo, Liebes! Ich bin so froh, dich zu sehen! Du siehst gut aus!«

Für ihren Empfang habe ich mir auch besondere Mühe gegeben. Ich weiß ja, wie sie ist ... Ich habe mein blondes, mittlerweile bis über die Schulterblätter reichendes Haar zusammengebunden und einen Hauch Rouge aufgetragen. Deshalb sehe ich nicht allzu blass aus. Außerdem habe ich eine der nüchternen, seriös wirkenden schwarzen Hosen angezogen, die ich immer bei der Arbeit getragen habe, dazu einen rosa Pullover mit Rundhalsausschnitt und hochhackige Schuhe. Hochhackige Schuhe … Ich kann kaum glauben, dass ich vor ein paar Monaten noch damit herumgelaufen bin. Heute tun sie mir weh, und ich komme mir lächerlich vor. Ich glaube, ich bin endgültig zum Gummistiefeltyp geworden. In den Pumps fühle ich mich verkleidet vor, aber das ist der Preis, den ich zahlen muss, damit sie sich von meinem Glück überzeugt, ihr schlechtes Muttergewissen – oder das Gewissen einer schlechten Mutter? – beruhigt und schnellstmöglich wieder verschwindet.

»Hattest du eine gute Reise?«

»Ich bin fix und fertig! Diese Stunden im Flugzeug, das kannst du dir nicht vorstellen! Du würdest dir das nicht antun, was?«

Ich unterdrücke eine bissige Antwort. Ich war nicht diejenige, die beschlossen hat, die Flucht zu ergreifen und Tausende Kilometer weit weg zu ziehen. Stattdessen deute ich auf den Ausgang und erkundige mich höflich: »Brauchst du Hilfe mit deinem Koffer?«

Meine Mutter hat einen Mann kennengelernt. Diese verblüffende Neuigkeit teilt sie mir auf der Fahrt nach Hause mit. Nachdem ich sie zeit meines Lebens nur als Single gekannt habe, als eine Frau, die auf ihre Unabhängigkeit pochte und den Kampf der Geschlechter predigte, kann ich es jetzt kaum fassen. Wäre ich fähig, darüber zu lachen, fände ich es sicher urkomisch, aber das ist nicht der Fall.

»Er ist Rentner.«

»Tatsächlich?«

Bei meiner Mutter hätte ich eher auf einen jüngeren Mann

getippt. Womöglich sogar in meinem Alter. Das hätte mich nicht schockiert.

»Ja. Er hat sein Hotel mit angeschlossenem Restaurant an seinen Sohn übergeben. Ein ganz reizender junger Mann.«

»Das glaube ich gern.«

»Du bist so zynisch.«

»Das war doch nur ein simpler Kommentar.«

Sie zieht es vor, das Gesicht zum Fenster zu drehen und ein paar Sekunden zu schmollen, bevor sie weiterspricht.

»Anfangs habe ich ihm vorgeschlagen, ich könnte doch als Rezeptionistin im Hotel arbeiten, aber er ist ja so ein Gentleman ... *Das kommt nicht infrage, Christine!*«

Sie lacht. Und ich stelle fest, dass sie sich nach all den großspurigen Reden der vergangenen Jahre nun aushalten lässt.

»Wie heißt er denn?«

Es interessiert mich eigentlich nicht, aber solange mir dadurch Fragen nach meinem eigenen Leben erspart bleiben ...

»Daniel, aber alle nennen ihn Dan.«

»Seid ihr schon lange zusammen?«

»Fast ein Jahr. Ich wollte dir schon früher von ihm erzählen, aber du warst am Telefon immer so kurz angebunden.«

Ich trage ihren Koffer ins Haus. Eigens für ihren Besuch habe ich eine funkelnagelneue Schlafcouch gekauft, petrolfarben, der Bezug aus hundert Prozent Polyester. Es war die einzige Farbe, die sie noch auf Lager hatten, und sie beißt sich mit der lachsfarbenen Tapete, der dunklen Massivholzküche und dem grauen Sessel, aber so kann ich wenigstens in sicherer Entfernung zu meiner Mutter schlafen.

»Du bekommst mein Zimmer, da hast du deine Ruhe. Die Katze bleibt im Wohnzimmer.«

»*Die Katze?*« Ihr Aufschrei klingt eher hysterisch als überrascht. »Welche Katze?«

»Ich habe eine Katze aufgenommen.«

»Das ist nicht dein Ernst.«

»Doch. Ich stelle sie dir gleich vor.«

Hinter meiner Fassade aus majestätischer Ruhe jubiliere ich innerlich.

»Aber eine Katze macht Dreck! Katzen haben Flöhe und sind voller Mikroben!«

»Deshalb überlasse ich dir ja auch mein Zimmer. Die Laken sind sauber. Wir lassen die Tür geschlossen, dann kommt sie nicht rein.«

Meine Worte beruhigen sie nicht, sie schaut sich um, als bereite sie sich darauf vor, beim ersten Anzeichen der Katze die Flucht zu ergreifen.

»Sie ist ängstlich, sie wird dir keinen Ärger machen.«

Sie stellt ihren Koffer ans Fußende des Bettes, geht durch das Zimmer und bleibt, sichtlich erschüttert, am Fenster stehen. Von hier aus blickt man über die umliegenden Hügel mit ihren endlosen Kiefernwäldern.

»Ich fasse es nicht, dass du hier wohnst.«

»Urig, nicht wahr?«

Ich muss gestehen, dass mich ihre Bestürzung amüsiert.

»Es ist so einsam. Mitten im Nirgendwo.«

»Ja, es ist schön ruhig. Und das Beste hast du noch gar nicht gesehen: Ich habe jetzt einen Garten.«

Ich verlasse das Zimmer und ziehe meine hochhackigen Schuhe aus, um nicht zu hören, wie sie nach Luft schnappt.

»Kommst du? Soll ich dir den Rest auch noch zeigen?«

Sie fühlt sich hier nicht wohl, das ist unverkennbar. Wie eine Seiltänzerin bewegt sie sich vorwärts, immer dicht an den Wänden entlang und sorgfältig darauf achtend, nur ja nichts zu berühren.

»Das erinnert mich an das Haus deiner Großeltern«, sagt sie, als wir in die Küche kommen.

»Hat es dir da nicht gefallen?«

»Es waren andere Zeiten ...«

Ich biete ihr einen Platz an und stelle eine Tasse vor sie hin.

»Möchtest du einen Tee? Oder Kaffee?«

»Einen Kaffee.«

»Gerne. Und wie ist das Haus von Dan so?«

Das waren die richtigen Worte. Sie lächelt.

»Es ist ein Architektenhaus, sehr modern, mit einer riesigen Terrasse, die zum Pool führt. Da unten hält man es ohne Pool nicht aus, weißt du.«

Sie ist nicht mehr zu bremsen. Ich höre kaum noch hin, aber ich weiß, dass es sie freut, einfach vor sich hin zu plaudern.

Wir trinken unseren Kaffee. Die Katze ist verschwunden. Bestimmt kann sie Chanel N° 5 nicht ausstehen. Ich erfahre, dass Daniel achtundsechzig Jahre alt ist, aber höchstens wie sechzig aussieht, dass seine Frau ihn bei der Scheidung ausgenommen hat wie eine Weihnachtsgans, er dank seines Hotels aber finanziell ganz gut dasteht und dass sein Sohn in meinem Alter ist. Bei dieser Bemerkung schwant mir nichts Gutes, aber ich tue so, als hätte ich nichts bemerkt.

»Was macht denn deine Trauerzeit?«

Die Frage folgt unmittelbar auf die Erwähnung von Daniels Sohn. Logische Konsequenz. Meine Mutter plant offenbar auch meinen Neubeginn auf Réunion.

»Was macht meine Trauerzeit?«, wiederhole ich sarkastisch.

»Ja, ich meine ... Wie kommst du voran?«

»Du willst wissen, ob es mir gut geht, ist es das?«

»Ja. Ob es dir gut geht, ob du schon neue Pläne hast ...«

Sie lässt sich nicht beirren. Sie will wissen, ob ich allmählich wieder arbeiten möchte, ob ich darüber nachdenke, andere Männer kennenzulernen.

»O ja, ich habe eine ganze Menge Pläne.«

»Tatsächlich?«

»Natürlich. Allein schon der Garten … Du würdest nicht glauben, wie viel Zeit der in Anspruch nimmt! Bald muss ich grünen Salat, Friséesalat, Rote Bete, Zwiebeln und Lauch aussäen. Und bei den Apfelbäumen darf ich auch nicht mehr allzu lange warten, bevor ich sie schneide. Ich will versuchen, das ganze Unkraut auszureißen, um das Grundstück zu säubern und meinen Kompost aufzufüllen. Wahrscheinlich muss ich auch bald mähen. Außerdem möchte ich eine Sitzgruppe aus Paletten bauen. Julie kann mir welche besorgen. Sie ist die Tochter der früheren Besitzerin. Wir telefonieren relativ regelmäßig miteinander. Sie kommt sehr gern hierher zu Besuch.«

Meine Mutter ist wie vor den Kopf geschlagen. Ich genieße die Fassungslosigkeit in ihren Zügen. Zumindest hat sie den Anstand, nur zu nicken und kein Wort zu sagen. Lächelnd trinke ich meinen Kaffee aus.

Später schlage ich ihr vor, sich mein Grundstück anzusehen, und während wir an den Gemüsetunneln entlangschlendern, wagt sie endlich, die Frage zu stellen, die sie schon zu lange zurückgehalten hat.

»Und was ist mit der Arbeit? Wann willst du denn wieder anfangen?«

Ich zucke mit den Achseln. Ich habe nicht die leiseste Ahnung. Ich fühle mich nicht imstande, wieder in diese gierige, kalte und unpersönliche Gesellschaft einzutauchen. Es war Benjamin, der die Welt menschlich gemacht hat, der sie warm und bedeutsam werden ließ. Benjamin und die Aussicht darauf, mit ihm zusammen eine Familie zu gründen. Unsere Freundschaft mit Cassandra und Yann, die Jugendlichen aus der MJC, die Essen bei den Luzins und die Verheißung einer großen, glücklichen Verwandtschaft.

Hier fühle ich mich wohl. Und das sage ich meiner Mutter auch.

Was ich ihr nicht sage, ist, dass dies nicht nur ein Haus ist, sondern ein ganz eigenes Universum, das ich mir geschaffen habe, ein Universum aus Farben in den Bäumen, aus Kerzen bei Vollmond, aus einer heiligen Kiefer und kleinen, fröhlichen Totenriten. Ich sage ihr nicht, dass alles, was ich hier tue, von Bedeutung erfüllt ist: die Rituale für meine Verstorbenen und das Leben, das ich in meinem Garten entstehen lasse, wie es die Menschen vor mir seit Jahrtausenden getan haben.

»Aber irgendwann musst du doch wieder Geld verdienen.«

»Ich weiß.«

Sie deprimiert mich. Ich will nicht darüber nachdenken. Nicht jetzt.

»Ich habe unbezahlten Urlaub. Ich kann jederzeit ins Rathaus zurückkehren, wenn ich das will.«

»Du solltest lieber nicht zu lange damit warten. Sonst vergessen sie dich noch.«

Ich ziehe es vor, mich auf die graue Katze zu konzentrieren, deren schemenhafte Gestalt dort hinten durch die Kiefern huscht.

16

AB DEM NÄCHSTEN MORGEN entwickeln meine Mutter und ich notdürftig die Struktur unseres gemeinsamen Alltags. Da ich weiß, dass sie morgens gern lange schläft, nutze ich die Zeit, um in Ruhe zu frühstücken und mit der Katze auf dem Schoß aus dem Fenster zu schauen. Ich genieße meinen Kaffee und gehe anschließend hinaus in den Garten. Umgraben, Unkraut jäten, die Mischung aus Essig, Wasser und Salz versprühen. Meinen Boden für das neue Gemüse vorbereiten. Als ich ins Haus zurückkehre, um nachzusehen, wie spät es ist, finde ich sie an der Schlafzimmertür vor, das Haar verwuschelt und die Augen noch vom Schlaf verquollen.

»Stehst du auf?«

»Ja. Ist es schon spät?«

»Fast elf Uhr.«

Sie wirkt überrascht.

»So gut habe ich schon lange nicht mehr geschlafen.«

»Ich hatte es dir ja gesagt. Hier ist es ruhig!«

Ich zeige ihr die Kaffeemaschine, das eingefrorene Brot, den Toaster und die Marmelade.

»Fühl dich wie zu Hause. Ich muss noch zwei, drei Kleinigkeiten erledigen, in spätestens einer halben Stunde bin ich fertig.«

Und ich ergreife so hastig die Flucht wie eine Schülerin, die die Schule schwänzt. In meinen Gummistiefeln und Benjamins altem Kapuzenpulli verschwinde ich über den kleinen Pfad hinter dem Haus ins Unterholz. Die Korken und sonstigen Markierungen sind fort. Mittlerweile kenne ich den Weg auswendig. Nur die rosa Schuppe brauche ich noch, um meine Kiefer unter ihren Artgenossen wiederzufinden. Inzwischen wirkt meine Andachtsstätte nicht mehr so provisorisch. Es gibt dort eine selbst gebastelte Girlande aus Tannenzapfen und Efeu sowie einen kleinen Hocker, der eigentlich unter dem Spülbecken stand und dessen Nutzen sich mir an dieser Stelle nie erschlossen hat. Mit einem dünnen blauen Kissen versehen, ist er jetzt mein Sitzplatz gegenüber der Kiefer. Zwischen zwei dicken Wurzeln liegt außerdem eine Maus, in fortgeschrittenem Verwesungsstadium und von Würmern zerfressen, aber wie hätte ich die Opfergabe der grauen Katze für Benjamin zurückweisen sollen?

»Hallo, Ben.«

Ich setze mich auf den kleinen Hocker und lege die Hände auf die Knie. Hier zu sein, macht mich immer wieder aufs Neue glücklich.

»So … Maman ist jetzt da, das hatte ich dir ja angekündigt … Aber es geht. Im Moment läuft es noch gut. Ich reiße mich zusammen. Und sie sich vermutlich auch. Keine allzu abfälligen Bemerkungen, wir überleben.«

Ich lächle den Stamm an, vor allem die rosa Schuppe.

»Aber ab jetzt muss ich mich anders einrichten, wenn ich dich besuchen will. Ich muss eine Ausrede finden, die es mir ermöglicht, mich für eine Weile wegzuschleichen. Ich kann ihr auf keinen Fall erzählen, was ich hier mache! Dann würde sie mich endgültig einweisen lassen!«

Wir lachen beide, zumindest in meiner Vorstellung.

»Vor einem Jahr hätte ich das selbst noch für einen Witz gehalten, weißt du … Aber gut, wir haben uns alle ziemlich verändert. Und weißt du, was das Beste ist? Meine Mutter hat einen Freund! Daniel. Oder sollte ich lieber Dan sagen? Darauf legt sie nämlich Wert. Soll ich dir von ihm erzählen?«

Ein wenig gutmütiger Spott über die eigene Mutter, auch dafür ist eine heilige Kiefer gut.

»Was möchtest du essen?«

»Ich weiß nicht ...«

»Ich habe einen Butternusskürbis. Daraus könnten wir ein Gratin machen.«

»Einverstanden.«

Es ist offensichtlich, dass meine Mutter sich langweilt, dabei ist sie noch nicht einmal vierundzwanzig Stunden hier. Kein Fernseher, kein Radio, nur ein paar Bücher, in denen sie zu blättern begonnen hat.

»Wenn dir langweilig ist, kannst du nachher mit rauskommen und mir im Garten helfen.«

Sie antwortet nicht, aber ich kenne ihre unwillig verzogene Miene. Zum Glück sind wir mit der Zubereitung des Kürbisgratins gut anderthalb Stunden beschäftigt. Wir essen spät zu Mittag. Höflich erkundigt sich meine Mutter nach meinem Garten, und ich tue so, als sei mir nicht klar, dass sie damit lediglich das Schweigen brechen will.

»Hast du überhaupt Nachbarn?«

»Bestimmt, aber sie wohnen ein ganzes Stück entfernt. Die Straße runter.«

»Bist du ihnen nie begegnet?«

»Nein.«

»Ist diese Einsamkeit nicht schwer erträglich?«

»Für mich nicht.«

Nachdem wir den Tisch abgeräumt haben, verkünde ich ihr, dass ich an diesem Nachmittag zum Gemüsebauern muss. Sie entgegnet, sie wolle lieber hierbleiben und sich in die Sonne legen, um ihre Bräune nicht zu verlieren.

Wir wahren beide Distanz, und das ist sehr gut so.

Am Abend erweist sich das Zusammensein als am schwierigsten. Wir essen schweigend, suchen vergeblich nach einem Gesprächsthema, das nicht unweigerlich zum Streit führt, und setzen uns schließlich mit einer Tasse Tee in den grauen Sessel beziehungsweise auf die petrolfarbene Couch. Und dann muss uns wohl oder übel etwas einfallen, was wir tun oder sagen können. Normalerweise gehe ich, erschöpft von der Gartenarbeit, abends früh ins Bett. Aber heute ist sie da, ihr Fuß wippt nervös, und plötzlich kommt mir Mikas Kartenspiel in den Sinn.

»Sollen wir Korsische Schlacht spielen?«

»Korsische Schlacht? Was ist das denn?«

»Es ist einfach, ich erkläre es dir.«

Festzustellen, dass meine Reflexe besser sind als die meiner Mutter und ich ihr jedes Mal zuvorkomme, wenn wir auf den Kartenstapel in der Mitte schlagen, versetzt mich in einen gewissen Rausch. Alles in allem ist dieser Abend doch nicht so unerfreulich …

Ich hatte gedacht, sie würde nicht lange bleiben, sondern sich die erstbeste Ausrede einfallen lassen, um zurück auf ihre Insel zu fliegen. Ein Haus mitten in der Wildnis, in dem es gerade einmal ein paar Bücher und eine von Flöhen starrende Katze gibt – aber inzwischen sind vier Tage vergangen, und sie ist immer noch da.

Morgens schläft sie lange. Ich mache es mir mit meinem Kaffee und meiner grauen Katze gemütlich, danke dem Himmel leise dafür, dass er so blau ist, winke Pauls Weide zu, die uns bei jedem Windstoß einen Regenbogen beschert, und plane meinen Morgen im Garten. Ich muss das kleine Hügelbeet mit den eingegangenen Winterendivien auflockern. Dort kommt als Nächstes der Lauch hin. Die Friséesalat-Sämlinge einpflanzen. Die Blumen und Erdbeeren gießen. Ein paar Stängel Löwenzahn abschneiden. Ich möchte daraus einen leuchtend gelben Kranz für meine heilige Kiefer flechten. Für meinen Geschmack ist sie noch nicht bunt genug.

Ich verbringe jeden Morgen draußen an der frischen Luft, selbst bei starkem Wind oder Regen. Und bevor ich ins Haus zurückkehre, gehe ich immer noch in den Wald und rede mit Benjamin. Das ist mein Moment der Entspannung.

Das Mittagessen kochen wir zusammen. Es sind immer besonders aufwendige Gerichte, deren Zubereitung viel Zeit in Anspruch nimmt, sodass wir etwas miteinander unternehmen können, obwohl wir so wenig gemeinsam haben. Daher wählen wir Schmorgerichte, die stundenlang vor sich hin köcheln müssen. Wir kommentieren den Garzustand, trinken ein Glas Wein oder zwei, heben in regelmäßigen Abständen den Topfdeckel an und tun so, als würden wir allmählich ungeduldig. Welch angenehme Art, sich zu zweit zu langweilen. Ich glaube, ich finde allmählich Gefallen daran.

Es ist noch zu kühl, um draußen zu essen, also nehmen wir die Mahlzeiten drinnen ein und setzen uns anschließend mit einem Kaffee auf die Stufen vor dem Haus, die um diese Zeit in der Sonne liegen.

Wenn wir uns wieder erheben, ist der Nachmittag schon weit vorangeschritten. Danach fahre ich rasch zum Baumarkt, um eine Gartenschere, eine Trittleiter und eine vollständige Ausgabe des *Perfekten Gärtners* zu kaufen (ich habe vor, meine Kenntnisse auf diesem Gebiet weiter zu vertiefen), und meine Mutter begleitet mich. Oder wir fahren los, um ein paar Lebensmittel zu besorgen, und sie zieht mich gegen meinen Willen in einen Friseursalon.

»Du musst dir unbedingt die Spitzen schneiden lassen, und der Rest braucht dringend eine Revitalisierung.«

Also revitalisieren wir meine Haare. Abends essen wir eine Kleinigkeit und perfektionieren unsere Fähigkeiten in der Korsischen Schlacht. Keine Zusammenstöße. Keine Krisen.

»Hast du eigentlich noch Kontakt zu seiner Familie?«

Die Frage kommt wie ein Blitz aus heiterem Himmel, während wir gerade zu Abend essen.

»Benjamins Familie?«

»Ja.«

Zwischen den Luzins und meiner Mutter hat sich nie eine Freundschaft entwickelt. Allerhöchstens ein friedliches Einvernehmen.

»Ja, ich habe sie neulich erst gesehen. Sein Bruder Yann und dessen Frau haben ein Baby bekommen.«

»Ach ja?«

»Ein Mädchen.«

Ich spüre, dass diese Nachricht sie aufwühlt. Sie hört auf zu kauen. Ist das ein trauriger Schatten, der sich über ihre Augen schiebt? Es scheint fast so.

»Weißt du«, sagt sie nach ein paar Sekunden, »wenn alles so geschehen ist, dann, weil es so geschehen musste.«

Ich habe schon tröstlichere Sätze gehört, aber ich werde mich damit zufriedengeben. Sie bemüht sich. Auf ihre Weise.

Heute Mittag hat sie mit Daniel telefoniert. Sie hat sich im Bad eingeschlossen, und ich habe sie kichern hören. Als sie wieder herauskam, waren ihre Wangen gerötet, und ihre Augen funkelten. Wie bei einem Teenager. Und da kam mir der Gedanke, dass wir unsere Rollen nahezu umgekehrt hatten. Ich war die alte Dame, die mit ihrer Katze und für ihren Garten lebte, und sie die verliebte, sorglose Frau.

Eines Tages fängt sie mich draußen ab, als ich gerade von einem Besuch bei meiner Kiefer zurückkehre.

»Wo warst du denn?«

»Nirgends. Ich habe die Katze gesucht. Ich dachte, sie sei in den Wald gelaufen.«

»Sie ist im Wohnzimmer.«

»Ach, wirklich?«

Entweder bin ich eine hervorragende Lügnerin, oder sie ist mit den Gedanken anderswo.

»Hast du mich gesucht?«, frage ich, als mir auffällt, wie aufgeregt sie ist.

»Ja ... Da ist eine Frau. Sie sagt, ihr kennt euch ...«

Vor dem Haus steht das blaue Auto. Und daneben Julie Hugues, von Kopf bis Fuß in Rot gekleidet.

»Überraschung! Ich bin von meiner Dienstreise zurück!«

Als ich merke, dass meine Mutter ein wenig verwirrt aussieht, stelle ich die beiden einander vor.

»Julie, das ist meine Mutter, Christine. Christine, das ist Julie.«

Zögerlich strecken sie zunächst die Hand aus und begrüßen sich schließlich doch mit einem Wangenkuss.

»Ich wollte den Gärtnerlehrling und seinen Gemüsegarten besuchen!«, verkündet Julie.

»Du kommst gerade recht.«

»Ach ja?«

»Ich muss die Apfelbäume schneiden, aber ich habe so etwas noch nie gemacht ...«

»Hast du eine Gartenschere?«

»Ja. Sie ist nagelneu.«

»Dann zeige ich es dir!«

Mit einem Wink zu ihrem Auto fügt sie hinzu: »Ich habe einen Rindfleisch-Topf mit Möhren für das Mittagessen mitgebracht. Er müsste auch für drei reichen.«

»Ich könnte ihn vielleicht schon einmal aufwärmen, während ihr draußen arbeitet«, schlägt meine Mutter vor, als sie sieht, dass wir uns auf den Weg hinters Haus machen.

»Gute Idee«, entgegnet Julie. »Der Topf steht auf dem Beifahrersitz.«

Ich stehe auf meiner neuen Trittleiter und kümmere mich um die obersten Zweige. Julie auf ihren hohen Hacken übernimmt die Zweige weiter unten. Sie zeigt mir, welche Zweige ich abschneiden soll, und zwischen den einzelnen Hinweisen plaudern wir ein wenig.

»Ich wusste nicht, dass deine Mutter da ist ...«

»Sie ist ein bisschen wie du. Sie kündigt sich nie lange im Voraus an.«

»Gut pariert! Nein, nicht den. Den darüber.«

»Normalerweise erweist sie mir einmal im Jahr die Ehre ihres Besuchs. Sie lebt nicht in Frankreich.«

»Wo denn?«

»Auf Réunion.«

»Ist das nicht hart für dich, dass sie so weit weg ist?«

»Nein. Es ist besser so. Dann streiten wir uns wenigstens nicht. Was ist mit dem hier?«

»Den kürzt du ein bisschen. Warum streitet ihr euch?«

»Gegenseitiges Unverständnis.«

»Ah ...«

»Wir sind diametral verschieden und verstehen einfach nicht, wie die eine aus dem Körper der anderen hervorkommen konnte.«

Julie lächelt und lässt mir versehentlich einen Zweig ins Gesicht schnellen.

»Oh, tut mir leid, tut mir leid!«

Der Rindfleisch-Topf heiß, der Tisch ist hübsch gedeckt. Meine Mutter vertreibt sich die Wartezeit mit einem Roman. Als wir hereinkommen, springt sie auf.

»Das Essen ist fertig!«

Die Mahlzeit ist unterhaltsamer als erwartet. Das Aufeinandertreffen von Julie und meiner Mutter verläuft überraschend. Zwei attraktive, gleichermaßen elegante Frauen, doch während die eine sich in diesem fremden Universum offensichtlich fehl am Platz fühlt, ist die andere hier heimisch wie ein Fisch im Wasser. Als Julie uns von Lucie, Paul, dem Vogelhäuschen und den sonntäglichen Mittagessen unter der Weide erzählt, erscheint mir meine Mutter ungewöhnlich schweigsam und eingeschüchtert.

Zu behaupten, ich sei traurig darüber, dass sie morgen früh abreist, wäre zu viel gesagt. Ich werde mich freuen, wieder allein zu sein, mich nicht länger um einen anderen Menschen kümmern und ihn in meine Aktivitäten einbinden zu müssen, damit er sich nicht langweilt. Und ich kann zurück in mein Schlafzimmer. Ich bin wieder Herr über meine Zeit, auch das ein nicht zu unterschätzender Vorteil. Aber ja, im Gegenzug werde ich mich vielleicht leer fühlen. Ein wenig verloren.

»Ich kann nicht sehr lange bleiben, Ben. Wir kochen heute Abend etwas Besonderes, um ihren Abschied zu feiern. Sie hat darauf bestanden, eine Spezialität aus La Réunion zuzubereiten: *Rougail saucisse,* eine Art Würstchen in Soße. Anscheinend ist Dan ein unübertrefflicher Experte, was Rougail saucisse angeht! Oh, lach nicht darüber, das ist gemein ... Na gut, du hast ja recht ... Ich bin diejenige, die lacht, aber ich bin mir sicher, dir geht es genauso!«

Einen Moment lang betrachte ich die von Würmern wimmelnde Leiche der armen Maus.

»Apropos Eltern, Ben, ich muss deine Eltern unbedingt anrufen. Es ist schon eine ganze Weile her, seit ich mit ihnen gesprochen habe … Dein Vater hat mir beim letzten Mal gar nicht gefallen. Am besten versuche ich es gleich heute Abend. Und zwar bevor ich zurück ins Haus gehe. Danach stürmen die Düfte des Rougail saucisse auf mich ein, und wer weiß, vielleicht ist es ein mächtiges Aphrodisiakum … Das würde zumindest erklären, warum meine Mutter einem Achtundsechzigjährigen verfallen ist …«

Kurz bevor ich das Haus erreiche, rufe ich an. Anne geht ans Telefon. Im Hintergrund höre ich Mini-Maus aus Leibeskräften brüllen.

»Kommt mein Anruf ungelegen?«

»Nein«, entgegnet Anne. »Überhaupt nicht. Mae ist quengelig, das ist alles.«

»Ich wollte nur mal hören, wie es euch geht …«

Ich erfahre, dass Yann Cassandra heute Abend ins Kino ausführt, dass Anne zum Babysitter ernannt wurde und dass sie endlich ein Ziel für ihre Klassenfahrt im Juni gefunden hat: ein Freizeitzentrum in einem kleinen Fischerdorf in der Nähe von Marseille.

»Vier Zimmer mit jeweils fünfzehn Betten. Ein Spielplatz. Eine Mensa. Dort wird es ihnen gefallen.«

Sie findet ihre kleinen Glücksmomente in ihrem Beruf als Grundschullehrerin. Es ist rührend.

»Oh, und das habe ich dir noch gar nicht erzählt. Cassandra und ich legen hinter dem Haus einen Minigemüsegarten an. Erst einmal nur eine Tomatenpflanze für den Sommer. Yann wird uns beim Umgraben helfen.«

Ich freue mich für sie. Trotzdem spüre ich, dass sie dem Thema Richard ausweicht, und so erkundige ich mich schließlich ohne Umschweife nach ihm.

»Und wie geht es Richard? Er wirkte neulich etwas müde.«

Ihr Schweigen bestätigt mir, was ich bereits ahnte: Anne hätte das Ganze am liebsten unerwähnt gelassen.

»Er ist ein bisschen niedergeschlagen.«

»Ein bisschen niedergeschlagen?«

Wieder Schweigen. Ich spüre, wie sie zögert.

»Offen gestanden, es sind Depressionen … Er nimmt Tabletten. Der Arzt hat ihn für zwei Wochen krankgeschrieben.«

»Wirklich?«

Das ist schlimmer, als ich dachte. Mein Herz zieht sich zusammen.

»Er konnte sich bei der Arbeit nicht mehr konzentrieren«, erklärt Anne mit gesenkter Stimme. »Um ein Haar hätte er sich die Hand abgeschnitten. So ist es sicherer.«

»Was ist denn passiert? Sind das die Nachwirkungen?«

»Ja. Das hat der Arzt gesagt. Die Nachwirkungen.«

In dem Moment verfluche ich mich dafür, dass ich nicht schon früher daraufgekommen bin. Richard, der Fels, der seine Frau stützte, als diese angesichts der verstümmelten Leiche ihres ältesten Sohnes einen Krampfanfall erlitt, und der nur wenig später im Kreißsaal meine Hand drückte und mich ansporne, tapfer zu sein, obwohl er selbst längst begriffen hatte, dass Manon nicht überleben würde. Richard, der zu Hause die Zügel in die Hand nahm, als Anne zusammenbrach und in die Klinik eingewiesen wurde, der Cassandra während ihrer Schwangerschaft zur Seite stand, den trauernden Yann in seiner Rolle als werdender Vater unterstützte und trotz alldem nie vergaß, mich anzurufen, um sich zu vergewissern, dass ich durchhielt. Wir alle sind mit der Zeit wieder auf die Beine gekommen. Richard konnte durchatmen, und das war der Moment, in dem die Trauer auch bei ihm mit voller Wucht zuschlug. Natürlich. Wieso haben wir das nicht vorausgesehen?

Ein paar Sekunden höre ich voller Gewissensbisse zu, wie Anne mir versichert, dass er sich wieder erholen werde, er sei ein starker Mann. Es ist idiotisch, aber ich fühle mich schuldig.

»Er könnte für eine Weile herkommen und sich ausruhen«, schlage ich zaghaft vor, meine Stimme klingt ein wenig gepresst.

»Das wäre eine wunderbare Idee, Amande, aber ich musste ihm versprechen, dir nichts von seiner Depression zu erzählen. Er will dich nicht beunruhigen.«

Das wundert mich nicht. Nachdem ich mich von Anne verabschiedet habe, verfolgen mich quälende Gedanken, und ich schaffe es einfach nicht, diese Schuldgefühle abzustreifen.

Meine Mutter hingegen ist in völlig anderer Stimmung. Unbeschwert steht sie in ihrem für die hiesigen Temperaturen etwas zu dünnen Kleid in der Küche und rührt ihr Rougail saucisse um. In der Hand hält sie ein Glas Rotwein. Wahrscheinlich ist sie glücklich, ihren Daniel bald wiederzusehen.

»Hast du deinem Gemüse Gute Nacht gesagt?«

Es steckt keine Boshaftigkeit in ihrem Spott. Hat Daniel sie so sehr verändert? Ich kann nicht leugnen, dass sie sich in den vergangenen zehn Tagen am Riemen gerissen hat.

»Ja. Ich habe alle ins Bett gebracht.«

»Kommst du auf eine Zigarette mit raus?«

Ihre Frage verschlägt mir für ein paar Sekunden die Sprache.

»Ich dachte, du rauchst nicht mehr.«

»Nur noch zu besonderen Gelegenheiten.«

Offenbar ist dies eine besondere Gelegenheit … Ich bleibe skeptisch.

»Leistest du mir Gesellschaft? Das Rougail ist in ein paar Minuten fertig.«

»Na gut.«

Ohne große Begeisterung folge ich ihr auf die Stufen vor

dem Haus. Sie setzt sich hin und streckt ihre langen, gebräunten Beine in der frischen Märzluft aus. Ich tue es ihr in meiner verschlissenen Jeans gleich.

»Wann muss ich dich morgen am Bahnhof absetzen?«

»Um acht Uhr. Der Zug fährt um Viertel nach acht.«

»Gut.«

Ich sehe zu, wie sie ihre Zigarette anzündet und einen tiefen Zug nimmt, bevor sie auch mir eine hinhält. Ich weiß nicht, wieso ich sie annehme. Ich mochte den Geschmack von Tabak noch nie. Aber heute Abend will auch ich mich am Riemen reißen. Also akzeptiere ich die Zigarette, zünde sie an und nehme einen Zug.

»Diesmal hat es ja gut geklappt ...«

Ich unterdrücke ein bitteres Lächeln. Ja, diesmal musste ich Anne nicht bitten, sie zum Bahnhof zurückzufahren. Wir schweigen eine Weile. Hinter den Kiefern versinkt die Sonne. Ich denke daran, welch ein Glück ich habe, hier zu leben, daran, wie dieser Ort meinen Alltag leichter macht.

»Wenn du dieses Haus so sehr liebst, könntest du doch auch von hier aus arbeiten.«

»Von hier aus arbeiten?«

»Homeoffice. Das geht heutzutage.«

Und schon wieder das Thema Arbeit.

»In meinem Job musste ich Außentermine in Lyon wahrnehmen. Ich habe Veranstaltungen organisiert ...«

»Dann such dir doch einfach eine neue Stelle.«

»Ach ja? Und was soll ich deiner Meinung nach machen?«

Meine Stimme wird lauter. Sie zuckt mit den Schultern und stößt eine Rauchwolke aus.

»Ich weiß es nicht. Das ist auch egal. Wichtig ist nur, dass du endlich wieder Geld verdienst. Du kannst nicht ewig von seinem Erbe leben. Er war nicht Krösus.«

»Das weiß ich. Aber ich habe Zeit gebraucht. Von so etwas erholt man sich nicht mal eben mit einem Fingerschnippen!«

»Es ist mittlerweile neun Monate her, Liebes. Was brauchst du denn jetzt noch?«

Mir bleibt die Luft weg. Vor Rauch und Ärger. Wieso rauche ich überhaupt? Wieso rede ich mit ihr über diese Dinge?

»Keine Ahnung. Freundlichkeit? Mitgefühl?«

»Und gleich wieder die großen Worte ...«

»Was ist eigentlich dein Problem? Ich verlange kein Geld von dir. Ich verlange von niemandem Geld!« Und dann rede ich schneller, als ich denke: »Ich bin nicht diejenige, die sich von einem reichen Rentner aushalten lässt! Wer bist du, über mich zu urteilen?«

Ich stehe auf. Nikotin ist nichts für mich. Es macht mich zu nervös.

»Du wirst doch jetzt nicht im letzten Moment noch alles verderben, Liebes! Wir haben so eine schöne Woche miteinander verbracht.«

»Alles läuft wunderbar, solange sich jede von uns um ihr eigenes Leben kümmert.«

»Ich mache mir Sorgen um dich, das ist alles.«

»Aber das brauchst du nicht. Ich habe mich schon lange nicht mehr so wohlgefühlt.«

Sie klopft auffordernd neben sich auf die Stufe, damit ich mich wieder zu ihr setze. Ich gehorche. Nicht ihretwegen, sondern um diesen Besuch ordentlich abzuschließen. Uns bleiben nur noch ein paar Stunden zusammen.

»Manchmal fällt es mir schwer, deine Argumente zu verstehen. Aber wenn das Alleinsein und die Untätigkeit dir helfen ...«

»Ich bin nicht immer allein, und ich bin ganz bestimmt nicht untätig.«

»Du verstehst mich nicht.«

»Doch. Du glaubst, man sei inmitten von Fremden weniger allein, und eine Tätigkeit sei nur dann sinnvoll, wenn man damit Geld verdient.«

Sie drückt ihre Zigarette auf dem Stein aus und zerzaust sich das blonde Haar.

»Ich will doch nur, dass es dir gut geht.«

»Stell dir vor, das tut es.«

»Und ich bin immer noch der Ansicht, dass du etwas Besseres verdienst als das hier.«

Ich ziehe es vor, nicht darauf einzugehen. Ich weiß nicht, was ich Besseres verdiene. Ein richtiges Haus? Einen richtigen Beruf? Einen neuen Mann? Schnell ein neues Kind zeugen, um die Trauer um dasjenige zu vergessen, das ich verloren habe? Mich vom König des Rougail saucisse bespringen lassen? Ich gehe lieber, bevor ich wieder etwas Verletzendes sage.

»Ich schaue mal, wie weit das Essen ist.«

Bevor sie mich aufhalten kann, verschwinde ich im Haus. Den Zigarettenstummel halte ich in der Hand. Mein Herz klopft zum Zerspringen.

Zum Glück gibt es die graue Katze, die sofort auf meinen Schoß springt und sich an meinen Bauch kuschelt. Die graue Katze und Rotwein.

Natürlich hat das Rougail saucisse einen bitteren Beigeschmack, doch meine Mutter gibt sich alle Mühe, unseren Streit auf der Vortreppe vergessen zu machen.

»Ich habe dir etwas mitgebracht …«

Ich habe ihr heute Nachmittag das Auto überlassen, während ich meinem Apfelbaumschnitt den letzten Schliff verpasst habe, und sie ist in das nächstgelegene Einkaufszentrum gefahren. Sie geht ins Schlafzimmer und kommt mit einem eindrucksvollen, in königsblaues Papier eingepackten Karton wieder.

»Ich brauche nichts.«

Ihre Vorwürfe, ich würde Benjamins mageres Erbe verschleudern, klingen mir noch zu gut im Ohr.

»Doch, das hier brauchst du.«

»Aha.«

Ohne Eile packe ich das große Geschenk aus und entdecke die Verpackung eines bonbonrosa Radios mit integriertem CD-Player und USB-Anschluss.

»Ein Radio?«

»Jeder braucht doch ein bisschen Musik, oder nicht?«

»Ja … Wahrscheinlich schon.«

»Es ist tragbar«, fügt sie mit einem stolzen Lächeln hinzu. »Das heißt, du kannst es in den Garten mitnehmen.«

Ich gebe zu, sie hat ein Händchen dafür, ihre Fehler wiedergutzumachen …

17

ALLMÄHLICH WIRD ES DRAUSSEN WÄRMER. Der Frühling kommt. Ich denke an Richard. Meine immer zahlreicheren Projekte machen Fortschritte: Ich will eine Sitzgruppe aus Holzpaletten bauen und eine Schaukel für Mae aufhängen. Ich habe vor, sie im Sommer hierher einzuladen. Anne hat mir versichert, dass es Yann und Cassandra guttun würde, einmal durchzuatmen, und mir auch. Der Garten lässt mir keine freie Minute mehr: Ich säe in versetzten Etappen, jäte Unkraut, gieße, baue die Folientunnel ab, schaufele den Kompost um und verteile zerstoßene Eierschalen um die Setzlinge, um Schnecken und Erdraupen fernzuhalten, ein weiterer Geheimtipp von Madame Hugues. Wieder denke ich an Richard … Mein neues Gartenbuch bringt mich, die Anfängerin, auf neue Ideen. So erfahre ich, dass nackte Erde in der freien Natur ein unnormaler Zustand ist. Um dem abzuhelfen, rät das Buch zu Mulch. Also bedecke ich den Boden mit einer Mischung aus Holzspänen, totem Laub, Kiefernrinde und Rasenschnitt. Ich habe beschlossen, von jetzt an selbst zu mähen. Ich glaube nicht, dass Mika noch einmal herkommt, und ich kann es ihm nicht verdenken. Für einen sechzehnjährigen Jungen gibt es sicher interessantere Beschäftigungen.

Ich arbeite von morgens bis abends im Freien. Wenn ich Zeit habe, besuche ich Benjamin. Ich gehe nicht mehr jeden Tag zu ihm, aber das bedeutet nicht, dass ich nicht an ihn denke. Und an Richard. Wie soll ich ihn herlocken? Ich bin mir sicher, dass ein paar Tage in meinem alten Haus seinen Schmerz ein wenig lindern würden. Manchmal nehme ich mein Radio mit zur heiligen Kiefer und spiele Benjamin unsere Lieblingsmusik vor. Ich wippe mit der Fußspitze und nicke im Takt mit dem Kopf. Die Vögel beobachten mich irritiert.

Abends füllt der Mond meine Gedanken aus. Er steht im ersten Viertel. Ich zähle die Tage. Es fehlen noch acht bis zum Vollmond. Dieses Ereignis möchte ich feiern. Und so male ich mir, während ich mit halb geschlossenen Augen im grauen Sessel sitze, ein Bankett im Mondschein aus. Ich will den Küchentisch draußen unter der Weide aufstellen und ihn mit einer blütenweißen Tischdecke und einem Kerzenleuchter schmücken. Es wird natürlich Wein geben und Obst. Zu Ehren seines phosphoreszierenden Lichts könnte ich vielleicht ein weißes Kleid anziehen. Und es wird Musik geben. Ich habe mich noch nicht entschieden, welche Stücke ich auswählen soll: Klassische Musik mit Geigen? Ich mag Geigen sehr. Oder doch lieber ein Klavierstück? Und wieso nicht Ella Fitzgerald? Ich hatte schon immer eine Schwäche für Ella Fitzgerald.

Auf dem Rückweg von der heiligen Kiefer stolpere ich an diesem Morgen über eine dicke Wurzel. Ich kann mich gerade noch mit beiden Händen abfangen. Meine Knie sind nicht auf dem Boden gelandet. Erst, als mein Adrenalinspiegel wieder sinkt, mein Herz wieder im üblichen Tempo schlägt und ich mich langsam aufrichte, spüre ich den Schmerz in meinem rechten Handgelenk. Ich versuche es zu bewegen. Es gelingt mir, ohne dass es allzu wehtut.

Ich bin erleichtert. Wie hätte ich mit einem verstauchten oder gebrochenen Handgelenk meine ganze Arbeit erledigen sollen? Und mit einem Mal beginne ich zu lächeln und greife zum Handy.

»Hallo, Anne, hier ist Amande. Könntest du mir bitte Richard geben?«

Ein fragendes, angstvolles Schweigen.

»Richard?«

Sie hat offensichtlich Sorge, ich könne ihm verraten, dass ich Bescheid weiß.

»Ich möchte ihn um einen Gefallen bitten. Ich fürchte, ich brauche ihn für eine Weile hier im Haus.«

»Oh … Tatsächlich? Was … Was ist denn passiert?«

»Nichts Schlimmes. Ich bin hingefallen und habe mir das Handgelenk verstaucht.«

»Wie ärgerlich.«

Wieder Schweigen. Hat sie Verdacht geschöpft, oder glaubt sie mir meine Geschichte? Im Grunde ist es auch egal.

»Warst du beim Arzt?«

»Ja. Ich soll es lieber nicht belasten. Aber im Garten ist gerade so viel zu tun, da kann ich nicht einfach alles liegen lassen. Und dann sind da noch die Paletten, aus denen ich eine Sitzgruppe bauen möchte. Das ist natürlich nicht so dringend, aber da Richard ohnehin krankgeschrieben ist …«

Jetzt hat sie mich durchschaut. Ich kann beinahe hören, wie sie am anderen Ende der Leitung lächelt.

»Du hast recht. Man sollte den Garten nicht sich selbst überlassen. Und mit Holz und Paletten kennt Richard sich ja aus.«

»Genau das habe ich auch gedacht.«

Ich glaube, sie hat ebenso viel Spaß an diesem Gespräch wie ich. Im Hintergrund höre ich Richards Stimme.

»Was ist denn los? Braucht sie Hilfe?«

»Ich gebe sie dir«, antwortet Anne. »Dann kann sie es dir selbst erklären.«

Beim Abschied klingt ihre Stimme verschmitzt: »Bis bald, Amande. Und schone dich eine Weile.«

Nach einigem Hin und Her am anderen Ende tönt Richards erstaunlich klare, fröhliche Stimme aus dem Handy: »Amande, wie geht es dir?«

»Gut. Und dir.«

»Sehr gut.«

Dieser Lügner … Wer ihn so hört, würde niemals glauben, dass er wegen Depressionen krankgeschrieben ist.

»Was ist denn los?«, erkundigt er sich besorgt.

Ich habe ihn am Haken. Anderen zu Hilfe zu eilen, ist Richards größte Schwäche und sein größter Vorzug zugleich.

»Ich bin gestürzt. Und jetzt ist mein Handgelenk verstaucht. Der Arzt hat gesagt, ich darf es nicht bewegen. Aber ich habe so viele Arbeiten angefangen, nicht nur im Garten, auch sonst … Ich weiß, du hast viel zu tun, aber ich habe mich gefragt, ob du vielleicht an einem der nächsten Wochenenden vorbeikommen könntest …«

»Ach, weißt du … Ich habe gerade Urlaub.«

»Wirklich?«

»Ja. Das heißt, ich kann auch sofort kommen und brauche nicht das Wochenende abzuwarten.«

»Wenn du meinst …«

Ich lasse ein paar Sekunden verstreichen. Richard scheint nachzudenken.

»Morgen Nachmittag habe ich einen Arzttermin, aber danach könnte ich gleich abends losfahren.«

»Nur keine Eile. So dringend ist es auch nicht.«

»Also dann übermorgen. Wenn ich nicht allzu spät aufbreche, bin ich gegen Mittag bei dir. Wäre das für dich in Ordnung?«

»Ja, natürlich. Das wäre perfekt.«

»Soll ich noch bei der Apotheke vorbeifahren und dir etwas mitbringen? Eine entzündungshemmende Salbe vielleicht?«

»Ich habe alles, was ich brauche.«

»Gut. Dann machen wir es so.«

»Aber pack Kleidung ein, die dreckig werden kann«, füge ich hastig hinzu. »Im Garten wartet Arbeit auf uns.«

»Alles klar.«

»Und eine Stichsäge, falls du eine hast. Ich habe hier ein paar Paletten, die gesägt werden müssen.«

»Dann bringe ich die Säge und den Winkelschleifer mit.«

»Perfekt.«

»Sonst noch etwas?«

»Deinen Schlafanzug und eine Zahnbürste. Ich fürchte, es wird ein paar Tage dauern, bis wir fertig sind.«

Er lacht. Es ist mir gelungen, Richard zum Lachen zu bringen.

Ich habe gelogen, und jetzt muss ich die Konsequenzen tragen. Als Erstes brauche ich einen überzeugenden Verband um mein rechtes Handgelenk, und ich muss mich daran gewöhnen, es häufiger stillzuhalten. Denn angeblich tut es ja weh. Dann muss ich die Paletten besorgen, von denen ich behauptet habe, ich hätte sie längst zu Hause. Ein Tag bleibt mir dafür. Zum Glück hat Julie mir von einer Fabrik erzählt, wo ich Paletten bekommen kann. Sie ist zwanzig Kilometer entfernt, und ich fahre gleich am nächsten Morgen hin.

»Wie viele brauchen Sie denn, Madame?«

Ich bin etwas ratlos.

»Zwanzig vielleicht ... Mindestens ...«

»In Ihrem Auto?«

Eine Zigarette zwischen den Lippen, verzieht er amüsiert das Gesicht. Er hat recht.

»Ich kann ja zweimal fahren.«

»Da werden Sie schon sehr viel öfter fahren müssen als zweimal.«

Ich weiß nicht recht weiter. Das spürt er.

»Wohnen Sie weit von hier?«

»Ungefähr zwanzig Kilometer.«

»In welche Richtung?«

»Bei Ceyssat.«

Er spuckt die Zigarette aus und kratzt sich an der Brust.

»Also gut, ich sage Ihnen, was wir machen. Sie nehmen jetzt so viele Paletten mit, wie wir in Ihr Auto bekommen, und ich bringe Ihnen den Rest heute Abend auf dem Heimweg vorbei. Ich habe einen Transporter. Und ich wohne in Saint-Ours. Es liegt auf dem Weg.«

Ich weiß nicht, was ich sagen soll.

»Einverstanden?«, hakt er nach. »Oder nicht?«

»Ich ... Danke ... Ich wollte keine Umstände machen.«

»Ich sagte doch, es liegt auf dem Weg!«

»Wenn das so ist ... vielen Dank.«

Er nickt zu meinem Auto hinüber.

»Klappen Sie schon mal die Sitze runter, ich hole die Paletten!«

Nachdem ich sämtliche Sitze umgeklappt habe, schieben wir vier Paletten hinten in meinen Wagen. Läppische vier Paletten.

»Ich habe es Ihnen ja gesagt. Mit Ihren zwanzig Paletten hätten Sie noch oft hin- und herfahren können.«

»Stimmt ...«

»Schreiben Sie mir Ihre Adresse auf.«

Ich notiere die Anschrift auf einem Zettel, den er aus der Tasche zieht.

»Aber es wird mindestens acht Uhr«, warnt er mich.

»Kein Problem.«

Obwohl Richard sich große Mühe gibt, mir zu beweisen, dass er in Hochform ist, wirken seine Züge müde und angespannt. Ich nehme ihn in Empfang, als er aus dem Auto steigt, und helfe ihm, seine Reisetasche aus dem Kofferraum zu heben.

»Hattest du eine gute Fahrt?«

»Lass mich das tragen, du tust dir noch weh.«

Ich hatte mein verstauchtes Handgelenk vergessen. Dabei ist der Verband da, wo er hingehört, und er sieht sogar einigermaßen professionell aus. Ich musste viermal von vorn anfangen, um dieses Ergebnis zu erzielen.

»Wie hast du das denn geschafft?«

»Ich bin über eine Wurzel gestolpert.«

»Dabei hättest du dich ja noch schlimmer verletzen können. Eine Platzwunde an der Stirn oder so.«

»Meine Hände haben mich gerettet.«

Ich halte ihm die Haustür auf. Die graue Katze sieht ihm gespannt entgegen.

»Stell deine Tasche ins Schlafzimmer. Du schläfst da.«

»Und was ist mit dir? Wo schläfst du?«

»Im Wohnzimmer. Ich habe mir eine Ausziehcouch gekauft.«

Aber davon will Richard nichts wissen.

»Das kommt überhaupt nicht infrage. Ich nehme die Schlafcouch.«

»Zu spät. Ich habe das Bett schon für dich bezogen.«

Doch das lässt Richard nicht mit sich machen. Für ihn sprechen zwei Argumente dagegen. Erstens: Man lässt eine Frau niemals auf der Couch schlafen. Und zweitens: Man lässt nicht zu, dass sich eine Verletzte den Rücken auf einem Schlafsofa ruiniert. Und so marschiert er, ohne mir noch eine große Wahl zu lassen, geradewegs ins Wohnzimmer.

»Du hast gekocht? Mit deinem Handgelenk?«

Er riecht das Risotto, das ich auf kleiner Flamme gewärmt habe. Meine Lüge zwingt mich zu einem schuldbewussten Gesicht.

»Du kannst doch nicht mit leerem Magen arbeiten.«

Er sieht sich in meinem Wohnzimmer um: die neue, nicht

zum Rest der Einrichtung passende Schlafcouch, der weiße Zettel mit der Aufschrift *Feiern* an der Wand, der Garten vor dem Fenster.

»Das ist hübsch, mit den ganzen Farben …«

»Ja. Es ist dir aufgefallen …«

Er betrachtet Pauls Baum, den Baum der tausend Bänder, und ich überrasche ihn bei einem Lächeln. Einem traurigen, für niemanden sonst bestimmten Lächeln.

»Möchtest du vor dem Essen etwas trinken? Ich habe Portwein oder einen weißen Aperitifwein.«

»Dann gerne einen Weißwein. Aber setz dich hin. Ich hole die Getränke.«

Ich lasse ihn gewähren. Zumindest vorerst. Er wirkt so glücklich, mich umsorgen zu können.

Richard macht sich in der Küche zu schaffen. Nicht genug damit, dass er den Aperitif serviert, er will auch den Tisch decken, das Risotto umrühren und meinen Ficus gießen.

»Setz dich doch hin. Das wird schon gehen. Ich bin ja nicht vollständig gelähmt. Und den Ficus habe ich heute Morgen schon gegossen.«

Er hält verlegen inne, und ich lächle ihm zu.

»Na komm, lass uns unseren Aperitif trinken.«

Ich glaube, ich habe mich nicht getäuscht. Er muss sich nützlich fühlen, über der Arbeit alles andere vergessen können.

Während wir den süßen Wein trinken, reden wir vor allem über Mae. Nachdem sie anfangs wie ein Engel geschlafen und so gut wie nie geweint hat, entwickelt sie allmählich eine eigene Persönlichkeit. Sie lässt ihre Stimme hören. Cassandra behauptet, sie sei in dem Alter genauso gewesen, und ich erinnere mich an unser Gespräch im Haus der Luzins. Beim Essen kommt Richard ohne Umschweife auf meine Pläne für die nächsten Tage zu sprechen: die Sitzgruppe, die Aussaat, das Gießen, all die kleinen Arbeiten, von denen er glaubt, ich könne sie wegen meines Handgelenks nicht selbst erledigen.

»Mir ist vorhin aufgefallen, dass die Westseite des Hauses komplett mit Efeu zugewachsen ist«, fügt er hinzu. »Den schneide ich dir auch noch weg.«

»Mir gefällt der Efeu.«

»Irgendwann überwuchert er das ganze Haus.«

»Das ist eine gute Dämmung.«

»Wie du meinst.«

Ich merke, dass er auf der Suche nach weiteren Aufgaben ist, und so entgegne ich rasch: »Aber ich würde gern eine Schaukel für Mae bauen und sie an einer Kiefer aufhängen. Glaubst du, dabei könntest du mir helfen?«

»Sicher.«

»Und dann hatte ich gedacht … Wenn wir vielleicht die Fensterläden streichen würden? Das Braun ist so trostlos, und die Farbe ist an vielen Stellen abgeplatzt. Was hältst du von Grün? Einem hübschen Apfelgrün?«

Richard nickt, während er in seinem Risotto herumstochert.

»Und dann ist da noch der Sonnenschirm von Madame Hugues, den würde ich gern rosa färben. Außerdem möchte ich eine Vogelscheuche bauen, um die Vögel aus dem Garten fernzuhalten.«

Seine Augen leuchten. Ich glaube, so bald fährt er nicht wieder nach Hause.

»Gleich nach dem Essen legen wir los!«, verkündet er.

Ich nehme mein kleines tragbares Radio mit nach draußen. Die graue Katze macht es sich lang ausgestreckt im Schatten der Trauerweide bequem. Es herrscht strahlender Sonnenschein. Die Temperatur ist bereits frühlingshaft. Begleitet von Richards Protesten, hole ich die mit sämtlichen Gartengerätschaften gefüllte rote Schubkarre.

»Lass das, du tust dir noch weh!«

Ich nehme die Tütchen mit dem Saatgut und gehe vor meinen Hügelbeeten in die Hocke. Heute säen wir Radieschen. Richard lauscht aufmerksam meinen Anweisungen: erst die Erde sorgfältig umgraben, dann im Abstand von dreißig Zentimetern Furchen ziehen, die ich mit einem hausgemachten Dünger anreichern werde, bevor Richard die rötlichen Samenkörner in einer Linie auslegen kann. Anschließend gräbt Richard den Boden um und zieht die Furchen, während ich aus frischem Kompost, Kaffeesatz und Eierschalen den natürlichen Dünger herstelle.

Ich streue meine Mixtur aus, Richard die Samen.

»So?«

»Perfekt. Jetzt bedeckst du die Samen mit einem Zentimeter Erde und drückst sie leicht an. Gießen werden wir später.«

Ich habe mein neues Gärtnerhandbuch so gründlich studiert, dass es mir vorkommt, als hätte ich mein Leben lang nichts anderes getan. Richard übernimmt das Füllen der Gießkannen und läuft zwischen Haus und Garten hin und her.

»Du solltest darüber nachdenken, dir einen Schlauch zu kaufen.«

Er hat recht, aber ich glaube, mit ist das zwar mühsame, aber dafür umso authentischere Gießen per Hand lieber.

Ich bereite uns einen Eistee zu. Draußen wässert Richard, begleitet von Charles Aznavours Vibrato, den Rest des Gartens.

»Und jetzt?«

Der Tee steht zum Abkühlen im Kühlschrank, während wir noch ein bisschen mulchen und uns anschließend den Paletten für meine künftige Sitzgruppe zuwenden.

»Hast du schon eine Idee, wie es werden soll?«

Ich zeige ihm ein Foto, das Julie mir geschickt hat. Darauf ist ein Ecksofa aus abgeschliffenen, weiß gestrichenen Paletten zu sehen. Die Sitzfläche bildet ein Kissen in einem hübschen Himmelblau. Beim Tisch gestaltet sich die Sache einfacher: Wir müssen lediglich drei Paletten aufeinanderstapeln, sie miteinander verschrauben und darauf eine Glasplatte anbringen. Ich sehe Richard an, dass er beeindruckt ist und das Projekt ihn reizt.

»Glaubst du, ich kann jetzt gleich damit anfangen?«

»Wenn du magst ...«

»Gut, dann hole ich schon mal die Säge.«

Wir sind nicht sehr gesprächig an diesem Abend. Kaum haben wir uns, frisch geduscht und umgezogen, an den Tisch gesetzt, da schlägt auch schon die Müdigkeit zu. Aus dem Radio dringt ein Strom von Nachrichten, dem wir nur mit halbem Ohr lauschen. Richard isst mit abwesendem Blick. Als ich das Apfelkompott auf den Tisch stelle, erwacht er abrupt aus seiner Schweigsamkeit.

»Sollten wir nicht Rollen unter deinen Gartentisch schrauben? Dann könntest du ihn leichter bewegen.«

Es dauert ein paar Sekunden, bevor ich reagiere. Ich war in Gedanken weit weg von meiner Sitzgruppe.

»Ja ... Ja, das ist eine gute Idee.«

Wir setzen auch diesen Punkt auf unsere To-do-Liste für den nächsten Tag. Nach dem Kaffee merke ich, wie seine Erschöpfung immer größer wird, und schlage ihm vor, mich ins Schlafzimmer zurückzuziehen, damit er das Wohnzimmer für sich hat. Die graue Katze nehme ich mit. Ein paar Minuten lang versuche ich, einen meiner alten Romane zu lesen, doch ich bin nicht bei der Sache. Ich glaube, heute Abend hat Richards Niedergeschlagenheit auf mich abgefärbt. Ich schalte die Nachttischlampe aus und ziehe die Decke bis unters Kinn. Den Kopf auf dem Kissen, denke ich an Richard im Wohnzimmer und an seine ungewohnte Mattigkeit. Ich habe vor einigen Monaten das Gleiche erlebt, als ich, vollgepumpt mit Schlafmitteln, hinter geschlossenen Fensterläden ruhelos durch die Räume irrte. Aber ich vertraue meinem Haus, seiner Ruhe, seinem Charme, den Farben in den Bäumen, dem sanften Klirren des Windspiels in der Weide, dem Duft des Löwenzahns, der sich auf dem Rasen ausbreitet. Seine Last wird leichter werden. Genau wie bei mir.

Was ist von Richards ersten Tagen in meinem Haus zu halten? Das Fazit fällt gemischt aus, würde ich sagen. Wir befolgen jeden Tag mehr oder weniger das gleiche Ritual: Frühstück in meiner sonnendurchfluteten Küche, wo der Duft von Kaffee und getoastetem Brot die Luft erfüllt. Die graue Katze leckt unsere Marmeladenlöffel ab. Unsere Blicke sind auf den Garten und die im Wind tanzenden Bänder geheftet. Ein stilles Glück. In diesem Moment denke ich jeden Tag das Gleiche: Richard wird wieder gesund. Es sind diese Minuten des Tages, in denen wir über Benjamin reden. *Habe ich dir schon von dem Tag erzählt, als ich ihn gezwungen habe, sich die Haare zu schneiden?* Er lächelt. *Er hat geantwortet, es sei ihm egal, dann würde er sich eben später Dreadlocks machen lassen, wenn ich ihm nichts mehr zu sagen hätte.*

Nach dem Frühstück gehen wir an die Arbeit. Klappern die Baumärkte ab. Überprüfen die vorhandenen Muttern und Schrauben sowie die Stichsäge, messen die Glasplatte aus, wählen eine Auflage für das Sofa. Wir laden das riesige gläserne Viereck hinten in den Wagen, die Abdeckung halb geöffnet, mit Schnüren verzurrt. Und gleich am nächsten Tag stürzen wir uns in den Bau der Sitzgruppe. Richard hat mir verboten, auch nur das Geringste zu tragen, daher konzentriere ich mich auf das Streichen der Fensterläden, womit ich einen Tag lang beschäftigt bin. Ich koche für uns, mache Tee. Erst, als Richard anfängt, die Paletten abzuschleifen, lässt er mich endlich mithelfen. Ich halte sie fest, er bedient die Maschine. Wir streichen die Paletten zu zweit. Nachmittags drehen wir immer eine Runde durch den Garten. Hier und da ein Unkraut auszupfen. Ein prüfender Griff in die Erde. Bei Bedarf gießen. Ein Blatt, einen Stängel aufrichten. Das prächtig gedeihende Gemüse ermuntern. Richard ist ebenso eifrig bei der Sache wie ich. Wenn die Sonne untergeht, gehen wir zurück ins Haus. Je näher der Abend rückt, desto schweigsamer werden wir. Richard verschließt sich. Ich denke an die heilige Kiefer, an das, was ich Benjamin gern leise zuflüstern würde, bevor wir zum Abendessen hineingehen. Es ist anders als mit meiner Mutter. Als sie hier war, haben wir uns gegenseitig Freiraum gelassen. Aber ich wage nicht, Richard im Garten allein zu lassen, nicht einmal für zehn Minuten. Ich glaube, er würde sich Sorgen machen. Er hegt die Illusion, auf mich aufzupassen, und mir geht es mit ihm genauso.

Abends spielen wir nicht Karten. Nicht wie mit meiner Mutter. Gegen halb neun, nach dem Kaffee, ist Richard erschöpft, und ich bin mir sicher, dass er sich sofort hinlegt. Ob er Schlaf findet? Wahrscheinlich braucht er eine Schlaftablette. Wälzt er sich stundenlang auf seinem Lager? Wie dem auch sei, aus dem Wohnzimmer dringt kein Laut, und daraus schließe ich, dass er das Licht löscht, sobald ich den Raum verlassen habe. Ich dagegen lese. Ich lese Romane wieder, die ich in meinem früheren Leben schon einmal gelesen habe, und finde darin eine neue Bedeutung, als hätte sich meine Wahrnehmung verändert, als sei ich nicht mehr ganz derselbe Mensch. Vor dem Einschlafen schaue ich hinaus in die Nacht und betrachte den Mond, der bald seine ganze Fülle erreicht hat. Wie soll ich Richard mein Vorhaben eines nächtlichen Banketts schmackhaft machen? Ich kann es nicht ausfallen lassen. Ich habe es versprochen …

Heute merke ich, dass die Niedergeschlagenheit früher von ihm Besitz ergreift als gewöhnlich. Schon während unseres raschen Mittagessens. Die Sitzgruppe wird heute fertig. Wir brauchen nur noch die Glasplatte auf dem Tisch zu verschrauben. Und so essen wir hastig einen Teller Nudeln mit Tomatensoße, um so schnell wie möglich wieder an die Arbeit zu kommen. Doch ich sehe, wie Richards Züge mit jedem Bissen schlaffer werden.

»Ist alles in Ordnung?«

Er lächelt, aber ich lasse mich nicht täuschen.

»Ruh dich doch heute Nachmittag aus. Wir haben reichlich Zeit. Ich kann das auch allein fertig machen.«

Seit zwei Tagen vergesse ich, meinen Verband wieder anzulegen, aber ich bin mir nicht sicher, ob Richard es überhaupt bemerkt.

»Nein, das erledige ich.«

Schweigend isst er weiter. Ich habe keinen Hunger mehr. Ich weiß nicht, was ich sagen soll. Beim Abräumen wage ich einen neuen Versuch.

»Mein Handgelenk tut gar nicht mehr weh … Wenn du lieber zu Anne und den anderen nach Hause fahren möchtest, verstehe ich das.«

Er schüttelt den Kopf, und seine Züge verzerren sich so, dass ich einen Moment lang glaube, er würde anfangen zu weinen.

»Ich wollte dich nicht überanstrengen, als ich angerufen habe.«

»Das weiß ich.«

Seine Stimme klingt seltsam rau, aber er beherrscht sich.

»Ich dachte, die Ruhe hier im Haus würde dir guttun. Es tut mir leid.«

»Es fällt mir nur schwer, so weit vom Friedhof weg zu sein.«

»Es tut mir leid.«

Schweigen. Ich versuche zu schlucken.

»Ich hätte dich nicht herkommen lassen sollen.«

»Nein, es ist meine Schuld. Es ist völlig idiotisch, aber ich habe mich daran gewöhnt, jeden Tag hinzugehen. Das tut mir gut. Dabei mache ich dort eigentlich gar nichts. Ich stehe einfach nur eine Weile da. Es ist idiotisch.«

»Nein, das ist es nicht.«

»Es beruhigt mich. Dabei ist es nur ein weißer Stein …«

Ich lasse die schmutzigen Teller im Becken stehen. Wie blöd von mir. Ich hätte früher daran denken sollen.

»Komm mit, Richard, ich will dir etwas zeigen.«

Er runzelt die Stirn, aber ich deute erneut zur Tür.

»Auch ich tue idiotische Dinge. Komm.«

Draußen auf den Stufen ziehe ich meine Gummistiefel an, Richard seine alten, dreckverschmierten Turnschuhe. Mit seinem aschfahlen Gesicht wirkt er unglaublich alt. Ein Greis.

»Gib acht auf die Wurzeln. Da, wo wir jetzt hingehen, bin ich gestürzt.«

Ich führe ihn hinter das Haus, ich gehe schnell, bestimmt zu schnell für ihn. Wir treten ins Unterholz ein. Die Stille wird undurchdringlicher. Nur unsere Schritte und unser abgehackter Atem sind noch zu hören.

»Wo gehen wir hin?«

»Zur heiligen Kiefer.«

»Zur heiligen Kiefer?«

Ich gehe schneller. Es gibt kein Wort, um diesen Ort und das, was er für mich bedeutet, zu beschreiben. Es ist mir lieber, er begreift es selbst.

Bald haben wir die Kiefer erreicht.

»Oh!«, entfährt es Richard, als er die Kränze und Girlanden aus vertrockneten Blumen entdeckt, den kleinen Hocker mit dem Kissen darauf und die Stoffpuppe, die ich als neueste persönliche Note neben den Fuß des Stamms gelegt habe. »Was ist das?«

»Hier rede ich mit ihm.«

Mit weit aufgerissenen Augen betrachtet er die Kiefer, dann dreht er sich zu mir um und blickt mich verständnislos an.

»Man gewöhnt sich daran, weißt du. Es ist lebendiger als ein Stein. So ein Baum ist voller Leben, Saft, Ameisen …«

Ein wenig verloren steht er vor meiner Kiefer. Er blinzelt. Seine Augen versuchen, all die Farben aufzunehmen.

»Siehst du das Loch da oben im Stamm?«

»Ja.«

»Dort habe ich meinen Trauring und mein brasilianisches Armband hineingelegt. Jetzt ist es so, als wäre er selbst da, verstehst du?«

Ich weiß nicht, ob er mich versteht. In diesem Moment wirkt er nicht mehr wie ein Greis, sondern eher wie ein kleiner Junge. Also beginne ich zu reden. Ich rede immer weiter, ohne wirklich zu wissen, wieso, abgesehen davon, dass es nun, nachdem ich ihm das Geheimnis meiner heiligen Kiefer anvertraut habe, keinen Grund mehr gibt, den Rest zu verschweigen.

»Hierher komme ich, um mit ihm zu reden. Manchmal bringe ich das Radio mit und spiele ihm ein Lied vor. Aber das ist nicht alles. Ich habe angefangen, den Wind in den Bäumen zu feiern, indem ich Küchenutensilien, Konservendosen und Muscheln an die Zweige gehängt habe. Die Geburt von Mae und meine ersten Kohlköpfe habe ich gefeiert, indem ich meine Laken zerschnitten und sie in die Trauerweide gebunden habe. Beim geringsten Anlass zünde ich Kerzen vor meinem Fenster an. Außerdem rede ich mit dem Gemüse, mit der Baumrinde, ja sogar mit dem Mond. Und weißt du, was? Seit Neuestem feiere ich den Vollmond. Beim nächsten Vollmond in drei Tagen will ich ein Bankett veranstalten. Ein Bankett im Mondschein, unter der Weide. Ich hatte Angst, dir davon zu erzählen. Das ist doch auch idiotisch, findest du nicht? Wir alle haben unsere Vorstellungen und Rituale ...«

Ich halte einen Moment inne und suche seinen Blick. Richard starrt mich mit offenem Mund an.

»Anne und du, ihr habt die Kirche und eure Hoffnung auf ein Paradies. Nicht wahr? Und ich habe das: die Erde, die Bäume, die Pflanzen, die entstehen, sterben und dann wieder aufs Neue entstehen. Ich habe den Wind, der singt und die Farben in den Zweigen tanzen lässt. Ich feiere das Leben in all seinen Formen, und ich glaube, dass Ben im Stamm einer Kiefer wohnt. Das ergibt überhaupt keinen Sinn, und gleichzeitig ergibt es sehr viel Sinn. Alles, was ich weiß, ist, dass es mir verdammt noch mal einfach guttut!«

Richard lacht auf.

»Ich sollte nicht vor dir fluchen«, rufe ich.

Er lacht immer noch. Ein Vogelpärchen lässt sich auf einem Ast über unseren Köpfen nieder. Zwei Rotkehlchen. Rund, winzig, stolz. Sie mustern uns neugierig.

»Wenn du jetzt nicht hier wärst, würde ich mit ihnen reden.«

Richard lächelt. Ich sehe ihm an, dass er sprachlos ist und nicht die richtigen Worte findet.

»Ich lasse dich allein, ja?«, sage ich daher. »Du kannst dich auf den Hocker setzen, dazu ist er da. Wenn du Angst hast, dich auf dem Rückweg zu verirren, kann ich eine Spur aus Tannenzapfen legen.«

Aber Richard schüttelt den Kopf.

»Das sollte ich finden. Danke.«

Also schleiche ich auf Zehenspitzen davon. Es fühlt sich an, als wäre eine gewaltige Last von mir abgefallen.

Ich habe geahnt, dass er nicht so schnell zurückkommen würde. Mehrere Tage ohne Friedhof. Er hat sicher einiges nachzuholen. Ich sehe in der Zwischenzeit nach meinen Blumen: Tulpen, Hyazinthen, Krokusse und Narzissen. Innerhalb der nächsten Wochen werden sich ihre Blüten öffnen. Vielleicht sogar schon in den kommenden Tagen. Noch sind die Knospen zart und geschlossen, aber man erkennt bereits ihre Farben. Vor allem das zarte Violett der Krokusse. Was soll ich mit all den Blumen machen? Mit all diesen Farben? Ich werde Kränze daraus binden. Und kleine Körbchen damit füllen, die ich in einen Bach setzen und davontreiben lassen kann, um den Frühling zu feiern. Mein Herz beginnt schneller zu schlagen. Ja, das ist es. Eine Frühlingsfeier. Flöße voller Blumen, die den Strom entlangtreiben und fremde Blicke erfreuen. Ich spüre leise Aufregung in meiner Brust, als ich ins Haus zurückgehe.

Ich koche eine Suppe, einer von Madame Hugues' Terminkalendern liegt aufgeschlagen neben mir. *Cremige Steckrübensuppe.* Aus dem Radio klingt die Stimme von Jacques Brel. *Il y a deux sortes de temps: il y a le temps qui attend et le temps qui espère.* Es gibt zwei Arten von Zeit, die Zeit, die wartet, und die Zeit, die hofft. Plötzlich mischt sich Richards Stimme in die von Jacques Brel.

»Sie haben deinen Trauring und das Armband gestohlen.«

Überrascht drehe ich mich um, fast hätte ich mich in den Daumen geschnitten. Richards Gesicht sieht völlig verändert aus, ganz anders als noch vor nicht einmal einer Stunde. Die Tränen haben seine Augen rein gewaschen, und vieles andere auch.

»Dein Trauring und das Armband sind weg«, fügt er hinzu.

»Wirklich?«

»Es waren die beiden Rotkehlchen.«

»Woher weißt du das?«

»Gleich nachdem du weg warst, sind sie in das Loch geflogen. Also habe ich nachgesehen. Es ist nichts mehr drin. Bloß noch ein Nest.«

Wahrscheinlich sollte ich wütend sein oder weinen, den Verlust der beiden Gegenstände betrauern, die das engste Band zwischen mir und Benjamin darstellten, doch stattdessen lächle ich.

»Habe ich es dir nicht gesagt … Ein Baum ist viel lebendiger als ein Stein.«

An diesem Abend decken wir den Tisch draußen. Das war Richards Idee.

»Warum sollten wir bis zum Vollmond warten?«, hat er gefragt.

Das Palettensofa ist bereit für unsere Hintern, und die Glasplatte auf dem Tisch ist fest verschraubt. Richard hat eine improvisierte Stromleitung gebastelt, damit wir unsere Teller sehen können, aber ich habe ihn gewarnt: Am Abend des Banketts werden wir auf keinen Fall den Strom einschalten, durch eine künstliche Beleuchtung ginge das Weihevolle dieses Moments verloren.

Wir wickeln uns in Decken und alte Mäntel. Zwar ist der Frühling nur noch ein paar Tage entfernt, aber hier in der Region ist die Luft noch kühl.

»Ich habe eine Idee für deine Vollmondzeremonie«, sagt Richard zwischen zwei Löffeln Suppe.

»Ach ja?«

»Ich könnte etwas für die heilige Kiefer schnitzen. Ein Totem. Einen Gegenstand. Ich weiß noch nicht, was.«

»Hast du denn dein Werkzeug dabei?«

»Das liegt immer im Kofferraum.«

»Ein schöner Gedanke …«

»Wir könnten es bei Vollmond zur Kiefer bringen.«

Ich stimme ihm begeistert zu. Die Idee gefällt mir. Ich bin glücklich, dass ich nicht mehr die Einzige bin, die über mein schrulliges Treiben Bescheid weiß. Und ich bin doppelt glücklich darüber, dass Richard sich daran beteiligt.

18

WIR STECKEN MITTEN IN DEN VORBEREITUNGEN für unser Vollmond-bankett, als an diesem Morgen mein Handy vibriert.

»Geh nur«, sagt Richard, »das schaffe ich auch allein.«

Ich hole das Telefon, das ich in einer Zimmerecke abgelegt habe, und lächle. Mir ist, als kehrte ein Geist zurück.

Brauchen sie hilfe beim rasen, madame Luzin?

»Richard?«

»Ja?«

»Würde es dich stören, wenn wir bei unserem Bankett heute Abend einen Gast hätten?«

»Nein, natürlich nicht. Du ... du bekommst Besuch?«

»Das könnte sein ... Jemand, der Benjamin gut gekannt hat ...«

Er runzelt fragend die Stirn, doch mehr verrate ich nicht. Stattdessen richte ich meine Aufmerksamkeit wieder auf das Display. Ich bin mir sicher, dass Richard froh sein wird, Mikas Bekanntschaft zu machen.

Hallo Mika. Rasen ist schon gemäht. Was hältst du von einem lang-weiligen Abendessen mit Erwachsenen? Hier ist jemand, den ich dir gern vorstellen würde. Gleicher Lohn wie beim letzten Mal, und danach bringe ich dich zurück zum Bahnhof, damit du den Zug um halb elf er-wischst. Unbeholfen füge ich noch ein Smiley hinzu und kehre zu Richard zurück, der gerade mit der Schere kämpft.

»Müssen wir noch einmal los und mehr Wein kaufen?«, fragt er.

»Hm ... ich glaube nicht.«

Wieder unterbricht uns das Summen meines Handys.

Ok. Kan meine freundin zu irem langweiligen erwaksenen essen mitkomen?

Ich hebe den Kopf und blicke zu Richard hinüber, der sich konzentriert über die Tischdecke beugt.

»Wir werden schlussendlich zu viert sein«, verkünde ich gelassen.

Richard ist zu höflich, um nachzufragen. Er nickt, und ich lächle. Ich glaube, ich habe mich richtig entschieden.

Ursprünglich hatte ich mir dieses Bankett im Mondschein als ein einsames Mahl vorgestellt. Als einen Moment innerer Einkehr. Feierlich und ein wenig ernst. Aber das Leben hat anders entschieden.

Am späten Nachmittag fahre ich allein nach Clermont-Ferrand, um Mika und seine Freundin vom Bahnhof abzuholen. Richard möchte lieber an der Schaukel weiterarbeiten. Er hat eine Kiefer ausgesucht, deren Äste dick genug sind, um Maes Gewicht zu tragen, bis sie mindestens sechs Jahre alt ist. Auf meinem Dachboden hat er ein passendes Brett aufgestöbert, den Überrest eines früheren Fensterladens. Jetzt ist er damit beschäftigt, es abzuschleifen und zurechtzusägen.

Die Sonne sinkt bereits, aber uns bleiben noch gut zwei Stunden Tageslicht, bevor es dunkel wird. Das Obst ist in hübschen versilberten Schalen angerichtet, die ich in Madame Hugues' Vorratsschrank entdeckt habe, aber da nun auch Mika und seine Freundin dabei sein werden, musste ich mein Obst notgedrungen um Chips, Tiefkühlpizzas und eine Flasche Coca-Cola ergänzen.

Ich sehe sie gleich, als ich vor den gläsernen Bahnhofstüren parke. Mika mit seinem zu Berge stehenden kupferbraunem

Haar scheint seit unserer letzten Begegnung schon wieder zehn Zentimeter gewachsen zu sein. Das junge Mädchen neben ihm ist eine hübsche Brünette mit sehr hellem Teint in einem schwarzen Volantkleid. Eine Art gemäßigter Gothic-Stil. Mika hat eine Hand um ihre Taille gelegt, aber er lässt sofort los, als er mich entdeckt.

»Guten Tag, Madame Luzin.«

»Hallo, Mika.«

Ich wende mich dem jungen Mädchen zu, das mir schüchtern eine Hand entgegenstreckt.

»Das ist Lola«, erklärt Mika. »Die Sängerin unserer Band.«

Er mustert mich besorgt, und ich lächle.

»Freut mich, dich kennenzulernen, Lola.«

Ich weiß noch genau, was Mika beim ersten Mal über Lola gesagt hat: *Sie wär gern mitgekommen, aber sie hat gesagt, das gehört sich nicht ... weil sie Sie ja nicht kennt. – Das hättet ihr mir sagen sollen. Natürlich konnte sie mitkommen. – Außerdem war sie ein bisschen verknallt in Benjamin, also ...*

Erfreut stelle ich fest, dass sie jetzt nicht mehr davor zurückschreckt, mich kennenzulernen, und dass sie in Mika eine neue Liebe gefunden hat.

»Los, steigt ein. Ihr könnt euren Rucksack in den Kofferraum legen.«

Mika ist ruhiger als bei seinen letzten Besuchen, ernsthafter, erwachsener. Weil er jetzt verliebt ist ... Sie setzen sich zusammen auf die Rückbank und lassen mich vorne allein als ihre Taxifahrerin.

Im Rückspiegel sehe ich die Hand, die er auf das Knie des Mädchens gelegt hat, ihre Blicke, die sich immer wieder begegnen, ihr verschwörerisches Lächeln. Mein Herz zieht sich ein wenig zusammen. Nicht, dass ich nicht froh darüber wäre, sie verliebt zu sehen. Es ist etwas anderes ... Vielleicht meine eigene Einsamkeit, die mir dadurch umso deutlicher zu Bewusstsein kommt.

»Habt ihr gerade Schulferien?«, frage ich, um das Gespräch in Gang zu bringen.

»Nein, Madame Luzin! Wir hatten doch gerade erst Winterferien!«

»Ach so?«

»Ja. Im Februar. Die Schule hat vor zwei Wochen wieder angefangen.«

Ich bin eindeutig nicht mehr auf dem Laufenden ...

»Wart ihr Skifahren?«

»Nein. Skifahren, das ist was für Snobs.«

»Aha. Dann seid ihr also in Lyon geblieben?«

»Ja. Wir haben für unseren Auftritt bei der *Fête de la Musique* geprobt. Wissen Sie, was wir machen wollen?«

»Nein ...«

»Wir spielen Coverversionen der Cranberries. Kennen Sie die?«

»Ja, ein bisschen. Die sind noch aus meiner Zeit.«

»Echt?«

Mika wirkt enttäuscht. Ich unterdrücke ein Lachen. Lola bleibt still. Ich glaube, sie ist in meiner Gegenwart immer noch ein bisschen eingeschüchtert.

»Du singst also auf Englisch?«

Sie zuckt leicht zusammen, zwei rosa Flecken breiten sich auf ihren Wangen aus.

»Ich?«

»Ja.«

»Oh ... Ja ... Ich meine, ich versuche es ...«

»Sie tut nur wieder so bescheiden«, mischt sich Mika energisch ein. »Madame Smith sagt, sie ist supergut in Englisch.«

»Madame Smith?«

»Die Englischlehrerin.«

Lola murmelt etwas. Es klingt wie: »Sie hat nicht *supergut* gesagt, sondern ich komme *sehr gut zurecht*.«

Darauf folgt ein Streit.

»Sehr gut zurechtkommen, das heißt doch gar nichts.«

»Doch, das heißt, dass ich flüssig reden kann. Nicht, dass ich perfekt Englisch spreche.«

»Das ist doch das Gleiche.«

»Nicht genau.«

»Du bist echt ätzend. Immer musst du dich selbst schlechtmachen.«

»Ich mache mich nicht schlecht.«

»Doch. Ich sage, du bist supergut. Das ist alles.«

Mika richtet den Blick auf die Straße, und Lola schüttelt in gespieltem Ärger den Kopf. Ihre Wangen sind leicht gerötet. Ich verkneife mir ein Lächeln und drehe verstohlen das Radio lauter.

»Wer ist denn Ihr Besuch?«, fragt Mika ein paar Kilometer weiter.

»Gut, dass du fragst ... ich hätte fast vergessen, euch von ihm zu erzählen.«

Ich setze den Blinker und biege in die schmale Landstraße ein.

»Es ist Benjamins Vater.«

»Echt?«

Mika reißt überrascht die Augen auf.

»Was macht der denn bei Ihnen?«

»Er ruht sich aus. Er war ein wenig müde.«

»Aha.«

»Und er hilft mir bei ein paar kleineren Arbeiten.«

Wieder wird es still im Wagen. Mika nickt schweigend. Lola bleibt stumm.

»Ich dachte, es würde ihn freuen, euch kennenzulernen. Ihr könntet ihm ein bisschen von der MJC erzählen.«

»Na, das kann er haben!«

Im Rückspiegel sehe ich Lolas schüchternes Nicken.

»Was ist denn los?«

»Der neue Sozialpädagoge wird immer ätzender! Wir haben eine Petition gestartet, damit er gefeuert wird! Und wir haben schon zweiundvierzig Unterschriften.«

»Tatsächlich? Was hat er denn getan?«

»Sie können sich nicht vorstellen, was er mit dem Chor vorhat!«

Lola nickt entrüstet.

»Will er ihn auflösen?«

»Nein! Schlimmer!«

»Schlimmer? Was könnte denn noch schlimmer sein?«

»Sie sollen Kirchenkram singen!«

»Kirchenkram?«, wiederhole ich, und es fällt mir immer schwerer, meine Belustigung zu verbergen.

Da meldet sich Lola zum ersten Mal zu Wort, und ihre Stimme klingt geradezu niedergeschmettert: »Er will, dass sie *Alléluia, gloire à Toi* singen.«

Mika imitiert eine auf seine Schläfe gerichtete Pistole. Ich kann mich nicht länger beherrschen und lache los.

»*Alléluia, gloire à Toi*«, wiederholt Lola fassungslos.

Auch Benjamins Lachen klingt in meinen Ohren. Jenes Lachen, das ich so liebe, das, welches aus den tiefsten Tiefen seines Bauchs aufsteigt. *Hast du das gehört, Poupette? Na, wenn das kein Sakrileg ist!* Ich lache mit ihm zusammen, während die beiden Teenager auf der Rückbank ein verdrossenes Gesicht machen.

Als wir aus dem Auto steigen, kommt Richard uns entgegen. Überrascht sieht er, dass ich zwei Teenager mitgebracht habe.

»Guten Tag«, begrüßt er sie und reicht ihnen die Hand.

»Das sind Mika und seine Freundin Lola. Sie kennen Benjamin aus der MJC. Letztes Jahr haben sie zu Weihnachten ein Video über ihn zusammengestellt, und sie haben eine Tafel mit seinem Namen an der Tür zum Musikraum anbringen lassen.«

Ernst schüttelt Mika Richards Hand. Richard wirkt ein wenig orientierungslos, es scheint, als werde er von seinen Emotionen überwältigt. Ich hätte ihn warnen sollen. Ich hätte ihm schon früher von der Tafel und dem Video erzählen sollen. Warum habe ich nur nie daran gedacht?

»Guten Tag, Monsieur.«

Danach gibt auch Lola ihm die Hand, schüchterner als Mika und mit schwachem Druck. Richard ist sprachlos. Ich weiß nicht, ob er mir böse ist oder einfach nur gerührt. Ich möchte ihm Zeit geben, sich wieder zu fangen, also deute ich auf die Haustür.

»Kommt mit rein und legt eure Sachen ab«, fordere ich die beiden Jugendlichen auf. »Dann könnt ihr auch etwas trinken.«

Sie folgen mir, doch Mika blickt noch einmal zu Richard zurück. Das Seil, das dieser in der Hand hält, zieht sich wie eine weiße Spur durch das Gras.

»Was baut er da?«

»Eine Schaukel für Mae.«

»Mae? Was ist das denn für'n Typ?«

»Das ist meine Nichte. Richards Enkelin.«

»Oh … Tut mir leid, ich dachte …«

Ich wische seine gestammelte Entschuldigung beiseite. Wir gehen ins Wohnzimmer. Ich habe die Fenster offen gelassen, damit der Frühlingsduft sich im gesamten Haus ausbreitet.

»Was wollt ihr trinken? Cola?«

Lola nickt, aber Mika ist ans offene Fenster getreten. Von dort aus sieht er zu, wie Richard das Seil durch den Sitz der Schaukel führt und einen festen Knoten schlingt.

»Wie will er die Schaukel denn aufhängen?«

»Er klettert auf meine Trittleiter und bindet sie an einen Ast.«

»Glauben Sie, das schafft er allein? Vielleicht braucht er Hilfe?«

»Du kannst ja rausgehen und ihn fragen.«

Mika nickt zufrieden. Und schwingt sich aus dem Fenster. Er hat es so eilig, sich an die Arbeit zu machen, dass es ihm zu lange dauert, erst noch durch das ganze Haus zu gehen. Lola schimpft liebevoll, aber da ist er auch schon draußen.

»Möchtest du eine Cola, Lola?«

»Ja. Äh ... Danke!«

Ich schenke ihr ein Glas ein, biete ihr einen Stuhl an, und als wir wieder aus dem Fenster schauen, sehen wir Mika auf der Trittleiter. Er greift nach dem Ende des Seils, das Richard ihm hochreicht.

»Es kann einfach nicht stillsitzen«, sagt sie schüchtern.

Ich deute auf das Fenstersims.

»Möchtest du auch nach draußen gehen?«

Sie zuckt mit den Schultern. Die Vorstellung, mich allein in der Küche zurückzulassen, bereitet ihr offensichtlich Unbehagen.

»Ich decke in der Zwischenzeit den Tisch«, füge ich begütigend hinzu.

Um meinen Worten Nachdruck zu verleihen, beginne ich, Teller auf die Anrichte zu stapeln.

Wenig später sitzt Lola in ihrem schwarzen Kleid im Schneidersitz unter der Kiefer. Sie pflückt Gänseblümchen, die sie zu einem Armband zusammenflicht, das sie sich ums Handgelenk bindet. Anschließend beginnt sie sofort mit einem neuen. Hin und wieder dringt ihr schüchternes Mädchenlachen zu mir herein, und dann sehe ich Mika, stolz wie ein

Gockel auf seiner Trittleiter, wie er eine groteske Imitation von wem auch immer abliefert. Doch das Schönste an diesem Tableau ist Richard, der verwirrte Bauleiter, der nicht so recht versteht, wie ihm geschieht. Richard und das selige Lächeln in seinem Gesicht.

Der Tisch ist gedeckt, die Kerzen sind angezündet, Lola hat einen meiner Mäntel angezogen und trägt eine Hose und ein Paar dicker grauer Socken, die ich ihr geliehen habe. Mika behauptet, ihm sei nicht kalt in seiner Jeansjacke, und hat mein Angebot, ihm eine Strickjacke zu borgen, abgelehnt. Ich sehe, wie er einen Pack Bierflaschen und einen Beutel losen Tabak aus dem Rucksack nimmt, und lächle einmal mehr angesichts der Überraschungen, die das Leben für uns bereithält.

»Sollen wir ein Feuer machen?«, fragt er. »Pizza vom Grill ist saulecker.«

Lola stimmt ihm zu. Im Geiste höre ich Benjamins spöttisches Lachen. *Pack die silbernen Schalen weg, du bist nicht mehr up to date.* Richard wirft mir einen fragenden Blick zu, er wirkt nicht überzeugt. Und ich verkünde, wenn jemand in der Lage sei, mir innerhalb weniger Minuten einen improvisierten Grill zu bauen, dann gerne.

»Mein Vater hat mal einen Grill aus einem alten Boiler gebaut«, erklärt Mika in vollem Ernst.

Richard rettet uns mit dem Vorschlag, ein Lagerfeuer zu machen und einen meiner Ofenroste, durch Steine erhöht, darüberzulegen. Mehr braucht es nicht, um Mikas Begeisterung anzufachen. Ein Bier in der Hand – »Wollen Sie auch eins, Madame Luzin?« – und eine Zigarette im Mundwinkel, eilt er geschäftig in den Wald und sammelt Steine und Zweige, die Richard zu einer präzisen Ordnung aufschichtet. Lola, deren Schüchternheit im Laufe der Stunden verflogen ist, öffnet zwei Bierflaschen und reicht sie Richard und mir.

»Jetzt brauchen wir noch Zeitungspapier, um es unter das Reisig zu schieben«, sagt Richard.

Ich gehe ins Haus und hole alte Zeitungen. Lola reißt die Seiten auseinander, und ich zerknülle sie. Es dauert eine gute halbe Stunde, bis unser Werk vollendet ist. Als das Feuer dank der dicken Scheite, die Mika im Wald gefunden hat, schließlich auflodert, setzen wir uns zufrieden hin und sind uns einig, dass ein zweites Bier nicht schaden könne.

Und das ist nun mein Bankett: ein improvisiertes Lagerfeuer mit zwei Teenagern, einem glücklich wirkenden Sechzigjährigen und einer Dreißigjährigen, deren Wangen vom Alkohol gerötet sind. Ich weiß nicht, ob ich ein wenig betrunken bin, aber es fällt mir schwer, dem Gespräch zu folgen. Ich habe auch gar keine Lust dazu. Lieber betrachte ich den Mond, das Feuer, die Sterne, die drei Gesichter um mich herum. Von Zeit zu Zeit schnappe ich ein Wort auf oder höre ein Lachen, und ich lächle. Ich glaube, Mika versucht Richard die verschiedenen Gitarrentypen zu erklären. Lola lauscht gebannt seinen Worten, schiebt sich eine Strähne hinters Ohr und befeuchtet sich die Lippen. Ich finde sie rührend und frage mich, ob Benjamin jemals bemerkt hat, dass sie in ihn verliebt war.

Wir legen die Pizzas auf den Grill. Ich vergesse sie, und es ist Richard, der sie vor dem sicheren Feuertod rettet. Danach trinken wir weiter Bier. Mika erkundigt sich, ob wir Musik machen können, und ich hole mein Radio nach draußen unter die Weide. Mithilfe eines Kabels gelingt es ihm, sein Handy mit dem USB-Anschluss des Geräts zu verbinden.

»Das spielen wir am 21.«

Aus meinem kleinen Radio dringen die ersten Gitarrenakkorde, gefolgt vom außergewöhnlichen Timbre von Dolores O'Riordan, über die einmal jemand gesagt hat, ihre Stimme sei wie ein Sturm gewesen. Ich lausche mit geschlossenen Augen.

Mir scheint, als spiele Mika auf einem imaginären Schlagzeug, sein Kopf wippt im Takt, und aus Lolas Mund glaube ich, leise Gesangsfetzen zu hören. Als ich nach einer Weile die Augen wieder öffne, lächelt Richard ins Leere, Mika raucht, und Lola hat den Kopf an seine Schulter gelegt.

Danach erzählen sie von dem neuen Sozialpädagogen in der MJC, Rémi de la Gaudillère, dem sie den Spitznamen Rémi de la Serpillière, Scheuerlappen-Rémi, verpasst haben, und berichten uns das Neueste von der Band: Issams Vater hat seine Gitarre zertrümmert, nachdem er wegen Schuleschwänzens zum Direktor zitiert wurde, Nathan hält sich für was Besseres und kommt nicht mehr in die MJC, Théo versucht, sich als Frontman aufzuspielen … Richard ist interessiert, fragt nach. Er wirkt verändert heute Abend. Wie von einem inneren Licht erfüllt. Und dann wendet sich das Gespräch unweigerlich den gesegneten Zeiten zu. Der goldenen Ära der MJC. Als die Band noch eine verschworene Gemeinschaft bildete, als Benjamin noch bei ihnen war, als Elia noch schallend lachte und ihnen bei den Proben zusah, die kein Ende fanden in dem kleinen Musikraum, wo Iliès im Notenschrank eingeschlossen wurde, wenn er mal wieder »austickte«. Als Benji ihnen regelmäßig den Kopf wusch, aber auch immer eine Runde Haribo spendierte.

»Primavera-Erdbeeren. Die schmecken am besten!«

Richard ist eigentümlich still. Ich weiß, wieso. Er speichert jedes einzelne Wort, um es sich später in Erinnerung zu rufen.

Ich gehe ins Haus, um eine Flasche Rotwein zu öffnen, und als ich wiederkomme, erzählt Richard gerade von den Bands aus seiner Zeit: den Rolling Stones, Pink Floyd, Queen … Mika tippt auf sein Handy, und mein kleines Radio spielt für uns »Another Brick in the Wall«, »Bohemian Rhapsody« und »Start Me Up«.

»Joah … Nicht schlecht, zugegeben.«

Das Feuer erlischt. Mika schaut auf seine Uhr und schrickt zusammen.

»Wir verpassen unseren Zug, Madame Luzin! Es ist schon zehn nach zehn!«

Ich glaube, ohne Richard wären wir nie pünktlich zum Bahnhof gekommen.

Mika und Lola bleiben noch drei Minuten, um ihre Fahrkarten zu kaufen, doch das scheint sie nicht weiter zu beunruhigen.

»Machen Sie sich keine Gedanken, Madame Luzin, das schaffen wir.«

Ich halte ihm den versprochenen Geldschein hin, aber Mika schüttelt entschieden den Kopf.

»Nächstes Mal holen Sie mich zum Mähen. Das ist echt nicht Ihr Ding.«

Vor Überraschung verschlägt es mir die Sprache.

»Ach ja?«

»Nein. Das habe ich gleich gesehen, was glauben Sie denn … Das Gras ist so was von unterschiedlich hoch. Besser, Sie lassen mich das machen. Behalten Sie Ihren Schein fürs nächste Mal.«

Ich würde gern darauf antworten. Aber was? Mir fällt nichts ein, und Mika lässt mir auch keine Gelegenheit mehr dazu. Der Zeiger der großen Bahnhofsuhr ist wieder eine Minute weitergesprungen, sie müssen sich beeilen, um ihren Zug nicht doch noch zu verpassen.

»Danke für das Essen und dass Sie uns hergefahren haben. Bis dann, Madame Luzin. Bis dann, Monsieur Luzin.«

Sie nicken Richard zu, der hinter dem Steuer sitzen geblieben ist. Flüchtig berühren ihre Wangen die meinen, und schon rennen sie Hand in Hand davon und verschwinden durch die Glastüren.

Als wir eine halbe Stunde später wieder zurück sind, erscheint mir das Haus sehr leer. Die Glut ist verloschen. Die Weide, die Sitzgruppe, mein tragbares Radio, die leeren Bierflaschen, die schmutzigen Teller, all das ist nur noch in den silbrigen Glanz des Mondlichts gehüllt. Ich höre kaum, wie Richard ins Haus schlüpft. Mit einem unbestimmten Lächeln beginne ich, den Tisch abzuräumen. Ohne es zu beabsichtigen, habe ich mein Bankett im Mondschein mit anderen geteilt. Mit Richard, aber auch mit Mika und Lola, selbst wenn die beiden gar nichts davon wussten. Während ich die Teller aufeinanderstapele, denke ich, dass diese Feier anders war als die vorherigen. Sie war nicht einsam. Sie war nicht so feierlich. Und doch hat sie mir sehr gutgetan. Vielleicht ist die Zeit reif für ein neues Ziel. Einen neuen Zettel an der Wand. Aber was? Ich weiß es nicht. Ich lasse meine Gedanken schweifen. *Teilen? Offen sein?* Wofür? Die Welt? Das Neue? Andere Menschen?

Richard kommt vom Haus her auf mich zu, und das Geräusch seiner Schritte lässt mich zusammenfahren.

»Du hast es doch hoffentlich nicht vergessen?«

Jetzt, wo wir nur noch zu zweit sind, klingt seine Stimme wieder ernster. Er trägt etwas in den Händen und hält es mir hin. Anfangs erkenne ich im schwachen Mondlicht nur eine braune Liane. Dann werden die Umrisse der Skulptur deutlicher. Ihre längliche Form. Ihre Kurven. Es handelt sich um zwei Schlangen, die gar keine echten Schlangen sind. Sie verwinden ihre Leiber, verschmelzen miteinander, und ihre menschlichen Köpfe finden sich zu einem Kuss. Es ist ein Paar. Ein Liebespaar. Ein vereintes Paar. Richard legt die Skulptur in meine Hände, und mir fehlen unversehens die Worte. Ich kann nur mehrmals nicken, um ihm meine Dankbarkeit auszudrücken.

»Es ist schon spät. Bring sie ihm morgen …«

Ich nicke erneut. Richard legt eine Hand auf meine Schulter, sehr leicht, und während er weiter den Tisch abräumt, richte ich allen heimlichen Dank der Welt an den Mond. Für Richard. Für diesen Abend. Für Mika und Lola, die einander lieben. Für die Holzskulptur. Für das Lagerfeuer. Für alles Schöne und Unverhoffte, das mir noch widerfahren wird.

19

RICHARD UND ICH HÄTTEN EWIG so weiterleben können, Seite an
Seite in dem alten Haus. Wir gehören zu den Menschen, die
einander mühelos ertragen, weil sie sich gegenseitig Freiraum
und Momente des Schweigens zugestehen, weil sie dem anderen wie in einem Spiegel sein eigenes Bild zurückwerfen. Die
Zeit wäre einfach verstrichen, ohne Schmerz und ohne Zu-
sammenstoß. Aber Richard ist schließlich wieder nach Hause
gefahren. Weil Anne angerufen hat, um ihn daran zu erinnern, dass seine Krankschreibung auslief und sein Chef ihn am
darauffolgenden Montag wieder bei der Arbeit erwartete. Weil
es ihm wieder besser ging. Weil Anne, Cassandra, Yann und
die winzige Mae ihn ebenfalls brauchten. Er hat den kleinen
USB-Stick mitgenommen, den ich ein paar Monate zuvor in
meiner Messerschublade versteckt hatte.

»Ich sehe es mir an, sobald ich zu Hause bin«, hat er versprochen.

Ich wusste, dass er beim Anblick der Bilder weinen würde,
aber gleichzeitig wäre er auch voller Stolz. Deshalb habe ich
ihm den Stick überlassen.

Richard ist nach Hause gefahren, und meine Blumen sind
aufgeblüht. Als Erstes die Krokusse. Kleine, zähe Blumen,
deren intensiv violette Blütenblätter sich bebend um ein goldenes, mit orangefarbenen Staubblättern besetztes Herz scharen.
Bald darauf folgten die Narzissen. Ich hatte mich kaum von

meiner ersten Verzückung erholt, als sich ihre weißen Blütenblätter öffneten und den Blick auf eine sattgelbe Trompete freigaben. Narzissen, die Vorboten des Frühlings …

An diesem Abend griff ich zum Handy, um Julie anzurufen, doch im letzten Moment überlegte ich es mir anders. Es war noch zu früh. Ich sollte zumindest noch die Tulpenblüte abwarten. Ich nahm das Blatt mit der Aufschrift *Feiern* von der Wand und hängte ein neues auf.

Teilen

Ich zählte die Tage, verschwendete keinen Gedanken mehr an das Gemüse und fing an, mir vorzustellen, wie meine Blütenkränze und meine Flöße aussehen könnten.

Am nächsten Tag sind die Tulpen zwar immer noch nicht aus dem Boden gekommen, aber ich beschließe dennoch, Julie anzurufen.

»Ich habe einen etwas ungewöhnlichen Plan. Und es wäre schön, wenn du mir dabei helfen könntest.«

»Na klar«, antwortet sie spontan. »Was ist das für ein Plan?«

Es fällt mir schwer, die richtigen Worte zu finden.

»Ich möchte den Frühling feiern.«

»Den Frühling feiern?«

»Ja. Die Blüten, die sich geöffnet haben.«

»Im Garten blühen die Blumen, habe ich recht?«

»Noch nicht alle. Im Moment nur die Krokusse und Narzissen.«

»Das muss ich unbedingt sehen.«

»Wann kommst du nach Hause?«

»Am Wochenende. Lädst du mich zum Mittagessen ein?«

»Nein.«

»Nein?«

»Ich habe etwas anderes vor.«

Bislang habe ich nur eine vage Vorstellung, aber ich brauche Julie dazu. Sie kennt die Gegend besser als ich, und außerdem steht es jetzt an meiner Wand: *Teilen.* Ich brauche zum Feiern nicht länger allein zu sein.

»Ich möchte an einem Bach picknicken. Irgendwo in der Nähe des Hauses. Ist das machbar?«

»Ja ... Ja, das ist machbar. Aber der Garten ... ich will die Blumen sehen.«

»Komm her und hol mich ab. Dann siehst du auch den Garten.«

»Gut. Einverstanden.«

»Und am Bach feiern wir den Frühling.«

Julie lässt einen Moment verstreichen. Als ihre Stimme wieder zu hören ist, klingt sie ein wenig spöttisch.

»Amande, du warst ja schon immer etwas seltsam, aber ich frage mich, ob es nicht mit der Zeit schlimmer wird ...«

»Nein.«

»Nein? Bist du sicher?«

»Ganz sicher. Als du das erste Mal bei mir geklingelt hast, hätte nicht viel gefehlt, und du hättest mich tot in meinem Bett gefunden. Weil ich den ganzen Tag über Schlaftabletten geschluckt habe.«

Sie braucht ein paar Sekunden, um diese Information aufzunehmen und zu verdauen.

»Und jetzt nicht mehr?«, fragt sie schließlich in neutralem Ton.

»Nein, jetzt will ich bloß noch Blumenkränze ins Wasser werfen.«

Sie lacht, und ich stimme ein.

»Na gut. Ich gebe zu, es geht dir ein bisschen besser, aber da ist noch Luft nach oben.«

»Also abgemacht? Samstag um zwölf?«

»Ich bringe die Picknickdecke mit. Eine Scheußlichkeit in Rot und Gold. Sie gehörte Maman. Furchtbar *vintage*.«

Ich glaube ihr aufs Wort, und nachdem wir unsere Verabredung für den nächsten Samstag noch ein letztes Mal bestätigt haben, legen wir auf.

Bis zu meinem Treffen mit Julie kommt keine Langeweile auf. Ich reihe die zehn Wandkalender von Madame Hugues an den Wohnzimmerwänden auf, wo sie gemeinsam einen Fries bilden. Die Zeit ist vergangen, wir haben mittlerweile den 6. April, und so öffne ich alle Kalender bei diesem Monat. Wenig verwunderlich, zeigen die Abbildungen allesamt Blumen. Ich sehe Narzissen und Krokusse, aber auch hübsche Blüten, die an Bäumen wachsen und die ich nicht kenne. Vielleicht kann Julie mir mehr darüber sagen.

Im Wald sammle ich dünne Zweige, um daraus kleine Flöße für meine Blumen zu bauen. Anschließend lasse ich mich im Schatten der Weide auf meiner nagelneuen Sitzgruppe nieder. Doch statt die Stöckchen zusammenzubinden, verbringe ich mehr Zeit damit, meine Gedanken schweifen zu lassen und mir vorzustellen, wie wohl der Alltag von Paul und Lucie ausgesehen haben mag. Trotzdem mache ich Fortschritte. Nach und nach nehmen meine Flöße Gestalt an. Ich lege die Zweige nebeneinander, sodass sie einen Holzboden bilden, und verbinde sie mit jener weißen Schnur, die ich auch im Garten verwende. Mit der gleichen Schnur werde ich am Samstag die Blumen auf den Flößen befestigen.

Bis dahin lagere ich die kleinen hölzernen Plattformen in meinem Schlafzimmer am Fußende des Bettes. Ein Dutzend sind es geworden. Ich fand, das reicht. Erst im Nachhinein ist mir aufgefallen, dass zwölf die perfekte Zahl ist: zwölf Flöße für die zwölf Monate des Jahres.

Eines Nachmittags beschließe ich, den Sitz der Schaukel, die Richard gebaut hat, apfelgrün anzustreichen, außerdem stecke ich Dutzende Löwenzahnblüten in die Seile, mit denen sie am Ast der Kiefer festgebunden ist. An diesem Tag entdecke ich die erste Hyazinthe. Ein einzelner Stängel mit einer Traube winziger duftender lilafarbener Glöckchen daran. Ich sehe das als ein Zeichen, dass die Hyazinthen pünktlich zu meiner Frühlingsfeier zur Stelle sein werden.

Es ist nicht einmal zehn Uhr an diesem Samstagmorgen, und ich habe bereits alle Flöße mit Blumen geschmückt. Ich habe Sandwiches gemacht, einen Obstsalat geschnippelt und alles in Frischhaltefolie eingepackt. Ich habe sogar Becher und einen süßen Weißwein auf den Küchentisch gestellt. Ja, ich bin mehr als bereit. Zwei Stunden zu früh.

Ich sitze auf meiner Bank unter der Weide und betrachte die zwölf Flöße mit den Narzissen, Krokussen, Hyazinthen und Ackerveilchen. Sie sind frisch. Sie sind schön. Sie duften himmlisch. Die Katze schnuppert an dem kleinen Haufen übrig gebliebener Blumen, die keinen Platz mehr auf einem der Flöße gefunden haben. Mit zusammengekniffenen Augen wendet sie sich ab. Der Duft ist ihr zu intensiv. Ich hingegen betrachte die Farben dieses kleinen Haufens, die Strukturen, die Formen – Blütenkronen, Blütenblätter, Glöckchen – und atme die unterschiedlichen Düfte ein. Welche Verschwendung. Was soll ich mit ihnen machen? Ein *potpourri*? Nein, bestimmt nicht, das wäre genauso eine Verschwendung. Soll ich ein paar davon zu Benjamin bringen? Die Wurzeln der Kiefer sind doch längst mit blauen, violetten, weißen und gelben Blütenblättern überhäuft.

Ich strecke die Beine aus und lasse mich auf meinem Palettensofa zurücksinken. Meine Gedanken wandern zurück. Ich denke an Maes Schaukel, an den Tag, als sie gebaut wurde. An Richard, der das Seil hielt, an Mika auf der Trittleiter und an Lola, die in ihrem schwarzen Volantkleid im Gras saß. Lola, die Gänseblümchen pflückte und daraus mit beiläufigen, anmutigen Gesten Ketten flocht. Ihre Finger bewegten sich flink, während ihre Augen auf Mika gerichtet waren und seinen Blick suchten. Ja, sie flocht die Gänseblümchen zusammen, ohne darüber nachzudenken, und schon bald schmückten erst ein, dann zwei, drei, vier Armbänder ihr zierliches Handgelenk.

Ich ziehe die Beine wieder an und richte mich auf. Jetzt weiß ich, wozu ich meine überzähligen Blüten verwenden werde.

Ich bin gerade dabei, eine lange Kette aus Narzissen zu flechten, als die Reifen des blauen Twingo auf dem Kies knirschen.

Der Wagen hält vor dem Haus, zwei nackte Beine tauchen auf, eine Tür schlägt zu, und da steht Julie in frühlingshaftem Aufzug. Sie trägt ein weißes, mit roten Mohnblüten bedrucktes Kleid. Das braune Haar flattert ihr ums Gesicht, und sie kommt mit selbstsicheren Schritten auf mich zu – oder auf die Weide.

»Du hast das Haus ja schon wieder verändert!«, ruft sie begeistert.

Sie legt mir beide Hände auf die Schultern, begrüßt mich mit einem duftenden Wangenkuss und fügt mit leuchtenden Augen hinzu: »Du hast die Fensterläden gestrichen, eine Sitzgruppe in den Garten gestellt, und was gibt es sonst noch Neues?«

Ich zeige ihr die frisch gestrichene Schaukel, die halb verborgen im Schatten der Kiefern hängt.

»Hast du die gebaut?«

»Mein Schwiegervater.«

»Und das da?«

Ihr ausgestreckter Finger deutet auf meinen improvisierten Blumenschmuck.

»Ja … das war ein Versuch.«

»Die sind schön! So frisch!«

Dann fällt ihr Blick auf die Flöße.

»Mein Gott, bist du kreativ, Amande!«

»Das ist bloß eine kleine Bastelei, um mir die Zeit zu vertreiben.«

»Ist dir klar, dass du so etwas für Hochzeiten anbieten könntest?«

Im ersten Moment denke ich, sie redet von meinen Flößen, aber sie greift nach den Armbändern.

»Das ist doch nichts Richtiges.«

»Natürlich nicht, du hast ja auch kein vernünftiges Material! Aber wenn du dir elastischen Faden, Schließen und ein paar Schmuckhalter besorgst, könntest du tadellose Arbeit abliefern.«

Sie nimmt die lange Halskette und hält sie sich vor die Brust an ihr geblümtes Kleid.

»Schau nur! Siehst du, wie das wirkt? Ich meine es ernst. Stell dir nur mal das Konzept vor: vergänglicher Schmuck aus echten Blüten. Ich bin mir sicher, das wäre der Renner in der Hochzeitssaison! Und dieser Duft. Unnachahmlich! Der Duft frischer Blütenblätter!«

Sie schließt die Augen, nimmt die Blüten behutsam zwischen die Finger und schnuppert daran.

»Ich habe das Gefühl, wieder in die Zeit von Maman zurückzukehren, als dieses Haus für mich der Inbegriff des Glücks war.«

Die graue Katze kommt herbei, um sie zu begrüßen, und so bleibt Julie nichts anderes übrig, als die Augen wieder zu öffnen. Mein scheues Tier schnurrt verliebt. Wenn es sich nicht um Julie handelte, wäre ich beinahe eifersüchtig.

»Na gut … Aber deswegen bin ich ja nicht hier«, sagt sie, als sie sich wieder aufrichtet. »Los, komm, wir haben noch ein Stück Weg vor uns.«

»Hast du einen Bach für uns gefunden?«

»Besser.«

Wir steigen in Julies Auto, die Tasche mit den Vorräten nehme ich auf den Schoß. Es ist ein schöner Tag, ein wenig kühl, aber sonnig. Während wir eine schmale Landstraße entlangfahren, fällt mir auf, dass Julie und ich uns heute zum ersten Mal außerhalb meines Hauses sehen, und das scheint mir eine positive Entwicklung zu sein.

Eine gute Viertelstunde später halten wir an einem Parkplatz, auf dem außer unserem eigenen nur noch ein weiteres Auto steht. Julie wollte mir das Ziel unseres Ausflugs nicht verraten, doch auf einem Hinweisschild lese ich CASCADE DE SAY. Ich tue so, als hätte ich nichts gesehen, und folge ihr einen Schotterweg entlang, die Tasche mit den Vorräten in der Hand.

Wir haben einiges zu tragen, und das Vorankommen wird nicht leichter, als der Weg in einen mit moosbedeckten Felsbrocken übersäten Kletterparcours übergeht. Wir sind gezwungen, eine neue Strategie anzuwenden. Julie steigt voraus, und ich reiche ihr die Taschen hoch, bevor ich hinterherklettere. Doch nachdem wir diese Hindernisse überwunden haben, ist es ein angenehmer Spazierweg: das weiche, grüne Moos, das Plätschern des Wasserlaufs, an dem wir entlanggehen, das durch das Geäst einfallende Sonnenlicht, das Geräusch unserer Schritte und der rollenden Steine. Wir begegnen einem wandernden Pärchen, das uns höflich grüßt, und schließlich stellt Julie, die vor mir hergeht, ihre Tasche auf den Boden.

»Wir sind da.«

Hier ist das Tosen des Wassers lauter. Kein Wunder, wir stehen direkt vor dem Wasserfall, dem höchsten Punkt unserer Wanderung. Kraftvoll strömt das Wasser aus dem Fels und rauscht über die Gesteinsbrocken in die Tiefe.

»Wollen wir hier essen?«, schlägt Julie vor. »Deine Flöße können wir weiter unten zu Wasser lassen. Dann werden sie nicht auf den Steinen zerschmettert.«

Bereitwillig stimme ich zu, und wir machen uns auf die Suche nach einem flachen, von der Sonne angewärmten Felsen, um darauf unsere Picknickdecke auszubreiten.

Der Weißwein ist zuckersüß. Die Sandwiches schmecken köstlich. Es fällt mir noch etwas schwer, mich an den Gedanken zu gewöhnen, dass ich hier mitten in der Auvergne sitze, bei einem Ausflug in Begleitung der Tochter der ehemaligen Besitzerin meines Hauses. Mein Leben hat nichts mehr mit dem von vor zehn Monaten gemein. Ich selbst habe nichts mehr mit der Frau gemein, die ich vor zehn Monaten war. Ich spüre, wie leise Verwirrung von mir Besitz ergreift, und ziehe es vor, einfach nur hier zu sein und Julie zuzuhören, die von ihrer Arbeit erzählt, ihrer Wohnung in Clermont-Ferrand, ihrer bipolaren Nachbarin und dem unausstehlichen Hausverwalter. Nach einer Weile stecken wir den Korken zurück in die Weinflasche und packen die restlichen Vorräte ein. Ich helfe Julie, die Decke ihrer Mutter zusammenzufalten, und gerade als eine Großfamilie mit Picknickkorb und Fußball unter dem Arm herankommt, machen wir uns wieder auf den Weg, um meine Flöße weiter unten am Bach zu Wasser zu lassen.

Vorsichtig klettern wir von Stein zu Stein und achten darauf, nicht auf dem Moos auszurutschen. Julie hat einen Stock aufgehoben, den sie als Wanderstab benutzt. Eine Weile flattern zwei Rotkehlchen um uns herum, die eine seltsame Ähnlichkeit mit den Bewohnern meiner heiligen Kiefer aufweisen.

»Amande, darf ich dir eine indiskrete Frage stellen?«, höre ich plötzlich Julies Stimme.

Ich versuche, nicht zu zögern, doch es fällt mir schwer, sie hat mich überrumpelt.

»Ja.«

»Na ja … Ich habe mich gefragt … Triffst du außer mir eigentlich noch andere Menschen?«

Ihre Frage stürzt mich in Verlegenheit, umso mehr, als mir nicht ganz klar ist, worauf sie damit hinauswill.

»Ja … Nicht viele, aber ich treffe auch noch andere Menschen, ab und zu …«

»Männer?«

Ach so. Ich glaube, jetzt weiß ich, was sie im Sinn hat, trotzdem antworte ich scheinheilig: »Ja.«

»Männer in deinem Alter?«

»Nicht ganz …«

»Wenn du deinen Schwiegervater, den Schaukelbauer, meinst, der zählt nicht.«

Mir fällt nichts ein, was ich darauf erwidern könnte, und so bleibe ich stumm. Eine Weile gehen wir schweigend weiter.

»Wie lange ist es her, seit er gestorben ist?«

In ihrer Stimme schwingt keine Wertung mit, daher bin ich bereit, ihr zu antworten.

»In zwei Monaten wird es ein Jahr.«

Julie nickt schweigend.

»Er hieß Benjamin«, füge ich hinzu.

»Benjamin«, wiederholt Julie leise, als wollte sie prüfen, wie sich der Name anhört, und lächelt dabei.

»Es heißt, im Durchschnitt dauert die Trauerphase ein Jahr. Glaubst du an solchen Unsinn?«

Ich zucke mit den Schultern. Ich weiß nicht einmal genau, was das Wort »Trauerphase« überhaupt bedeutet. Wie soll ich da bestimmen, ob sie begonnen hat oder schon abgeschlossen ist.

»Bei Papa hat es sechs Monate gedauert, bis es mir wieder besser ging. Das war natürlich etwas völlig anderes. Maman war noch da, ich hatte gerade meine erste Stelle angetreten, und ich hatte ein ausgefülltes Sozialleben. Bei Maman hat es sehr viel länger gedauert. Ich glaube, da habe ich zwei Jahre gebraucht. Vielleicht noch länger ... Deshalb glaube ich auch nicht eine Sekunde an diesen Quatsch, wenn einem die Leute erzählen, wie lange es dauert, bis man die Trauer überwunden hat.«

Mit einem engelsgleichen Lächeln dreht sie sich zu mir um.

»Ich weiß nur – und mehr sage ich gar nicht –, dass du jung bist und der Frühling kommt.«

Die Andeutung scheint mit ihrer indiskreten Frage von vorhin zu tun zu haben, doch in diesem Moment erreichen wir eine Stelle, wo der Bach sehr viel ruhiger fließt und wir uns am Ufer hinhocken können. Daher ziehe ich es vor, das Thema zu wechseln.

»Hier ist die perfekte Stelle, um die Flöße zu Wasser zu lassen.«

Behutsam hole ich sie aus meinem Leinenbeutel. Julie sitzt im Schneidersitz auf einem moosbedeckten Stein.

»Darf ich ein paar Worte sagen?«

Überrascht hebe ich den Kopf.

»Ein paar Worte?«

»Ja. Aus Anlass der offiziellen Zuwasserlassung der Flöße.«

»Machst du dich über mich lustig?«

»Nein. Ich dachte, ein paar Worte wären ganz passend.«

Ich weiß immer noch nicht, ob das ein Scherz sein soll, trotzdem erkläre ich mich einverstanden.

»Wenn du möchtest.«

Da stellt sich Julie auf ihrem moosbewachsenen Felsen aufrecht hin und räuspert sich feierlich, während ich mit dem ersten Floß ans Wasser gehe.

»Gut ... Also, Amande, du hast mich heute hergebeten, um den Beginn des Frühlings zu feiern. Aber der Beginn des Frühlings bedeutet zugleich auch das Ende des Winters. Das Ende einer besonderen Jahreszeit, in der die Tiere Winterschlaf halten und wir Menschen die Gewohnheit haben, uns zurückzuziehen und von anderen abzukapseln. Das ist nicht ungewöhnlich … In den alten chinesischen Texten gilt der Winter als eine Zeit der Einkehr. Eine Zeit, in der wir neue Kräfte sammeln. Weißt du, welchen Ausdruck sie dafür verwendeten?«

Sie sieht mich fragend an, also schüttele ich den Kopf.

»Der Winter wird beschrieben als die Zeit, in der *die Türen geschlossen werden und der Schatz gehütet wird*. Schön, nicht wahr?«

»Ja. Das ist schön.«

»Nun denn. Du hast die Tür geschlossen, um den Schatz zu hüten, und jetzt ist die Zeit gekommen, sie wieder zu öffnen.«

Sie nickt mir feierlich zu. Ich kann mein Floß ins Wasser setzen. Ich gehorche. Die kleine hölzerne Plattform schwankt in der Strömung, trotzdem lasse ich los, und sie treibt davon. Meine Blumen, ihre Kronen, ihre Glocken, ihre Düfte und ihre Farben, verschwinden in einem Arm des Baches. Da springt Julie, zufrieden mit ihrer Ansprache, von dem Felsbrocken.

»Darf ich noch etwas hinzufügen?«, fragt sie.

»Ja. Natürlich.«

»Es ist ein Zitat der Literatin und Kurtisane Ninon de Lenclos. Kennst du sie?«

»Nein.«

Ihre Lippen zucken. Ein amüsiertes Lächeln erscheint auf ihrem Gesicht, und mit kraftvoller Stimme deklamiert sie laut und vernehmlich: *»Bedauern wir die Turteltauben, die nur im Frühling vögeln!«*

In dem Moment weiß ich nicht, ob ich mich ärgern, mich wundern, die Augen verdrehen, fluchen oder einfach nur lächeln soll. Alles, was ich weiß, ist, dass Julie mich aufheitern wollte und dass sie die einzige Freundin ist, die ich in meinem neuen Leben gewählt habe. Also verdrehe ich die Augen, vergesse dabei jedoch nicht zu lächeln, und Julie ruft erfreut: »Ich lasse das nächste zu Wasser!«

Ja, meine Feiern haben sich definitiv verändert, aber Julie hat recht, *die Türen schließen und den Schatz hüten* gehört in den Winter. Jetzt ist der Frühling angebrochen. Der beste Beweis dafür ist das Wort, das schwarz auf weiß an meiner Küchenwand hängt: *Teilen.*

20

TROTZ JULIE UND UNSERER FRÜHLINGSFEIER. Trotz meiner Blumen, die dem Garten Farbe verleihen. Trotz der schüchternen Aprilsonne. Diesem schicksalhaften Datum kann ich nicht entfliehen … Benjamins Geburtstag. Der 13. April. Er hätte dreiunddreißig werden sollen.

Benjamin war Widder. Ich weiß nicht, was die Astrologie zu seinem Charakter sagt. An so etwas habe ich nie geglaubt. Ich wusste, dass er Widder ist, wie ich wusste, dass er an jenem Tag um Punkt zwölf Uhr mittags geboren wurde. Jetzt, wo ich darüber nachdenke, fällt mir auf, dass ich eine Menge belangloser Details über Benjamin weiß. Er fing beim Essen immer mit dem Fleisch an und ließ das Gemüse bis zuletzt. Der Weckton seines Handys war »The Power and The Glory«. Und ich hatte das Lied dann jeden Morgen beim Frühstück im Kopf. Dabei war eigentlich »Rebel in Me« sein Lieblingssong von Jimmy Cliff, aber davon ließ er sich nicht wecken, weil er zu langsam und sentimental war und er dann lieber im Bett geblieben wäre, um noch ein bisschen mit mir zu kuscheln. Er weigerte sich, die Reste der Dreadlocks in seinen Haaren abzuschneiden, weil sie ihn an seine Jugend erinnerten, sie waren ein Symbol. Wenn ein Film zu traurig war, verschwand er nach dem Ende immer abrupt auf die Toilette. Und glaubte allen Ernstes, ich hätte sein Manöver nicht durchschaut. Er trug ausschließlich schwarze oder dunkelblaue Boxershorts, und dafür gab es keinen Grund, jedenfalls keinen rationalen. Er trank lieber Kaffee als Tee, doch zum Dessert servierte er stets Earl Grey, um seine »englische Klasse zu beweisen«. Er lachte mindestens zehnmal am Tag. Er küsste mich lieber auf die Haare als auf den Mund, weil er das viel erotischer fand. Er rasierte sich nur mittwochs und samstags. Ach, und er liebte es, wenn ich dicke Wollsocken und zu große Pullover trug, die er mir auslieh. Ich habe nie verstanden, wieso.

Ist es nicht im Grunde das, woran man die Liebe ermessen kann, die man für jemanden empfindet? Diese Fülle unbedeutender Details, die man so sorgsam über den anderen sammelt. Ich liebte Benjamin mehr als mich selbst. Und ich glaube, heute liebe ich ihn noch mehr als zuvor. Die Zeit hat ihr Werk verrichtet, sie hat dem Schmerz die Schärfe genommen, aber meine Gefühle hat sie nur noch stärker werden lassen.

Daher fällt es mir schwer, jene Leichtigkeit und innere Ruhe zu bewahren, die ich in letzter Zeit gewonnen habe, je näher sein Geburtstag rückt. Ich erlebe einen ernst zu nehmenden Rückfall. Ich vernachlässige meinen Garten. Ich rufe weder Richard und Anne noch Yann und Cassandra an. Sie haben wahrscheinlich mit der gleichen Last zu kämpfen. Nein, an diesem 11. April, zwei Tage vor seinem Geburtstag, tue ich etwas, was ich selbst nicht begreife: Ich nehme mein Handy und rufe Elia unter ihrer Nummer in der MJC an. Sie hat gerade Mittagspause, und als sie rangeht, schwingt Überraschung in ihrer Stimme mit.

»Amande?«

Ich habe Elia seit Benjamins Beerdigung nicht mehr gesehen. Anfangs hat sie mir ein paar SMS geschickt, Nachrichten, die eigentlich keine Antwort erforderten. *Ich denke an dich*. Oder: *Ich sende dir Kraft*. Und zuletzt: *Ich hoffe, es geht dir gut*. Meine Antworten waren kurz und unpersönlich. *Danke, liebe Grüße*. Immer das Gleiche. Irgendwann hat sie aufgehört zu schreiben. Das hatte ich nicht beabsichtigt, aber mir fehlte die Kraft, den Kontakt aufrechtzuerhalten. Zu ihr genauso wie zu vielen anderen.

»Ist alles in Ordnung?«, fragt sie, als ich nicht antworte.

»Ja, alles gut. Ich …«

Ich weiß nicht genau, wieso ich sie angerufen habe. Unbeholfen suche ich nach Worten.

»Ich wollte nur mal hören, wie es so läuft …«

Das kann doch kein Mensch verstehen! Liegt es daran, dass Mika mir bei seinem letzten Besuch verraten hat, dass Elia sich verändert hat? Dass sie sie seit Benjamins Tod nie wieder so ausgelassen haben lachen hören? Oder war es die Erinnerung an Benjamins letzten Geburtstag vor einem Jahr? Wir hatten uns im Hinterzimmer einer Bar getroffen. Einem Irish Pub. Yann und Cassandra waren da, Elia und ihr damaliger Freund, dessen Namen ich vergessen habe, Fred, der Leiter der MJC, und seine Frau Céline, Youssef, der Sporttrainer, der einige Stunden pro Woche in die MJC kam, und Elias Praktikant, Anthony oder Antonin, ich weiß es nicht mehr genau, ein sympathischer, ganz und gar nicht schüchterner junger Mann. Es war eine lustige Runde. Das Bier floss in Strömen. Sie hatten mir einen Platz auf der Bank überlassen, und mein voluminöser Bauch stieß ständig gegen den Tisch. Sie hatten Benjamin ein »Superpapa«-T-Shirt geschenkt und eine Menge Sachen, die mit Manons Geburt zu tun hatten: Ohrstöpsel, Schlaftabletten, ein rosa Fläschchen, einen Kaffeebecher, Vitamine und eine Babytrage mit dem Aufdruck *I love my dad*. Ich trank natürlich kein Bier, aber das war auch nicht nötig, ich fühlte mich auch so leicht euphorisch – oder einfach nur glücklich.

Wir spielten Darts, danach Billard, und als schließlich unübersehbar war, dass alle viel zu viel getrunken hatten, half Cassandra mir dabei, die ganze Gesellschaft nach draußen zu schaffen, wo ein rund um die Uhr geöffneter Dönerladen nur darauf wartete, das ganze Bier in ihren Mägen aufzusaugen. Dort ließen wir den Abend ausklingen.

Ja, es war wohl diese Erinnerung, die mich dazu gebracht hat, Elia heute Mittag anzurufen.

»Tja, so weit alles okay …«, sagt sie. »Ich meine … hier herrscht der übliche Alltag. Verlorene Kinder, kleine Genies, Nervensägen. Routine eben.«

Ihrer Stimme merke ich an, dass mein Anruf sie verwirrt. Das ist ja auch kein Wunder.

»Und bei dir?«, fragt sie.

»Auch okay.«

Mir fällt nichts mehr ein. Ich bedaure bereits, dass ich überhaupt angerufen habe.

Wieder herrscht Schweigen. Ich höre, wie sie sich räuspert und sich auf ihrem Stuhl anders hinsetzt.

»Es trifft sich gut, dass du anrufst, wir … wir wollen am Mittwoch alle zusammen etwas trinken gehen.«

»Mittwoch?«

»Am 13.«

Erneute Stille. Ich öffne den Mund, aber meine Kehle ist zu trocken, also bleibe ich stumm.

»Wir haben dich lange nicht mehr gesehen. Es würde uns freuen, weißt du. Wir denken oft an dich, aber wir trauen uns nicht anzurufen …«

Ich weiß, dass ich jetzt eine verständliche Antwort herausbringen muss. Ich schlucke den Kloß in meiner Kehle hinunter und sage so leichthin wie möglich: »Ich … Wieso nicht, aber … Ich wohne mittlerweile ziemlich weit weg …«

»Du könntest bei Yann und Cassandra übernachten.«

Wieder schweigen wir beide, und ich höre, wie Elia erneut ihre Position verändert.

»Hör zu, Amande, wir treffen uns um acht Uhr im James Pub

in der Altstadt. Danach wollen wir noch zusammen einen Döner oder eine Pizza essen. Wenn Yann und Cassandra dich nicht unterbringen können oder du sie mit dem Baby nicht stören willst, dann kannst du auch zu mir kommen. Meine Schlafcouch ist gar nicht so ungemütlich.«

»Danke, ich … ich sehe mal, wie ich das einrichten kann, okay?«

Ich versuche lediglich, Zeit zu gewinnen. Diese Entscheidung kann ich unmöglich jetzt treffen.

»Ruf mich morgen Abend an und sag mir Bescheid, einverstanden?«

»Einverstanden.«

»Wir würden uns freuen, wenn du kommst.«

Meine Antwort geht in lautem Geschrei unter, das sich in Elias Hintergrund erhebt.

»Amande, ich muss Schluss machen, ich glaube, da prügeln sich zwei. Ruf mich morgen an.«

»Mache ich.«

Sie hat bereits aufgelegt.

In den darauffolgenden zwei Tagen ändere ich ungefähr zwanzigmal meine Meinung. Ich kann deswegen kaum schlafen. Und ich bin auch nicht in der Lage, Elia morgen noch einmal anzurufen. Am späten Abend hinterlässt sie mir eine Nachricht, in der sie mir mitteilt, dass sie schon einmal auf Verdacht die Schlafcouch für mich vorbereitet hat. Ich weiß nicht, ob ich deswegen gerührt bin oder in Panik gerate.

Der 13. ist für mich das reinste Martyrium. Beim Gedanken an die Autofahrt, an das Hinterzimmer des Pubs, an die Gesichter von Youssef, Fred, Céline und all den anderen, die mich voller Mitgefühl betrachten, bricht mir kalter Schweiß aus. Ich kann mich auf nichts konzentrieren, und vor der heiligen Kiefer bringe ich kein einziges Wort heraus. Ich kratze lediglich mit der Fingerspitze an dem rosa Fleck auf der Borke herum und ringe stumm die Hände. Ich weiß, dass Benjamin diesen Ausflug gut gefunden hätte, aber er hat ja auch leicht reden. Er muss nicht den anderen gegenübersitzen, während sein Geist über den Biergläsern schwebt.

Nachmittags ruft Julie an, aber ich gehe nicht ran. Natürlich nicht. Sie hinterlässt eine Nachricht, die ich nicht abhöre.

Wann ich mich entschieden habe? Ich könnte es nicht genau sagen. Jedenfalls war es keine bewusste Entscheidung. Und so stehe ich, ohne so recht zu wissen, wieso, um achtzehn Uhr geschminkt, parfümiert und in einem schicken schwarzen Kleid vor dem Badezimmerspiegel. Meine Augen sind zu schwarz, das Rosa auf meinen Lippen wirkt zu frisch, meine Haare sind zu sauber, und dieses Kleid, das ich früher nur zu besonderen Gelegenheiten angezogen habe, ist dem Anlass absolut nicht angemessen ... Ich weiß, dass ich jetzt losfahren muss, wenn ich pünktlich im James Pub sein möchte. Aber ich stehe wie erstarrt vor meinem Spiegelbild, die Hände auf den Rand des Waschbeckens gelegt. Ich zähle eine Reihe von Gründen auf, die dafür sprechen, die Verabredung abzusagen: Es wird noch andere Gelegenheiten geben, ich bin nicht gezwungen, gerade diese Einladung anzunehmen. Die graue Katze ist noch nicht von der Jagd zurück, und ich kann nicht losfahren, solange sie noch draußen ist. Der Abend von Benjamins Geburtstag ist nicht der ideale Termin, um seine Freunde wiederzusehen. Ich bin noch nie gern im Dunkeln Auto gefahren.

Ich weiß nicht, welches Argument den Ausschlag gibt, aber schließlich greife ich zu einem Wattebausch und der Flasche Make-up-Entferner und lasse all die Farben aus meinem Gesicht verschwinden. Es ist besser so. Ich werde ein andermal fahren ...

Im Laufe des Abends höre ich die Nachricht ab, die Julie mir hinterlassen hat. Ihre Stimme erscheint mir noch fröhlicher als sonst.

»Ruf mich zurück, Amande, ich muss dir ganz dringend etwas erzählen.«

Das ist alles. Ziemlich knapp. Ich sitze in meinem grauen Sessel. Das Handy liegt auf der Armlehne und zeigt mir die wenigen Worte an, die Elia kurz zuvor zurückgeschrieben hat: *Schade, dann ein andermal.* Vielleicht hätte ich ihr die Wahrheit sagen sollen: Ich fühle mich noch nicht bereit dazu. Statt ihr etwas von einer schweren Migräne vorzulügen.

Um nicht länger vor mich hin zu grübeln, rufe ich Julie zurück. Ihre Stimme klingt noch genauso enthusiastisch wie auf meiner Mailbox.

»Hallo, Amande! Wie schön, hast du meine Nachricht gehört?«

»Ja. Gerade eben.«

»Ich sage es dir gleich, ich habe gute Neuigkeiten!«

»Ach ja?«

»Ich habe einer Kollegin von deinem Blumenschmuck erzählt. Sie ist Vertreterin wie ich und betreut die Region Provence-Alpes-Côte d'Azur, aber das tut nichts zur Sache ... Das Entscheidende ist, dass sie nächsten Monat heiratet, und sie findet die Idee dieser vergänglichen Schmuckstücke auf natürlicher Basis wahnsinnig spannend.«

Julie verstummt und wartet gespannt auf meine Reaktion, doch da ich völlig überrumpelt bin, fällt diese eher enttäuschend aus.

»Amande? Bist du noch dran?«

»Ja. Ja ...«

»Hast du gehört, was ich gesagt habe?«

»Ja ...«

»Sie möchte, dass du ihr zwei, drei Modelle präsentierst, die du für die Hochzeit anbieten könntest. Sie hätte gern ein Armband und einen Blütenkranz im Haar.«

Ich schlucke. Meine Güte, in was versucht Julie mich da hineinzuziehen?

»Du müsstest auch nicht eigens zu ihr fahren. Wenn du einverstanden bist, kann ich am Wochenende vorbeikommen und ihr die Stücke am Montag ins Büro mitnehmen. Glaubst du, das ist machbar?«

»Montag ...«

»Damit bleiben dir noch drei Tage.«

Sie schweigt einen Moment, um mir die Gelegenheit zu geben, darüber nachzudenken.

»Ich ... So etwas habe ich noch nie gemacht, weißt du ... Die Modelle, die du gesehen hast, waren bloß erste Versuche, nichts Ernsthaftes ... Ich habe mir damit nur ein bisschen die Zeit vertrieben.«

»Du hast ein besonderes Talent, Farben und Formen miteinander zu kombinieren. Das ist das Wichtigste, Amande, das Auge, nicht die Technik. Was das angeht, findest du alles, was du brauchst, in einem Bastelgeschäft. Verschlüsse, Kleber, was weiß ich! Du bist die Kreative von uns beiden, du wirst schon wissen, was dir fehlt!«

»Mein Gott, Julie ...«

Ich stehe von meinem Sessel auf und laufe nervös durch die Küche.

»Ich habe doch noch nie ...«

»Ich will dich nicht unter Druck setzen, Amande, es ist nur ein Vorschlag. Aber sie war wirklich begeistert. Es sind doch nur zwei, drei Armbänder und Haarkränze. Damit sie sich ein Bild von deiner Arbeit machen kann.«

»Drei Tage, sagst du?«

»Ja. Ich kann die Sachen am Sonntagvormittag abholen.«

Ich bleibe am Fenster stehen. Draußen ist es dunkel, ich kann meinen Garten nur undeutlich erkennen, aber ich weiß, dass ich heute Morgen die ersten Erdbeerblüten entdeckt habe. Zarte weiße Blütenblätter und in ihrer Mitte ein gelbes Herz. Ich weiß, dass dieses Herz wachsen und daraus eine Erdbeere hervorgehen wird, erst grün, dann rot. Meine Tulpen haben sich noch nicht geöffnet. Doch das ist nur noch eine Sache von Tagen. Ich versuche, mir die Armbänder und Haarkränze vorzustellen. Die Erdbeerblüten würden sicher ganz hervorragend zu den Krokussen und Hyazinthen passen ...

»Ich will dir wirklich keinen Druck machen, Amande. Ich sage es noch einmal, es ist nur die Gelegenheit, es einmal zu versuchen. Wenn es klappt, könnten wir das Konzept auch bei anderen Hochzeiten anbieten ... Und wenn es ihr nicht gefällt, dann vergessen wir die Sache einfach, ich gebe dir die Armbänder zurück, und wir reden nicht mehr darüber.«

»Das habe ich verstanden ...«

»Dann willst du es also versuchen?«

»Ja. Ich kann dir nichts versprechen, aber ich werde es versuchen.«

»Das ist toll! Ich komme dann am Sonntagmorgen vorbei und hole alles ab. Einverstanden?«

»Einverstanden.«

»Also mach's gut.«

»Du auch.«

»Bis Sonntag!«

Wir legen auf. Mir ist noch nicht ganz klar, worauf ich mich da eingelassen habe, aber eines ist sicher: Julie hat mich mit ihrem Vorschlag aus meinem Tief gerissen und mich vor einem vorübergehenden Rückfall bewahrt.

Als Erstes zeichne ich die Armbänder und Haarkränze auf

ein Blatt Papier, um sie mir leichter vorstellen zu können. Ich zeichne die lilafarbenen Glöckchen meiner Hyazinthen, die außergewöhnliche Trompetenform meiner Narzissen, die intensiv violetten Blütenblätter meiner Krokusse, den Efeu, der sich um die Blüten windet und einen Hauch Grün hineinbringt, und die frischen, schlichten Gänseblümchen für eine klare, weiße Note. Ich entwerfe verschiedene Modelle. Ein buntes in unterschiedlichen Blau-, Lila- und Violetttönen, für das ich Krokusse, Hyazinthen und Ackerveilchen miteinander kombiniere. Es wirkt energisch, voller Vitalität. Dann zeichne ich einen schlichteren, edleren Entwurf in Weiß. Gänseblümchen, Narzissen und Erdbeerblüten, umrankt von Efeu. Das Problem sind die Erdbeerblüten: Ich kann mich einfach nicht dazu durchringen, sie abzuzupfen und dadurch die künftige Frucht zu töten, noch bevor sie entsteht. Ich brauche eine andere Lösung, andere Blüten, die ich entweder kaufen oder in meinem Garten anpflanzen kann. Aber zunächst entwerfe ich noch ein drittes, minimalistisches Modell: einen Efeuzweig, der sich ums Handgelenk schmiegt, verziert mit einer einzelnen Narzisse, wie bei einem amerikanischen Abschlussball. Bei den Haarkränzen folge ich dem gleichen Muster, einmal bunt, einmal edel und einmal minimalistisch.

Am nächsten Morgen fahre ich ins Einkaufszentrum, um das nötige Material für meinen Schmuck zu besorgen: Floristikkleber, Bänder und Jutefaden. Auf dem Rückweg halte ich in einem Gartencenter an. Ich muss ein für alle Mal den Ersatz für die Erdbeerblüten klären.

»Weiße Blüten suchen Sie? Von einer Pflanze, die jetzt schon blüht?«

Meine Bitte scheint die Angestellte zu überraschen, aber sie bemüht sich nach Kräften, mir weiterzuhelfen.

»Wie groß sollen die Blüten denn sein?«

»Klein. Und möglichst zart.«

Da leuchten ihre Augen auf. Sie hat eine Idee.

»Kennen Sie die Felsenbirne?«

»Felsenbirne? Nein …«

»Das ist ein ganz erstaunlicher Baum. Oder besser gesagt, ein Strauch. Er blüht jetzt schon. Seine Blüten sind winzig, weiß und sternförmig. Sie wachsen in dichten Trauben, wodurch es aussieht, als sei der ganze Baum in einen weißen Schleier gehüllt. Es ist eine sehr robuste Pflanze, die Temperaturen bis zu minus dreißig Grad übersteht.«

Während sie noch redet, bedeutet sie mir mit einem Wink, ihr zu folgen. Sie führt mich durch den Laden nach draußen zum Gewächshaus. Je länger ich ihr zuhöre, desto sicherer bin ich mir, dass die Felsenbirne genau die Pflanze ist, die ich gesucht habe. Tausende weißer Sterne …

»Dieser Baum wird Sie zu jeder Jahreszeit begeistern. Im Frühjahr durch seine sternförmigen Blüten, im Sommer mit seinen kleinen süßen, saftigen Früchten. Sie sind erst rot und verfärben sich mit der Zeit zu einem dunklen Purpur. Sie erinnern an kleine Beeren und sind essbar. Im Kuchen oder als Marmelade schmecken sie ganz ausgezeichnet.«

Ich bin jetzt schon überzeugt, doch sie hat noch einen weiteren Trumpf auf Lager: »Und im Herbst wird das Laub erst bronzegrün, dann dunkelgrün und zum Schluss verfärbt es sich zu einem flammenden Kupferrot.«

Wir sind im Gewächshaus angekommen. Sie macht eine kurze Pause.

»Da hinten habe ich ein paar Exemplare.«

Ich folge ihr durch einen Seitengang, und wir bleiben vor drei in Kübel gepflanzten Felsenbirnen stehen, die mit Tausenden weißer Sterne bedeckt sind. Meine Augen leuchten.

»Das ist perfekt.«

Auf dem Heimweg kann ich den Blick kaum von meiner Felsenbirne abwenden. Ich werde sie noch heute einpflanzen, gleich nach meiner Ankunft, um genau zu sein. Ich möchte sehen, wie sie in meinem Garten aussieht, wie sie sich in das Grün der Kiefern und die Blau- und Violetttöne der Blumen einfügt. Wo soll ich sie hinsetzen? Ich will ihr einen guten Platz geben. Sonnig, aber nicht zu sonnig. Ich möchte sie vom Wohnzimmer aus sehen können. Mich jeden Morgen an ihrem Anblick erfreuen. Und da kommt mir ein Gedanke … Paul hat seine Weide. Madame Hugues hat ihren Garten und ihre Apfelbäume. Benjamin hat seine heilige Kiefer. Diese Felsenbirne ist für Manon. Meine schöne, wundervolle Manon. Ein Sternenregen, süße Früchte und das Funkeln von tausend Rubinen …

21

AM 1. MAI KOMMT MAE ZU BESUCH. Am Tag der Arbeit. Gleichzeitig mit den Maiglöckchen. Das verkündet mir Cassandra
eines schönen Morgens Ende April per Telefon. Ich bin immer noch mit den Armbändern und Haarkränzen beschäftigt, die Julies Kollegin bei mir bestellt hat. Anscheinend war
sie begeistert von den Modellen, die ich ihr durch Julies Ver-
mittlung geschickt habe. Für sich selbst hat sie die edle, weiße
Variante gewählt, und ihre vier Brautjungfern will sie mit den
Armbändern und Blütenkränzen in Blau- und Violetttönen
ausstatten. Diese unverhoffte Bestellung über zehn Exemplare meines Blütenschmucks hat mich völlig unvorbereitet
getroffen, Julies Enthusiasmus jedoch nur noch weiter ange-
stachelt. »Ich richte dir eine Internetseite ein«, hat sie erklärt.
Seitdem sind meine Tage reich gefüllt. Ich fertige nicht nur
den bestellten Schmuck an, da die Hochzeit schon in wenigen
Tagen stattfindet, sondern pflanze auch neue Blumen. Dahlien, kalifornischen Flieder und großblütige Klematis. Denn
wenn Julie mit ihrer Vorhersage recht hat und bald weitere
Bestellungen folgen, brauche ich Nachschub, um liefern zu
können.

Doch an diesem sonnigen Tag Ende April plant Cassandra
erst einmal die Lieferung von Mini-Maus.

»Wir könnten am Abend des 30. April zu dir kommen und
bei dir übernachten. Richard hat erzählt, dass du ein Sofa hast,

auf dem wir schlafen können. Dann könnte Mae schon einmal eine Nacht bei dir verbringen, während wir noch da sind.«

»Natürlich. Dann sorge ich fürs Abendessen.«

»Du bist ein Schatz! Am nächsten Morgen würden wir dann weiterfahren. Yann hat für uns zwei Tage in einem Wellnesshotel gebucht. Und am Zweiten holen wir Mini-Maus abends wieder bei dir ab, wenn das für dich okay ist. Glaubst du, das geht?«

»Aber klar.«

Ratschläge und Empfehlungen prasseln auf mich herab, und ich spüre, dass die Vorstellung, sich für achtundvierzig Stunden von Mae zu trennen, Cassandra ein wenig nervös macht. Ich vermute, das ist vollkommen normal, ich hätte wahrscheinlich genauso reagiert.

»Gut, dann will ich dich nicht länger aufhalten«, sagt Cassandra schließlich. »Ich schreibe dir alles auf, was du wissen musst, und wir reden beim Abendessen noch einmal darüber.«

»Natürlich.«

»Und plane keinen Nachtisch ein, wir fahren beim Pain d'or vorbei und holen eine Erdbeertorte.«

»Ja, gern. Die haben die besten Erdbeertorten von ganz Lyon ...«

Ich habe Maes Ankunft sorgfältig vorbereitet und jeden Winkel meines Hauses desinfiziert. Außerdem habe ich Blumen gepflückt und überall Sträuße verteilt.

»Erwartest du die Königin von England?«, fragt Julie verwundert, als sie am Morgen des 29. April bei mir eintrifft.

»Nein, meine kleine Nichte.«

Sie stößt einen bewundernden Pfiff aus und erklärt, sie habe das Haus noch nie so blitzblank gesehen. Julie ist gekommen, um die Armbänder und Haarkränze abzuholen. Heute findet die Hochzeit statt. Gegen eine kleine Provision, auf die wir uns geeinigt haben, wird sie den Schmuck der Braut und ihrer Brautjungfern abliefern. Ich habe ihn im Kühlschrank gelagert, damit alles frisch bleibt.

»Schau mal, was ich mitgebracht habe«, sagt Julie und zieht hübsches grau schimmerndes Seidenpapier aus ihrer Handtasche.

Behutsam schlagen wir die Armbänder und Kränze einzeln darin ein. Das Ergebnis wirkt ausgesprochen professionell, wie Julie mit wachsender Begeisterung zehnmal hintereinander sagt.

»Schalte während der Fahrt die Klimaanlage ein«, weise ich sie an, »damit sie bis zum letzten Moment frisch bleiben.«

»Alles klar.«

An der Tür reicht Julie mir einen Scheck, den ich mehrmals lesen muss, um sicher zu sein, dass ich mich auch nicht irre. Ein dreistelliger Betrag, mit dem ich nie gerechnet hätte.

»Bist du sicher?«

»Ganz sicher.«

»Das Material ist gar nicht teuer …«

»Aber das Auge der Künstlerin schon!«

Verdattert bleibe ich auf der Schwelle zurück, während Julie zu ihrem blauen Auto geht und mit meinem Blütenschmuck davonfährt. Ein Scheck über einen dreistelligen Betrag … Mein erstes selbst verdientes Geld seit vielen Monaten.

Das Moussaka ist fertig und steht dampfend auf dem Küchentisch, aber wir haben anderes im Kopf: Maes Fortschritte zu bewundern, ihr dabei zuzusehen, wie sie nach allem greift, was in ihre Reichweite gerät, und es sich dann in den Mund steckt, wie sie sich dreht und in gluckerndes Gelächter ausbricht, wenn Yann hinter dem Sofa hervorkommt. Verrückt, wie sehr sie sich innerhalb weniger Wochen verändert hat.

»Möchtest du sie halten? Dann zeige ich dir ihre Spielsachen.«

Ich glaube, dabei handelt es sich eher um einen Test: Sie wollen sich vergewissern, dass ich ihr kostbares Baby nicht fallen lasse, sobald sie mir den Rücken zuwenden. Ich bestehe ohne größere Schwierigkeiten.

Cassandra beginnt, den Inhalt einer großen Tasche voller Spielzeug auf dem Küchenboden auszubreiten. Stofftiere, von denen einige für Manon gekauft wurden, Bücher aus unterschiedlichen Materialien, eine Spieluhr, die Schlaflieder spielt, Rasseln in allen möglichen Farben und Maes Lieblingsspiel …

»Sie ist ganz verrückt nach Handpuppen!«

»Tatsächlich?«

Skeptisch mustere ich die bunten Socken, die einen Löwen, einen Hund und ein kleines Mädchen darstellen sollen.

»Ja. Yann ist echt begabt, was das angeht. Jeden Abend spielt er ihr mit verstellten Stimmen ein kleines Theaterstück vor. Und sie lacht sich kringelig, warte es nur ab.«

Die zweite Tasche, die Cassandra vor mir auspackt, enthält Maes Plastikbadewanne und das nötige Zubehör: hautfreundliche Waschlotion, einen Mikrofaserwaschlappen, einen Schwimmfrosch, der Wasser spuckt, und die Antirutschmatte.

»Sollen wir sie heute Abend zusammen baden? Dann weißt du morgen, wie es geht.«

Also setzen wir Mae in ihre Wanne und die Wanne in meine Badewanne.

»Ganz egal, wie es läuft, am Ende bist du klatschnass«, klärt Cassandra mich auf. »Manchmal ziehe ich mir auch gleich einen Badeanzug an.«

Na gut. Ich bin gewarnt. Wir säubern Maes kleinen, speckigen Körper. Sie wehrt sich zappelnd, als wir uns ihren Füßen zuwenden, und schüttelt den Kopf, als wir mit dem Waschlappen über ihr Gesicht rubbeln.

Vermutlich stelle ich mich nicht allzu ungeschickt an, denn

danach überlässt Cassandra es mir, sie abzutrocknen und ihre Ohren zu säubern, ihr eine frische Windel anzuziehen und sie in einen gefütterten Schlafanzug zu stecken. Als wir aus dem Bad kommen, hat Yann gerade das Reisebettchen aufgebaut, das sie mitgebracht haben, und stellt es in mein Schlafzimmer, wo sie heute Nacht alle drei schlafen werden.

»Wenn es dir lieber ist, kannst du es morgen auch ins Wohnzimmer stellen. Wie du magst.«

Aber ich weiß jetzt schon, dass Mini-Maus bei mir schlafen wird. Ich hätte viel zu große Angst, dass ihr etwas passiert.

»Also gut«, sagt Cassandra. »Ich bringe sie jetzt ins Bett, und danach können wir Erwachsenen in Ruhe essen.«

Sie zieht sich in mein Zimmer zurück, um Mae noch ein letztes Mal vor dem Schlafengehen zu stillen, und Yann und ich gehen ins Wohnzimmer.

»Willst du dich setzen?«, frage ich und ziehe ihm einen Stuhl zurecht.

Er macht es sich bequem. Ich hole eine Flasche Portwein aus dem Schrank und aus dem Kühlschrank einen Rest süßen Weißwein.

»Wie läuft es denn bei der Arbeit?«, erkundige ich mich, während ich die Gläser für den Aperitif auf den Tisch stelle.

»Ich glaube, sie werden mich zurückstufen.«

»Dich zurückstufen?«

»Es kommt nicht besonders gut an, wenn jemand jeden Tag um Punkt fünf Uhr Feierabend macht.«

»Aber du erledigst doch deine Arbeit, oder nicht?«

»Natürlich. Genauso gut wie die anderen. Aber darum geht es gar nicht. In diesen großen Firmen kommen diejenigen weiter, die demonstrativ bis acht im Großraumbüro sitzen.«

Ich seufze verdrossen, um mein Mitgefühl zu bekunden, doch er redet schon weiter.

»Aber das ist mir so was von egal! Vermutlich werden sie mich von diesem neuen Projekt abziehen und mich in die Forschungs- und Entwicklungsabteilung versetzen, wo ich mich dann um irgendein Projekt kümmern darf, das seit Jahren keinen Schritt vorangekommen ist.«

»Sie schieben dich aufs Abstellgleis?«

»Mit Sicherheit. Aber das hat zumindest den Vorteil, dass ich dann jeden Tag noch früher nach Hause kann.«

Er lächelt. Er hat sich verändert. Von uns fünfen ist er womöglich derjenige, der sich am meisten gewandelt hat. Ich glaube, Benjamin wäre stolz auf ihn. Vorbei sind die Zeiten des braven Soldaten in Diensten der Pharmaindustrie, der zu allem ja und amen sagt.

»Und was ist mit Cassandra, arbeitet sie wieder im Krankenhaus?«

»Seit letzter Woche.«

»Wie gefällt es ihr?«

»Gut. Sehr gut sogar. Sie sagt zwar immer, sie sei auch im Mutterschutz glücklich gewesen, aber ich glaube, der ganze Ärzte- und Schwesterntratsch hat ihr gefehlt.«

»Und wie geht es Richard?«

»Besser. Er verlässt jetzt wieder öfter das Haus. Er geht zur MJC und sieht einem Jungen, den Benjamin gekannt hat, bei der Bandprobe zu. Mika heißt er, glaube ich.«

Überrascht, aber glücklich fülle ich die Gläser.

»Und was ist mit dir? Wie lange läuft dein unbezahlter Urlaub noch?«

Ich trinke erst einmal einen großen Schluck Portwein. Das hilft bei schwierigen Fragen.

»Theoretisch bis Juli.«

»Aha ...«

»Ja.«

Mir ist klar, dass in seinem »Aha« die Aufforderung zu weiteren Erklärungen mitschwingt, aber die kann ich ihm nicht geben. Vor zwei Wochen hat die Leiterin der Personalabteilung eine Nachricht auf meiner Mailbox hinterlassen, auf die ich bis jetzt nicht reagiert habe. Sie will wissen, wie meine Pläne aussehen, ob ich vorhabe, wieder auf meine Stelle zurückzukehren, ob ich etwas anderes gefunden habe ... Ich versuche, Zeit zu gewinnen. Stelle mich tot.

»Und kommst du zurecht? Finanziell, meine ich ...«

Noch einen Schluck Portwein. Mein Glas ist fast leer.

»Ja. Ein paar Monate halte ich noch durch. Die Miete ist nicht sehr hoch, und ich gebe nicht viel aus. Außerdem sieht es so aus, als hätte ich eine Möglichkeit gefunden, mir ein bisschen Taschengeld zu verdienen.«

Er zieht die Augenbrauen hoch. Ich habe seine Neugier geweckt.

»Ich entwerfe Schmuck aus den Blumen in meinem Garten. Vergängliche Schmuckstücke, die nur zu einer einzigen Gelegenheit getragen werden können.«

»Das ist ja originell!«

Ich suche nach einer Spur von Skepsis in seinen Zügen, doch da ist nichts. Er trinkt einen Schluck Portwein und runzelt erneut die Stirn.

»Und was ist mit etwas Dauerhaftem?«

»Wie?«

»Hast du nie daran gedacht, auch dauerhaften Blütenschmuck zu entwerfen?«

»Nein ... eigentlich nicht ... Das Wesen von Pflanzen liegt in ihrer Vergänglichkeit ...«

»Klar. Natürlich. Aber es muss doch eine Technik geben, mit der man deine Blüten auch dauerhaft konservieren kann.«

Da spricht der Ingenieur in ihm.

»Du meinst, so ähnlich wie das Verfahren zur Herstellung von Infinity Rosen?«

»Ich glaube nicht, dass du hier die Möglichkeit zur Gefriertrocknung von Pflanzen hättest, aber es muss ja auch noch andere Methoden geben …«

In diesem Moment kommt Cassandra ins Zimmer und knöpft sich entspannt die Bluse zu.

»Mini-Maus hatte keinen Hunger.«

Sie lässt sich uns gegenüber auf einen Stuhl fallen. Ich stehe auf, um ihr einen alkoholfreien Aperitif zuzubereiten, und höre, wie sie fragt: »Was redet ihr da über Gefriertrocknung?«

Wie schön es ist, sie beide hier in meiner Küche zu haben. Cassandra hat ein Knie hochgezogen und stibitzt mit einem kleinen Löffel immer wieder aus der Moussaka-Schüssel, weil sie »gleich vor Hunger stirbt«, Yann sitzt zurückgelehnt da und lässt die Eiswürfel in seinem Portweinglas kreisen, und ich hocke im Schneidersitz auf meinem Stuhl und streichle die graue Katze, die sich auf meinem Schoß eingekuschelt hat.

Benjamins Abwesenheit schwebt immer noch über unseren Köpfen, aber wir sind so heiter, so ungezwungen. Es ist das erste Mal, dass wir dem, was wir vor dem Unfall waren, wieder so nahe kommen. Entspannt, voller Freude darüber, zusammen zu sein, spontan, lächelnd.

Als wir das Moussaka direkt aus der Schüssel zu essen beginnen, kommt das Gespräch auf Benjamin. Seinen Geburtstag im vergangenen April, seine krachende Niederlage beim Dartspiel, das Reggae Sun Ska Festival, zu dem er uns vor zwei Jahren mitgeschleppt hat.

Wir sitzen bis ein Uhr morgens am Tisch, verbinden Erinnerungen an Benjamin mit Geschichten über Mae. Ausgehungert vertilgt Cassandra das gesamte Moussaka.

»Das liegt am Stillen«, rechtfertigt sie sich.

Die Erdbeertorte ist aufgegessen und der Portwein geleert. Und gegen eins ist es schließlich Yann, der wie üblich vernünftig ist.

»Wir sollten schlafen gehen«, sagt er. »Immerhin haben wir morgen eine lange Fahrt vor uns.«

Und so stehen beide mit einem leisen Gähnen auf. Yann nimmt Cassandra in die Arme, und sie lässt sich gegen ihn sinken. Selbst jetzt noch, als sie mir meine eigene Einsamkeit so deutlich vor Augen führen, bin ich froh, sie hier zu haben.

»Los, wir müssen ins Bett. Bis morgen, Amande.«

»Bis morgen. Träumt was Schönes.«

»Gute Nacht.«

Ich sehe ihnen nach, wie sie am Ende des Flurs verschwinden und die Schlafzimmertür hinter sich schließen. Ich fühle mich leicht berauscht und lege mich vollständig angezogen auf das Schlafsofa, ohne es überhaupt auszuklappen.

Anfang Mai war Lucie Hugues immer sehr beschäftigt, wie ich den zehn Kalendern entnehme, die ich an den Wohnzimmerwänden aufgehängt habe. Sommerblumenzwiebeln pflanzen, Stecklinge ziehen, die Geranienkübel arrangieren, Möhren säen, Tomaten pflanzen, die Apfelbäume auslichten ... Auch ich bin an diesen beiden ersten Maitagen beschäftigt, wenn auch mit anderen Aufgaben. Fläschchen geben, Windeln wechseln, Rasseln schwenken, mich hinter meinen Händen verstecken und beobachten, wie sie fröhlich auflacht. Ihr die graue Katze vorstellen und die Neugier in ihren Augen sehen.

»Das ist meine Katze, Mini-Maus. Sie hat mich adoptiert und nicht umgekehrt. Katzen tun das manchmal. Komm, Mini-Maus, ich zeige dir Tausende weißer Sterne.«

Ich nehme Mae auf den Arm und gehe mit ihr zur Felsenbirne. Lasse sie mit ihren winzigen Fingerchen die weißen

Sterne abreißen. Ich puste, und die Sterne fliegen in einer dichten Wolke davon. Ihre Augen leuchten. Ich nehme sie mit zur heiligen Kiefer und stelle sie Benjamin vor.

»Ben, das ist Mini-Maus ...«, sage ich mit vor Rührung bebender Stimme. »Ja, genau. Deine Nichte. Sieh nur, wie hübsch sie ist.«

Mini-Maus versteht nicht, was die heilige Kiefer bedeutet. Sie liegt gemütlich in meinen Armen und steckt sich die Hände in den Mund.

»Es kommt dir sicher komisch vor, mich mit einem Baby auf dem Arm zu sehen, was? Mir kommt es auch komisch vor ... Ich bin so froh, dass Cassandra und dein Bruder sie hier bei mir gelassen haben ... Ich glaube, ich kümmere mich ganz gut um sie. Jedenfalls gebe ich mein Bestes. Gleich ist es Zeit für ihren Mittagsschlaf, aber danach spiele ich für sie mit den Handpuppen ... Sie liebt Handpuppen.«

Wenn Mae schläft, traue ich mich nicht aus dem Haus. Ich hätte Angst, ihr Weinen nicht zu hören. Stattdessen bleibe ich im Wohnzimmer, aber alle zehn Minuten gehe ich zu ihrem Zimmer und drücke von außen ein Ohr an die Tür.

Ich denke mir Handpuppen-Theaterstücke für sie aus, mit Löwen, die kleine Mädchen entführen wollen, und Hunden, die die kleinen Mädchen retten, indem sie die Löwen in die Flucht schlagen. Während ich sie bade, erzähle ich ihr eine Geschichte von dem Frosch, der Angst vor Wasser hat, sich aber trotzdem waschen muss. Sie versteht kein Wort davon, aber sie lacht. Sie hat ein hinreißendes, lautes Lachen, ein Babylachen, das mir beinahe die Tränen in die Augen treibt. Ich liebe sie jetzt schon. Und ich kann mir kaum vorstellen, wie sehr ich sie lieben werde, wenn sie erst einmal zwei Jahre alt ist, dann fünf, dann acht, wenn sie in den Ferien herkommt und mir hilft, die Blumenzwiebeln zu pflanzen, wenn ich Tartes

Tatin für sie backe und wir einen Ausflug zum Wasserfall von Say machen.

Ich wünschte, Yann und Cassandra würden nie zurückkommen. Wir schaukeln zusammen, ich auf der Schaukel, sie auf meinem Schoß. Sie kreischt, und wenn ich aufhöre, klatscht sie in die Hände, damit ich weitermache. Wenn sie mit halb geschlossenen Augen ihr Fläschchen trinkt und dabei zufrieden vor sich hin brummt, küsse ich ihr Babyhaar und zähle die Stunden, die uns noch zu zweit bleiben.

Manchmal überlagern sich die Bilder, und ich weiß nicht mehr, ob ich Maes Babygeruch einatme oder den von Manon; doch dann brauche ich nur in ihre dunkelblauen Augen zu schauen, Cassandras Augen, und Manons Bild löst sich auf.

Ja, ich wünschte, Yann und Cassandra würden nie zurückkommen, trotzdem bin ich froh, sie am Abend des 2. Mai mit erholten Gesichtern und leuchtenden Augen auf den Stufen vor meiner Haustür zu sehen. Ich glaube, die Auszeit hat ihnen gutgetan. Sie ersticken Mae beinahe unter ihren Küssen, schließen sie in die Arme, und ich zwinge mich, vernünftig zu sein. Doch es tut weh …

»Wie ist es gelaufen?«, fragt Cassandra zwischen zwei Küssen auf Maes kleine Patschhändchen.

»Sehr gut … Wirklich …«

Ich glaube, sie spürt, wie aufgewühlt ich bin, denn sie streicht mir mit einer Hand über die Wange und sagt: »Du hast den Test bestanden. Jetzt kannst du unsere offizielle Babysitterin werden. Du hast absoluten Vorrang vor allen anderen Verwandten. Versprochen!«

Ich lächle gerührt und bemühe mich, die Tränen hinunterzuschlucken.

»Und wir wollen dich ab jetzt wieder öfter sehen!«, fügt Yann hinzu.

»Sonst wird dir dein Titel wieder entzogen«, unterstützt ihn Cassandra.

Nichts lieber als das!

»Ja ...«, versichere ich mit bebender Stimme. »Versprochen ... In Zukunft komme ich euch öfter besuchen.«

»Du wirst doch jetzt nicht weinen, Amande!«, warnt Yann.

»Nein. Nein, versprochen.«

Lachend nimmt er mich in die Arme. Da kann ich die Tränen nicht länger zurückhalten und weine an seiner Schulter, während er besänftigend meinen Kopf tätschelt.

22

IM MAI VERLASSE ICH MEIN HAUS öfter als während des gesamten vergangenen Jahres. Immer wieder fahre ich zum Gärtner, um Saatgut und Zwiebeln zu besorgen. Ich fahre zum Tierarzt und lasse den Gesundheitszustand meiner Katze überprüfen. Anschließend hole ich ihr aus der Apotheke ein Wurmmittel und ein vorbeugendes Flohpräparat. Ein andermal muss ich in einen Laden für Gartenbedarf. Ich habe mittlerweile so große Fortschritte gemacht, dass ich spezielleres Werkzeug brauche. Außerdem erneuere ich meine Garderobe. Ich kann mich den Tatsachen nicht länger verschließen: Die Kilos, die ich nach Benjamins Unfall verloren habe, kommen nicht wieder. Ich werde wahrscheinlich nie mehr die gleiche Figur haben wir zuvor, und ich bin es leid, in viel zu weiten Hosen herumzulaufen.

Trotz allem achte ich bei diesen Ausflügen immer noch darauf, das Risiko zu minimieren und die Zahl meiner Begegnungen so gering wie möglich zu halten. Aber es ist ein erster Schritt.

Um die Monatsmitte herum taucht Julie wieder auf. Sie hat alle Scheiben ihres blauen Twingo heruntergekurbelt, und ihr Haar flattert im Wind. Ich bin gerade im Garten, als sie wie ein Wirbelsturm heranfegt.

»Amande! Ich konnte nicht früher kommen! Sie haben mich zur Kundenakquise nach Marseille geschickt! Das klingt nach vorgezogenem Urlaub, aber bloß auf dem Papier. In Wirklichkeit war ich zwei Wochen lang pausenlos auf den Beinen! Wenn es ums Geschäft geht, sind die Marseiller knallhart, das kannst du dir nicht vorstellen!«

Endlich verstummt sie, gibt mir einen Wangenkuss und mustert mich aufmerksam.

»Wie läuft's?«

»Ganz gut.«

»Hast du dich neu eingekleidet?«

»Ja.«

»Okay, ich habe hier eine neue Bestellung für dich!«

»Was?«

Ich lasse den Rechen fallen und wische mir die von Erde verschmierten Hände an meiner nagelneuen Hose ab.

»Tut mir leid, ich hatte keine Zeit, dir eine Rückmeldung wegen des Hochzeitsschmucks zu geben, aber Braut und Brautjungfern waren natürlich begeistert. Die Cousine der Braut war logischerweise auch eingeladen, und sie heiratet im Juni. Sie hätte gern genau den gleichen Haarkranz. Und für das Armband wünscht sie sich Rosatöne. Hättest du in der Farbe etwas da?«

Wie so oft erwischt sie mich völlig unvorbereitet.

»Rosa?«

»Ja, rosa.«

»Nein. Allenfalls meine Tulpen … rot und gelb … aber nichts in Rosa. Da müssten wir warten, bis die Dahlien blühen. Die habe ich erst vor knapp einem Monat gepflanzt …«

»Keine Sorge, wir finden schon etwas Passendes!«

Ihr Engagement für dieses Projekt entlockt mir ein Lächeln.

»Wir könnten Kübelpflanzen hinzunehmen, die jetzt schon blühen. Damit könntest du deine Kollektion vervollständigen und das Angebot ausweiten. Denn wir sind noch lange nicht am Ende.«

»Nein?«

Sie zieht das Handy aus der Gesäßtasche ihrer Jeans, entsperrt es und zeigt mir ein paar Fotos.

»Ich habe mir erlaubt, deinen Schmuck zu fotografieren und die Bilder in den sozialen Netzwerken zu posten, um das Interesse auszuloten.«

»*Was?*«

Das wird mich lehren, jemals wieder Julies Entschlossenheit zu unterschätzen.

»Beruhige dich, Amande! Die Leute wollen wissen, ob du einen Onlineshop hast, in dem sie bestellen können.«

Ich reiße entsetzt die Augen auf. Julie hingegen überschlägt sich beinahe vor Begeisterung.

»Das ist wahnsinnig positiv! Es bedeutet, dass ausreichend Nachfrage besteht!«

Ich glaube, ich spüre leichte Panik. Julies Enthusiasmus. Die Überraschung. Ein Jahr lang habe ich nicht mehr gearbeitet, sondern mich in diesem alten Haus verkrochen.

»Wir werden den Garten vergrößern. Wir bauen ein Gewächshaus. Wir ... wir kaufen Kübelpflanzen. Du könntest im Winter sogar drinnen Pflanzen ziehen.«

Ich glaube, das geht mir alles zu schnell. Ich stehe in meinem Garten und bekomme kaum noch Luft. Zum Glück merkt Julie, was mit mir los ist, und hakt sich bei mir ein.

»Komm, wir trinken erst einmal etwas Kühles, das ist ja wieder einmal eine Hitze heute!«

Als wir schließlich drinnen vor zwei Gläsern Orangensaft sitzen, hat Julie sich wieder beruhigt, und die Worte sprudeln nicht mehr ganz so schnell aus ihr heraus.

»Eigentlich wollte ich dir noch etwas erzählen, aber für heute hattest du schon genug Aufregung. Ich will ja nicht, dass du einen Herzinfarkt bekommst.«

Natürlich ist es freundlicher Spott.

»Das liegt nur an deinem übertriebenen Enthusiasmus«, entgegne ich im gleichen Ton. »Du überfällst mich wie ein junger Welpe!«

»Dafür hast du eher was von einer alten Oma«, versetzt Julie.

»Einer alten Oma?«

»Ja. Du bist wie eine Oma, die sich davor fürchtet, auch nur die kleinste Gewohnheit zu ändern. Die nicht mehr mitkommt, sobald ihr etwas Neues begegnet.«

Ich versuche, mir nicht anmerken zu lassen, dass ich gekränkt bin.

»Ich habe eben noch nie ein Unternehmen gegründet.«

»Das verlange ich ja auch nicht von dir. Ich übernehme den Papierkram. Du sollst nur kreativ sein.«

»Also, was wolltest du mir noch erzählen?«

Zufrieden über ihren Sieg, gibt sie nach.

»Am 10. und 11. Juni findet in Clermont-Ferrand eine Kunst- und Handwerkermesse statt. Ich dachte, wir könnten vielleicht dort ausstellen.«

»Dort ausstellen?«

»Einen Stand haben, an dem wir deine Kreationen präsentieren. Das wäre eine einmalige Gelegenheit, deine Arbeiten bekannt zu machen.«

»Aber ...«

In gespieltem Ärger verdreht sie die Augen.

»Aber?«

»Es gibt doch im Moment noch gar keine richtigen Arbeiten ... Nur ein paar Bestellungen unter der Hand.«

»Eben.«

»Eben?«

»Es wäre der ideale Anlass, um vernünftige Strukturen zu entwickeln. Einen Namen und die passende Gesellschaftsform für deine Firma zu finden, eine Webseite einzurichten ...«

»Ich habe noch …«

»Ich habe doch schon gesagt, das übernehme ich. Natürlich nur, wenn du einverstanden bist.«

Einen Moment lang schweige ich. Julie sieht mich unverwandt an. Sie wartet. Ich hingegen schaue aus dem Fenster und betrachte die flatternden Bänder in Pauls Baum. Ich denke an den Anruf der Personalleiterin, auf den ich immer noch nicht reagiert habe. Ich denke an das, was ich Yann neulich Abend erzählt habe, an seine Idee, meine Blüten zu konservieren und so mein Angebot auszuweiten. Und schließlich denke ich an Lucie Hugues, die ihre Kleider, ihre Vorhänge und ihre Tagesdecken auch hier entwarf, in dem Haus, das für sie der Inbegriff des Glücks war. *Einmal in der Woche fuhr sie in die Stadt, um ihre Kreationen in den Läden abzugeben.* Ich glaube, es ist dieser letzte Gedanke, der mich endgültig überzeugt.

»Na gut«, sage ich. »Ich bin einverstanden.«

Julie ist zufrieden. Wir besiegeln unseren Pakt mit einem feierlichen Händedruck.

»Aber ich muss dich warnen, meine gute, alte Amande, bei dieser Messe wird viel los sein. Sehr viel. Es werden Hunderte Besucher kommen. Du darfst nicht in Panik geraten.«

Ich ziehe es vor, sie zu ignorieren, und stehe auf, um uns noch etwas Orangensaft zu holen.

»Komm schon, sei nicht böse. Übrigens habe ich bei all den Neuigkeiten ganz vergessen, was ich dir noch sagen wollte: Du siehst in deinen neuen Klamotten absolut hinreißend aus.«

So ist Julie. Raffiniert bis in die Fingerspitzen.

Aus meinem tragbaren Radio klingt »Only You« von den Platters. Eines meiner Lieblingslieder. Ich hatte schon immer eine Schwäche für Oldies. Julie hat wohl recht, wenn sie mich mit einer Oma vergleicht … Aber das ist mir egal, lauthals singe ich draußen im Garten den Text mit. Langsam, aber sicher wird es Sommer. Meinen Tomatenpflanzen kann man beim Wachsen zusehen. Die Dahlien werden früher blühen als gedacht. Und endlich haben sich die ersten Erdbeerblüten verwandelt ... Sie haben winzige, grüne Erdbeeren gebildet, die sich im Laufe der Zeit mit Sonne vollsaugen und eine prächtige rote Farbe annehmen werden. Ich muss mich noch etwas gedulden, aber was sind schon ein paar Wochen, verglichen mit dem, was ich in meinem Garten bereits geschafft habe? Diese Entdeckung hat mich in gute Laune versetzt, und ich singe immer weiter, lauter noch als die Stimme im Radio.

Doch nicht nur meine Erdbeeren erfüllen mich mit Freude, sondern auch die Sonne, die anstehende Vollmondnacht und der Schmuck, den ich gezeichnet habe, um ihn im letzten Moment zu verwirklichen. Rosatöne sind mittlerweile kein Problem mehr. Auf Julies Rat hin habe ich bereits aufgeblühte Zeitlosen gekauft und eingepflanzt. Sie bringen einen fröhlichen Farbtupfer in meinen Garten und eignen sich perfekt für das Armband der Braut. Julie hat sich mit Feuereifer in die Vorbereitung der Messe gestürzt, die am 10. und 11. Juni stattfinden soll. Ständig ruft sie an und verlangt von mir alle möglichen Dokumente und Nachweise für die Gründung unserer Firma. Sie versichert mir, dass alles ganz einfach sei: »Das brauche ich für die Registrierung einer Vereinfachten Aktiengesellschaft.«

Ich überlasse ihr die Organisation. Hier habe ich genug zu tun ... Wenn die Gartenarbeit erledigt ist, muss ich noch die Duftkerzen für das Vollmondritual heute Abend basteln. Es findet natürlich unter der Felsenbirne statt.

Am späten Nachmittag wollte ich noch kurz bei der heiligen Kiefer vorbeischauen, bevor ich mich an die Duftkerzen mache. Und nun stehe ich hier auf dem kleinen Hocker, den Hals so lang gereckt wie nur möglich, und meine Augen strahlen vor Entzücken.

»Meine Güte, Ben, das ist ja nicht zu fassen …«

Ich wusste doch, dass sich im Loch der Rotkehlchen etwas zusammenbraute. Das Männchen war verschwunden. Und das Weibchen musterte mich seltsam und stieß ungewohnte Rufe aus, als es mich näher kommen sah.

»Ist das nicht der Wahnsinn, Ben? Da sind …«

Ich kneife die Augen zusammen und versuche, sie zu zählen.

»Fünf. Es sind fünf.«

Fünf bläulich weiße, rot gefleckte Eier liegen in dem Nest. Fünf Eier in meiner heiligen Kiefer. Diese Entdeckung ist genauso schön wie der Anblick meiner aufgeblühten Blumen oder das Heranwachsen der grünen Erdbeeren. Rings um mein altes Haus entfaltet sich das Leben.

Mehrere Sekunden verharre ich in dieser unbequemen Haltung, misstrauisch beäugt von der Rotkehlchenmutter.

»Hast du das geschafft? Ganz allein?«

Ihre runden schwarzen Augen sind unverwandt auf mich gerichtet.

»Bravo. Das hast du gut gemacht. Fünf Junge auf einen Schlag.«

Ihr Kopf bewegt sich sacht von einer Seite auf die andere. Ich würde gern glauben, dass sie versteht, was ich sage, und darauf reagiert, aber wahrscheinlich verändert sie nur ihren Blickwinkel, um mich besser erkennen zu können.

»Keine Angst. Ich werde deinen Kleinen schon nichts tun. Ich weiß, wie das ist … Siehst du, ich gehe wieder runter, okay?«

Ich springe vom Hocker, stelle ihn zurück an seinen ursprünglichen Platz und lege das kleine blaue Kissen wieder darauf.

»Ich bin nur hergekommen, um mit Ben zu reden, weißt du. Ich wollte dich nicht stören.«

Es war schon fast dunkel, als ich nach Hause zurückkam, aber ich hatte auch schon eine ganze Weile nicht mehr mit Ben gesprochen. Während ich mir etwas zu essen machte, schmolz ich gleichzeitig einen Rest Wachs für meine Kerzen. Ich habe mir die Finger verbrannt, geschimpft, geflucht, das Wachs auf dem Fliesenboden verschüttet, aber zu guter Letzt habe ich es doch geschafft, zehn Teelichter in die Deckel alter Plastikflaschen zu gießen. Heute Abend möchte ich Kerzen unter die Felsenbirne stellen. Nicht für die Toten, nein. Nicht heute Abend. Sondern für all die Menschen, die ich kenne, die mein Leben in den vergangenen Monaten mit Freude erfüllt haben und die eine besondere Aufmerksamkeit, einen Dank verdienen. Für all jene, über die der Mond genauso wachen soll, wie er über mich wacht …

Also esse ich hastig zu Abend und beobachte dabei, wie der Mond langsam am dunklen Himmel aufsteigt. Die Katze sitzt auf der Fensterbank. Auch sie hat auf ihn gewartet.

Als ich nach draußen gehe, steht er bereits hoch am Himmel. Mein Garten liegt reglos da. Lediglich die Kiefern erschauern im sanften Abendhauch. Die Zweige der Weide sind wie erstarrt. Ihre Blätter sind zurückgekehrt. So wirkt Pauls Baum frischer, fröhlicher, weniger melancholisch. Seit der Frühling gekommen ist, erscheint die ganze Umgebung meines Hauses verändert.

Das hohe Gras dämpft meine Schritte. Die graue Katze folgt mir aufmerksam und still.

So. Wir sind da. Bei meiner Felsenbirne. Ihre weißen Sterne spiegeln den silbrigen Glanz des Mondlichts. Sie sieht so schön aus. Schöner als tagsüber. Eine geheimnisvolle Aura umgibt sie. Ich nehme ein paar der winzigen Sterne in die Finger. Ich stelle sie mir an meinem Ringfinger vor, dann an meinen Ohren, an meinem Handgelenk, auf meinem Dekolleté. Ich muss einen

Weg finden, sie ewig haltbar zu machen. Koste es, was es wolle. Aber mit dieser Frage werde ich mich später beschäftigen. Jetzt muss ich meine Kerzen anzünden. Eine Flamme für jeden Menschen, an den ich denken werde.

Die erste widme ich Richard. Wieso? Das weiß ich nicht genau. Wahrscheinlich wegen der Geburt. Ich glaube, sie hat zwischen uns etwas entstehen lassen, was über die simple Dankbarkeit, die ich ihm schulde, hinausgeht. Also zünde ich die erste Kerze für Richard an. Damit er die Talsohle endlich hinter sich lässt. Und zwar für immer. Die nächste Kerze ist für Anne. Anne, die bald auf Klassenfahrt gehen wird und ihre Flamme im Blick fremder Kinder sucht, seit sie ihr eigenes verloren hat. Zwei weitere Kerzen. Für Cassandra und Yann. Damit sie die besten Eltern bleiben, die ich kenne, damit sie sich weiterhin lieben und damit sie ihr Versprechen halten: Ich will auch in Zukunft absoluten Vorrang haben.

Eine Kerze für Mae. Mini-Maus. Auf sie muss der Mond am sorgsamsten achten. Ich gehe für ein paar Sekunden in die Hocke und betrachte meine fünf Kerzen, deren Flammen in der Dunkelheit flackern.

Es fehlen noch ein paar. Jetzt eine Flamme für Julie. Diesen Wirbelsturm voller Leben, der uneingeladen in mein Haus gefegt ist. Julie, der diese alte Bruchbude mehr bedeutet als jeder Palast und die sich nie mit Samthandschuhen aufgehalten hat, wenn es darum ging, mich aus meiner Komfortzone zu holen. *»Bedauern wir die Turteltauben, die nur im Frühling vögeln!« Danke, Julie. Amen.*

Die beiden nächsten Kerzen zünde ich mit einem Lächeln an. Mika, natürlich, Mika und Lola. Damit sie einander noch viele Jahre lieben, damit sie sich ab und zu an mich erinnern – oder zumindest an meinen Rasen. Was wäre die Welt ohne ihre Spontaneität?

Jetzt sind noch zwei Kerzen übrig. Etwas widerstrebend entzünde ich die neunte Kerze für meine Mutter. Wir haben es nie geschafft, Verständnis füreinander aufzubringen, aber da war immerhin das tragbare Radio … Wer mit sich selbst Frieden schließen will, findet immer eine passende Ausrede. Und in dieser Hinsicht ist das tragbare Radio so gut wie jede andere. Daher gesellt sich meine Mutter zum Kreis derjenigen, die ich der Obhut des Mondes anbefehle. Die zehnte Kerze hätte ich Daniel widmen können. Nicht wegen seines Rezepts für Rougail saucisse, sondern damit er sich gut um sie kümmert. Damit sie endlich die wahre Liebe kennenlernt.

Doch ich kann sie ihm nicht geben. Denn da ist noch Elia. Meine einstige Rivalin. Meine zehnte Flamme. Ich widme sie ihr nicht so sehr wegen ihrer tröstenden Nachrichten nach Benjamins Tod oder weil sie mich ins James Pub eingeladen hat, ich widme sie ihr vor allem dafür, dass sie all die Jahre an seiner Seite war. Sie waren nicht nur Kollegen. Sie waren Freunde. Und ihre Freundschaft war stark und aufrichtig. Sie verdient ihre Kerze. Damit sie irgendwann wieder ausgelassen lachen kann.

Eine gute halbe Stunde betrachte ich meine zehn im Dunkeln flackernden Flammen, meine in Mondschein getauchte Felsenbirne. Zehn Flammen. Zehn Gesichter. Ich glaube, mir war bis jetzt gar nicht bewusst, dass ich so viele Flammen um mich habe …

Ich habe ihr Auto nicht kommen hören. Und das aus gutem Grund. Ich war im Wald, bei der heiligen Kiefer. Die Jungen sind geschlüpft. Ich habe sie nicht gesehen. Nur gehört. Ein leises, schrilles Piepsen. Ich habe mich nicht getraut, auf den Hocker zu steigen, um sie aus der Nähe zu betrachten. Das hätte die Mutter und ihre Kleinen traumatisiert.

»Ich habe dich überall gesucht!«

Julie wirkt gestresst und mit den Gedanken anderswo, aber ihr Lächeln hat sie deswegen noch lange nicht verloren. Sie gibt mir einen Wangenkuss, wirbelt herum und deutet auf ihren Wagen.

»Ich habe das Material für die Messe dabei!«

»Das Material?«

»Tischböcke. Einen hübschen Glaskasten, um deinen Schmuck darin zu präsentieren. Die Tischdecke und den Standhintergrund. Ich habe Blassrosa genommen. Was hältst du davon?«

Ich folge ihr zu ihrem Auto, was nicht leicht ist, denn trotz ihrer hohen Absätze ist sie ziemlich flink. Sie öffnet den Kofferraum. Da liegen der Standhintergrund und die Tischdecke, beides in einem sehr schönen, eleganten Rosa. Ich bin begeistert.

»Die gleiche Farbe nehmen wir für unser gesamtes Design. Flyer, Internetseite, Visitenkarten. Ach, übrigens, wir können nicht mehr länger warten. Wir brauchen unbedingt einen Namen! Ich habe dir freie Hand gelassen. Ist dir etwas eingefallen?«

Ich schlucke. Natürlich ist mir etwas eingefallen, und ich fürchte mich schon jetzt vor Julies Fragen.

»Na?«

»Ja. Ich … ich habe einen Namen.«

»Sehr schön! Wie lautet er?«

Wenn ich es ganz unbefangen sage, akzeptiert sie meinen Vorschlag vielleicht einfach so. Vielleicht kommt sie dann gar nicht auf die Idee nachzufragen …

»*Les Fleurs de Manon*. Das hätte ich gern als Namen.«

Ihre Augenbrauen wandern nach oben. Meine Hoffnung zerplatzt. Selbstverständlich wundert sie sich. Wer würde das nicht?

»Manons Blumen?«

Ich schlucke wieder und bemühe mich um einen neutralen Gesichtsausdruck.

»Ja.«

»Wieso Manon?«

Es wäre mir lieber gewesen, sie hätte gefragt: *Wer ist Manon?* Aber im Grunde läuft es auf das Gleiche hinaus.

»Weil … Ich … Möchtest du einen Kaffee?«

Offenbar merkt sie, dass ihre Frage mich aufgewühlt hat, denn sie nickt wortlos, und wir gehen zurück zum Haus. Ich ziehe es vor, ihr im Gehen die Wahrheit zu sagen.

»Weißt du, als … als Benjamin im vergangenen Juni den Unfall hatte …«

Ich drehe mich nicht um. Sie ist hinter mir, und nach einer Weile antwortet sie: »Ja.«

»Ich … ich war damals schwanger. Mit einem Mädchen.«

Ich höre, wie sie stehen bleibt, aber ich will mich nicht umdrehen. Ich gehe in die Küche und mache mir mit geradezu zwanghaften Gesten an der Kaffeemaschine zu schaffen.

»Das hast du mir nie erzählt …«

Sie ist mir nachgekommen, aber ich wende ihr immer noch den Rücken zu.

»Durch den Schock wurden die Wehen ausgelöst. Aber es war noch viel zu früh.«

Es dauert eine Weile, bevor sie etwas sagen kann.

»Sollte sie Manon heißen?«, fragt sie schließlich, obwohl es unnötig ist, weil sie die Antwort schon kennt.

»Ja.«

Keine von uns fügt etwas hinzu, bis ich den Kaffee in den Filter gegeben und die Maschine eingeschaltet habe. Danach muss ich mich wohl oder übel umdrehen. Julie sitzt am Tisch und kritzelt etwas in ihr Notizbuch.

»Was machst du da?«

»Ich entwerfe unsere Flyer. *Les Fleurs de Manon* weiß auf farbigem Hintergrund, fett gedruckt, kursiv, in einer schönen

Schrift, Typ Schulheft, und im O von *Manon* eine Blume. Siehst du?«

Ich beuge mich über ihr Notizbuch. Froh darüber, dass sie das Thema ruhen lässt.

»Ja ... Das ist hübsch ...«

»Hier würde ich ein schönes Foto von einer deiner Kreationen einfügen. Und da unten den Link zu unserer Webseite.«

Gelegentlich hält sie beim Zeichnen inne und knabbert an ihrem Stift. Ich schweige. Julie hat unseren Namen akzeptiert, und das ist das Einzige, was zählt.

23

SIE HAT MICH GEWARNT, dass viel los sein würde, aber mir war nicht klar, was das bedeutet. Es ist erst halb acht Uhr morgens, bisher tummeln sich in der riesigen Sporthalle nur die Aussteller, trotzdem fühle ich mich schon völlig verloren.

Ich weiß nicht, ob Julie bewusst ist, wie anstrengend die letzte Zeit für mich war. Sie hat mich mehr als fünfzehn Schmuckstücke entwerfen lassen: Armbänder, Ringe, Halsketten, Kränze und Haarreife. Zusätzlich zu einer weiteren Bestellung für eine Hochzeit – noch eine Bekannte von Julie, wie viele hat sie eigentlich?

Fast hätte ich keine Zeit mehr für den Garten gehabt. Fast hätte ich die heilige Kiefer und die Rotkehlchenbabys nicht mehr besuchen können, denn ja, ich habe sie endlich gesehen!

Und nebenher habe ich noch eine Menge Arbeit in mein geheimes Projekt investiert. Das Projekt »Ewige Sterne« aus den Blüten meiner Felsenbirne. Ich habe versucht, sie zwischen den Seiten eines Romans zu trocknen. Doch die Blütenblätter sind zerbröselt. Ich habe überlegt, sie unter Glas einzuschließen, in einem Anhänger oder einem Siegelring. Doch die Vorstellung gefiel mir nicht. Dadurch würde die Frische der Pflanzen verloren gehen. Ich war kurz davor, Yann anzurufen und ihn um Hilfe zu bitten, als ich in dem alten grauen Sessel einschlief. Und ich hatte einen seltsamen Traum. Es ging um in Binden gewickelte Mumien in einem Sarkophag, die über Jahrhunderte hinweg erhalten blieben. Nach dem Aufwachen brachte ich die damals angewandten Einbalsamierungstechniken noch nicht gleich mit der Konservierung meiner Blüten in Verbindung. Es dauerte ein paar Stunden, bis der Groschen fiel. Die Idee traf mich völlig unvorbereitet, denn ich hatte keine Ahnung, auf welche Weise die alten Ägypter Leichen konservierten. Welche Mittel verwendeten sie? Welche Vorsichtsmaßnahmen wurden dabei ergriffen? Doch vor meinem geistigen Auge nahm nach und nach eine Lösung Gestalt an. Ich musste meine Blüten mit einer durchsichtigen Substanz überziehen, die sie auf ewig erstarren lassen würde. Ich dachte an die Bastelstunden in der Grundschule, an die Serviettentechnik, mit der wir zum Muttertag Schachteln verzierten. Dabei benutzten wir einen Lackkleber. Eine zähflüssige, transparente Schicht, die die Servietten nach dem Trocknen für eine lange Zeit fixierte. Jahrelang.

Gleich am nächsten Tag besorgte ich mir im Einkaufscenter ein Fläschchen Lackkleber und begann zu experimentieren. Nach mehreren Versuchen entsprach das Ergebnis schließlich dem, was ich mir vorgestellt hatte.

Ich muss unwillkürlich lächeln. Ich habe es endlich geschafft. Das erste Armband aus ewigen Felsenbirnenblüten liegt in einer kleinen Schachtel in meiner Handtasche. Damit will ich Julie heute Abend überraschen. Wenn wir erschöpft unseren Stand aufräumen.

Falls es ihr gefällt, kann ich das Experiment mit größeren Blüten wiederholen: Hyazinthenglöckchen, den Blütenblättern eines Krokus und wer weiß, womit sonst noch.

Einen solchen Tag habe ich noch nie erlebt, die Fragen prasselten nur so auf mich ein.

»Mit welchen Farben planen Sie für die Herbstsaison?«
»Wollen Sie Ihre Blütenpalette erweitern?«

»Selbstverständlich!«, eilte Julie mir zu Hilfe. »Wir wollen den Garten vergrößern und für den Winter ein Gewächshaus einrichten.«

Ihr Selbstvertrauen und ihre Energie standen in krassem Gegensatz zu meiner eigenen Schüchternheit und meiner unbeholfenen Art, aber ich glaube, die Leute mochten uns beide. Sie wegen des dynamischen Eindrucks, den sie von unserem kleinen Unternehmen vermittelte, und mich für meine geschickten Hände und meine Kreationen.

Gegen sechs Uhr abends löste sich das Gedränge auf, und Julie schob mir einen Stuhl hin.

»Jetzt habe ich mir einen schönen, fruchtigen Riesling verdient ...«

Ich zähle flüchtig unsere Flyer. Sie sind weggegangen wie warme Semmeln. Wir müssen schnellstens neue drucken. In ihrem Notizbuch hat Julie die Bestellungen notiert, für die wir einen Kostenvoranschlag schicken sollen. Ich fühle mich wie erschlagen. Erschlagen, aber glücklich. Wer hätte vor einigen Wochen gedacht, dass sich die Sache so entwickeln würde? Dank Lola und ihren Armbändern aus Gänseblümchen. Aber vor allem dank Julie.

»Na komm, wir lassen das alles einfach liegen«, fleht Julie. »Wir können morgen Früh fertig aufräumen. Lass uns endlich etwas trinken gehen!«

»Einverstanden.«

Ich versuche, nicht, daran zu denken, dass dies mein erster Besuch in einer Bar seit einem Jahr sein wird. Ziemlich viele Emotionen für einen Tag. Zum Glück entscheidet sich Julie für ein winziges Lokal im Erdgeschoss ihres Hauses. Nur ein paar leere Tische drinnen und einige weitere draußen im Innenhof, inmitten eines wahren Dschungels aus Grünpflanzen.

Wir setzen uns neben einen besonders üppig wuchernden

Philodendron, und während Julie die Weinkarte konsultiert, sehne ich mich danach, in mein Haus zurückzukehren, das mir jetzt schon fehlt, meine Erdbeeren zu gießen, meine Katze zu füttern und die Rotkehlchenbabys zu besuchen. Ich möchte mich auf die Stufen vor der Haustür setzen und die letzten Sonnenstrahlen mit einem eiskalten Pfefferminztee aus meinem eigenen Garten genießen. Aber noch sitze ich im Innenhof der Bar, und ich muss zugeben, dass es hier an diesem Tisch auch ganz nett ist. Vielleicht wird es mir in Zukunft häufiger gelingen, in den Körper der anderen Amande zu schlüpfen, die sich aus ihrem alten Haus hervorwagt und mit ihrer Freundin Julie ausgeht. Jener Amande, die sich bemüht, mit der Menge zu verschmelzen und den Kontakt mit der Außenwelt wiederaufzunehmen. Ab und zu müsste das doch möglich sein, oder?

Der Kellner nimmt unsere Bestellung auf, und wenig später nippen wir beide an unserem Weißwein. Julie fragt mich, warum ich so ein merkwürdiges Gesicht mache. Und ich hole die Schachtel aus meiner Handtasche. Die Blüten von Manons Baum.

»Sieh nur, ich habe sie unsterblich gemacht.«

»Unsterblich?«

»Ich habe sie mit Lack überzogen … Jetzt welken sie nicht mehr.«

Ich glaube, manchmal ist Julie glücklich darüber, mich zur Partnerin zu haben. Nicht, wenn ich in Panik gerate, wenn ich vor mich hin stammele, wenn ich an allem zweifle, aber in Momenten wie diesen, ja, da ist sie glücklich, dass sie mich ausgewählt hat. Mich ausgewählt oder sich mir aufgedrängt, wie auch immer.

»Du bist ein Genie, Amande!«, wiederholt sie mehrmals hintereinander.

Und sie bestellt noch eine zweite Runde Jurançon. Ich fürchte, wenn morgen die ersten Besucher kommen, haben wir Kopfschmerzen ...

Der zweite Messetag war ebenso anstrengend wie der erste. Ich habe das Gefühl, dass das Gedränge noch dichter war. Aber trotz eines morgendlichen Anflugs von Migräne ist es mir heute leichter gefallen. Der Umgang mit den Besuchern war einfacher, ungezwungener. Diesmal habe ich selbst die Vorbestellungen notiert – zwei weitere an diesem Tag –, die Adressen aufgeschrieben, an die der Kostenvoranschlag geschickt werden soll, und Visitenkarten verteilt.

»So langsam kommst du in Schwung!«, bemerkte Julie.

Es ist schon spät, als ich auf dem Parkplatz zu meinem Auto gehe. Die Sonne sinkt bereits. Wir mussten den Stand abbauen, alles in Julies Auto laden, uns von den Organisatoren verabschieden, ihnen danken und unsere Namensschilder zurückgeben. Mir tut alles weh, ich sehne mich nach einer Dusche und einer Nacht voll Schlaf, aber erst habe ich noch eine halbe Stunde Fahrt vor mir.

Ich schalte das Autoradio ein und lasse die Scheiben herunter. Die warme Juniluft weht mir ins Gesicht. Verrückt, wie heiß es um diese Uhrzeit noch ist.

Zu Hause kommt mir die graue Katze zur Begrüßung entgegen. Ich gehe in die Hocke, um sie zu streicheln.

»Ist alles in Ordnung? Hast du auf das Haus aufgepasst? Was gibt's Neues?«

Daraufhin läuft sie in den Garten und reibt sich an den grünen Tomatenpflanzen, und als ich ihr folge, entdecke ich meine ersten Erdbeeren.

Ich kann nicht länger warten. Ich setze mich im Schneidersitz auf die an diesem frühen Abend noch immer heiße Erde und stecke mir eine der roten Erdbeeren in den Mund. Genießerisch schließe ich die Augen. Das weiche Fruchtfleisch platzt unter meinen Zähnen. Der süße Saft rinnt über meine Zunge. Der Geschmack ist unvergleichlich. Es schmeckt nach Sonne, nach häufigem Gießen, nach der Sorgfalt, die den Pflanzen im Winter zuteilwurde, nach den Hoffnungen, die ich in sie gesetzt habe, nach einer ganz besonderen Aufmerksamkeit und Pflege. Sie schmecken nach Lucie Hugues' Erde und meinen Händen. Genüsslich verschlinge ich noch zwei weitere Früchte. In meinem ganzen Leben habe ich noch nie so leckere Erdbeeren gegessen …

Die zweite Überraschung erwartet mich bei der heiligen Kiefer. Es wird bald dunkel, und wenn ich die Rotkehlchen und Benjamin noch besuchen möchte, muss ich mich beeilen.

Dort angekommen, irritiert mich für einen Moment die Stille. Das Piepsen ist verstummt. Sofort stelle ich meinen Hocker an den Stamm und steige darauf. Das Nest ist leer. Keine Spur von den Jungen und ihrer Mutter. Nicht einmal eine Feder. Unruhe ergreift von mir Besitz. Es wird dunkel, doch ich bleibe und spähe aufmerksam hinauf in die anderen Kiefern, in der Hoffnung, dort die kleine Rotkehlchenfamilie zu entdecken, die in einen neuen Baum umgezogen ist. Aber ich kann nichts entdecken, und so bleibt mir nichts anderes übrig, als ein wenig niedergeschlagen den Heimweg anzutreten.

Als ich am nächsten Morgen aufwache, entdecke ich eine Sprachnachricht auf meinem Handy. Personalabteilung des Bezirksrathauses im achten Arrondissement von Lyon.

»Guten Tag, Madame Luzin, hier ist noch einmal Madame Aumont von der Personalabteilung. Da Sie mich nicht zurückgerufen haben, erlaube ich mir, Sie erneut zu kontaktieren … Wie ich bereits in meiner letzten Nachricht sagte, läuft die maximale Dauer Ihres unbezahlten Urlaubs demnächst aus …

Wir hatten uns auf einen Zeitraum von höchstens einem Jahr geeinigt, der nicht verlängert werden kann. Wir brauchen dringend eine Antwort von Ihnen, denn wie Sie sich denken können, haben wir übergangsweise einen jungen Mann eingestellt, der während Ihrer Abwesenheit Ihre Aufgaben übernommen hat. Jetzt müssen wir wissen, ob Sie zurückkommen wollen, ansonsten würden wir ihm eine Festanstellung anbieten ... Ich erwarte also Ihren Rückruf. Bis spätestens Ende der Woche ... bitte.«

Mein Herz rast, als wäre ich gerade zehn Kilometer gerannt.

Ich gehe sofort zur heiligen Kiefer. Um mit Benjamin zu reden, ihn nach seiner Meinung zu fragen. Um einfach wieder ein wenig zur Ruhe zu kommen. Ich setze mich auf den Hocker und versuche, tief einzuatmen. Alles verschwimmt: meine um das Rathaus kreisenden Gedankenfetzen, *Les Fleurs de Manon*, die fünf angefragten Bestellungen, Julies Enthusiasmus, meine Angst, meine Ungewissheit, meine Mutter, das Erbe, das alte Haus, meine Erdbeeren. Und in dem Moment sehe ich sie. Den winzigen, runden Körper. Zwei schwarze Stecknadelköpfe, die mich unverwandt anstarren. Sie sitzt am Rand des Lochs. In einem leeren Nest. Allein. Ich würde sie unter Tausenden wiedererkennen. Es ist die Rotkehlchenmutter. Ohne den Blick von ihr abzuwenden, stehe ich auf.

»Bist du wieder zurückgekommen?«

Sie neigt den Kopf, dreht ihn mit flinken Bewegungen von links nach rechts und wieder zurück.

»Wo sind denn deine Kleinen?«

Sie hüpft auf der Stelle, wechselt die Position.

»Sie ... sie haben fliegen gelernt, stimmt's?«

Dieses fürchterliche Zittern in meiner Stimme. Ich mache mich lächerlich.

»Du hast sie ziehen lassen.«

Es fehlt nicht viel, und ich würde in Tränen ausbrechen. Alles ging so schnell ... Noch vor ein paar Wochen waren sie bloß Eier, und jetzt sind sie nicht mehr da. Fliegen anderswo. *Komm schon, Poupette, so ist das Leben. So läuft das bei allen Tieren.*

»Nein. Sei still, Ben. Nicht heute Morgen.«

Niemand muss mich daran erinnern, wie das Leben und sein natürlicher Kreislauf funktionieren. Ich möchte einfach nur in aller Ruhe traurig sein dürfen.

»Genau, Ben, halt dich mal für eine Weile zurück ...«

Erst am Abend bringe ich den Mut auf, das Blatt Papier mit der Aufschrift *Teilen* von der Wand zu nehmen, es umzudrehen und einen Stift zu nehmen. Mit dem gleichen Zorn, der mich heute Morgen bei der heiligen Kiefer angesichts der einsamen Rotkehlchenmutter und Benjamins Kommentaren erfüllte, kritzele ich nun ein Wort auf die unbeschriebene Rückseite. Doch dann resigniere ich, sie haben ja recht. Ich lege den Stift zur Seite, nehme das noch brauchbare Stück Klebstreifen und hänge meinen Zettel zurück an die Wand. Ich muss ein paar Schritte zurücktreten, ehe ich die Bedeutung des Wortes, das jetzt dort steht, vollends erfasse ...

Loslassen

24

ICH BEGANN MIT DEM EINFACHSTEN: der Personalleiterin des Rat-
hauses im achten Arrondissement.

»Amande Luzin?«

»Guten Tag. Entschuldigen Sie, dass ich erst jetzt zurückrufe …«

Auf meine Worte folgte ein kurzes Schweigen. Während ich
darauf wartete, dass sie etwas sagte, zählte ich die Bänder in
Pauls Weide.

»Geht es Ihnen gut?«

Mit dieser Frage hatte ich nicht gerechnet, aber ich antwortete so unbefangen wie möglich: »Ja … Es geht mir gut.«

»Schön«, sagte sie. »Wir freuen uns, das zu hören. Haben Sie
bezüglich Ihrer Rückkehr ins Rathaus eine Entscheidung getroffen?«

»Ja.«

»Und wie lautet sie?«

Ich lächelte erleichtert. Endlich war ich mir sicher, mich richtig entschieden zu haben.

»Ich gebe meine Stelle auf. Ich werde Ihnen so schnell wie
möglich meine schriftliche Kündigung zukommen lassen. Soll
ich sie per Einschreiben mit Rückschein schicken?«

Wenn sie überrascht war, ließ sie es sich nicht anmerken.

»Ja, natürlich. Dann erstatten wir in der ersten Julihälfte Ihre
letzten noch ausstehenden Ansprüche. Sie haben nicht die
Bank gewechselt? Ihre Kontonummer ist noch die gleiche?«

»Das schon, aber ich habe eine neue Adresse. Wollen Sie sie notieren?«

»Ja. Eine Sekunde.«

Leichten Herzens ging ich ans Fenster und wartete, bis sie etwas zu schreiben gefunden hatte.

»So, da bin ich wieder, Amande.«

»Ich wohne im Chemin des Lendemains, Saint-Pierre-le-Chastel.«

»Chemin des Lendemains, Saint-Pierre-le-Chastel«, wiederholt sie beim Schreiben. »Welche Hausnummer?«

»Die gibt es nicht, es ist das einzige Haus in der Gegend.«

»Ach so.«

Ich hörte, wie sie einige Dinge auf ihrem Schreibtisch verrückte und ihre Unterlagen sortierte.

»Was ist mit Ihren persönlichen Sachen? Sollen wir sie Ihnen schicken?«

Ich erinnerte mich nicht mehr, was ich im Büro zurückgelassen haben könnte. Einen Becher wahrscheinlich, ein Tee-Ei, eine Schachtel Teebeutel und einen Lippenpflegestift.

»Nein. Die können Sie wegwerfen oder spenden … wie Sie wollen.«

»Gut.«

Dann äußerte sie noch ein paar Höflichkeitsfloskeln, dankte mir für die Jahre der Zusammenarbeit und wünschte mir für die Zukunft alles Gute. Aber ich hörte schon nicht mehr hin, sondern betrachtete stattdessen die flatternden Bänder in Pauls Weide.

Ich wollte mich von allem Ballast befreien, bevor ich mich Mitte der nächsten Woche ins Auto setzen würde. Alles ordnen, bevor ich mein Haus für zwei Tage verließ. Und so rief ich am folgenden Tag Anne während ihrer Mittagspause an.

»Amande, wie geht es dir?«

»Gut. Und dir?«

Sie war von ihrer Klassenfahrt zurück, sortierte die Fotos auf ihrem Laptop und machte sich mit dem Internet vertraut, weil sie versuchen wollte, ein schönes Fotobuch daraus zu machen.

»Weshalb rufst du an? Wolltest du mit Richard sprechen?«

»Nein.«

Sie wirkte verwundert, doch das sollte nicht die letzte Überraschung für sie gewesen sein.

»Könntest du mir den Namen und die Telefonnummer des Paares geben, an das ihr die Wohnung untervermietet habt?«

»Die Wohnung?«

Sie wollte sich lieber noch einmal vergewissern, doch ich meinte tatsächlich *unsere* Wohnung am Rand von Lyon, in der Benjamin und ich ein paar Jahre gelebt hatten.

»Ja, ja, natürlich.«

»Ich werde ihnen den Mietvertrag überlassen«, sagte ich, obwohl sie nicht danach gefragt hatte.

Anne schwieg. Hoffte sie etwa immer noch, ich würde wieder dorthin zurückkehren? In ihre Nähe? In die Nähe des Friedhofs? Ich werde es nie erfahren, und das ist vielleicht auch besser so.

»Kann ich dir das alles per SMS schicken?«, fragte sie, und ihre Stimme klang ein wenig rau.

»Ja. Gleich anschließend rufe ich dann auch bei der Wohnungsverwaltung an, um sie zu informieren.«

»In Ordnung.«

Sie fügte nichts weiter hinzu, und ich war auch nicht gesprächiger. Ich konnte es kaum erwarten aufzulegen.

25

ICH HABE DAS HAUS AUFGERÄUMT und den Napf der grauen Katze bis zum Rand gefüllt. Während meiner Abwesenheit soll es ihr an nichts fehlen.

»Wir sind doch nur zwei Tage weg«, erinnert mich Julie.

Das weiß ich, aber es ist so lange her, seit ich zum letzten Mal eine Nacht woanders verbracht habe. Ich bin ein wenig durcheinander. Ohne Julie, die mich sanft aufrüttelt, wäre mir die Organisation beinahe unüberwindlich erschienen.

Das Haus wird mir fehlen. Das weiß ich schon jetzt.

Die Fensterläden quietschen, als ich sie schließe. Ich weiß im Voraus, dass die Eingangstür sich genauso anhören wird, wenn ich sie nachher zusperren werde, und dass das Schloss nicht ohne Widerstand nachgeben wird. Alles ist noch genau so wie am ersten Tag. Nichts hat sich verändert. Und es liegt etwas Beruhigendes in dem Wissen, dass mein Haus dieses zurückliegende Jahr ebenso ungerührt und unerschütterlich durchlebt hat wie all die Jahre vor meinem Einzug.

»Bist du fertig?«, ruft Julie und springt auf.

Sie trägt die ersten Ohrringe aus unserer »Schneestern«-Kollektion. Die konservierten Felsenbirnenblüten wirken genauso lebendig wie am Tag ihres Aufblühens. Julie hat darauf bestanden, sie als Erste zu tragen.

Ich selbst trage Manons Blumen in Gestalt zweier zarter, aus Jutefaden gefertigter Armbänder am Handgelenk. Außerdem habe ich ein dünnes Kleid aus meinen Kartons geholt. Ein weißes Sommerkleid.

»Können wir endlich los?«, fragt Julie ungeduldig. »Wenn du so weitertrödelst, macht sich dein Date noch Sorgen.«

Ich verdrehe die Augen und entriegle die Autotüren.

»Ich dachte, er zählt nicht ...«

»Habe ich das gesagt?«

Ich komme nicht dazu, ihr zu antworten, denn kaum hat sie auf dem Beifahrersitz Platz genommen, da schaltet sie auch schon das Radio ein, und aus dem etwas angestaubten Gerät klingen die Stimmen einer mir wohlbekannten Band. Sie singen ein Lied, das ich vor einigen Wochen selbst in meinem Garten gesungen habe, während ich dabei an Benjamin dachte. Julie dreht das Radio lauter und schmettert aus voller Kehle mit:

Only youuuuu can make all this world seem right
Only youuuuu can make the darkness bright

Während sich Julies Stimme in lyrische Höhen aufschwingt, biegen wir in den schmalen Chemin des Lendemains ein und entfernen uns von meinem Haus. Im Rückspiegel sehe ich mein Spiegelbild. Ich habe rosa Lippenstift aufgelegt, trage eine Narzisse im Haar, und ich lächle.

Heute Abend gehen Julie und ich aus. Heute Abend verlasse ich leichten Herzens mein altes Haus, so leicht, wie es seit Langem nicht mehr gewesen ist. Heute Abend habe ich am Fuß der heiligen Kiefer ein paar Worte zu Benjamin gesagt, während Julie sich fertig machte. Hastig geflüsterte Worte, damit meine Stimme nicht vor Rührung zu zittern begann. Worte über eine verpasste Verabredung, ein Jahr zuvor.

Heute ist der 21. Juni. Wenn wir in ein paar Stunden in Lyon ankommen, werden die Böller knallen und die Orchester spielen, Richard wird in einem schönen Sommerhemd vor der Haustür stehen – ich tippe auf das hellgraue –, und er wird nicht überrascht sein, mich in Begleitung von Julie zu sehen, denn davon habe ich ihm vorab schon erzählt. Aber er wird sich wundern, wenn ich bei der MJC des achten Arrondissements parke, in der Tiefgarage, die ich heute dank Elia nutzen darf. Ich habe ihm verschwiegen, wohin ich ihn ausführen will. Er wird es begreifen, wenn wir zu Fuß zum Maison de la Danse gehen, wo Mika, Issam, Lola, Nathan, Iliès und die anderen kerzengerade und mit vor Konzentration starren Gesichtern auf der Bühne stehen. Dann wird Lolas Stimme erklingen, weniger rau als die von Dolores O'Riordan, und mein Herz wird sich beim Gedanken daran zusammenziehen, dass du jetzt bei mir sein solltest, neben mir, deine Hand in der meinen, während Manon in ihrem Kinderwagen zappelt. Aber ich verspreche dir hoch und heilig, dass ich mein schmerzendes Herz ignorieren werde. Ich werde das Bier nehmen, das Julie mir reicht, werde mich ganz allmählich davon berauschen lassen, und dann werde ich Richard auf die improvisierte Tanzfläche ziehen. Wir werden beide mit ungeschickten Füßen und schmerzendem Herzen tanzen, aber wir werden nicht nur traurig sein, Ben, denn wir sind nicht allein. Wir haben unsere Liebe zu dir, eine Liebe, so stark, dass man daran sterben könnte, aber vor allem eine Liebe, die sich auf das Leben richtet, wir wollen leben, immer weiterleben, um das Licht zu ehren, das du hinterlassen hast ...

DANK

FÜR MEINE GROSSMUTTER, meine kleine Mémé. Für deinen Garten, dein Gemüse, deine Blumen, deine mit Anmerkungen vollgeschriebenen Termin- und Wandkalender. Du warst die Inspiration für Lucie Hugues, Lucie wie deine Mutter, meine Urgroßmutter. Und nein, das war kein Zufall …

Für meine Eltern, die so fest daran glauben. Meine Mutter, eine der ersten Leserinnen, die von Amandes Geschichte zu Tränen gerührt war.

Für meine Familie.

Für meine Katze. Für ihre Unterstützung und ihre Wärme während der langen Stunden des Schreibens und Korrekturlesens.

Und schließlich für dich. Du warst ein kleiner Teil von Émile. Du bist ein großer Teil von Benjamin. Du warst bei mir auf dieser Brücke in Thailand, als wir Hunderte illuminierter Flöße auf dem Ping-Fluss betrachteten und Amande, Lucie, Paul und das Haus vor mir Gestalt annahmen.

QUELLENNACHWEIS

DAS ZITAT AUF SEITE 195 und 218 wurde folgender Ausgabe entnommen:

Thich Nhat Hanh, Mit dem Herzen verstehen. Knaur MensSana 2011, übersetzt von Ursula Richard (engl.: Thich Nhat Hanh, *The Heart of Understanding: Commentaries on the Prajnaparamita Heart Sutra.* Parallax Press, 1988).

Wir danken dem Knaur Verlag für die freundliche Genehmigung zum Abdruck.

FABIO GEDA

Vielleicht
wird morgen
alles besser

ROMAN

Die Suche nach dem richtigen Platz in dieser Welt – ein berührender Roman vom Autor des Bestsellers »Im Meer schwimmen Krokodile«

Der 15-jährige Ercole hat es nicht leicht: Er muss früh lernen, für sich und seine Schwester Asia Verantwortung zu übernehmen. Seine Mutter ist schon vor vielen Jahren ausgezogen, sein Vater ein Alkoholiker, der sich mit dubiosen Gelegenheitsjobs über Wasser hält. Zusammen mit seiner Schwester bewahrt Ercole mühsam die Familienfassade, damit das Jugendamt nichts merkt. Trotz allem ist er ein zufriedener, unbeschwerter Junge. Besonders als er Viola kennen lernt, die in Ercoles Bauch Schmetterlinge zum Tanzen bringt ...

PENGUIN VERLAG

Philosophisch und inspirierend: die perfekte Lektüre für alle Sinnsucher

Der zwölfjährige Felix ist verzweifelt. Seine Mutter Fatou, die in Paris ein kleines Café betreibt, ist in eine Depression geraten. Fatou, einst der Dreh- und Angelpunkt der liebeswerten und schrulligen Gemeinschaft ihrer Stammkunden, ist nur noch ein Schatten ihrer selbst. Um sie zu retten, unternimmt Felix mit ihr eine abenteuerliche Reise nach Afrika, die sie zu ihren Wurzeln und zur Versöhnung mit der Vergangenheit führen wird.

Ein origineller und tiefsinniger Roman über die Kraft von Herkunft und Familie und die wunderbare Liebeserklärung eines Jungen an seine Mutter.